GOLDMANN

Buch

Eine kleine nordenglische Hafenstadt zwischen den beiden Weltkriegen: Die Leute vom »Oberen Ende« sind reich und verwöhnt, vornehme, geachtete, beneidete Protestanten. Mit den Leuten vom »Unteren Ende«, diesem armen, arbeitslosen Gesindel, wollen sie nichts zu tun haben.

Doch zwei Menschen reichen sich über diese schier unüberwindlichen gesellschaftlichen Schranken hinweg die Hand. Sarah, die weichherzige, fröhliche Verkäuferin vom »Unteren Ende«, und David vom »Oberen Ende«, der wohlbehütete Sohn aus gutem Hause, lieben einander und heiraten, auch wenn sich alle gegen diese Verbindung verschworen zu haben scheinen. Sarah und David werden glücklich miteinander, auch in dieser engen, widrigen Welt. Selbst als dieses Glück jäh endet, bleibt Sarah David und sich selbst treu. Und dabei steht ihr die schwerste Prüfung noch bevor...

Autorin

Catherine Cookson, 1906 in Nordengland geboren, stammt aus ärmlichen Verhältnissen. Nach ihrer Heirat mit einem Mathematikprofessor im Jahre 1940 arbeitete sie zuerst als Illustratorin und Graphikerin. 1945 veröffentlichte sie ihren ersten Roman. Nicht nur das sensible Gespür für menschliche Schicksale, sondern auch ihre atmosphärisch dichte Milieuschilderung haben die englische Autorin zu einer international anerkannten Erfolgsschriftstellerin gemacht, deren insgesamt 65 Bücher bislang eine Weltauflage von 85 Millionen Exemplaren erreicht haben.

Von Catherine Cookson sind als Goldmann-Taschenbücher bereits erschienen:

Der erste Sohn. Roman (8886)
Der falsche Vater. Roman (8918)
Die einzige Tochter. Roman (8935)
Der Spieler. Roman (8967)

CATHERINE COOKSON

Nur eine Frau

Roman

GOLDMANN VERLAG

Aus dem Englischen von Erni Friedmann
Titel der Originalausgabe: The Blind Miller

Der Goldmann Verlag
ist ein Unternehmen der Verlagsgruppe Bertelsmann

Made in Germany · 8/91 · 2. Auflage
Genehmigte Taschenbuchausgabe

Umschlaggestaltung: Design Team München
Umschlagillustration: Pino Daeni, Agentur Schlück, Garbsen
Druck: Elsnerdruck, Berlin
Verlagsnummer: 9100
AK · Herstellung: Ludwig Weidenbeck/Sc
ISBN 3-442-09100-4

ERSTER TEIL

I

»Ich hätte es wissen sollen.«
»Wieso?«
»Mutter hätte es mir sagen müssen.«
»Wie hätte sie wissen können, daß es zum Tee Obst gibt? Außerdem hast du ja die Gabel sowieso richtig benützt, wie du gesagt hast.«
»Ich bin mir so ungeschickt vorgekommen. Es war fürchterlich, einfach fürchterlich.«
»Was ist denn nur los mit dir, Sarah? Wozu zerbrichst du dir den Kopf, ob man Obst mit der Gabel ißt oder nicht? Mein Gott, wenn ich an deiner Stelle gewesen wäre, würde ich darüber nachdenken, was die so von mir gehalten haben . . . bei solchen Grundsätzen.«
»Tu ich ja. Genau das! Was wird sie nur von mir halten, wo ich die Gabel wie eine Schaufel benützt habe . . .!«
»Laß jetzt einmal die Gabel sein und erzähl, wie es war – das Haus und alles eben.«
»Ach, es war himmlisch, einfach himmlisch. Das kannst du dir gar nicht vorstellen, Phyllis.«
Die beiden Schwestern saßen eng aneinandergeschmiegt auf der Bettkante und sahen einander an: Die eine platzte beinahe, weil sie ihre Erfahrungen über Tischsitten in einem gutbürgerlichen Haus loswerden wollte – und die andere konnte es kaum mehr erwarten, sich in dem Glanz, der sich über die ältere Schwester ergossen hatte, zu sonnen.
»Also auf dem Tisch lag ein wunderschönes Leinentischtuch; alles hat zusammengepaßt. Porzellan und alles. Und die Dessertmesser lagen neben den Messern und

Gabeln, wie sich's gehört.« Sie lächelte, und einen Moment lang erhellte dieses Lächeln ihre Umgebung wie ein Licht, das durch ein schmutziges Fenster fällt. »Und sie haben ein richtiges Eßzimmer, die essen nicht in der Küche.«

»Weil es ein Eckhaus ist, da gibt's eben alles doppelt.«

Sarah nickte nur. »Und im Salon liegt ein dicker Teppich, und dann steht ein Klavier drin und ein Glasschrank mit dem allerfeinsten Porzellan. Ach, Phyllis, es war wunderbar.«

»Bist du auch nach oben gegangen?«

»Ja, sie hat mich nach oben geführt, damit ich meine Sachen ablege.«

»Alle?« Phyllis stieß Sarah in die Seite.

»Sei doch nicht so gemein, Phyllis!« Sarahs Augen blitzten, und sie gab sich große Mühe, nicht herauszuplatzen. »So machen sie's eben. Und weißt du was ... die haben sogar ein Wasserklosett.«

»Nein!«

»Doch, wirklich!«

»Menschenskind! Hast du dich denn nicht ganz naß gemacht?«

»Sei nicht so dumm.«

»Bin ich doch nicht! Also ich bin einmal auf einem gesessen und habe an der Kette gezogen. Du meine Güte – alles war pitschnaß!«

»Du Kindskopf! Man zieht doch erst an, wenn man aufsteht.«

»Jetzt weiß ich das auch! Aber erzähl weiter. Haben Sie dich in den Salon geführt, damit er dir in Ruhe den Hof machen kann?«

Sarah versetzte Phyllis einen Stoß, der die Schwester auf den Fußboden beförderte, worüber die beiden Tränen lachten.

Als sie wieder nebeneinander saßen, sagte Phyllis: »Ich wär nicht überrascht gewesen, wenn sie's getan hätten, weißt du. Menschenskind, hat's der eilig! Jetzt gehst du erst drei Wochen mit ihm, und schon hat er dich nach

Hause eingeladen. Nimm nur May Connor, die geht seit sechs Monaten mit Harry Willis und hat seine Türschwelle noch nie betreten. Dabei haben die beiden angeblich was miteinander.«
»Das ist etwas anderes ... Ich glaube nicht, daß Harry Wert darauf legt, daß May in sein Elternhaus kommt.«
Phyllis ließ die Beine baumeln und sagte: »Man redet über dich nebenan. Ma Ratcliffe hat zu Mutter gesagt: ›Goldig hat Sarah heute ausgesehen, wirklich.‹« Phyllis stieß Sarah mit dem Ellbogen an und streckte ihr die Zunge heraus. »Das war natürlich nur die Einleitung zum Giftzahnwetzen. Jetzt kommt's erst: ›Wir sind doch jetzt alle eine Familie ...‹« Phyllis verzog die Oberlippe, zeigte ihre großen, weißen Zähne und streckte das Kinn genauso vor, wie es die Nachbarin stets tat. »›Du weißt doch, Annie, daß aus so was nichts Gescheites werden kann, wir sind schließlich vom Unteren Ende.‹ – Man beachte das ›wir‹! ›Von Leuten wie den Hetheringtons kann man nicht erwarten, daß sie mit Eheringen angelaufen kommen.‹ Das hat sie gesagt.«
»Wer spricht von Eheringen?« Sarahs Stimme klang rauh und drohend.
»Ich sag dir bloß, was sie gesagt hat. Und natürlich hat sie nicht vergessen, uns mit der Kirche daherzukommen. ›Von jetzt an wird der Priester auf deiner Türschwelle hocken, Annie, verlaß dich drauf!‹«
»Der Teufel soll sie holen!« Sarah stand auf und trat ans Fenster, während Phyllis empört tat: »Pfui, Sarah, wie kannst du nur so was sagen! Hast du der Muttergottes nicht geschworen, nicht zu fluchen?«
Sarah wandte den Kopf nicht um, sondern starrte durch den schäbigen Spitzenvorhang auf die gegenüberliegende Schornsteinreihe. Ihr ganzes Inneres war von Zorn erfüllt, und zwar nicht nur in diesem Augenblick. Seit mehr als zehn Jahren protestierte sie innerlich gegen diese Umgebung. Genaugenommen seit jenem Tag, wo es ihr wie in einer Offenbarung klargeworden war, daß sie ihr ganzes Leben am Unteren Ende der Fünfzehn

Straßen werde zubringen müssen ... Damals hatte sie eine böse Erkältung gehabt, und die Mutter hatte ihr eine halbe Flasche Hustenarznei eingegeben, auf die sie beinahe bewußtlos geworden war. Dabei hatte sie höchst merkwürdige Dinge zusammenphantasiert, von denen sie die meisten wieder vergessen hatte. Nicht vergessen hatte sie aber das schauderhafte Bild des schmutzstarrenden Holzteichs unten am Jarrow Slacks, in dem nicht nur ihre Mutter und Phyllis und ihr Stiefvater, sondern alle, alle Bewohner der Fünfzehn Straßen jämmerlich erstickten. Allesamt steckten sie bis zum Hals im Morast, für keinen gab es auch nur die Spur von Hoffnung, jemals herauszugelangen. Und dennoch kämpften und bekämpften sie einander – mit wenigen Ausnahmen – auf die grausamste Art.

»Ich hasse diese Frau«, sagte Sarah und sah auf Phyllis nieder. »Sie ist nur glücklich, wenn sie uns eins auswischen kann. Aber ich werde es ihr zeigen! Ich komme hier 'raus, du wirst schon sehen!«

Sie reckte den Kopf hoch, und Phyllis nickte ihr begeistert zu und sagte leise: »Und an dem Tag, wo du fortgehst, tu ich das gleiche.«

Abermals schmiegten sich die Schwestern aneinander, und Sarah fragte leise – aller Zorn war nun verflogen –: »Aber was wird aus Mutter?«

Phyllis richtete sich auf und antwortete: »Sie will ja, daß wir gehen, und zwar so bald wie möglich. Solange wir hier sind, wird es keinen Frieden geben.«

»Hat sie dir das gesagt?«

»Nein, natürlich hat sie das nicht gesagt, aber ich weiß, daß sie mit ihm fertig werden könnte, wenn wir aus dem Weg wären.« Phyllis seufzte auf, warf ihr langes, blondes Haar über die Schulter und sagte mit einem träumerisch zur Decke gerichteten Blick: »Wenn ich nur so einen Busen hätte wie du ...«

Sarah fuhr verblüfft herum. Wieder einmal versuchte sie, ihre lebhafte, kleine Schwester zu verstehen, die im Handumdrehen von einem Thema zum andern springen

konnte. »Ich schenk ihn dir. Gern auch noch dazu.«
»Das ist alles, worauf sie's abgesehen haben, ein Busen.«
»Sprich nicht so, ich hab's dir vorhin schon gesagt, Phyllis«, wies Sarah sie zurecht. »Du bist manchmal ein richtiges Ekel.«
»Bin ich nicht. Ich sag dir, ich beobachte dich, wenn du die Straße entlanggehst. Und die Männer dazu. Manche sehen dir auf die Beine, manche ins Gesicht, aber alle – und zwar ausgiebig – auf den Busen.«
»Hör auf!« Lachend ging Sarah auf die Kleinere los, und dann rangen sie miteinander. Atemlos sagte sie schließlich: »Dabei bist du kaum siebzehn. Und redest schon genauso daher wie die Weiber da unten vor ihren Haustüren.«
»Pst«, machte Phyllis. »Gleich wird Mutter da sein.«
»Jedenfalls kann ich nichts für meine Figur«, sagte Sarah leiser und wischte sich die Lachtränen von den Wangen.
»Du weißt doch, daß du wirst beichten gehen müssen«, sagte Phyllis in herausforderndem Ton.
»Weshalb?«
»Weil du schon wieder von dem Thema anfängst.«
»Also du bist gut«, sagte Sarah nur und lachte, obwohl sie genau wußte, daß dies kein Anlaß zum Lachen war.
Im selben Moment machte jedoch das Zuschlagen einer Tür ihrem Gespräch ein Ende.
»Besser, wir legen uns hin«, flüsterte Phyllis und deutete nach unten. Rasch entkleideten sich die beiden, knieten nebeneinander hin, bekreuzigten sich und sprachen ihr Nachtgebet.
»Er wird enttäuscht sein, daß wir daheim sind«, flüsterte Phyllis, als sie vorsichtig, um jedes Geräusch zu vermeiden, nebeneinander ins Bett kletterten. »Wird sich einen anderen Grund zum Losbrüllen suchen müssen.«
Sarah nickte nur, dann flüsterte sie: »Gute Nacht.«
»Gute Nacht«, sagte Phyllis.
Es war ein schöner, warmer Sonntagabend; draußen flanierten die Pärchen durch die Gegend, aber sie lagen bereits im Bett, als wären sie noch Kinder. Nun ja, dachte

Sarah, bei Phyllis war das etwas anderes. Aber sie selbst war neunzehn, beinahe zwanzig. Es konnte nicht so weitergehen; es durfte nicht so weitergehen ... Sie schloß die Augen, und sofort sah sie wieder den Teetisch der Hetheringtons vor sich, in allen Details. Und abermals überwältigte sie die Scham wegen dieser dummen Geschichte mit der Gabel, bis sich blitzartig die Erinnerung an die Worte der Nachbarin davorschob und ihr »Du weißt doch, Annie, daß aus so was nichts Gescheites werden kann, wir sind schließlich vom Unteren Ende ...« Und die Sache mit der Kirche.
Die ganze Zeit über hatte sie gewußt, daß es zu nichts führen konnte. Welche Hoffnung bestand schon für eine Verbindung zwischen einer Katholikin und einem Protestanten? Diese Schranke war mindestens genauso hoch wie die gesellschaftliche. Daß die Hetheringtons am Oberen Ende im schönsten Haus der schönsten Straße wohnten, daß die vier männlichen Familienmitglieder in Kragen und Krawatte zur Arbeit gingen, wogegen sie ganz armselig am Unteren Ende hausten und ihr Stiefvater nicht nur seit Jahren keinen roten Heller mehr verdient, sondern nicht einmal die leiseste Absicht gezeigt hatte, auch nur einen Finger zu rühren – das war schon schlimm genug. Nur ein Wunder hätte da helfen können. Aber die religiösen Unterschiede überwand kein Wunder der Welt, das wußte sie genau. Und dennoch lag sie da und zerbrach sich den Kopf darüber, welches Aufsehen sie dadurch erregt haben mochte, daß sie zum Obst eine Gabel benützt hatte. So war sie immer, sagte sie sich ungestüm. Nie setzte sie sich mit den wahren Gegebenheiten auseinander. Stets zerbrach sie sich über Kleinigkeiten den Kopf, die ganz unwichtig waren. Und nur, um wichtigen Fragen aus dem Weg zu gehen.
Nun, sie hatte vom ersten Moment an gewußt, wer er war, oder? Als er vor dem Laden gestanden und auf sie gewartet hatte, da hatte sie ganz genau gewußt, daß er aus dem prächtigen Eckhaus in der Camelia Street stammte. Jeder kannte das Haus mit den sieben Zim-

mern und dem kupfernen Türklopfer und den stets wunderbar weißen, duftigen Vorhängen.
Er hatte einfach »hallo« gesagt. Da hatte sie auch »hallo« gesagt. Und dabei gespürt, wie sie feuchte Handflächen und Achselhöhlen bekommen hatte.
»Ich hoffe, Sie haben nichts dagegen«, hatte er gesagt und war ebenso verlegen gewesen wie sie. Und sie hatte geantwortet: »Nein, nein, keineswegs«, in dem großartigen Ton, den sie manchmal anzuschlagen versuchte. Sie hatte ihn den Kunden abgelauscht, die ins Schokoladengeschäft kamen. Einige von ihnen sprachen nämlich so. Leider kamen nicht viele von dieser Sorte, obwohl es ein erstklassiger Laden war.
Er sagte: »Darf ich Sie heimbringen?«
Der Laden lag in der Ocean Road in Shields, und sie nahm stets die Straßenbahn vom Market Place nach Tyne Dock. Dort stieg sie dann in den Bus nach Jarrow um. Morgens ging sie häufig ein Stück zu Fuß, um das Fahrgeld zu sparen. Aber abends waren ihre Beine meistens angeschwollen. Das kam vom langen Stehen und von ihrem etwas schweren Körperbau. Deshalb war sie froh, wenn sie in der Straßenbahn sitzen konnte. An jenem ersten Abend aber gingen sie den ganzen langen Weg von der Ocean Road bis zu den Fünfzehn Straßen zu Fuß. Es war ein ausgiebiger Spaziergang, und sie kam erst richtig zu sich, als sie sich der Camelia Street näherten, wo er wohnte.
Da blieb sie wie angewurzelt stehen und sagte steif: »Danke, aber jetzt kann ich schon allein weitergehen.« Ihr selbst fiel auf, wie albern diese Bemerkung war, und sie errötete.
Aber er lächelte nur und sagte: »Kann ich Sie morgen abend wiedersehen?«
Sie nickte befangen.
»Zur gleichen Zeit?«
»Ja.« Sie wollte sich verabschieden, doch dann geschah etwas so Umwerfendes, daß ihr Schritt abermals stockte: Ihr Begleiter hatte seinen Hut gezogen. Vor ihr!

Sie hatte versucht, kerzengerade weiterzugehen, weil sie wußte, daß er noch immer dastand und ihr nachsah, aber ihre übermüdeten Beine wollten nicht mehr so recht, und sie hatte das Gefühl, wie eine Betrunkene zu taumeln.

Auf allen Straßen standen kleine Gruppen schwatzender Männer herum. Sie starrten ihr nach – das taten sie immer –, aber keiner sagte etwas zu ihr. Erst an der Ecke ihrer eigenen Straße änderte sich das. Dort standen etwa ein Dutzend Männer. Sie alle trugen Mäntel, Kappen und Halstücher, obwohl der Abend drückend heiß war. Die Älteren begrüßten sie, während die Jüngeren sie nur mit eindeutigen Blicken musterten.

»Hast du uns heute etwas mitgebracht, Sarah?«

Sie lächelte, und da sie gut gelaunt war, gab sie zur Antwort: »Es ist bloß eine Packung Schokolade übriggeblieben, und da ich wußte, daß ihr die nicht haben wollt, hab ich sie den Kindern gegeben.«

»Ach so!«

»Also, ich habe mir nie etwas aus Schokolade gemacht«, sagte ein anderer. »Drops sind mehr nach meinem Geschmack.«

»Da sind mir Weinbrandkirschen schon lieber!«

»Ich mag am liebsten Lutschbonbons. Auf die bin ich richtig scharf.« Als diese Bemerkung fiel, war sie aber schon an ihnen vorbei; ein Mann, der drei Türen weiter wohnte, hatte sie gemacht, ein widerlicher Typ.

Sie hörte einen der älteren Männer sagen: »Halt doch die Klappe!«

Das war Mr. Ferris von gegenüber. Er hatte ihr oft einen Penny zugesteckt, als sie noch ein Kind gewesen war. Ferris selbst hatte keine Kinder. Sie mochte Mr. Ferris ...

So also hatte es vor knapp drei Wochen angefangen. Und seither hatte er allabendlich gewartet, bis der Laden geschlossen wurde, und sie dann heimbegleitet. Er hatte auch mit ihr ins Kino gehen wollen, doch das hatte sie abgelehnt. Als er sie am Ende der zweiten Woche neuer-

lich ins Kino einlud und sie wieder nein sagte, war er verwirrt gewesen. Aber sie konnte ihm doch nicht eingestehen, daß sie sich ihrer armseligen Fähnchen schämte und kein Kleid zum Ausgehen besaß! Wenn man von der Arbeit kam, war das etwas anderes. Da erwartete niemand, daß man elegant angezogen war. Letzten Sonnabend hatte er sie dann gefragt, ob sie nicht am Sonntag zum Tee zu ihnen kommen wolle. An jenem Abend war sie noch lange aufgeblieben, um ihren Rock und die schöne Bluse zu waschen und zu bügeln.
Sonderbar war nur, daß ihr Vater die Sache niemals erwähnt hatte. Wenn er gewußt hätte, daß sie sich überhaupt mit einem jungen Mann traf, hätte es etwas gesetzt. Er spielte richtig verrückt, wenn er sie mit einem Jungen sprechen sah. Als sie sechzehn gewesen war, hatte er sie mit dem Lederriemen verdroschen, nur weil sie drei Abende hintereinander mit demselben Burschen geplaudert hatte. Keiner der Jungen aus der Nachbarschaft machte ihr den Hof. Vielleicht war auch ihre verschlossene Art daran schuld. Sie wußte aber, daß sie sich alle ein wenig vor Pat Bradley fürchteten. Früher hatte sie das nicht ganz begriffen, weil ihr Stiefvater ein eher kleiner, unauffälliger Mann war. Später hatte sie dann verstanden, warum er den Leuten solche Angst einjagte. Er wirkte einschüchternd und böse, und daran änderte auch seine kleine Statur nichts.
Eines jedenfalls stand für sie fest: Wenn er über ihre Rendezvous mit David Hetherington unterrichtet gewesen wäre, hätte sie es gewußt. Es gab viele Leute, die sie mit David gesehen hatten, zum Beispiel Mrs. Ratcliffe von nebenan. Aber keiner hatte bisher etwas verraten. Das rechnete sie den Leuten hoch an. Bis sie anfing, sich darüber Gedanken zu machen. Ihr Vater war als Besserwisser verschrien. Höchstwahrscheinlich gönnten sie es ihm, daß seine Stieftochter ihn an der Nase herumführte, und warteten schadenfroh auf den unausbleiblichen Krach.
Mutter hatte gestern abend gesagt: »Wenn er dahinter-

kommt, wird es Mord und Totschlag geben. Ich an deiner Stelle würde Schluß damit machen.«
Darauf hatte sie geantwortet: »Das will ich morgen auch tun. Er hat mich zum Tee eingeladen, und bei dieser Gelegenheit will ich es ihm sagen.«
»Höchste Zeit«, hatte ihre Mutter gemeint. »Wo sie obendrein auch noch Baptisten sind!«
Sarah drehte sich um und fing an zu beten: »Heilige Maria, Mutter Gottes, bitte für uns Sünder, jetzt und in der Stunde unseres Todes. Amen. Was soll ich nur tun? Mach, daß er übertritt! Heilige Jungfrau, Königin des Himmels, Stern der Meere, zeig mir den richtigen Weg . . .« Ihr Gebet verebbte, sie preßte das Gesicht in das Strohpolster und drückte sich die Nase platt, bis ihr Mund auf der rauhen Matratze auflag. Hatte sie denn völlig den Verstand verloren? Sie kannte ihn erst seit drei Wochen, und trotzdem lag sie jetzt da und malte sich aus, daß er sie bitten würde, seine Frau zu werden. Andererseits: Warum hatte er sie gebeten, sie begleiten zu dürfen? Weshalb holte er sie jeden Tag ab, wenn er sich nicht etwas dabei dachte? Man bringt ein Mädchen nicht heim, wenn man sich nichts dabei denkt. Und er wußte schließlich, woher sie kam und daß sie vom Unteren Ende war, denn sie wohnten in der letzten Straße, die überhaupt noch bewohnbar war. Die Häuser dahinter waren derart verfallen und von Wanzen verseucht, daß nur einige Fledermäuse dort hausten und man ständig davon sprach, diese Ruinen würden bald abgerissen werden. Ja, er wußte, wo sie wohnte, und seine Mutter mußte es auch wissen. Vor der Begegnung mit seiner Mutter hatte sie sich gefürchtet. Seinen Vater, seinen Bruder und seinen Onkel kennenzulernen hatte ihr nichts ausgemacht. Vor Männern fürchtete sie sich nicht so wie vor Frauen. Die einzige Ausnahme bildete vielleicht ihr Vater. Seine Mutter war jedoch ganz . . . nun, ganz in Ordnung gewesen. Argwöhnisch und vorsichtig allerdings, das war sie schon. Sie hatte sie prüfend von der Seite angesehen und unaufdringlich ausgehorcht:

Wie lange sie schon bei Benton arbeite?
Seit ihrem vierzehnten Lebensjahr, hatte sie geantwortet. Es war ihre erste Stelle.
Seit wann ihr Vater bereits arbeitslos und was er von Beruf sei?
Bahnarbeiter, aber das sei vor dem Krieg gewesen. Danach war er beim Militär. Seit Kriegsende habe er nur gelegentlich Arbeit gefunden. Arbeit sei sehr schwer zu bekommen. Als ob sie das nicht wüßten, hatte seine Mutter gemeint, und sie bemerkte, daß die Blicke der drei Männer auf sie gerichtet waren – die des Vaters, des Onkels und Davids. Der zweite Sohn war nicht da. Er war verheiratet und wohnte eine Straße weiter.
Wo ihre Schwester arbeite?
In einem Café in Shields.
Sie war froh, daß sie nicht nach der Adresse des Cafés gefragt hatten.
David saß beim Tee ihr gegenüber, und sooft sie verschüchtert war oder nicht weiter wußte, sah sie ihn an. Und jedesmal begegnete sie seinem Blick. Sie fand, daß er die nettesten Augen hatte, die sie je bei einem Mann gesehen hatte. Hellgrau. Sie waren das Beste an ihm, obzwar er auch einen netten Mund hatte. Alle seine Gesichtszüge waren nett. Trotzdem war er nicht hübsch. Das kam wohl von seiner Haut, dachte sie. Sie war derb und von roten Äderchen durchzogen, als wäre er sein Leben lang beim Schmelzofen gestanden. Sein Gesicht ließ eher einen Arbeiter vermuten als einen Angestellten der Hafenverwaltung. Aber seine Stimme war nicht die eines Arbeiters, sondern klang sehr angenehm, sanft, warm und freundlich. Sie mochte seine Stimme und seine Augen; sie mochte ihn ganz und gar.
Sein Vater mußte als junger Mann fast genauso ausgesehen haben wie David, aber nun war sein Haar borstig und grau, und ein Auge zuckte zeitweise krampfartig. Auch er war nett. Dann war noch der Onkel da. Sie hatte gelacht, als er ihr vorgestellt wurde. David hatte ihn nicht Onkel, sondern Dan genannt. »Das ist Dan«, sagte er. »Er

ist zwar mein Onkel, aber bloß sechs Jahre älter als ich. Weshalb sollte ich also Onkel zu ihm sagen? Er hat es übrigens faustdick hinter den Ohren, also sieh dich vor!«
Sie hatte sich sofort mit Dan verstanden, besser als mit allen übrigen, David inbegriffen. Dan war kleiner als David, der beinahe einsachtzig war, aber dafür war er bedeutend breiter und hatte ein großflächiges Gesicht. Man konnte Dan als gut aussehend bezeichnen. Sie hatte gleich erkannt, daß Dan ein Spaßvogel war. Er konnte ein Gespräch in Gang halten und alle zum Lachen bringen. Und doch war etwas an Dan, das sie nicht ergründen konnte. Es hing damit zusammen, wie seine Schwester sich ihm gegenüber verhielt, diese Schwester, die Davids Mutter war. Sie hatte gleich bemerkt, daß Mrs. Hetherington ihren Bruder ganz anders behandelte als ihren Mann oder ihren Sohn. Zumeist ignorierte sie ihn gänzlich. War sie aber einmal gezwungen, das Wort an ihn zu richten, weil sie sich zum Beispiel bedanken mußte, wenn er ihr etwas über den Tisch reichte, dann sah sie ihn nicht an, und ihr Ton wurde gekünstelt wie bei einem Lehrer, der sich an einen ungezogenen Schüler wenden muß.
Eines stand für sie fest: Sämtliche Hetheringtons waren großartig, und sollte David sie tatsächlich um ihre Hand bitten, würde sie vor Glück sterben.
Damit und mit einer weiteren Bitte zur Allerheiligsten Jungfrau, sie möge David doch dazu bewegen, zu ihrem Glauben überzutreten, fiel sie in einen unruhigen, von Träumen erfüllten Schlaf.

2

Der letzte Kunde war ein etwa siebenjähriger Junge. Er konnte sich nicht entscheiden, ob er Kaugummi, Lakritzenstangen oder Nußkaramellen haben wollte. Sarah sagte so freundlich, wie sie nur konnte: »Wir schließen gleich, Kleiner, los, mach schon!«

Das Kind überlegte eine ganze Weile, dann sah es auf und fragte: »Kann ich von beiden die Hälfte haben?«
»Von welchen beiden?« seufzte Sarah.
Wieder dachte der Junge nach, und Sarah warf einen raschen Blick durch die Glastür, hinter der die vertraute Gestalt auf und ab ging.
Als der Knabe zur entscheidenden Antwort ansetzte, rief eine Stimme aus dem Hintergrund des Ladens: »Es ist Zeit, Sarah!«
»Ja, Mrs. Benton.«
Sarah schob die Süßigkeiten rasch in eine Tüte und reichte sie dem Jungen, der keck genug war, entrüstet zu sagen: »Doch nicht alles zusammen! Das klebt ja!«
»Raus mit dir!« zischte Sarah nur.
Nachdem sie ihn aus der Tür geschoben hatte, bückte sie sich rasch und schob den Riegel vor, ohne den Blick von der Straße zu wenden.
Sie warf den Mantel über und sagte: »Es ist alles abgeschlossen, Mrs. Benton. Dann gehe ich also jetzt.«
Die ältere Frau lächelte leise. »Ja, ja, beeilen Sie sich . . . Sonst muß ich am Ende noch seine Schuhsohlen bezahlen.«
Sarah wurde rot. Sie hätte nicht gedacht, daß Mrs. Benton David bemerkt hatte.
»Ist er ein netter Junge?«
»Besonders nett, Mrs. Benton.«
»Machen Sie bloß keine Dummheiten!«
Sarah erwiderte nichts, nur ihre Augen wurden groß, und sie wandte sich mit gesenktem Kopf ab. Sie wußte, daß sie jetzt lachen sollte, aber dazu war sie zu verärgert. Die Ermahnung hatte nicht scherzhaft geklungen, sondern einen rügenden Unterton gehabt, als hätte Mrs. Benton sagen wollen: Tu nichts, was du hinterher beichten müßtest. Diese Warnung brachte Sarah in Wut. Deshalb waren Davids erste Worte, als sie durch den Seiteneingang auf die Straße hinaustrat: »Sie sehen aber erhitzt aus.«
Sie stand vor ihm und lächelte nun übers ganze Gesicht.

»Kein Wunder bei dem Betrieb.«
»So?« Auch sein Gesicht hatte zu strahlen begonnen.
»Der Junge vorhin . . . er konnte sich nicht entscheiden, wie er seinen Penny anlegen sollte. Er schwankte zwischen Kaugummi, Lakritzen und Nußkaramellen. Der Entschluß ist ihm furchtbar schwergefallen.«
»Und wobei ist er schließlich geblieben?«
»Bei je einer Hälfte Karamellen und Kaugummi, und um ein Haar wäre er auch noch auf mich losgegangen, weil ich beides in dieselbe Tüte getan habe.«
Sie warfen die Köpfe in den Nacken und lachten, ohne die Blicke voneinander zu lassen. Immer noch lachend, machten sie sich auf den Heimweg. An der Ecke der Fowler Street aber blieb er stehen und sagte: »Wir nehmen die Straßenbahn.«
Sie drehte sich verwundert um. Seit sie sich zum erstenmal getroffen hatten, waren sie den Weg immer zu Fuß gegangen. Der Heimweg war die einzige Zeit, die sie für sich hatten. Sie bemerkte, daß sein Blick rasch ihre Fesseln streifte, als er sagte: »Sie sind heute schon mehr als genug gestanden.«
Am liebsten hätte sie sich verkrochen. Zornig sah sie auf ihre Fesseln nieder. Sie haßte sie – ihrer Meinung nach verdarben sie alles. Denn daß ihre Figur ihr die anerkennend gemeinte Bemerkung eintrug, »ein dralles Ding« zu sein, wußte sie natürlich. Am Morgen waren ihre Fesseln ebenso schmal wie ihre Handgelenke, aber wenn sie eine Zeitlang stehen mußte, schwollen sie eben an. Bei ihrer Statur hätte sie vermutlich eine sitzende Beschäftigung ausüben sollen, aber für eine Verkäuferin gab es nicht einmal einen Stuhl hinter dem Ladentisch.
»Sie werden eben so vom Stehen.« Er sollte nicht denken, ihre Fesseln seien ständig so plump.
»Ich weiß, Dan geht es genauso.«
Dan arbeitete, wie sie zu ihrer Überraschung erfuhr, in einem Gemischtwarenladen in Jarrow. Sie hatte geglaubt, daß er ebenso wie David und dessen Vater bei der Hafenverwaltung beschäftigt sei.

»Tut mir leid.«
»Ach, machen Sie sich nichts draus, Mr. Hetherington. War nett von Ihnen, daß Sie mich drauf aufmerksam gemacht haben.«
David wandte sich um, um beim Schaffner die Fahrkarten zu bezahlen. Dann sah er Sarah an und sagte leise zu ihr: »Schrecklich, diese schwere Arbeitssuche.«
Sarah verstand nur teilweise, was er sagte, weil die Straßenbahn so stark rumpelte, aber sie nahm an, daß er teilnahmsvoll von diesem Mann sprach. Dann drehte er sich nochmals um und sagte über die Schulter: »Versuchen Sie's mal bei Fuller, Fred, ganz früh am Morgen. Dort könnte es vielleicht klappen; man weiß ja nie. Sie finden unseren John irgendwo im Hof.« Er senkte die Stimme. »Wenn Sie unter vier Augen mit ihm sprechen können, dann sagen Sie ihm, ich habe Sie geschickt.«
»Danke, Mr. Hetherington. Danke, das mache ich. Ich bin noch vor Arbeitsbeginn dort. Mann, das Leben schafft einen.«
»Aber es macht mir nichts aus, zu Fuß zu gehen«, sagte sie. »Sie tun mir nicht weh.«
»Wir nehmen trotzdem die Straßenbahn.« Seine Stimme klang freundlich, aber fest. »Da ist sie schon! Kommen Sie.« Er ergriff ihren Arm und drängte sie über die Straße. Als sie im Wagen nach vorn gingen, sagte er zu einem Arbeiter, der hinten saß: »Hallo, Fred.«
»Hallo, Mr. Hetherington.«
Die unterschiedliche Anrede freute Sarah. Sie war stolz, als würde sie sich im Abglanz eines Titels sonnen; der Arbeiter hatte ihn Mr. Hetherington genannt!
Davids Hand lag nun auf ihrem Arm. Er zog sie sanft zurück und drängte sie auf den freien Sitzplatz vor dem Mann. Dann drehte er sich um und fragte: »Hat es geklappt, Fred?«
»N-e-i-n«, kam die gedehnte Antwort. Es war eine lange, dicke Silbe. »Es haben sich ungefähr dreißig beworben. Schlechte Zeiten, Mann, da hilft nicht mal mehr Protektion.«

»Viel Glück, Fred.«
»Tjaja! Glück können wir alle brauchen. Auch Ihnen viel Glück, Sir.« Seine Blicke glitten über Sarahs Profil und zurück zu David. Die Art, wie er den Kopf zurechtrückte, war ein offenes Kompliment. Er stand auf, zog selbst am Klingelzug, da der Schaffner sich auf der Plattform befand, und stieg aus, als die Straßenbahn hielt.
Ohne sie anzusehen, sagte David: »Das Nichtstun macht ihn fertig. Ich weiß noch gut, was für ein prächtiger Bursche er war, als ich in der Hafenverwaltung anfing. Jetzt ist er nur mehr die Hälfte von früher. So wirkt die Arbeitslosigkeit letzten Endes auf alle – sie läßt etwas in ihrem Innern verkümmern, glaube ich.«
Sarah sah ihn scharf an. Ihr Gesicht war ganz ernst. Sie hatte ihn genau verstanden, aber es gefiel ihr nicht. Sie mochte die Vorstellung nicht, daß er mit Arbeitern verkehrte und mit ihnen sprach wie mit seinesgleichen. Er gehörte doch einer anderen Welt an, er stammte vom Oberen Ende. Er war ein Angestellter. Zumindest in ihren Gedanken sollte es keine Verbindung zwischen ihm und Hilfsarbeitern, Schlossern, Schienenlegern, Werftarbeitern, Bergleuten und so weiter geben.
Und dann sagte er: »Mein Bruder ist Werkmeister in einer Tischlerei. Es ist ein kleiner Betrieb, aber sie behalten ihn, solange es geht.«
Sein Bruder ein Tischler? Diese Nachricht traf sie wie ein Hieb, selbst wenn er den Titel Werkmeister trug. Sie hätte sich nie träumen lassen, daß einer der Hetheringtons in den Docks arbeite, mitten im harten Existenzkampf stand. Oh, sie war kein Snob, wirklich nicht, und wollte auch gar keiner sein. Sie sagte sich diesen Satz immer wieder vor, als müßte sie sich mit Nachdruck gegen eine böse Einflüsterung und eine Grundeinstellung verteidigen, die sie ihrer Umgebung verdankte. Ihr fiel beim besten Willen keine Erklärung dafür ein, warum sie sich für etwas Besseres hielt. Ach, ich möchte einfach von alledem loskommen.
Sie sah auf ihre Hände nieder, die in dünnen, grauen

Baumwollhandschuhen steckten – ein äußeres Merkmal gesuchter Vornehmheit. Von den Händen wanderte ihr Blick zu Davids Füßen. Er trug hübsche braune Schuhe, die auf Hochglanz poliert waren. Letzten Abend hatte er schwarze Schuhe getragen, aber da hatte er auch einen dunklen Anzug angehabt. Komisch, daß man zu verschiedenen Anzügen verschiedene Schuhe besaß. Sie hatte ihn bisher in zwei Anzügen, in grauen Flanellhosen und in einem Wollstoffmantel gesehen.
»Haben Sie was verloren?«
»Nein.« Sie riß den Kopf hoch. »Ich ... ich habe mir bloß Ihre Schuhe angesehen.« Sie hatte nichts dergleichen sagen wollen.
»Ah ... die blitzen, was?« Er preßte die Lippen zusammen, zwinkerte und warf den Kopf in den Nacken, bevor er sagte: »Das ist meine Mutter. Sie putzt allen die Schuhe. Man könnte meinen, sie sei bei der Armee gewesen.«
Sie lächelte gezwungen zurück. Es war schon so, wie ihre Mutter gerne sagte: »Es kommt immer alles büschelweise.« Das traf auf alle Lebenslagen zu. Zuerst hatte er mit dem Arbeiter gesprochen wie mit einem Ebenbürtigen. Dann hatte er ihr erzählt, daß sein Bruder Werkmeister sei, und nun hatte er ihr mit der Eröffnung, daß seine Mutter die Schuhe der ganzen Familie putze, die Illusion über seine vornehme Umgebung genommen. Also ehrlich, sogar ihr Vater putzte sich seine Schuhe selbst, und der war doch wahrhaftig ein faules, schlechtes Stück!
Die Straßenbahn rumpelte durch die Stanhope Road, und als sie an der katholischen Kirche vorbeikamen, jener Kirche, die sie vom ersten Schultag an besucht hatte, senkte sie ehrerbietig den Kopf vor dem Ewigen Licht, das immer über dem Altar brannte. Es war eine unwillkürliche, beinahe unbewußte Geste.
Daß sie David nicht entgangen war, wurde ihr gleich klar, nachdem sie bei den Docks ausgestiegen waren und die Unterführung nach East Jarrow betreten hatten.
»Sind Sie eine regelmäßige Kirchenbesucherin?« fragte er und lächelte ruhig.

»Eine regelmäßige Kirchenbesucherin?« wiederholte sie die ungewohnte Phrase, die ihr fremd in den Ohren klang. Dann sagte sie hastig: »Ja, ja, ich gehe jeden Sonntag. Das ist Vorschrift.«
Sie gingen einige Minuten schweigend weiter, ehe er sagte: »Auch ich bin früher jeden Sonntag gegangen. Zu den Baptisten natürlich.« Er schickte dieser Feststellung ein verlegenes Lächeln nach.
»Und jetzt gehen Sie nicht mehr?«
»Nein . . . nein. Seit meinem achtzehnten Lebensjahr war ich nie mehr in einer Kirche.« Ihr fiel ein Stein vom Herzen. Das konnte die Dinge ungemein erleichtern.
»Weshalb?« fragte sie.
Er wiegte langsam den Kopf. »Ich habe es nicht mehr ertragen. Diese Engstirnigkeit, die Anmaßung, zu glauben, daß Gott den Baptisten gehöre und er einen vernichten würde, wenn man sich nicht genau an die Regeln hält, die sie aufgestellt haben, also das kam mir verrückt vor. Natürlich habe ich dies alles nicht schlagartig erkannt. Ich habe mich ziemlich lange Zeit ernstlich damit herumgeschlagen. Aber jetzt bin ich der Meinung, daß es verbohrt, ja beinahe verrückt ist, zu glauben, daß Gott, falls es ihn gibt, an ein bestimmtes Bekenntnis gebunden sei, während die übrigen Religionen, ja die ganze Welt, verdammt seien, weil sie anderer Auffassung zu sein wagten.«
Im ersten Moment war sie wie erschlagen. Wenn er so über die Baptisten dachte, wie würde er wohl über die Katholiken denken, wo doch der Katholizismus die einzig wahre Religion war, wie das jeder Katholik wußte und behauptete? Ein Katholik mochte der Messe fernbleiben, er mochte sich betrinken, die Männer mochten ihre Frauen prügeln – wenn sie zur Beichte gingen und die Absolution erhielten, dann wußten sie, daß ihnen damit ein Vorzug gewährt wurde, den eben nur die Katholiken genossen und sonst niemand . . . Die dumpfe Hoffnungslosigkeit glitt von ihr ab und machte einem Lichtschimmer Platz. Wurde durch seine Haltung nicht alles viel

einfacher? Schon allein der Umstand, daß er kein gläubiger Baptist mehr war, erweckte in ihr den Eindruck, die Schlacht halb gewonnen zu haben. Aber noch während sie dies dachte, sagte sie: »Aber Sie glauben doch an Gott?«

»Ich weiß es nicht.« Er schüttelte den Kopf. »Manchmal weiß ich ganz genau, daß ich nicht glaube, und dann wieder . . . nun, ich weiß es einfach nicht. Ich sehne mich nach der Größe, der Einfachheit und Klarheit Jesu. Ich möchte ihm für seinen Ekel vor der Scheinheiligkeit am liebsten die Hand drücken. Ich gehe in Gedanken neben ihm, wenn er die Zöllner und Huren anlächelt. Aber ich kann ihm nicht glauben, wenn er sagt, daß die langsam wirkende Kraft, die ein Samenkorn dazu drängt, sich zu einem Baum zu entwickeln, der später einem Menschen, der noch gar nicht gezeugt worden ist, als Brennmaterial dienen soll, daß diese Kraft also Gott ist. Aber ist das denn so wichtig? Ist es das?« Sie gingen nun Schulter an Schulter. Sein längliches, ernsthaftes Gesicht war ihr zugewandt, und sie sah ihn nicht an, als sie – durchaus nicht wahrheitsgemäß – antwortete: »Nein, nein.«

Schweigend setzten sie ihren Weg fort und gelangten in einen menschenleeren Teil der Straße inmitten von hohen Steinmauern, die sich zwischen der Simonside Bank und dem Sägewerk erhoben. Als ringsum niemand zu sehen war, griff er plötzlich nach ihrem Arm, und sie blieben stehen. Seine Hand hielt sie fest, seine Blicke wanderten über ihr Gesicht, und er sagte unbeholfen und – wie sie fand – rührend: »Hallo, Sarah.« In ihr stieg der Wunsch auf, loszuprusten. Es war auch zu komisch, wie er das sagte, so als ob sie einander eben erst begegnet wären. Ihre Lider zuckten unruhig, als seine Blicke langsam ihre Züge abtasteten. Es fühlte sich an, als würde er sie von ihrem Gesicht einzeln abheben und sie einer genauen Überprüfung unterwerfen. Schließlich sah er ihr tief in die Augen und sagte: »Wie steht's mit uns, Sarah?« Darauf wußte sie keine Antwort. Sie befeuchtete ihre zitternden Lippen und blieb, wie sie sich selbst sagte,

stumm wie ein Klotz. »Ich habe noch nie deinen Namen ausgesprochen«, fuhr er fort. »Wir sind fünfundzwanzigmal durch diese Straße gegangen. Ich habe es gezählt – und ich habe dich nie mit deinem Namen angesprochen. Heute abend habe ich dich auch zum erstenmal berührt, als ich dir in den Bus geholfen habe. Weißt du was, Sarah . . . du bist sehr schön.«
Er sah sich rasch auf der Straße um, und dann sagte er leise: »Darf ich dich küssen?«
Wieder brachte sie keinen Laut hervor, aber ihr ganzer Körper sprach für sie, und im nächsten Moment hielten sie sich umklammert, und seine Lippen lagen auf den ihren, gesittet, sanft, als fürchteten sie sich vor dem, was sie taten. Es war in einem winzigen Moment vorbei, und dann gingen sie schweigend die Straße weiter, und ihre Arme streiften sich von Zeit zu Zeit. Sie fühlte sich ganz leicht. Der Druck in ihren Fesseln war wie fortgeblasen, und sie schien zu schweben. Sie gingen über den freien Platz vor der Jarrow-Senke. Es war Flut, und die Kinder spielten auf den Knüppelhölzern. Sie passierten den Straßenbahnschuppen und den Bogey Hill. Erst hinter dem Abhang, der zum Plateau der Fünfzehn Straßen führte, brach er das verzauberte Schweigen.
»Möchtest du morgen abend mit mir zur Show nach Newcastle gehen, Sarah?«
»Oh!« Es klang wie ein leises Stöhnen. Nach Newcastle gehen! Zu einer Show! Das war Leben! Groß ausgehen. Ach, wenn sie nur hätte ja sagen können. Sie hatte ihren Lohn in der Tasche, achtzehn Shilling und sechs Pence; das war ein schönes Stück Geld, und sie hätte sich damit fabelhaft herausputzen können, wenn sie nur mehr davon hätte behalten dürfen, aber leider mußte sie jede Woche vierzehn Shilling abführen. Dann waren da noch die zwei Shilling Rest für ihre Kleiderrate. Insgesamt blieben ihr fünf Shilling übrig, und auch die nur dann, wenn sie jeden Tag das Fahrgeld für den Bus sparte. Ihr Brustkasten senkte sich wieder, und sie antwortete: »Tut mir leid, morgen kann ich nicht.«

»Weshalb nicht? Letzte Woche hast du gesagt, daß du diesen Samstag früher Schluß machen darfst . . . Sarah.« Sie standen da und sahen einander an. »Es gibt doch keinen anderen?«
»Einen anderen!« Ihre Stimme war hoch, sie saß ganz oben, und sie lachte, als sie wiederholte: »Einen anderen?« Dann legte sie den Kopf schief und wagte zu scherzen: »Und wo, glaubst du, daß er die letzten drei Wochen über geblieben ist?«
Jetzt lachten sie gemeinsam, und er warf dabei in der für ihn so charakteristischen Haltung den Kopf in den Nakken. Und als er sie wieder ansah, fragte er: »Warum willst du dann nicht mitgehen?«
Nun wurde ihr Blick fest und glitt über sein Gesicht. Es war ein gutes Gesicht, in das sie sah, ein freundliches, aufrichtiges Gesicht. Als sie es prüfend betrachtete, wurde ihr klar, daß dieser Mann nicht hochmütig war. Die Erkenntnis wärmte ihr das Herz. Sie kam sich klug, ja sogar überlegen vor, weil sie imstande war, seinen Charakter zu beurteilen. Sie wußte, daß seine Bescheidenheit der Grund dafür war, daß er mit den Arbeitern verkehrte wie mit seinesgleichen. Deshalb scheute er sich auch nicht, zuzugeben, daß seine Mutter die Schuhe putzte und sein Bruder Werkmeister war. Er war nicht hochmütig. Diese Erkenntnis gab ihr den Mut, ihren Mantel aufzuschlagen und zu sagen: »Ich habe nichts anzuziehen.«
»Was!« Ehrlich überrascht zog er die Augenbrauen hoch. In seinem langen Gesicht bildeten sich Falten tiefer Anteilnahme, und seine Nasenspitze begann zu zucken wie bei einem Kaninchen, ehe er fortfuhr: »Oh, mein Liebling! Warum machst du dir deshalb Sorgen! Ich habe noch nie bemerkt, was du anhast.« Er lächelte belustigt. »Kein Mensch wird jemals bemerken, was du anhast, Sarah. Du trägst deine Kleider wie . . . nun, wie jemand, der keine Kleider braucht, um Eindruck zu machen. Du weißt schon, wie ich es meine«, schloß er rasch und ein wenig verlegen.

Ihre Lider blieben gesenkt. »Es ist sehr nett von dir, es so auszudrücken, aber ein Mädchen braucht nun mal was zum Anziehen. Man fühlt sich ganz anders, wenn man hübsche . . . neue Kleider hat.«
»Und ich sage dir, daß bei dir Kleider überhaupt keine Rolle spielen . . . Ach, komm, komm.« Er schwenkte sie hin und her, hielt sie fest und lachte. »Wir fahren morgen abend nach Newcastle, und die Frauen in ihren Kaninchenmänteln werden dir nicht das Wasser reichen können.«
Ihr Kopf war verschämt gesenkt, und ein glückliches, aus tiefstem Herzen kommendes Gelächter lief bebend durch ihren stämmigen Körper. Jäh brach es ab. Sie blickte auf und sagte sehr leise: »Weißt du, was?«
»Nun?«
»Ich glaube, du bist der netteste Mensch auf der ganzen Welt.«
»Oh, Sarah!« Sofort wollte er sie wieder festhalten, aber sie sagte rasch: »He, nein! Sieh dich um, wir sind gleich auf der Hauptstraße. Da sind eine Menge Leute.«
Sie war sehr rot geworden; sie hatte nicht die Absicht gehabt, ihn nett zu nennen. Das war bestimmt voreilig von ihr gewesen, nahm sie an, so, als hätte sie sich ihm an den Hals geworfen. Aber er würde es nicht falsch verstehen, von der Sorte war er nicht, und es war ihre ehrliche Meinung gewesen – er war der netteste Mensch auf der Welt. Und er war ein Mann. Er sah aus wie ein Mann und nicht wie ein grüner Junge. Sie fragte sich, wie alt er wohl sei. Er hatte es ihr nie gesagt. Er sah aus wie fünf- oder sechsundzwanzig. Sie schien heute abend ihre Zunge nicht unter Kontrolle zu haben, weil sie sich selbst kühn fragen hörte: »Wie alt bist du?«
»Was schätzt du?« fragte er leise lachend.
Sie sah ihn prüfend von der Seite an. Dann sagte sie: »Sechsundzwanzig.«
»Sechsundzwanzig?« Er zog die Augenbrauen hoch. »Drei Jahre daneben.«
»Du bist doch nicht etwa neunundzwanzig?«

»Nein. Enttäuscht? Ich bin dreiundzwanzig.«
Nein, enttäuscht war sie nicht, aber er sah älter aus. Sie war verblüfft, als er nun sagte: »Und du bist neunzehn.«
»Woher weißt du das?«
»Ach, ich weiß, wann du mit der Schule fertig warst.«
»Wirklich?«
Er beugte sich über sie und zischte drohend: »Ich habe seit Jahren ein Auge auf dich geworfen, Sarah Bradley.«
Abermals überflutete sie ein glückliches, zu Kopf steigendes Gefühl von ungewöhnlicher Sorglosigkeit. Wirklich komisch, was er da sagte . . . Aber wenn es stimmte, warum hatte er sie nicht schon längst angesprochen? Vielleicht weil sie ihm nie einen Blick geschenkt hatte? Hie und da war sie ihm auf der Straße begegnet, hatte aber stets weggesehen, da sie genau wußte, daß er vom Oberen Ende kam.
Bei der Camelia Street bogen zwei Frauen um die Ecke, und er sagte: »Guten Abend, Mrs. Talbot. Guten Abend, Mrs. Francis.«
»Guten Abend, David«, antwortete eine von den beiden. Beide nickten und hefteten ihre Blicke fest auf Sarah. Etwas Kühles streifte ihren warmen Körper. Was dachten die wohl? Oh, sie wußte es genau: daß sie verrückt sei. Sie warf sich stolz in die Brust. Sie war nicht bloß verrückt, sie war es auf ihre ganz persönliche Weise.
Sie blieb an der Stelle stehen, wo sie sich immer verabschiedeten.
»Warum darf ich dich nie bis zu deinem Haus begleiten?«
Sie sah ihn offen an. »Muß ich dir das wirklich erst sagen?« Es war eine große Wohltat, daß sie aufrichtig zu ihm sein durfte. Seit sie ihm ihre Kleidersorgen gebeichtet hatte, konnte sie ihm alles sagen.
»Sei nicht kindisch.«
»Ich bin nicht kindisch, aber du weißt ganz gut, wie es dort unten aussieht.«
»Nun, einmal muß ich ja doch zu euch kommen.«
Die Erstarrung ihres Körpers löste sich, und ihr war wie-

der warm ums Herz. Sie schlug die Augen nieder.
»Ich hole dich morgen ab . . . das ist abgemacht.«
Sie hob entsetzt den Kopf. »Nein, nein! Bitte, nicht!« flehte sie. »Komm nicht an die Haustür. Warte hier auf mich.«
Als er eben etwas darauf erwidern wollte, stürmten einige Jungen über die Straße, umringten die beiden auf dem Gehsteig, und einer von ihnen, der seinem Verfolger entwischte, packte Sarah beim Rock. Beinahe hätte sie das Gleichgewicht verloren, doch David griff stützend nach ihr und rief dem Jungen zu: »Verschwinde! Laß sofort los, hörst du?«
Der Junge lief wieder auf die Straße zurück, aber sein Verfolger blieb am Bordstein stehen, sah zu Sarah auf und sagte ohne weitere Einleitung: »Bei euch ist der Teufel los, Sarah. Dein Pa hat Phyllis mit dem Riemen verbläut. Sie hat gebrüllt wie am Spieß. Und deine Mutter hat er eingesperrt.«
Sarahs Lippen bewegten sich stumm. Die zaghafte Süße des Lebens, die sie zu spüren bekommen hatte, war in Sekunden verdorben worden, besudelt durch das Bild, das die Worte des Jungen heraufbeschworen hatten. Sie brachte es nicht über sich, David anzusehen. Schnell drehte sie sich um und lief die Straße hinauf. Er hatte sie rasch eingeholt, und da er neben ihr herlief, war sie gezwungen stehenzubleiben. Keuchend herrschte sie ihn an: »Nein, nicht! Komm nicht mit, bitte! Ich will es nicht. Begreifst du denn nicht?«
Er rührte sich nicht vom Fleck und schwieg. Sie aber rannte weiter und bog um die Ecke. An jenem Abend stand niemand an der Ecke oder vor den Häusern. Die Straße war merkwürdig leer. Nur Mrs. Young, ihre Nachbarin zur Rechten, trat aus dem Haus, als Sarah gegen die Haustür hämmerte, und sagte ruhig: »Da kommst du nicht 'rein, Kleine; er treibt's schon seit einer halben Stunde. Man müßte was dagegen tun. Ich würde zur Polizei gehen, jawohl, wenn's nicht wegen deiner Ma wäre. Er hat dem armen Wurm die Seele aus dem Leib ge-

prügelt. Sam Ferris ist noch mit knapper Not über die Mauer geklettert. Er ist verrückt, weißt du, schlecht und verrückt, wenn es ihn überkommt. Ich könnt's noch verstehen, wenn er betrunken wäre, aber bei einem, der keinen Tropfen anrührt und trotzdem so was macht, is 'ne Schraube locker.«

»Was hat sie denn getan, Mrs. Young?«

»Ach, Liebchen, das is nich meine Sache, du wirst's früh genug erfahren. Aber ich an deiner Stelle ging von hinten 'rein.«

Sarah lief hinter das Haus. Dort hatten sich viele Neugierige eingefunden. Männer und Frauen standen in getrennten Gruppen beisammen. Vor der Hintertür lehnten vier Männer und eine Frau.

Die Frau drehte sich um und sagte: »Ach, du bist's, Sarah.«

Ein Mann griff nach ihrem Arm und sagte: »Geh jetzt lieber nich 'rein. Laß ihn erst abkühlen. Deine Mutter ist jetzt bei ihm.«

»Man kann ihm nicht allein die Schuld geben«, wandte sich ein zweiter Mann an sie, und dabei wippte sein Kopf wie auf einer Drahtspirale. »Man muß was dagegen tun, wenn es soweit kommt, weißt du.«

»Was meinen Sie, Mr. Riley? Was heißt ›soweit kommt‹? Was ist geschehen? . . . Lassen Sie mich 'rein.« Das galt dem Mann, der ihren Arm festhielt.

Als er ihn losließ, sagte der andere: »Ein Kameltreiber – um es kurz zu machen.«

»Kameltreiber?«

»Tjaja, genau das, Herzchen. Die kleine Phyllis hat's mit einem Araber getrieben. Daß dein Dad kein Engel ist, wissen wir alle, aber in so einem Fall hätte ich dasselbe getan.«

»Unsinn, du nicht, er ist ein Verrückter!«

Noch während die Frau sprach, drängte sich Sarah durch die Gruppe und ging durch die offene Hintertür und den Hof. Aus der Küche drang kein Laut. Alles schien ruhig zu sein. Sie öffnete die Tür und betrat die kleine, vierek-

kige Spülküche. Das Blechgeschirr, das für gewöhnlich in dem Eimer hinter der Tür stand, in den sie das schmutzige Geschirr vor dem Spülen gaben, lehnte an der Wand. Der Fußboden rundum war naß vom Seifenwasser. Sie öffnete die Küchentür und betrat leise den Raum. Ihr Vater saß in der Eßecke. Sein mageres, verdrossenes Gesicht war gelb, und die roten Äderchen schienen sich über das Weiße seiner Augen ausgebreitet zu haben und ließen sie wie blutunterlaufene Flecken erscheinen, aus denen ihr zwei dunkle Punkte unter schmalen Lidern entgegensahen. Sein kurzer, sehniger Körper und seine ebenso kurzen Beine waren angespannt; er sah aus wie eine Gliederpuppe.
Sie blickte rasch von ihm zu ihrer Mutter, die sich an den Herdrand klammerte. Ihr Kopf hing nach vorn, und sie starrte in die Glut auf dem Rost zwischen dem schwarzen Backrohr und dem Ständer für die Pfannen. Ihre Mutter war eine große Frau, beinahe doppelt so groß wie ihr Vater. Sie war früher sogar hübsch gewesen, mit einer schönen Figur und einem lachenden Gesicht. Sarah hatte sie aber seit Jahren nicht mehr richtig lachen sehen. Wie schon oft zuvor drängte sich ihr auch jetzt die Frage auf: Warum? Warum hatte sie ihn geheiratet? Einen Mann, der zehn Jahre jünger war als sie? Vielleicht, überlegte sie wie früher, war es genau dieser Altersunterschied gewesen, und sie hatte sich geschmeichelt gefühlt.
Mühsam stotterte sie: »Was ist los?« Sie konnte nicht glauben, was sie draußen an der Hintertür gehört hatte. Ihrem Vater war jeder Vorwand recht, um seinen Riemen zu benützen.
»Du bist also heimgekommen, wie?«
Sie beachtete seine Worte nicht, sondern wandte sich an ihre Mutter und wiederholte: »Was ist los?«
Pat Bradley war aufgesprungen und starrte sie aus blutunterlaufenen Augen an. »Du gibst ihr wohl Nachhilfestunden, was? Ihr seid mir ein feines Paar. Bei Gott! Was sie nicht von selbst weiß, das bringst du ihr bei. Nicht, daß sie viel dazulernen müßte!«

Ihre Mutter wandte sich vom Kamin ab und sprach zum erstenmal. Ihre Stimme klang wie erstorben vor Überdruß. »Geh nach oben, Sarah, und kümmre dich um Phyllis.«
»Sie wird gehen, wenn ich es sage.«
»Laß sie in Ruh.« Annie Bradley wandte sich drohend an ihren Mann, den sie hoch überragte. »Für einen Abend hast du mehr als genug Unheil angerichtet. Diesmal bist du zu weit gegangen. Ich hab dir gesagt, was geschieht, wenn du die Hand noch einmal gegen eines der Mädels erhebst, oder?« Sie wandte sich von den finster auf sie gerichteten Augen ihres Mannes ab und sagte nochmals zu Sarah: »Geh nach oben zu Phyllis.«
Sarah wandte sich langsam um. Sie wollte zu Phyllis gehen, aber zugleich wollte sie auch noch bleiben. Auch sie wollte mit diesem Mann abrechnen und ihm sagen, daß er nicht wagen solle, sich an ihr zu vergreifen. Seit langem hatte sie auf eine solche Gelegenheit gewartet und um den Mut gebetet, sie dann auch zu nützen. Trotzdem gehorchte sie ihrer Mutter. Sie trat zwischen den viereckigen Holztisch und das Ledersofa, öffnete die Tür zur Treppe und zog sich am Treppenseil die steilen Stufen hinauf. Mit einem Schritt überquerte sie den schmalen Treppenabsatz, war im Schlafzimmer, stand vor dem Bett und sah auf Phyllis hinunter.
Ihre Schwester lag auf der Seite. Ihre Bluse hing in Fetzen von ihrem Rücken. Der Rock hatte zwei Risse, vom Gürtelband bis zum Saum, und die Rückseite ihres Schlüpfers war schwarz, als hätte man sie durch den Hof geschleift. Sarah beugte sich über die zerrissene Bluse. Sie wies keine Blutspuren auf, aber als sie den Stoff zur Seite schob, sah sie ein Netz von dicken, dunkelblauen Striemen.
»Ach, Phyllis!«
Sie legte die Hand sanft auf die Schulter ihrer Schwester, aber Phyllis rührte sich nicht und sagte kein Wort. »Phyllis, setz dich auf. Phyllis, hörst du mich? Komm . . . Phyllis«, drängte Sarah.

Langsam bewegte sich Phyllis. Unter großer Anstrengung, als sei sie ans Bett gebunden, drehte sie sich zur Seite. Die Augen waren geschlossen; ihr Gesicht war, abgesehen von einem dunklen Striemen, der vom oberen Rand des Ohres quer über die Wange bis zum Mundwinkel lief, totenblaß. Sarah aber sah nicht ihr Gesicht, sondern ihre Brüste, diese kleinen, kaum entwickelten Brüste, die Phyllis seit langem zu vergrößern trachtete. Sie waren nackt und mit ähnlichen Striemen übersät wie das Gesicht.
»Allmächtiger!« Sarah setzte sich auf die Bettkante, schloß den mageren Körper behutsam in die Arme und wiegte ihn, wie eine Mutter ihr Kind wiegt. Und abermals sagte sie: »Allmächtiger!« So verharrte sie eine Zeitlang, schaukelte die Schwester sanft und stieß kleine schmerzerfüllte Laute aus. »Ich habe eine Dose Ponds Cream; ich werde dir gleich mal die Creme auftragen, hm?«
Phyllis blieb stumm, aber als Sarah sie losließ, setzte sie sich auf die Bettkante. Sie sah aus, als hätte man jedes Leben und jeden Widerstand aus ihr geprügelt. Doch dieser Eindruck täuschte. Kaum hatte Sarah nämlich mit behutsamen Fingern den ersten Tupfen Creme auf der Wange ihrer Schwester aufgetragen, packte Phyllis sie am Handgelenk und flüsterte heiser und ungestüm: »Eines Tages bringe ich ihn um, Sarah.«
Sarah wies sie nicht zurecht, sondern rückte eng an sie heran und flüsterte: »Warum hat er es getan?«
»Er hat behauptet, ich hätte was mit einem Araber.« Phyllis sah Sarah fest in die Augen.
»Aber das stimmt doch nicht, oder? Nicht mit einem Araber.«
»Er hat gesagt, ich bin eine Araber-Hure.«
»Aber du hast doch noch nie ein Wort mit einem Araber gesprochen, nicht?«
»Natürlich hab ich.« Phyllis wich Sarahs Blick nicht aus. »Sie kommen täglich ins Café. Man muß einfach mit ihnen reden.«

»Das ist mir klar, aber doch nicht außerhalb des Cafés?«
»Doch, ich habe auch draußen mit einem gesprochen.«
»Ach, Phyllis!«
»Sag nicht ›ach, Phyllis‹ zu mir. Er ist ein prima Bursche. Viel anständiger als alles, was sich bei uns hier rumtreibt, das kann ich dir sagen.«
»Ach, Phyllis ... aber ... aber ein Araber! Du weißt, daß du dich damit ins Gerede bringst. Man wird dich von hier fortjagen. Erinnerst du dich an Betty Fuller? Ich schon. Sie hat einen Araber geheiratet, und als sie ihre Mutter besuchen ging, hat Mrs. Baxter vom oberen Fenster den Nachttopf über sie geleert. Ich war damals keine zehn Jahre, aber das habe ich mir gemerkt. Die ganze Nachbarschaft war in Aufruhr.«
»Was geht das mich an? Jedenfalls habe ich nichts mit ihm gehabt und erst zweimal außerhalb des Ladens mit ihm gesprochen. Einmal, als ich mit der Fähre fuhr. Mr. Benito hat mich nach North Shields geschickt, und er war auch auf der Fähre, und da sind wir eben ins Gespräch gekommen, und eines kann ich dir sagen«, zischte sie Sarah wütend an, »er hat mich viel besser behandelt, als die Burschen aus unserer Gegend das tun. Er hat eben Manieren!«
Sarah sagte nichts; sie war verblüfft. Phyllis sprach mit einem Araber! Jeder wußte, was mit einem Mädchen geschah, das mit einem Araber ging; sie wurde ausgestoßen und konnte nie mehr zu ihrer Familie zurück. Ihre Verwandten kannten sie einfach nicht mehr – hier zumindest war das so, und niemand wagte, sich dagegen zu sträuben. Die meisten weißen Mädchen, die Araber heirateten, wohnten drüben im Araberviertel von Costerfine Town und East Holborn. Wenn eine es wagte, sich in einem anderen Stadtteil anzusiedeln, dann blieb sie nicht lange, dafür sorgten schon die Nachbarn.
Selbst unter den Leuten der engsten Umgebung herrschten strenge Klassenunterschiede. Sowohl das Obere als auch das Untere Ende der Fünfzehn Straßen kannte den ihm zustehenden Platz. Man verkehrte nicht miteinan-

der ... zumindest hatte das gestimmt, bis sie, oder richtiger gesagt: David Hetherington, den Bann gebrochen hatte. Aber dieses Klassenbewußtsein, das sich die strengen Maßstäbe von Jarrow und Shields zum Vorbild nahm und das durch die herrschende Arbeitslosigkeit in diesen Städten noch verstärkt wurde, war nichts im Vergleich zu dem Klassenunterschied zwischen einem weißen Mädchen jeglicher Herkunft und einem Araber.

In diesem Augenblick verzog sich Phyllis' Gesicht schmerzhaft, und sie drückte die Hände vorsichtig auf die Brust. Dann drehte sie den Kopf langsam herum und fragte: »Glaubst du mir nicht?«

»Doch, ja, natürlich glaube ich dir, Phyllis. Aber sag, wie hat er« – sie deutete mit einer Kopfbewegung auf den Fußboden – »davon Wind bekommen?«

»Das war so. Heute nachmittag hatte ich eben Schluß gemacht und wollte zum Markt gehen. Da ist mir eingefallen, ich könnte Mutter etwas mitbringen. Du weißt doch, wie gern sie Muscheln ißt. Ich gehe also zu dem Laden, du kennst ihn, wo man Muscheln und schwarzes Brot und Bier bekommt, und da stand er drinnen. Er hatte einen Teller Muscheln vor sich stehen und fragte mich, ob ich auch welche haben möchte. ›Danke, nein‹, sagte ich, ›ich will nur welche mit heimnehmen‹, und als ich gezahlt hatte, kam er mit mir zum Markt. Ich konnte ihm doch nicht sagen: ›Man darf mich nicht mit Ihnen sehen‹, nicht wahr?«

Ihre schmerzerfüllten, rebellischen Augen sahen sie unverwandt an, und Sarah sagte hastig: »Nein. Nein, natürlich nicht ... Und das war alles?«

»Jawohl, das war alles; das schwöre ich bei Gott, dem Allmächtigen. Aber soll ich dir was verraten?« Phyllis schob ihr Gesicht dicht an Sarah heran. »Von jetzt an wird es nicht mehr alles sein. Darauf kannst du Gift nehmen. Er hat heute etwas in mir kaputtgemacht. Er hat mich früher auch schon geprügelt, aber nicht so wie heute abend. Ich schwöre dir, dem zahl ich's heim. Und ich weiß auch schon wie.«

»Ach, Phyllis, du fühlst dich jetzt bloß schlecht. Sprich nicht so.«
»Jawohl, ich fühle mich schlecht, ich fühle mich verheerend.« Phyllis drehte den Kopf verzweifelt hin und her. »Mir ist zum Sterben, aber ich werde nicht sterben.« Ihr Kopf bewegte sich rascher. »Nein, die Freude mache ich ihm nicht. Jetzt lebe ich erst recht! O Gott.« Sie preßte die Hände fester zusammen. »O Gott, ich will hier raus, und zwar rasch. Wart's nur ab! Ich hau noch vor dir ab, du wirst schon sehen, Sarah.« Sie sagte es, als hätte Sarah ihr widersprochen.
»Schon gut, reg dich nicht auf«, sagte Sarah. »Leg dich hin; ich tu dir ein bißchen Creme auf den Rücken.«
Phyllis legte sich auf den Bauch wie ein Kind, und als Sarah ihren Rücken behandelt hatte, drehte sie sich langsam um und sagte: »Mir ist so elend, Sarah; ach, ist mir elend!«
»Bleib ganz ruhig liegen, ich hole dir was.«
Sarah lächelte mitleidig auf die schmächtige Gestalt hinab, und ihre Finger berührten die blutleere Wange, die von der Peitsche verschont geblieben war.
Aber sobald sie die Schlafzimmertür hinter sich zugezogen hatte, lehnte sie sich einen Moment an die Wand. Die Wut überschwemmte sie mit einer solchen Wucht, daß sie Angst bekam, weil sie den Wunsch verspürte, nach unten zu eilen, den Rasierriemen, der unter dem kleinen Spiegel neben dem Kamin hing, zu packen und ihren mageren Vater damit auszupeitschen, bis er, um Gnade wimmernd, gekrochen kam. Sie wußte, daß sie es tun konnte. Groß und kräftig genug war sie. Weshalb tat sie es also nicht? Vielleicht, weil sie noch nie die Hand gegen jemand erhoben hatte. Sie wollte sich dazu zwingen, ihrem Impuls Folge zu leisten, aber alles, was sie sich abrang, war der Stoßseufzer: »Heilige Mutter Gottes!« Unsicher tappte sie sich nach unten und schalt sich dabei: Du bist groß und dumm. Warum tust du's nicht? Wenn du es tätest, könnte er nie wieder nach dem Riemen greifen.

Ihre Mutter war allein in der Küche, aber sie bedeutete ihr, daß der Vater in der Spülküche war. »Ich hole jetzt den Arzt«, sagte Sarah.
»Was?« Pat Bradleys kleiner, zerzauster Kopf tauchte in der Tür auf.
»Ich sagte, ich hole jetzt den Arzt.«
»So! Was du nicht sagst! Hol ihn nur, dann kann er euch gleich alle beide verpflastern – ich geb dir einen Vorgeschmack von dem, was sie abgekriegt hat. Das hab ich auf alle Fälle vor, meine Dame. Und wenn ich sie heute nicht mit ihrem schokoladebraunen Liebhaber ertappt hätte, wärst du zuerst drangewesen. Aber es ist noch nicht zu spät.«
»Schluß jetzt, sag ich.« Annie war auf ihren Mann losgegangen.
»Du kümmre dich um dich selbst, Weib. Dir macht's wohl nichts aus, ein paar Huren als Töchter zu haben, aber unter meinem Dach bleiben die nicht.«
»Laß sie in Frieden!« schrie Annie gereizt.
»Ich laß sie in Frieden, wenn es mir paßt, und nicht früher. Ich füttre unter meinem Dach keine zwei verdammten Huren durch.«
Sarah trat rasch zwei Schritte herzu, klammerte sich mit beiden Händen an die Tischdecke, beugte sich vor und schrie: »Wen meinst du damit? Halt du nur das Maul, denn so, wie du Phyllis zugerichtet hast, könnte ich leicht den Spieß umdrehen. Du hast hier schon viel zu lange den starken Mann gespielt, vor dem alle zittern, jawohl! Aber damit ist es jetzt aus! Wenn du auch nur einen Finger gegen mich oder sonst jemand in diesem Haus erhebst, laß ich den Riemen auf dir tanzen, daß man dir bei lebendigem Leib die Haut abziehen kann, jawohl, das werde ich, das versprech ich dir!« Sarahs Stimme war zu gellendem Schreien angeschwollen. Die Mutter stellte sich zu ihr und zog sie an den Schultern vom Tisch fort. Dabei sagte sie dauernd beschwichtigend: »Laß gut sein. Jetzt hör schon auf!«
Sarah lehnte sich zurück. Sie keuchte, als ob sie gerannt

wäre. Einen Moment lang war nur ihr rasselnder Atem zu hören. Dann aber riß Pat Bradley die Tür weit auf und kam in den Raum. Ganz leise und ruhig begann er: »Schsch! Nimmst ja das Maul ganz schön voll, was, seit du so dick mit dem Oberen Ende bist?«

»Was ist mit dem Oberen Ende?« Sarah starrte ihn über die Schulter ihrer Mutter an. Ungezwungen schlenderte er zum Kamin, blieb mit dem Rücken davor stehen und preßte die Innenflächen seiner Hände auf seine kleinen Hinterbacken.

»Nichts. Gar nichts, solange du weißt, wo dein Platz ist. Aber wenn ein Junge aus der Camelia Street jemand aus der Müllgegend aufliest, dann will er aus so was bestimmt keine anständige Frau machen. Das sieht doch ein Blinder.«

»Dann sieht er eben was Verkehrtes«, herrschte sie ihn abermals an. »Auch wenn das zu hoch für deine schmierige Phantasie ist – ich werde nämlich heiraten, verstehst du . . . verstehst du!«

Ihre Mutter fuhr auf, und Sarah kam jäh zu sich. Sie stützte sich schwer auf den Tisch. Mein Gott, wie hatte sie nur so etwas sagen können . . .!

Wieder war es still in der Küche, bis der Wecker auf dem Kamin ein rheumatisch flatterndes Geräusch von sich gab, weil die Stunde voll war.

»Donnerwetter, du legst vielleicht ein Tempo vor, was? Warum so eilig? Kennst ihn doch kaum einen Monat.«

Jetzt blieb ihr erst recht die Luft weg. Er hatte es all die Zeit über gewußt? Nein, nein, ausgeschlossen! Sonst hätte er sie längst verdroschen. Jemand mußte es ihm gesagt haben.

»Hat er dich wenigstens gut bedient?«

Ehe sie wußte, was sie tat, hatte sie die Teekanne vom Tisch gerissen. Nur weil Annie ihr mit aller Kraft den Arm nach unten zwang, schlug die große, braune Porzellankanne dumpf polternd auf der Fußmatte auf, der Deckel rollte davon, und der Tee floß auf den Boden.

Dieser unerwartete Gegenangriff seiner Stieftochter

machte Pat Bradley klar, daß er keine Gewalt mehr über sie besaß – zumindest nicht physischer Art. Aber er war nicht der Mensch, der sich ausschließlich auf seine Körperkraft verlassen mußte, um an sein Ziel zu gelangen; er kannte auch andere Methoden. Und die wandte er jetzt an. Er knöpfte sich den Rock zu, schob den Knoten seines Halstuchs über den vorspringenden Adamsapfel, zog die Schultern hoch und sagte, während er sich zum Gehen wandte: »Eine Heirat also zwischen einer Katholikin und einem Protestanten? Wo er im Hafenbüro arbeitet und sein Vater dort der Boß ist und so? Daß ich nicht lache! Jedenfalls gibt's nur einen Weg, die Wahrheit herauszukriegen, und der lautet: hingehen und ihn fragen, nicht?« Er wandte sich auf der Türschwelle um und sah die beiden an, wobei sich sein Gesicht zu einem kriecherischen Grinsen verzerrte: »Wollen Sie mir gütigst verraten, welche Absichten Sie mit meiner Tochter haben, Mr. Hetherington . . . Sir?« Er ließ das Feixen und schloß: »Es gibt keinen besseren Zeitpunkt als jetzt, um die Wahrheit zu hören, nicht wahr, mein Kind?«

Die Tür knallte hinter ihm zu. Sarah schlug die Hände vors Gesicht und wiederholte immer wieder laut: »O nein! O nein! O mein Gott, nein!« Dann packte sie ihre Mutter beim Arm. »Er geht wirklich hin . . . Halt ihn zurück! Halt ihn zurück, ja?«

»Das hat keinen Sinn, Herzchen. Vielleicht macht er gar nicht Ernst, vielleicht überlegt er's sich an der frischen Luft. Wenn ich ihm jetzt nachlaufe, erreiche ich nur das Gegenteil. Laß ihn laufen.«

»O nein, nein, nein!« Sarah trat an den Kamin und lehnte die Stirn daran. »Ich möchte am liebsten sterben . . . Ich möchte sterben. O Gott, ich möchte sterben.«

»Hat er dir einen Antrag gemacht?«

»Nein, nein. Ich habe das bloß so gesagt.«

»Ach . . . oje, Kindchen! Da hast du dir eine böse Suppe eingebrockt. So was greift man nicht einfach aus der Luft, wenn der Junge nichts dergleichen gesagt hat . . . Oder hat er eine Andeutung gemacht?«

»Nein, nein, nicht ernstlich. Und selbst wenn, wäre jetzt doch alles kaputt.« Langsam hob sie den Kopf, wandte sich um und sagte schwerfällig: »Du mußt den Doktor für Phyllis holen, sie ist übel beisammen.«
»Ich hole keinen Doktor, Kindchen. Der würde uns nur die Polizei auf den Hals hetzen.«
»Wäre das nicht höchste Zeit?«
»Nur keine Polizei. Ich bin seit Monaten seine Raten schuldig und kann sie nicht bezahlen. Ich gehe nach oben und seh nach ihr. Umschläge mit dem eigenen Urin sind das beste bei Quetschungen.«
Sarah rümpfte angeekelt die Nase. Sie fühlte sich müde und schwach; all ihr Schwung war erlahmt. Was hatte es für einen Sinn? Sie sah sich in der rauchgeschwärzten Küche um. Immerhin hatte sie gewußt, daß es nicht halten konnte, oder? Aber die Schande . . . diese Schande! Was würde er von ihr denken? Und seine Mutter und alle andern? Wenn sie nur sterben könnte.
Sie stand da, sah auf ihre Füße nieder und konnte nicht mehr denken, sondern war nur von Schmerz erfüllt. Dann öffnete sie die Tür zur Treppe und zog sich langsam am Treppenseil hinauf. Im Schlafzimmer waren die Vorhänge zugezogen, und eine Kerze brannte. In ihrem Licht wusch ihre Mutter Phyllis' wunden Rücken mit einem Lappen ab, den sie in den Nachttopf tauchte.

3

Die runde, glatte Wanduhr zeigte eine Minute vor zwölf. David sah dem Mann zu, der am Ende eines pultähnlichen Schreibtisches saß und nun die ihm zugeteilte Arbeit aufzuräumen begann. Zuerst klappte er zwei Notizbücher zu und schob sie in eine Lade; dann putzte er eine gewöhnliche scharfgespitzte Feder und legte sie in die Rinne neben das Tintenfaß. Der Uhrzeiger war inzwischen um dreißig Sekunden vorgerückt. Langsam schloß er das Hauptbuch, knüllte ein paar gebrauchte Lösch-

blätter zusammen und warf sie in den Papierkorb, der zu seinen Füßen unter dem Schreibtisch stand. Dann stand er auf, zog den Mantel an, rückte sich die Krawatte zurecht, stieß den Stuhl mit dem Bein zum Abfallkorb und ging dann zu dem Mann, der immer noch im Hauptbuch schrieb. Die Uhr schlug zwölf.
»Glauben Sie, daß ich jetzt mit meinem Vater sprechen kann, Mr. Batty?«
Der Mann hob den Blick nicht zu David, sondern zur Uhr auf und sagte anzüglich: »Ach, es ist zwölf.«
David bekam rote Backen und stammelte verlegen: »Ich habe einen Weg . . .« Seine Stimme erstarb.
»Na gut, dann gehen Sie nur . . . Er ist sicher noch nicht fertig.«
Diese Bemerkung wurde mit Betonung auf dem »er« und mit hochgezogenen Augenbrauen gemacht und war die Fortsetzung der Rüge, die mit dem Blick auf die Uhr begonnen hatte.
David eilte über den Korridor, an dessen Ende sich eine Tür öffnete. Zwei Männer, einer ungefähr in seinem Alter, der zweite gut gegen Fünfzig, kamen auf den Gang. Der jüngere fragte: »Gehen Sie heute nachmittag zum Match, David?«
»Nein, heute schaff ich es nicht.«
Er betrat den Raum, in dem drei Schreibtische standen. Sein Vater sah vom Hauptbuch auf, in dem er geschrieben hatte, und sagte: »Hallo. Gehst du fort?«
»Ja.« David blieb vor dem Schreibtisch stehen und blickte auf seinen Vater nieder. Der rieb sich das Kinn und sagte: »Würdest du Mutter bestellen, daß ich hier noch eine Zeitlang zu tun habe und nicht vor zwei zu Hause sein werde?«
»Du weißt, sie kann es nicht leiden, wenn das Essen verkocht!«
»Ich kann ihr nicht helfen.«
Stanley Hetherington nahm die Brille ab und sah seinen Sohn an. Sein Auge zuckte mehrmals heftig. »Du bleibst also dabei.«

»Ja. Ja, natürlich.«

»Da gibt's kein ›natürlich‹, mein Lieber. Man hat dich einfach überrumpelt. Ich glaube nicht, daß du dem Mädchen einen Heiratsantrag gemacht hast, und Mutter glaubt es noch viel weniger. Im Gegenteil, sie ist überzeugt davon, daß du's nicht getan hast. Bradley ist ein hinterhältiger Halunke. Ich kenne ihn seit Jahren; er wird niemals arbeiten oder auch nur Arbeit suchen. Ich habe ihn gekannt, als er noch hier in den Docks war, eine intrigante, miese Ratte, genau das ist er, und ein ausgemachter Speichellecker obendrein. Das einzige, was er nicht tut, ist trinken, und das verschlimmert die Sache noch. Man kann einem Mann alles verzeihen, was er in betrunkenem Zustand tut. Aber dieser Bradley hat einen bösen Charakter. Also sei vorsichtig.« Er schwenkte den Finger langsam vor seinem Sohn hin und her. »Laß dich zu nichts drängen ... Ach ja, ich weiß.« Er schloß die Augen und schlug die Hände vors Gesicht, bevor er fortfuhr: »Sie ist ein hübsches kleines Ding, aber vergiß nicht, wenn du sie heiratest, dann heiratest du auch ihre Familie, und ist es fair ... ist es deiner Mutter gegenüber fair?«

»Du weißt, was Mutter denkt, nicht? Daß es immer noch das kleinere Übel ist. Machen wir uns doch nichts vor.«

»Ja, ja, das wird wohl so sein.« Der ältere Mann ließ den Kopf sinken, hob ihn aber gleich wieder ruckartig hoch und bemerkte mit einer gewissen Schärfe: »Eines aber wirst du doch bestimmt nicht tun, nicht wahr: Du wirst nicht übertreten?«

»Nein, ich werde nicht übertreten. Obwohl ich nicht verstehe, was dir daran liegen könnte.«

»Mein Glaube oder mein Mangel an Glaube hat damit nichts zu tun. Sollten sie dich aber, mit welchen Mitteln auch immer, dazu bekommen, daß du zum Katholizismus übertrittst, dann bist du erledigt. Das weiß ich: Nicht mal deine eigene Seele wird dir dann noch gehören. Guter Gott, tu nur das nicht.«

»Aber ich habe gar nicht die –«

»Das sagst du jetzt, aber wart nur ab, bis dich der Priester aufs Korn nimmt. Ich kenne seine Praktiken, glaube mir. Du mußt die Dinge von allen Seiten betrachten. Sie stammt aus einer schlechten Familie, und sie ist Katholikin. Das wird zu Klatsch führen. Man klatscht schon jetzt, denn, sehen wir den Tatsachen doch ins Auge, David, es ist nicht richtig, jemand vom Unteren Ende zu heiraten. Ich kann mir nicht vorstellen, daß diese Verbindung gutgehen soll, obwohl ich bei oberflächlicher Betrachtung einräumen muß, daß sie ein äußerst nettes Ding ist. Aber sie ist doch mit tausend Fesseln an ihr Milieu gebunden.«
»Ich werde sie heiraten.«
Stanley schloß die Augen. Dann öffnete er sie wieder, putzte seine Brille und schob sich das Nickelgestell langsam hinters Ohr, ehe er sagte: »Nun, dann wäre dazu nichts mehr zu sagen, nicht wahr?«
»Tut mir leid, Vater.«
»Nimm keine Rücksicht darauf, ob du mich oder selbst deine Mutter damit kränkst, obwohl sie es besser aufgenommen hat, als ich mir je hätte vorstellen können . . .« Er nickte. »Du vermutest wohl richtig, daß ihr diese Lösung immer noch lieber ist als die andere Sache. Aber in diesem Fall mußt du einzig und allein an dich denken. Die Ehe ist eine langwierige, komplizierte Angelegenheit, wie immer du sie auch betrachtest. Für die Länge eines Atemzuges bist du verliebt und haßt dann ein Leben lang ihr Wesen und ihren Körper . . . Ach was, geh jetzt. Verschwinde, sonst sage ich noch zuviel. Geh nur.«
David wandte sich um und verließ langsam das Zimmer. Er holte seinen Mantel und seinen Filzhut und verließ die Hafenverwaltung durch den Haupteingang. Auf dem Gehsteig hielt er kurz an. Das Getriebe des Sonnabends brauste rings um ihn her. Männer strömten von den Dockanlagen; es waren die Glücklichen, die Arbeit hatten. Sie schlenderten zur »Traube« oder ins »Nord-Ost« oder grasten eine Kneipe nach der anderen in der Straße gegenüber den Docks ab. Lokale gab es rund um den Ha-

fen und bis zur Bahn mehr als genug. Die Ufer waren immer schwarz vom Rauch und von Männern, die an der Kaimauer lehnten oder in Gruppen auf dem Gehsteig standen und endlos warteten und hofften. Manche fluchten auch, andere beteten sogar, aber alle wollten sie nur eines: Arbeit finden, ein paar Schichten bekommen. Schon eine einzige Schicht pro Woche wäre eine gewisse Hilfe und hätte ihnen das Gefühl völliger Nutzlosigkeit genommen.

David betrat diese Anlagen nie, dennoch war er sehr empfänglich für die Trostlosigkeit, die die moralische Kraft der Dockarbeiter genauso untergrub wie die der Leute aus Jarrow, aus dem ganzen Bezirk Tyne und überhaupt aus vielen Teilen des ganzen Landes. Auch heute war dieses Gefühl da, aber von untergeordneter Bedeutung. Seine Gedanken kreisten um Sarah. Er wollte bei ihr sein, mit ihr sprechen und sie trösten.

Mühsam bahnte er sich einen Weg durch das Gewühl, aber als er in die Straßenbahn einstieg, packte ihn jemand am Arm und zog ihn zurück auf die Straße.

»Wohin fährst du?«

»Ach, bloß nach Shields.«

»Um diese Zeit? Und wann ißt du?«

David trat wieder auf den Gehsteig und sah seinen Bruder einen Augenblick lang schweigend an. John Hetherington war wohl fünf Zentimeter kleiner als David, aber doppelt so breit. Er hatte das gleiche viereckige Gesicht wie sein Onkel. Seine Augen waren groß, dunkelbraun und nachdenklich. Auch sein Mund war groß, ebenso seine Nasenlöcher. Von seiner Nase konnte man behaupten, daß sie in seinem Gesicht störte. Dafür aber ließ sie die Bezeichnung attraktiv oder vielleicht interessant zu, denn die Leute warfen stets einen zweiten Blick auf ihn. Jetzt kniff er die dichtbewimperten Lider zusammen und sagte: »Du siehst nicht gut aus. Fehlt dir was?«

»Nein, nein, gar nichts. Ich sag dir lieber gleich, was geschehen ist, obwohl ...«

David fuhr sich über die Lippen, und John warf ein: »Es ist etwas geschehen? Na schön, schieß los. Aber beeil dich, ich möchte die Straßenbahn erreichen.«
»Ich werde heiraten.«
»Was wirst du?« fragte John ungläubig. Dann wechselte er rasch den Tonfall und sagte leise: »Also nein! So hirnverbrannt kannst du doch nicht sein. Mann, das wäre ja Selbstmord! Außerdem weißt du, wie Mutter ...«
»Es handelt sich nicht um Eileen.«
»Nicht?« Er verzog das Gesicht. »Ach ...! Doch nicht etwa ...?« Er stieß David mit der Faust in die Schulter. »Doch nicht das Fräuleinchen vom Unteren Ende, von dem ich gehört habe? Sag mal, Junge, du kennst sie doch erst wenige Wochen.«
»Stimmt nicht, schon viel länger.«
»So, so!« John holte so tief Luft, daß sich sein Mantel öffnete. »Weshalb diese Eile?«
»Entschuldige mich, aber ich muß gehen. Alles Nähere erfährst du, wenn du heimkommst ... zumindest, was sich gestern ereignet hat.«
»Tjaja, das kann ich mir denken. Hör zu, Davie, überstürze nichts.« Johns Gesicht war ernst geworden, und es lag nicht die Spur von Leichtsinn in seinen braunen Augen. »Sei klug, Junge, ich warne dich, und ich spreche aus Erfahrung. Ich habe dir und den anderen gegenüber immer geschwiegen, das weißt du, aber du kannst wohl selbst zwei und zwei zusammenrechnen, soweit es mich betrifft. Du machst dir dein Bett, und bei Gott, du hast darin zu liegen! Es gibt keinen wahreren Ausspruch auf der ganzen weiten Welt. Eine Ehe kann die Hölle sein, die pure, verdammteste Hölle. O ja.« Seine Stimme war sehr leise. »Ich weiß, daß es auch wunderbare Ehen gibt, die zehn, zwanzig, ja auch fünfzig Jahre währen. Man hört immer wieder davon, ja man sieht sie sogar; aber dabei muß man sich schon fragen, mein Junge, ob einer der beiden Partner auch nur einen Tag seines Lebens nachgedacht hat. Die meisten Eheleute bleiben beisammen, weil ihr Haus oder die Möbel gemeinsames Eigentum

sind. Sie vegetieren nebeneinander her, aber sie leben nicht miteinander. Weißt du, was die meisten Männer sind? Familienerhalter.«

»Ich muß jetzt wirklich laufen, John, sonst fährt meine Straßenbahn ohne mich ab.« Er zeigte auf die Bahn, in die der Schaffner eben einstieg. »Bis später!«

»Schön, schön.«

Sie starrten einander eine Sekunde lang an, dann schwang sich David auf das Trittbrett.

Wenn John einmal zu reden anfing, war er nicht mehr zu bremsen. Er konnte aus allem und jedem eine Diskussion machen, bei der er auch das unbedeutendste Problem analysierte und sämtliche Wenn und Aber prüfte . . . Er betrachtete die Ehe also als Hölle. Natürlich hatte er damit seine eigene Ehe gemeint. Daß es so schlimm damit stand, hatte David nicht geahnt. Allerdings wußte er, daß John und May häufig stritten, aber May hatte eben auch ihren eigenen Kopf. In dieser Beziehung waren sie einander ebenbürtig. May schimpfte über die Politik, die Streiks und die Arbeitslosenunterstützung, weil sie wie die meisten Frauen Angst hatte, der nächste Zahltag könnte der letzte sein.

Pure Hölle.

Er konnte sich nicht vorstellen, daß das auch für ihn gelten sollte, nicht, wenn er Sarah heiratete . . . Sarah war keine May. Und dennoch, auch Vater hatte gesagt, man liebte nur einen Atemzug lang . . . O mein Gott! Wenn sie bloß alle den Mund hielten und ihn tun ließen, was er tun mußte . . .

Eine halbe Stunde später stand er vor dem Laden und sah ins Schaufenster. Als endlich nur mehr eine Kundin im Laden war, trat er ein.

Sarah bemerkte ihn, als sie der Frau das Wechselgeld zurückgab, und zuckte sichtbar zusammen. Die Frau, die sich umdrehte und David ansah, lächelte verständnisvoll.

Er stand da und sah sie zwischen den Türmen von Pralinenbehältern an. Ihm fiel sofort auf, daß sie schlecht aussah. Ihre Augen waren wohl nicht gerötet, aber verschwollen, und ihr Gesicht, das für ihn immer der Inbegriff eines hellstrahlenden Lichtes war, wirkte niedergeschlagen, ja sogar verschüchtert. Die Tatsache, daß dieses Mädchen, dieses kräftige Mädchen, das er zu seiner Frau machen würde – ja, sie würde sein Frau werden –, imstande war, bedrückt und verschüchtert zu sein, löste in ihm das seltene und unsinnige Gefühl von Zorn aus. Deshalb klang seine Stimme für ihre Ohren irgendwie förmlich, als er sagte: »Wann bist du hier fertig?«

Sie vermochte ihn nicht anzusehen. Mehr als je zuvor wünschte sie zu sterben, im Erdboden zu versinken und verschlungen zu werden. Die Demütigung hatte ihr den letzten Rest von Stolz geraubt, an den sie sich verzweifelt geklammert hatte, um sich im Morast der Fünfzehn Straßen zu behaupten.

»Wann gehst du zum Essen, Sarah? Sag doch was!«

»Um eins.« Es war nur ein Murmeln, das aus der Tiefe ihrer Brust drang.

Sanft und beschwörend flüsterte er: »Sarah, Sarah, sieh mich an.«

Sie hob den Kopf nicht, sondern wandte ihn zur Seite, und ihre Hände nahmen Zuflucht zu einem Karton, aus dem sie zerknülltes Papier zog und es zu kleinen Bällchen formte.

»Also in zehn Minuten. Ich warte draußen ...«

Drei Minuten vor eins kam Mrs. Benton aus ihrer Wohnung in den Laden. Sarah verstaute mehrere leere Kartons in einer Ecke des Hinterzimmers und sagte nervös: »Ich muß etwas besorgen. Ich nehme mir mein belegtes Brot mit und esse heute im Park, wenn Sie nichts dagegen haben.«

Sarah fühlte Mrs. Bentons Blick auf sich. Mrs. Benton bediente nicht im Laden. Vermutlich fand sie das unter ihrer Würde, da sie ja die Besitzerin war. Es kam höchst selten vor, daß sie eine volle Stunde bediente. Sehr oft kam sie um viertel vor zwei ins Hinterzimmer und sagte: »Es ist nichts los. Ich geh mal nach oben. Rufen Sie mich, wenn es klingelt.« Sarah rief sie niemals. Es war eine gute Stelle, und sie wollte sie behalten. Nicht viele Mädchen bekamen achtzehn Shilling und sechs Cent pro Woche, ohne sich die Hände schmutzig zu machen. Natürlich war ein Zwölfstundentag anstrengend, aber sie beklagte sich nicht.

Sie mußte ihre Chefin nicht ansehen, um zu wissen, daß sie verärgert war. Mrs. Benton war stets verärgert, wenn sie schwieg. Sarah griff nach ihrem Mantel und setzte den Hut auf, ohne in den Spiegel zu sehen. Mit einem gemurmelten »Ich bin bald wieder da« trat sie durch die Seitentür auf die Straße.

Sie hielt den Kopf gesenkt und blieb nicht stehen, als sie Davids lange Beine über den Asphalt kommen sah, sondern ging weiter zum Park.

»Sei nicht so.« Er ging dicht neben ihr her und neigte sich zu ihr.

»Wie soll ich denn sein?!« Ihre undeutlichen Worte waren Frage und Antwort zugleich.

Sie gingen schweigend weiter, bis sie im Park eine Bank gefunden hatten. Das war nicht schwierig, weil es um diese Tageszeit hier praktisch leer war. Sarah ergriff zuerst das Wort, hielt jedoch den Kopf beharrlich gesenkt und starrte auf ihre Finger, an denen sie verlegen zupfte.

»Es tut mir leid.«

»Sarah, sieh mich an.« Er faßte nach ihrer Hand und zog mit kleinen, ruckartigen Bewegungen daran, um Sarah zu veranlassen, den Kopf zu heben. Sie aber wollte nicht, und er sagte: »Ich habe dich seit Jahren beobachtet, wenn du über die Straße gegangen bist, und vom ersten Abend an, als ich vor deinem Laden stand, war mir klar, daß ich dich heiraten werde. Ich hatte nur gräßliche Hemmungen, davon zu reden, und daß du mir keine große Hilfe dabei warst, weißt du selbst am besten.«

»Nicht, nicht.« Unter ihren geschlossenen Lidern quollen die Tränen hervor und liefen ihr übers Gesicht.

»Ach, Sarah, Sarah.« Er legte ihren Unterarm an seine Brust. »Ach, mein Herz, mein Liebling. Ach, Sarah, Lieb-

ste, wein doch nicht.« Er zog sein Taschentuch hervor, trocknete ihr behutsam das Gesicht und murmelte immerfort: »Nicht, Sarah, Liebste. Nicht, mein Liebling.«
»Er ... er hat gesagt, daß du völlig ver-verdutzt warst. Er ... er ... hat gesagt, daß es für dich die Überraschung deines Lebens war.« Sie keuchte die Worte hervor, als wollte sie sich von einer Last befreien.
»Wer hat das gesagt? Dein Vater?«
»Ja.«
»Sicher, ich war überrascht. Daran war aber nur sein unerwarteter Besuch und die Art schuld, wie er damit herausgeplatzt ist. Aber ich habe sofort gesagt, daß ich dich heiraten will. Das ist wahr, Sarah.« Er schüttelte ihren Arm. »Glaub mir, ich hab's gesagt.«
»Deine Mutter war da und ...«
»Ja, sie war da. Sie kam in den Flur.«
Ihr Kopf sank noch tiefer, als sie fragte: »Hat er Krach geschlagen?«
»Nein.« Davids Stimme klang hoch. »Nein. Er war sehr gesittet. Tatsache ist, daß er einen höchst vernünftigen Eindruck auf mich machte. Wenn ich noch nie was von ihm gehört hätte und ihm zum erstenmal begegnet wäre, hätte ich ihn im großen und ganzen für einen recht vernünftigen Mann gehalten. Aber gewisse Dinge sprechen sich eben herum, weißt du, sogar bis zu uns.«
»Was hast du zu ihm gesagt?« Zum erstenmal hob sie den Kopf und blinzelte, weil die stetig fließenden Tränen sie störten.
»Also, als ich die Tür aufmachte ... weißt du, es ging alles sehr plötzlich. Er sagte: ›Was hör ich da, Sie werden meine Tochter heiraten?‹ Ehrlich gesagt, da brachte ich im ersten Moment keinen Ton hervor.« Er hielt ihre Hände fest und legte sie sich wieder auf die Brust. »Er hat mit zwei Worten etwas ausgesprochen, was für mich festgestanden hat, seit ich dich kenne, aber im Augenblick war ich nicht darauf gefaßt gewesen. Und wußte nichts zu antworten. Dann sagte er: ›Haben Sie ihr einen Antrag gemacht?‹ Da spürte ich, daß etwas nicht stimm-

te. Ich brachte es mit der Szene mit deiner Schwester in Verbindung, von der uns der Junge erzählt hatte. Ich bat ihn also ins Haus, und als er im Flur stand, sagte er gleich wieder: ›Ich hab Sie was gefragt‹, und so habe ich geantwortet: ›Ja ... sicher, ich habe ihr einen Heiratsantrag gemacht.‹ Da kam meine Mutter dazu. Er war ihr gegenüber sehr höflich. Er sagte: ›Ich bin bloß vorbeigekommen, weil ich von meiner Tochter höre, daß Ihr Sohn sie heiraten möchte ...‹«

»Und deine Mutter hat dazu geschwiegen, wie?« Sarah leckte die Tränen von ihren Lippen. »Es muß ihr glatt die Rede verschlagen haben, weil sie genau wußte, daß du es ihr erzählt hättest, wenn was Wahres dran gewesen wäre.«

»Aber so hör mich doch an! Ich habe ihr bestätigt, daß es stimmt und daß ich vorgehabt hätte, es ihr zu sagen, und zwar heute, bevor ich dich zum Tee zu uns bitte.«

»Aber sie hat dir kein Wort geglaubt, wie?«

»Warum sagst du das ständig?«

»Ach« – sie rückte von ihm ab und versuchte, ihm ihre Hände zu entziehen –, »man hat mir ja alles haarklein berichtet und keine Einzelheit dabei ausgelassen.« Sie schüttelte langsam den Kopf, und die demütigende Szene des vergangenen Abends stand wieder deutlich vor ihr. Hundertmal hatte sie den gestrigen Abend in Gedanken wiedererlebt. Sie hatte mit Phyllis im Bett gelegen, als die Tür aufgestoßen wurde, ihr Vater auf der Schwelle stand und in der Dunkelheit brüllte: »Zu Tode erschrokken war er und hat geschlottert vor Angst, jawohl! Klar, er hat behauptet, daß zwischen euch alles abgesprochen ist, aber das war gequatscht, weil ... weil – weil er genau wußte, daß ich sonst seiner Mutter unter die Nase reibe, worum's ihm wirklich geht, dem feinen Herrn. Und wie recht ich gehabt habe! Einer wie der kommt bei unsereins nie durch den Flur, außer wenn man ihn hopp nimmt, wenn er sich durch die Hintertür einschleicht, du Schlampe mit dem vollen Bauch, du!«

Auf der Straße war es ganz still gewesen. Weder aus dem

Haus der Youngs noch der Ratcliffes war ein Laut gedrungen, denn sie horchten alle gespannt und mußten sich gar nicht anstrengen, jedes Wort zu verstehen. Das Gebrüll war bis ans Ende der Straße zu hören. Und sollte einem der Nachbarn doch etwas entgangen sein, so würden die anderen ihm eine minuziöse Wiedergabe nachgeliefert haben, bevor noch die Sonne am Himmel aufging. Das wußte sie genau.

Sie versank in einem Meer von Qual. Ihre Muskeln schienen vor Scham dahinzuschmelzen, und ihr kräftiger Körper zerbrach beinahe unter der Wucht der Demütigung, die sie vernichtete. Irgendwo in der Stadt schlug eine Uhr drei. Da schlang Phyllis, ihren eigenen Jammer vergessend, die Arme fest um sie und flüsterte: »Du darfst dich von ihm nicht unterkriegen lassen, hörst du? Dir deinen Frohsinn nehmen und dich zu Boden gehen sehen, das möchte er nämlich. Du weißt doch, warum er zu dir besonders gemein ist, wie? Weil er dich nämlich selber gern haben möchte.«

Ihr eingesunkener Körper schauderte und bäumte sich auf wie unter einem Stromstoß. Phyllis aber hielt sie unverändert fest und flüsterte ungestüm: »Mutter weiß es schon. Daß du packen und fortgehen möchtest. Denk nicht daran, wie Ma es schaffen wird. Er wird eben in den Sack greifen müssen, wenn wir zwei nicht mehr da sind . . . Du, stell dir vor, er hatte gestern früh drei Pfund in seinem Rockfutter! Er muß ihn vergessen haben, seinen Rock nämlich. Unten auf dem Stuhl. Ich hab sofort die Taschen durchstöbert und das Geld deutlich durchs Futter gespürt. Er war diese Woche beim Buchmacher. Ich könnte wetten, daß er irgendwo Geld versteckt hat . . . Also mach dir keine Sorgen um Ma, sondern sieh zu, daß du selber hier rauskommst, Sarah. Ich gehe nämlich auch . . .«

»Sarah, sieh mich an!«

Sie blickte zu jenen Augen auf, die sanft und freundlich und liebevoll waren, und ihr Herz krampfte sich zusammen, weil sie wußte, daß sie ihn verloren hatte.

»Ich liebe dich, Sarah; ich liebe dich so sehr, daß mir die Worte fehlen, es dir zu sagen ... Beantworte mir nur eine Frage: Angenommen, ich hätte dich gestern abend beim Heimgehen gefragt, ob du mich heiraten willst, was hättest du gesagt? Ehrlich, Sarah, was hättest du gesagt?«

»Ich hätte ... ich hätte ja gesagt.«

»Weil du mich liebst?«

»Ja.«

»Ach, Sarah, das ist wunderbar, wunderbar! Ich begreife gar nicht, was du an mir findest. Ich bin nicht ehrgeizig, nicht tüchtig und nicht zielstrebig!« Er lächelte. »Wenn du dich in jemand wie unseren John verliebt hättest, das wäre verständlich, aber in mich! Ich werde nie jemand sein. Ich bin ganz zufrieden damit, im selben Trott zu gehen, bis ich sterbe ... das heißt solange ich dich habe.« Er veränderte die Stimmung, indem er sie unmerklich mit der Beschreibung seines eigenen Charakters auflokkerte, den er ein bißchen ins Scherzhafte zog. Unter diesem Einfluß entspannten sich ihre Glieder, und ihr Körper blühte auf. Die grenzenlose Erleichterung machte sie schwach. Sie hätte sich am liebsten auf ihn fallen lassen, den Kopf an seine Schulter gelegt und sich ausgeruht; das war alles, was sie im Augenblick wollte: einfach ausruhen. Und dann dachte sie an seine Mutter. Sie würde nicht imstande sein, seiner Mutter zu begegnen; bei seinem Vater und seinem Onkel war das anders, aber seiner Mutter wagte sie sich nicht unter die Augen. Mit einer Offenheit, wie sie nur der Hoffnungslosigkeit entspringen kann, sagte sie: »Aber deine Mutter ... Ich könnte deiner Mutter nicht gegenübertreten, es hat keinen Zweck.«

»Meine Mutter!« Er verzog das Gesicht, bis es komisch aussah. »Aber sie versteht doch alles am besten! Paß auf, Sarah.« Er packte sie bei den Schultern. »Meine Mutter möchte, daß ich heirate; es gibt einen bestimmten Grund dafür, über den ich jetzt nicht sprechen möchte. Jedenfalls will sie es, trotz deines Vaters.«

»Meines Stiefvaters.« Dieser eine Triumph wenigstens

war ihr geblieben: Zwischen ihr und Pat Bradley existierte keine Blutsverwandtschaft.
»Dein Stiefvater? Ich bin froh, daß er nur dein Stiefvater ist. Nun, trotz ihm und seines gestrigen Aufkreuzens – und ich betone nochmals, daß er anständig gekommen und ebenso wieder gegangen ist –, trotz alledem begrüßt sie es, daß ich dich heirate. Ich glaube, sie mag dich. Sie mag nicht viele Menschen. Sie ist von Natur aus eher verschlossen und vielleicht kontaktarm, aber sie war mir eine sehr gute Mutter, und dich mag sie eben. Ich kenne sie genau; besser als mein Bruder und auch mein Vater sie kennt, glaube ich – und was ich gesagt habe, gilt. Also . . .« Er nahm ihr Gesicht zwischen beide Hände und hob es zu sich empor. »Wir wollten heute nach Newcastle fahren, weißt du noch? Aber statt dessen gehen wir zu mir. Mutter erwartet dich nämlich. Ich hole dich vom Geschäft ab, und dann kommst du zu mir.«
»Ach, David . . . David!« Sie lehnte den Kopf an seinen Hals und schluchzte, daß beide Körper unter ihrem Weinkrampf bebten.
Fürsorglich trocknete er ihr das Gesicht – die Augen, die Nase, die Lippen. Seine Blicke blieben an ihren Lippen haften, als wäre er in einen Traum versunken. Dann packte er sie plötzlich bei den Ohren und zog ihr Gesicht an seines heran. Dabei fiel ihr Hut nach hinten ins Gras. Und dann küßten sie sich; im Freien, auf einer Bank im Marine Park am Samstagmittag küßten sie sich. Jeder Polizist hätte sie aufschreiben können. Man durfte auf einer Bank weinen, aber sich nicht küssen, schoß ihr von ungefähr durch den Sinn. Aber was machte es aus? Nichts, nichts in der Welt zählte in diesem Augenblick außer diesem Mann, diesem Mann David, der sie zur Frau haben wollte.

4

Seine Mutter machte ihnen auf. »Da seid ihr ja«, sagte sie und lächelte schwach.
David schob Sarah vor sich über die beiden Stufen in den Flur. »Gib mir deinen Mantel«, sagte er.
Die Mutter hatte inzwischen die Tür zum Wohnzimmer geöffnet. Sie streckte den Kopf ins Zimmer, dann drehte sie sich um und sah Sarah an. »Im Kamin brennt ein Feuer; es wird kalt heute nacht, besonders wenn es nieselt.«
»Haben wir dich warten lassen?« David zog sich die Krawatte zurecht.
»Nein, nein, sie sind alle im Salon. Der Tee ist noch nicht ganz fertig. Geht inzwischen hinein.« Sie streckte die Hand aus, berührte Sarahs Arm mit den Fingerspitzen, hielt sie für Sekunden auf der Schwelle fest und fügte ruhig hinzu: »Wir werden später genügend Zeit zum Reden haben.«
Sie drehte sich um und ging über den schmalen Flur ins Zimmer, aus dem lautes Stimmengewirr und das hohe, fröhliche Kreischen eines kleinen Kindes zu hören waren. Sarah stand stocksteif da und starrte ihr nach. Sie fühlte sich kraftlos und wußte nicht recht, ob das von der Erleichterung kam, weil die Aussprache aufgeschoben war, oder von der Angst vor der verlängerten Galgenfrist.
»Du machst ein Gesicht wie ein hypnotisiertes Kaninchen!« David zog sie ins Zimmer und setzte sie auf die Couch.
»Ach, wenn ich diesen Abend überstehe, werde ich hundert Jahre alt.« Es war ihr erster Versuch zu scherzen, und er zog sie rasch in die Arme und drückte sie an sich. Dann

ließ er sie ebenso rasch wieder los und flüsterte: »Sie werden alle gleich da sein.« Und als hielte er den Angriff für die beste Verteidigung, sagte er: »Möchtest du gleich in den Salon kommen, damit du's hinter dir hast?«

»Nein, nein«, wehrte sie hastig ab. »Laß mich wenigstens Luft holen.«

»Darf ich dich kurz allein lassen? Ich . . .«

Er zögerte mit der Erklärung. Vielleicht muß er mal, dachte sie, schob den Gedanken aber rasch beiseite. Nein, er wollte sicher mit seinen Leuten reden, vor allem mit seiner Mutter.

»Geh nur.« Sie versetzte ihm einen spielerischen Stoß. »Ich kann nur einmal sterben.«

Er lachte. Mit zurückgeworfenem Kopf und trotz ihrer offensichtlichen Nervosität lachte er. Dann legte er die flachen Hände für Sekunden über ihre Ohren, was eine Zärtlichkeitsbezeigung war, die ihre Nachteile hatte, wie sie fand, weil sie kaum etwas hörte, und sagte halblaut: »Wir haben viele gemeinsame Jahre vor uns, Sarah. Es werden gute Jahre sein: Du bist zum Lachen geboren.«

Damit ließ er sie allein, und sie hörte wieder das Gemurmel von drüben. Sie saß auf der Sofakante und dachte: Ich bin zum Lachen geboren. Komisch – dabei hat es in meinem Leben herzlich wenig zu lachen gegeben. Aber er hat recht, ich lache gern. Wie seltsam, daß er das weiß. Sie sah sich im Zimmer um. Ihrer Meinung nach war es ein schönes Zimmer, wohlproportioniert, farbenfroh und von mustergültiger Ordnung; da war kein Stück Papier, kein Buch zu sehen, kein achtlos hingeworfenes Kleidungsstück, keine Zigarettenpäckchen auf dem Kaminsims. Sie betrachtete den schimmernden, weiß gestrichenen Holzrahmen rund um die blaßblauen Kacheln. Sie konnte sich nicht vorstellen, daß es jemand wagen würde, sich auch nur mit einem Finger auf dieses Prachtstück zu stützen, es sei denn, um die Marmoruhr und die beiden rosa Vasen abzustauben, auf denen altmodisch gekleidete Damen abgebildet waren. Sie wandte den Kopf und blickte über die Sofalehne zum Klavier. Auch das war nicht vollgestellt; bloß zwei Fotografien standen darauf, eine auf jeder Seite. Beide zeigten kleine Jungen. Einer davon war David, im Alter von ungefähr sechs Jahren. Seine Augen hatten sich nicht geändert, nicht mal sein Lächeln. Sie saß da und starrte es mit einem Gemisch von Rührung und Bangigkeit an. Diesen Jungen würde sie heiraten. Wahrhaftig.

Sie fuhr erschrocken herum, als die Tür aufging und ein Mann vor ihr im Zimmer stand und sie ansah. Er hielt noch die Klinke in der Hand, und selbst als er sich umdrehte, um die Tür zu schließen, blickte er sie unverwandt an. Dann schüttelte er den Kopf und rief aus: »Guter Gott! Komisch, Sie hier zu sehen.«

Sarah war rasch aufgestanden. Sie erinnerte sich nicht, diesem Mann schon einmal begegnet zu sein. Vermutlich war er Davids Bruder John. Allerdings sah er David überhaupt nicht ähnlich. Genau wie sie ein besonders stattliches Mädchen war, war er ein auffallend großer Mann.

Er streckte ihr die Hand entgegen. »Ich bin John, Ihr zukünftiger Schwager.«

Seine Hand war hart, sein Händedruck fest. »Sie sind mir schon mehrmals auf der Straße aufgefallen, aber daß Sie die Auserkorene unseres Davids sind, wußte ich natürlich nicht.« Abschätzend legte er den Kopf schief. »Nun, ich muß sagen, der Bursche hat einen guten Geschmack.«

Sarah schwieg und lächelte befangen. Es war schwer, zu glauben, daß die beiden Brüder waren. Die einzige Ähnlichkeit lag in der Stimme. Aber selbst hier gab es einen Unterschied. Johns Aussprache ließ seine Stimme ziemlich gewöhnlich klingen, beinahe wie die Stimmen der Menschen aus ihrer engsten Umgebung. Obwohl er keinen breiten Dialekt sprach, war seine Stimme nicht vornehm und kultiviert, wie das bei David der Fall war.

Er ließ ihre Hand sinken, deutete aufs Sofa und sagte: »Setzen Sie sich und sehen Sie nicht so verängstigt drein.« Dabei reckte er das Kinn vor und straffte die Schultern. »In ein paar Wochen werden Sie nicht mehr begreifen, warum Sie nervös waren, und werden selbst darüber lachen.« Er stützte die Hände in die Hüften und sah auf sie nieder. Dabei drückte er eine Gesichtshälfte in die hochgezogene Schulter und stand da wie ein Fragezeichen. »Sie können doch sprechen. Sie sind doch weder taub noch stumm, oder?«

»Ja ... nein ...« Nun lachten sie beide.

»Ich ... ich habe zu David gesagt, wenn ich diesen Abend überstehe, dann werde ich hundert Jahre alt.«

Er antwortete nicht gleich. Sein breites Gesicht nahm einen angriffslustigen Ausdruck an, der sie verblüffte, den sie jedoch verstand, als er sich zu ihr niederbeugte, bis er ihr das Gesicht auf eine Handbreit genähert hatte, und kurz und bündig sagte: »Hören Sie, Sie nehmen sich jetzt vor, sich vor niemandem zu fürchten, weder in diesem Haus noch sonstwo. Wenn Sie glauben, einen Grund zur Angst zu haben, dann werden Sie ihn auch finden. Lassen Sie niemals zu, daß man Sie ausnützt, sonst sind Sie erledigt.«

»Ja, ja, da haben Sie recht.« Was hätte sie sonst sagen sollen? Sie fühlte die Wärme seines Gesichtes und sah ihm auf den Mund. Es war ein gut geformter, breiter Mund, aber nicht freundlich wie bei David. John sah wesentlich besser aus als David, hübsch, würde sie sagen, aber er war anders als David. Sein drängender Blick machte sie nervös, aber da ging die Tür abermals auf, und Dan trat ein.

»Ah, hallo.« Er sah über John hinweg zu Sarah, und sie atmete erleichtert auf und lächelte. Ihre Muskeln lockerten sich wie nach einer großen Anstrengung.

»Hallo«, sagte sie.

»Ach ja, natürlich, ihr beiden kennt euch schon.« John fing den Blick zwischen Dan und Sarah auf.

Dan schob den Kopf vor, zwinkerte und sagte: »Ja, bei ihr bin ich dir voraus, Junge.«

John stand auf dem Teppich, den Rücken zum Kamin gewendet. Er beugte sich wieder zu ihr. »Hüten Sie sich

vor dem da.« Damit schielte er auf Dan. »Der Casanova unserer Familie. Tatsache. Er wird Ihnen nachsteigen.«
»Genug davon, John, genug.«
Dans Gesicht hatte sich leicht gerötet; er war zwar nicht zornig, aber ein wenig verstimmt. Sarah nahm beinahe an, daß er verletzt war.
»Wissen Sie, daß er mein Onkel ist?« John legte den Arm um Dans Schulter, und so standen sie nebeneinander da und sahen Sarah an.
»Er sieht nicht alt genug aus, um Ihr Onkel zu sein.« Sarah sah Dan beim Sprechen an, und Dan erwiderte: »Ich fühle mich auch nicht alt genug, der Onkel der beiden zu sein. Das ist eine ausgefallene Situation, ich war nämlich ein Spätling . . .«
»Du sagst es, Partner, du sagst es.«
John zerrte ihn hin und her, und Dan fiel lachend ein: »Hör auf, den Narren zu spielen, Sarah wird glauben, daß du verrückt bist. Sie weiß schon, was ich meine.« Er deutete auf sie. »Ich war noch ganz klein, als Mary, die Mutter dieser beiden Helden« – er zeigte auf John –, »geheiratet hat. Wir sind alle gemeinsam aufgewachsen, wie man so sagt. Wohlgemerkt« – seine Stimme wurde zum vertraulichen Flüstern –, »ich hätte mir solche Verwandte niemals ausgesucht, aber leider, in diesem Punkt hat mich kein Mensch gefragt . . . David ist ja in Ordnung, aber der da . . .« Er versuchte, von John loszukommen, doch inzwischen hatte John ihn mit beiden Armen umschlungen und drückte ihn heftig an seine Brust. »Laß mich los«, schrie Dan. »Du wirst doch jetzt nicht mit mir raufen wollen. Deine Mutter wird sich gleich auf uns stürzen. Hör auf!« Er riß sich los, und beide grinsten.
»Verstehen Sie jetzt, was ich meine?« Dan setzte sich zu Sarah aufs Sofa. »Rein äußerlich würde jeder diesen Riesen für einen erwachsenen, reifen Menschen halten, aber das stimmt nicht. Er ist immer noch wie ein junger Hund.«
»Wie ein junger Hund! Das ist wahr!« John hatte die Hände wieder auf den Rücken gelegt und plötzlich jene

Miene und den Tonfall angenommen wie vorher, ehe Dan das Zimmer betreten hatte. »Das ist komisch, was? Nicht erwachsen! Wo ich der einzige des ganzen Packs bin, der logisch denkt. David trägt den Kopf in den Wolken . . . was nicht als Beleidigung gemeint ist, sondern als ein Kompliment.« Seine Stimme war bedächtig, und er unterstrich jedes seiner Worte mit einer Kopfbewegung in Sarahs Richtung. »Vater hat man die Flügel gestutzt.« Er sah zur Tür. Dann wanderten seine Augen zu Dan: »Und dich läßt überhaupt alles kalt, ausgenommen . . .« Er brach jäh ab, verdrehte die Augen und fragte: »Warum bist du mir nicht ins Wort gefallen?«
»Ach, sei still! Wer kann das schon! Außerdem soll Sarah nur von allem Anfang an das Schlimmste erfahren. Hab ich recht, Sarah?«
Sarah sah Dan voll ins Gesicht und dachte: Der da könnte Davids Bruder sein. Er hat etwas Freundliches an sich. In einem Anfall von dreister Fröhlichkeit erwiderte sie in breitem Dialekt: »Ich hab mir diesen widerlichen Typ genau angesehen. Der wär ein gefundenes Fressen für die Hafenpolizei.«
Das war eine freche Antwort. Sie scherzte wie mit ihresgleichen vom Unteren Ende. Dabei hatte sie die Bewohner des Unteren Endes niemals als ihresgleichen betrachtet und kaum, falls überhaupt, mit ihren Nachbarn und schon gar nicht mit den Männern gescherzt. Aber wenn sie es getan hätte, dann hätte sie wohl den gleichen Ton angeschlagen wie jetzt. Sie war selbst verblüfft und ein bißchen betreten, doch die beiden Männer warfen die Köpfe in den Nacken – das schien eine charakteristische Geste der Familie Hetherington zu sein – und lachten, daß die Wände zitterten. Ihr Gelächter wirkte in der gesuchten Vornehmheit dieses Raumes fehl am Platz.
»Nun, hier geht's ja lustig zu. Was gibt es denn?« Mary Hetherington betrat das Zimmer, nach ihr David mit einer mageren, dunkelhaarigen jungen Frau, die ein Kind in den Armen hielt.
»Soll ich dir mal was sagen? Du hast dir da eine kecke

kleine Wanze angelacht.« John zeigte mit ausgestrecktem Finger auf David, und Davids Gesicht strahlte erleichtert, und er sagte, nicht ohne Stolz: »Findest du?«
»Jawohl.«
»Um so besser.« Er setzte sich aufs Sofa und schlang den Arm um Sarahs Schulter. Sarah beobachtete Mrs. Hetherington. Wieder überkamen sie Angst und Unruhe. Sie sah deutlich, daß Davids Mutter das allgemeine Gelächter mißbilligte. Vielleicht fand sie diese Ungezwungenheit voreilig.
Mrs. Hetherington sagte steif: »Das ist May, Johns Frau.« Sie nickte ihrem Sohn zu. »Und das hier ist ihr Sohn Paul.« Während sie sprach, zog sie die Hand des Kindes von der Schulter seiner Mutter. Die Vorstellung klang förmlich, und alle ließen sie unbewegt über sich ergehen. Sarah wollte aufstehen, aber Dan erhob sich und sagte: »Nein, nein, bleiben Sie nur. Komm her, May, und setz dich zu ihr.«
May nahm mit dem Kind Platz. Weder sie noch Sarah hatten die Vorstellung mit einem Wort quittiert. Da das Kind im Arm der Mutter saß, befand es sich in Augenhöhe mit Sarah. Es lachte glucksend und wippte auf und ab, und als Sarah einen Finger nach ihm ausstreckte, schossen seine rundlichen Händchen mit der verblüffenden Plötzlichkeit und jener unbeugsamen Zähigkeit auf sie zu, die so oft die Hilflosigkeit kleiner Kinder Lügen straft. Die Finger verkrallten sich in Sarahs Haar und zerrten und drängten sie zur Seite.
Sarah war dankbar für diese Ablenkung, obwohl sie schmerzhaft war. Alle wandten sich nun dem Kind zu und redeten durcheinander. »Ach, du böser Junge, du, laß los.« – »Schlimmer Paul.« – »Laß los, du Racker.« – »Wer würde das für möglich halten, du kleiner Schlingel.« Schließlich wurde sie befreit.
Lachend schob sie die dichten Wellen ihres langen braunen Haars wieder nach hinten. »Das macht doch nichts. Das hat meine Schwester auch immer getan. Mein Skalp hält das schon aus.«

Das Baby war in den Armen seines Vaters gelandet und stieß ihm die Zehen in den flachen und offensichtlich unempfindlichen Magen. Als Sarah zu ihm hinsah, bestätigte sich, was sie sofort bemerkt hatte, daß es seine Finger gewesen waren, die sie aus dem festen Zugriff des Kindes gelöst hatten.
»Nachdem das auch vorbei wäre, wollen wir jetzt Tee trinken.« Mary Hetherington bahnte sich den Weg zur Tür und fügte im Flur hinzu: »Kommt, Vater wartet bereits.«
Hintereinander gingen sie ihr nach. David, als letzter, faßte fürsorglich nach Sarahs Ellbogen. May ging vor Sarah, und plötzlich mußte Sarah denken: Ich werde nie so werden wie sie, sie ist sauer.
Am Teetisch saß sie dann May gegenüber und sagte sich: Sie sieht hochmütig und unzufrieden aus. Ihre Blicke wanderten zu John, der rechts von seiner Frau saß und das Kind auf den Knien hielt. Warum sie wohl unzufrieden ist? dachte sie. Er scheint ein netter Mensch zu sein, wenn auch ein bißchen polternd. Und dann hat sie ja auch noch das Kind.
Sarah fand es selbst merkwürdig, daß sich ihre Gedanken während des Tees dauernd um die magere, dunkelhaarige Frau ihr gegenüber drehten. Sie war mit dieser neuen Bekanntschaft vollauf beschäftigt und vergaß vorübergehend sogar Mrs. Hetherington; und obwohl es ihr nicht entging, daß Mr. Hetherington sehr still war und kaum ein Wort an sie gerichtet hatte, zerbrach sie sich deshalb nicht den Kopf. Vielleicht verhielt er sich auch sonst so ruhig.
Erst als sie vom Tisch aufstanden, um wieder in den Salon zu gehen, fiel es Sarah auf, daß Johns Frau, wie sie sie in Gedanken lieber nannte als May, während des Essens kein einziges Mal den Mund aufgetan hatte. Sarah hatte sie bisher überhaupt noch nicht sprechen gehört. Trotzdem schien das niemandem aufzufallen. Keiner hatte darüber eine Bemerkung fallenlassen oder sie deshalb aufgezogen.

»Singen wir was. Los, das ist eine einmalige Gelegenheit«, verkündete John, als sie vom Wohnzimmer in den Salon gingen, aber seine Mutter mahnte rasch: »Mach nicht solchen Lärm, John.«
»Na hör mal . . ., das ist doch ein Anlaß. David heiratet, also . . . Na, schön. Tut mir leid.«
John ließ den Kopf hängen und sagte leise zu David: »Ich hätte es mir irgendwo notieren sollen: ›Hier wird nicht gelästert und nicht geflucht‹, dann hätte ich rechtzeitig daran gedacht.«
David versetzte seinem Bruder einen Klaps auf den Rükken. »Laß gut sein, du Riese. Sie ist eben ein bißchen be –.« Rasch biß er sich auf die Lippen, aber Sarah erriet trotzdem, daß er hatte sagen wollen, sie sei etwas aus dem Gleichgewicht geraten.
Sie setzte sich wieder aufs Sofa und war abermals mit den Männern allein. Nun waren nicht nur Bruder und Onkel anwesend, sondern auch Mr. Hetherington. Er saß neben ihr in einem Lehnstuhl. Seine Hände lagen müßig auf seinen Knien. Vielleicht fiel ihr durch diese untätigen Hände auf, daß niemand rauchte. Das war merkwürdig. Die meisten Männer rauchten.
Hinter ihr erklang ein Akkord, und sie drehte sich zum Klavier. David hatte ihr den Rücken zugewandt. Er war es, der spielte. Sein Können erfüllte sie mit grenzenlosem Stolz.
»Ach, nicht Chopin, nicht heute abend. Spiel etwas zum Mitsingen. Sie wollen sicher auch keinen Chopin, nicht wahr, Sarah?« John wandte ihr den großen Kopf zu und auch schon wieder weg, ehe sie stammelnd gestehen konnte, daß ihr Chopin kein Begriff sei.
»›Blauer Himmel‹. Los, spiel ›Blauer Himmel‹. Wo sind die Noten? Das paßt, ›Glücklich in meinem blauen Himmel‹.« John sang mit tiefem, schallendem Baß. »Da ist es. Und ›Ganz allein am Telefon‹ und ›Dideldumdei-Deideldumdi‹.«
Sarah wollte aufstehen und ans Klavier treten. Sie kannte die Lieder und konnte sie auch singen. Man hatte ihr

schon oft gesagt, daß sie eine hübsche Stimme habe. Sie hätte sich längst an einem Gesangswettbewerb beteiligt, wenn ihr Vater nicht gewesen wäre. Aber es war vielleicht klüger, wenn sie vorsichtig war. Ja, es war besser, vorsichtig zu sein. Lieber nicht zu laut singen und nicht auffallen. Ich hätte sie fragen sollen, ob ich ihr nicht beim Geschirrspülen helfen kann, fiel ihr plötzlich ein. Sie neigte sich zu Mr. Hetherington und sagte im Schutz der Musik und des Gesprächs der beiden Brüder: »Glauben Sie, daß Mrs. Hetherington meine Hilfe beim Spülen braucht?«
Zum erstenmal lächelte Mr. Hetherington ihr zu. Es war ein bedächtiges, wohlabgewogenes Lächeln, gleichsam der Schlußpunkt unter einer Gedankenreihe und einer getroffenen Entscheidung. Er hob die Hände von den Knien, faltete sie, neigte sich nun seinerseits vor und sagte: »Mrs. Hetherington wird schon allein fertig. Quälen Sie sich nicht und seien Sie nicht mehr nervös. Alles kommt, wie es kommen muß. Ich hoffe, Sie werden glücklich sein und ihn glücklich machen.«
Es war das erstemal, daß jemand eine direkte Anspielung auf ihre Heirat mit David machte. Zwar dachten alle daran, griffen aber gierig nach jeder Ablenkung, um sie nicht erwähnen zu müssen. Sie sah den alten Mann an, dessen Auge immer wieder zuckte, und empfand den beinahe unbezähmbaren Wunsch, seine Hände an ihr Gesicht zu legen und in diese Hände zu weinen, um ihm ihren Dank zu beweisen. Sie war ihm genauso dankbar wie David. Alles, was sie hervorbrachte, aber war: »Danke. Ich danke Ihnen, Mr. Hetherington.« Mit zitternder Stimme und gesenkten Augen schloß sie: »Ich bin Ihnen sehr dankbar.«
»Ach was, Kind«, wehrte er kopfschüttelnd ab, und sein Ton besagte dasselbe, wie Johns Tonfall vorhin: daß sie sich nämlich nicht kleinmachen solle.
»Los, stehen Sie auf.« John langte über das Sofa, faßte sie unter den Achseln und zwang sie aufzustehen. Dann packte er sie an der Hand, zog sie neben David ans Klavier

und sagte: »Stellen Sie sich daher, neben Ihren Zukünftigen, und erheben Sie die Stimme zum fröhlichen Gesang. Wir wollen etwas Sanftes, Liebliches hören. Los: ›Dudeldideldei-Deidel . . .‹«

»Hör auf, den Clown zu spielen«, sagte Dan über Davids Kopf hinweg. »Geh und hol May her.«

»Ach was, May kennt den Weg. Und überhaupt, wir reden nicht miteinander . . . Na bitte, da haben Sie's . . .« John schwenkte den Finger vor Sarah hin und her. »Nun sind Sie gleich in eines der Familiengeheimnisse eingeweiht: Meine Frau und ich reden nicht miteinander.«

Die Musik brach ab. Davids Hände lagen bewegungslos auf den Tasten. Langsam drehte er den Kopf, sah seinen Bruder an und sagte ruhig: »Hör auf, John, und laß dein Ego heute mal unter Verschluß, ja?«

Sarah beobachtete die Brüder, die einander mühsam beherrscht ansahen. Laß dein Ego unter Verschluß. Was meinte David damit? Was war ein Ego? Es hing mit Johns Benehmen zusammen, aber was war es? Sie mußte sich endlich ein Lexikon verschaffen, das hatte sie sich schon längst vorgenommen.

»Verzeihung. Also singen wir. So . . . alles angeschnallt?« John tat, als wolle er einen Knoten auf seiner Brust zuziehen.

David griff wieder in die Tasten, und dann sangen sie: John und Dan und sogar Mr. Hetherington. Mr. Hetherington lächelte ganz merkwürdig dabei, als mache er sich über sich selbst lustig. Sarah entdeckte, daß ihre Stimme nicht recht mit den anderen verschmelzen wollte. Sie sangen »Blauer Himmel«, und der Text machte sie verlegen.

»Bloß Mollylein, ich und das Kind:
Beim Himmel, wie wir glücklich sind!«

Ihr gruselte bei der Vorstellung, daß John statt Molly Sarah singen könnte, aber John benahm sich sehr manierlich. Kaum hatten sie geendet, wechselte David die Tonart und stimmte die volkstümliche Ballade »Getrennt« an.

Sarahs Augen glänzten erfreut auf. Oh, sie kannte »Getrennt« – sie liebte dieses Lied.

»Liebste, die Nacht vergeht,
endet den göttlichen Traum,
du mußt zurück zu den Deinen,
und auch ich muß jetzt heim.«

Sie vergaß ihre Befangenheit. Zuerst sang sie nur leise vor sich hin, aber als David den Blick auf sie richtete und ihr aufmunternd zunickte, wurde ihre Stimme freier. Obwohl sie auch jetzt nur halblaut sang, horchten die andern doch auf. Stolz und Verlegenheit trieben ihr das Blut in die Wangen, und sie war glücklich, wenigstens dieses Talent zu besitzen. Ihre Stimme gefiel. Dan gab den andern ein Zeichen, aufzuhören, aber John war bereits verstummt. Plötzlich allein gelassen, sah sie unschlüssig von einem zum andern und brach schließlich ab.

»Ich kann doch nicht ganz allein . . .«

»Los, los«, sagte John. »Fang von vorne an, David. Sie müssen das Ganze singen. Sie haben Stimme, Mädchen.«

»Los, Sarah, wir beginnen noch mal.« Davids ruhige, feste Stimme gab ihr Mut. Wie er so am Flügel saß, kam er ihr ungemein sicher und überlegen vor. Vielleicht war ihm auch so zumute. Er spielte großartig.

Sie wartete auf ihren Einsatz, nahm sich aber fest vor, die Stimme keinesfalls zur vollen Lautstärke zu erheben, sondern hübsch leise zu singen.

»Liebste, die Nacht vergeht,
endet den göttlichen Traum . . .«

Sie überließ sich nicht ganz dem Gefühl, sondern dachte über den Text nach. Sie hoffte . . . oh, sie flehte, daß der göttliche Traum nie enden würde.

». . . du mußt zurück zu den Deinen,
und auch ich muß jetzt heim.«

David und sie würden sich niemals trennen. Sie würde ihn lieben bis zu ihrem Tod, sie konnte gar nicht anders; selbst wenn es nur aus Dankbarkeit wäre, würde sie ihn bis zu ihrem Tod lieben. Aber sie war ihm nicht nur dankbar dafür, daß er sie haben wollte; o nein, sie liebte ihn, sie liebte ihn, weil er David war und absolut einmalig.

»Zurück zu den freudlosen Pflichten,
zurück zu Mühe und Plag,
wie soll ich ohne dich leben,
da ich doch dich nur mag.
Wie kann ich dich gehen lassen,
von dem ich immer geträumt,
getrennt voneinander zu leben,
heißt unser Leben versäumt.«

Es entstand ein kurzes Schweigen, als sie geendet hatte, und es war Mr. Hetherington, der es brach. »Sehr hübsch, sehr hübsch. Aus dieser Stimme ließe sich etwas machen, wissen Sie.«

David sah sie stumm an, aber aus seinen Blicken sprachen Zärtlichkeit und Stolz.

Auch Dan sah sie an. Er hielt den Kopf schief und meinte lächelnd: »Ich würde Sie gern hören, wenn Sie mal richtig loslegen.«

Nur John sah sie nicht an und sagte auch nichts. Er stand vor dem Kamin und angelte vorsichtig ein Stück Kohle aus dem Eimer. Eine Hand hielt er für den Fall, daß die Kohle aus der Zange gleiten sollte, zum Abfangen bereit. Sarah hatte nicht bemerkt, daß er vom Klavier weggegangen war, aber es fiel ihr auf, daß er sich eines Urteils enthielt. Nun, er wird nicht viel davon gehalten haben, sagte sie sich. Dann fügte sie hinzu: Er ist ein merkwürdiger Kauz. Ich werde nicht klug aus ihm.

»Spiel ›Für Elise‹«, schlug Dan vor und suchte auch schon auf einem Tisch neben dem Klavier nach den Noten. Im selben Augenblick klingelte es an der Tür. »Nanu, wer kommt denn um die Zeit?« fragte er leicht ungeduldig. Dadurch gewann Sarah den Eindruck, daß er sich unter den Anwesenden wohl fühle und kein Verlangen nach zusätzlichem Besuch habe.

Sie sah sich nach John um, der beim Erkerfenster stand. Die deutliche Besorgnis in seiner Stimme ließ sie aufhorchen. Er warf einen verstohlenen Blick durch die schmale Vorhangöffnung, spähte auf die Straße und sagte zu David: »Es ist Eileen. Und ... ihre Mutter.« Rasch blickte er über die Schulter zu David, der vom Hocker aufgestanden war und ihn ansah.

»Und wenn schon? Laß sie nur kommen, einmal müssen sie's ja erfahren.«

»Aber nicht heute abend, Mann.« Alle Blicke richteten sich nun auf Dan. Sein Kopf neigte sich noch immer über die Noten. »Da ist es«, sagte er befriedigt, zog ein Doppelblatt mit einem Eselsohr hervor und reichte es David, dem er zunickte: »Los, spiel.«

Sarah wußte nicht, worum es hier ging. Sie wunderte sich nur, daß Mr. Hetherington ruhig in seinem Armsessel saß und kein Wort verlor. Vielleicht war er stocktaub. David hielt inzwischen die Noten in der Hand, streifte sie glatt und stellte sie auf den Notenständer. Währenddessen ging jemand zum Eingang, und die Haustür wurde geöffnet. Man hörte sprechen, und dann ging die Zimmertür auf.

Sofort bemerkte Sarah, daß die Männer in Verlegenheit geraten waren. Selbst Mr. Hetherington hatte sich erhoben.

May stand seitlich in der offenen Tür, und hinter ihr wurde eine kleine, plumpe Frau mit blondem Haar sichtbar. Sie war gut gekleidet. Ihr folgte ein großes, ebenfalls blondes Mädchen mit dem schönsten Gesicht, das Sarah kannte, und sie kannte es vom Sehen. Sie war diesem Mädchen gelegentlich in der Stanhope Road begegnet und hatte jedesmal gedacht: Mensch, ist die schön! Ihre Haut hatte die Farbe geschlagener Sahne, und ihre Augen waren tiefblau. Ihre Gesichtszüge waren von beinahe übertriebener Regelmäßigkeit. Sie sah – wie Sarah es, insgeheim stolz auf ihren Sprachschatz, ausdrückte – zu gut aus, um wahr zu sein.

Die beiden Besucherinnen starrten Sarah an, aber noch ehe eine Bemerkung fallen konnte, erschien hinter dem Mädchen die große, imposante Figur Mary Hetheringtons. Ihr Gesicht war gerötet, die Augen glänzten, und

ihre Stimme hatte jene Kühle verloren, die Sarah in Gedanken untrennbar mit dieser Frau verband. Ihr Ton klang spröde und nervös, als sie sofort zu sprechen anfing. »So eine Überraschung, Ellen, ich habe euch nicht erwartet . . . Und du, Eileen, wie geht es dir?«
«Oh, sehr gut, Tantchen.«
»Ihr müßt gleich in den Salon kommen und eine Tasse Tee mit mir trinken. Ich war eben dabei, frischen Tee zu machen. Wenn ich mich nämlich um die Horde kümmern muß, bleibt nie eine anständige Tasse für mich übrig. Ach, übrigens, das ist Sarah. Sarah Bradley.« Mrs. Hetherington legte eine Atempause ein. Dann sagte sie langsam und mit Nachdruck: »Sie und David haben sich heute verlobt.«
Sarah sah das Mädchen an, das Mädchen sah David an, und David blickte auf die Noten.
»Oo . . . oh!« Die ältere Frau wimmerte und preßte den Arm in die Taille, als ob sie Schmerzen hätte. Unter ihrem Blick hätte Sarah am liebsten gerufen: Nimm es nicht so schwer. Die Frau wirkte gekränkt, schockiert und zornig, vor allem aber gekränkt. Sie ergriff den Arm ihrer Tochter und schob sie Mrs. Hetherington auf den Korridor nach. May folgte ihnen und schloß die Tür. Mr. Hetheringtons Auge zuckte doppelt so schnell wie sonst. Hastig durchquerte er den Raum, entzog die beinahe geschlossene Tür Mays Griff und eilte in den Flur, aus dem die Stimmen der Besucherinnen klar und deutlich ins Zimmer drangen. »Du bist grausam, Mary, grausam. Du hast alles bekommen, und noch immer bist du nicht zufrieden. Du bist grausam, grausam«, klang es gebrochen. Als die Tür hinter dieser Stimme zufiel, sprang John mit einem Satz durchs Zimmer, riß die Tür wieder auf und sagte: »Augenblick mal!« Und in der nächsten Sekunde hatte er May ins Zimmer gezogen.
»Laß mich los. Warum spielst du dich so auf?« May riß ihren Arm mit einem Ruck aus seiner Hand. Zum erstenmal hörte Sarah ihre Stimme. Zu ihrer Überraschung klang sie sehr kultiviert.

»Warum hast du sie nicht ins andere Zimmer geführt?« zischte John seine Frau an. Sein Gesicht hing drohend über ihr.
»Weshalb sollte ich?« Ihre Stimme klang aufreizend kalt. »Sie kommen doch immer hierher, oder?«
»Du verdammte, intrigante, kleine Hure! Du bist nur glücklich, wenn du . . .«
»He, John! Beruhige dich!«
»Beruhigen?« John wandte sich nach Dan um. »Beruhigen, sagst du?«
»Ja, genau das. Und streitet euch gefälligst daheim.«
»Da überschätzt du ihn aber gewaltig!« May nickte heftig, und ihre Augen wurden kreisrund. »Nicht wahr, Dan? Hast du bei ihm schon jemals Taktgefühl oder Diskretion erlebt, bei diesem selbstherrlichen Lümmel?«
Sarah hielt sich abseits. Die Szene, der sie unfreiwillig beiwohnte, versetzte ihr einen ernsten Schock. Wer hätte gedacht, daß die Hetheringtons vom Oberen Ende, die im besten Haus der Fünfzehn Straßen wohnten und als vornehmste Familie der rund zweitausend Menschen dieser Gegend galten, untereinander erbittert stritten, ja daß einer ihrer Angehörigen sogar fluchte und obendrein aussah, als würde er gleich seine Frau verprügeln? Und daß diese Frau genauso keifte wie die Frau jedes beliebigen Arbeiters, bei dem es Krach gab? Sie war sehr entsetzt.
Die Hetheringtons wuschen ungeniert ihre schmutzige Wäsche vor ihr, und Sarah litt darunter.
Nur eines war ihr klar, und sie staunte selbst über ihre Schlußfolgerungen. Sie verstand jetzt, warum er die Beherrschung verloren hatte, und konnte begreifen und beinahe entschuldigen, daß er seine Frau so schlecht behandelte. Er verdrehte die Augen, biß die Zähne zusammen wie unter unerträglichen Schmerzen und stürmte mit gesenktem Kopf wie ein angreifender Bulle aus dem Zimmer.
»Ein feiner Mensch, wie?« May sah von Dan zu David, dann blieb ihr Blick auf Sarah haften. Zum erstenmal

richtete sie das Wort direkt an sie. »Seien Sie froh, daß es niemals zwei gleiche Menschen in einer Familie gibt«, sagte sie.

»Ach, May, May.« Dan ging auf sie zu. »Du kennst ihn doch. In der nächsten Minute hat er es vergessen.«

»Ja, ich kenne ihn, Dan. Und wie du sehr richtig sagst, hat er es in der nächsten Minute vergessen, aber das ändert für mich nichts.« Sie schob kämpferisch das Kinn vor und machte langsam und entschlossen kehrt, verließ das Zimmer und zog die Tür hoheitsvoll hinter sich zu.

David drehte den Klavierhocker herum und ließ nach einem kurzen Blick auf Sarah den Kopf sinken. »Bitte, entschuldigen Sie. Ich wollte Ihnen später einmal alles erklären, aber wir hatten so wenig Zeit. Dabei ist die Sache ganz einfach.«

»Schon gut, schon gut. Es macht nichts.«

Aber es machte doch etwas. Sarahs Furcht kehrte zurück. Nie ging etwas glatt im Leben, oder?

»Du gehst jetzt in die Küche, David, und sprichst mit ihnen, und dann machst du mit Sarah einen Spaziergang. Also.« Dan gab David einen Klaps auf die Schulter. »Ich werde Sarah alles erklären.« Er lachte sie an. »Ich habe so eine Ahnung, daß ich das besser kann als du. Geh jetzt.«

»Ich bin gleich wieder da.« David streifte beklommen über Sarahs Hand, und sie wiederholte: »Ist schon gut.«

»Da, setzen Sie sich.« Dan legte die Fingerspitzen leicht auf ihren Arm und führte sie zum Sofa. »Und sehen Sie mich nicht so ängstlich an, es beißt Sie niemand. Also, ich will es kurz machen und Sie von Ihrer Unruhe befreien.« Lächelnd tätschelte er ihre Hand, während sie krank vor Angst wartete, was er zu sagen hatte.

»Das ist nämlich so. Eileen war immer betont lieb zu Davie, aber er hat ihre Gefühle nie erwidert. Nicht auf diese Art, verstehen Sie? Ihre Mutter wollte aus den beiden ein Paar machen. Sie hatte dafür ihre Gründe.« Er lächelte sie breit an. »Vor vielen Jahren waren sie und Stan . . . Sie wissen schon, Davids Vater . . .« Er deutete zur Küche. »Nun, die beiden waren so gut wie miteinander verlobt. Es war zwar nicht offiziell, aber sie waren sich irgendwie einig. Und dann lief ihm Mary über den Weg, und damit hatte es sich. Aber Ellen ist eine nette, versöhnliche Frau. Die beiden Familien sind über all die Jahre in Verbindung geblieben, und Ellen hat fest damit gerechnet, daß Eileen und David sie für ihre eigene gescheiterte Romanze entschädigen werden. Begreifen Sie jetzt die Zusammenhänge?« Er zog die Brauen hoch. »Mary hingegen hat die Sache niemals so betrachtet. Übrigens aus gutem Grund, muß ich sagen, denn . . . Tja« – er wiegte den Kopf hin und her –, »früher oder später würden Sie es ja doch erfahren. Eileens Vater ist – er befindet sich in Harton in der Nervenklinik. In den letzten drei Jahren war er dreimal in der Anstalt, und Eileen, das arme Ding, leidet auch unter diesen verfluchten Anfällen. Nicht so stark wie ihr Vater, aber immerhin. Und Sie haben bestimmt selbst bemerkt, daß ihr schönes Gesicht wie ein Fluch ist. Es ist nicht von dieser Welt, nicht wahr? Aber, aber . . . Sie werden doch jetzt nicht weinen?«

»Nein, nein.« Sarah schluckte. »Aber es ist traurig, sehr traurig.«

»Ja, das ist es, da gebe ich Ihnen recht. Aber eines müssen Sie mir glauben: Davie hatte niemals die Absicht, sie zu heiraten. Nachdem er aber ein weichherziger Mensch ist . . . Sie wissen das am besten, und Weichherzigkeit ist auch nichts, dessen man sich zu schämen braucht . . .« Vielsagend zog er die Brauen hoch. »Nun, seine Mutter hat ein bißchen davor gebangt, daß er dem Druck von Eileen, deren Mutter und Stan erliegen würde. Jetzt hingegen ist sie . . . nun ja, erleichtert. Allerdings muß ich betonen, daß Davids Vater die Sache anders betrachtet als sie. Ich bin überzeugt, Stan hätte eine Verbindung zwischen Davie und Eileen begrüßt. Im Unterbewußtsein dachte er wohl« – er hatte die Stimme gesenkt –, »daß diese Heirat gewissermaßen den bösen Streich gutmachen würde, den er Ellen gespielt hat. Ja, ja, wir Menschen sind wunderlich. Wir würden unseren liebsten

Menschen opfern, um unser eigenes Gewissen zu beruhigen. Wie dem auch sei, jetzt kennen Sie die Geschichte. David hat selbst gewählt, und er hat eine sehr, sehr gute Wahl getroffen, muß ich zu seiner Ehre sagen.«
Er lächelte sie an. Seine offensichtliche Aufrichtigkeit und der Umstand, daß David nie die Absicht gehabt hatte, Eileen zu heiraten, hätte sie aufatmen lassen sollen, aber sie blieb verzagt, weil ihre Gedanken sich nun um Mary Hetherington drehten . . . Deshalb also hatte sie Zutritt zu dem vornehmen Kreis erhalten, in dem diese Frau offen den Ton angab. Weil sie ein sicherer Hafen in einer stürmischen See war. Ihr fiel die Stimme der kleinen Frau ein, die gesagt hatte: »Du bist grausam, Mary, grausam. Du hast alles bekommen . . .«
Wenn die Dinge sich weniger überstürzt hätten, wäre sie von selbst auf die Frage gestoßen, weshalb diese Frau von ihrem Piedestal herabgestiegen war und sie willkommen geheißen hatte. Nun kannte sie die Antwort: Sie war das kleinere von zwei Übeln. Vielleicht auch hatte seine Mutter befürchtet, ihr Sohn könnte sich dem stummen Drängen seines Vaters und dem Wunsch des Mädchens und dessen Mutter eher beugen, wenn sie sich gegen seine Wahl aussprach. Es war genau, wie Dan gesagt hatte.
»Seien Sie nicht traurig. Glauben Sie mir, es steckt weiter nichts dahinter. Na los, lächeln Sie endlich . . .« Er streckte den Finger nach ihrer Wange aus, doch dann hatte er Hemmungen, zog die Hand zurück und sagte verlegen: »Sie sehen mir ganz nach einem Mädchen aus, das viel lachen sollte.«
Jeder fand, daß sie lachen sollte, bloß weil sie kräftig und gesund war. Aber er war nett, Davids junger Onkel, sehr nett. Eigentlich hätte er der Bruder und John der entfernte Verwandte sein sollen. Sie versetzte mit wehmütigem Lächeln: »Ich hatte nie viel zu lachen.«
»Das werden wir gehörig ändern. Vor Johns Heirat haben wir hier in diesem Zimmer viele lustige Abende verbracht. Außer am Sonntag ging es eigentlich immer sehr

fröhlich zu.« Er verzog das Gesicht. »David spielt ausgezeichnet Klavier. Er hat alle Prüfungen bestanden und könnte Unterricht geben, wenn er wollte, aber er hält nicht viel von seiner Kunst. Und seine Mutter spielt Violine, da ist sie sogar erstklassig, die Mary.«
»Spielen Sie auch ein Instrument?«
»Ich? O ja, natürlich.« Er nickte rasch. »Ich habe sogar ein Staatsdiplom. Was glauben Sie, was mich das Schweiß gekostet hat. Man hat mir mein Diplom im Rahmen einer großen Feier in der Morgan-Halle überreicht.«
Morgan-Halle! Die war doch in East Jarrow in der Nähe der New Buildings, ein großer, unheimlicher, menschenleerer Platz? Sie hatte noch nie gehört, daß dort Preisverleihungen stattfanden. Sie fragte höflich: »Welches Instrument spielen Sie denn?«
»Ich blase auf dem Kamm. Aber wohlgemerkt«, sagte er mit erhobenem Finger, »ich verwende ein ganz besonderes Papier dazu.«
Sie lachte, daß sich ihr Körper bog. Sie schlug die Hände vor den Mund und wandte das Gesicht zur Ecke des Sofas. Auch Dan lehnte sich zurück und lachte Tränen.
»Oh!« ächzte Sarah. War das ein drolliger Mensch mit seinem trockenen Humor. Sie war ihm glatt auf den Leim gegangen! Sie schielte ihn aus feuchten Augen an, und er strahlte übers ganze Gesicht.
»Das hat uns jetzt richtig gutgetan, wie?« flüsterte er ihr zu wie ein Kumpel.
In diesem Moment wurde die Tür aufgestoßen, und David betrat das Zimmer. Er trug Sarahs Hut und Mantel auf dem Arm. Als er sah, daß sie sich die Lachtränen aus den Augen wischte, begann sein Gesicht zu leuchten, und er atmete erleichtert auf. Dann fragte er in scherzhaftem Ton: »Was ist los? Hat dir Dan von früher erzählt, als er in die Regentonne gefallen ist, oder wie Vater auf dem Dach stand und er die Leiter forttrug?«
»Nein.« Sarah schüttelte den Kopf. »Sondern davon, daß er die Abschlußprüfung im Kammblasen abgelegt hat.«

»Ach, das ist was ganz Neues.« David nickte Dan zu, sagte aber doch: »Du unverbesserlicher Hanswurst, du.« Sarah stand inzwischen in Hut und Mantel da, und David sagte: »Wir sagen im anderen Zimmer gar nicht erst adieu, wir kommen später ja wieder.«
»Gute Nacht, Mr. . . .«, wandte sich Sarah an Dan.
»Einfach, Dan, Sarah.«
»Gute Nacht, Dan.«
»Gute Nacht, Sarah.«
Sie war schon an der Haustür angelangt, als sie Dan leise rufen hörte: »Moment, David.« Sie blieb stehen und wartete. Dabei hörte sie, wie Dan in vernünftigem, ernsten Ton sagte: »Die MacDonalds von nebenan ziehen aus, und zwar noch vor Weihnachten. Vielleicht ist die unmittelbare Nachbarschaft nicht ideal, aber hier oben sind leere Häuser ja spärlich gesät. Ich an deiner Stelle würde sofort zugreifen. Der Wind könnte jederzeit umschlagen, klar?«
»Ja, Dan . . . Danke.«
Auf der dunklen Straße nahm er sie mit fester, besitzergreifender Geste beim Arm, und als sie zur Hauptstraße kamen, sagte er: »Hast du gehört, was Dan gesagt hat?«
»Ja«, antwortete sie gepreßt und sah geradeaus.
»Nun?« Der Druck auf ihrem Arm verstärkte sich. »Würdest du mich noch vor Weihnachten heiraten, Sarah?«
Ihr Herz klopfte ungestüm wie ein kleiner Holzhammer gegen ihre Rippen, und sie brachte keinen Ton hervor. Dann blieb sie stehen, sah ihn im schwachen Licht der Straßenlampe voll an und sagte: »Ich werde dich heiraten, wann immer du es willst, David.« Dann setzte sie hinzu: »Danke.« Dieses letzte Wort klang dumm. Sie staunte, daß ihr nichts Besseres eingefallen war. Dieses eine Wort machte sie billig. Dabei wollte sie sich aber nicht billig fühlen. Ihr fiel ein, was John über Menschen gesagt hatte, die sich vor andern fürchten. Aber sie fürchtete sich nicht vor David, sie war ihm nur dankbar, grenzenlos dankbar.

5

Sarah stand in der Küchentür. Sie trug noch immer Hut und Mantel. Im Herd prasselte ein kräftiges Feuer und verströmte seine Hitze in der ganzen Küche, aber sie fror dennoch und fühlte ihren Körper erstarren, als sie den Blick des Priesters erwiderte.

Pater O'Malley saß an einer Ecke des Küchentisches, ihr Vater ihm gegenüber und ihre Mutter dazwischen. Sie sahen aus wie die Dreieinigkeit der Überredungskunst. Der eine drohte – das war ihr Vater; der andere kam mit kühlen, beängstigenden Argumenten – das war der Priester; und als dritte führte ihre Mutter die Waffe der Gewohnheit ins Treffen, und dieses Geschütz war keinesfalls das schwächste.

»Guten Abend, Sarah.«

»Steh nicht da wie vom Blitz getroffen. Du hörst doch, daß der Pater zu dir gesprochen hat.«

»Ja, ich hör's. Ich bin nicht taub.«

Sie starrte Pat Bradley an, und sofort stieg der Haß wieder hitzig in ihr auf. Sie hatte diesen Mann stets gehaßt, aber in den vergangenen Wochen hatte sich dieses Gefühl noch verstärkt, weil er mit aller Macht versucht hatte, ihre Verbindung mit David und dessen Familie am Oberen Ende zu zerstören. Seine Waffe war ihre Religion und sein natürlicher Verbündeter der Priester – zumindest dieser Priester.

Pater Bailey hingegen war verständnisvoll gewesen, sogar nett. Er hatte sie aufgefordert, David mitzubringen, denn er wollte ihn kennenlernen. David war zu ihm gegangen und hatte ihm ganz ruhig auseinandergesetzt,

warum er kein Katholik werden wolle. Es könne gar nicht um die Frage eines Religionswechsels gehen, hatte er ihm erklärt, weil er keinem speziellen Bekenntnis angehöre. Er sei Freidenker. Sie war stolz auf David, der sich so unerhört gebildet mit dem Priester unterhalten konnte. Sie spürte auch, daß Pater Bailey ihn mochte und respektierte. Er hatte gesagt: »Unter gewissen Voraussetzungen erteilt der Bischof die Erlaubnis für Mischehen..., aber sie werden nicht gerne gesehen.« Pater Bailey hatte dabei gelächelt. »Immerhin wird diese Erlaubnis unter der Bedingung erteilt, daß Sie sich verpflichten, Ihre Kinder im katholischen Glauben zu erziehen.«
Sarah war bei dieser Bemerkung sehr verlegen geworden, hatte jedoch begierig auf Davids Antwort gewartet. David ließ sich Zeit damit, aber als er antwortete, atmete sie zutiefst erleichtert auf, denn er hatte gesagt: »In diesem Punkt kann ich nicht allein entscheiden ... Es wird sehr darauf ankommen, wie Sarah darüber denkt. Das werde ich ihr überlassen, Pater.«
Er hatte ihr Herz restlos gewonnen, als er den Priester mit Pater angesprochen hatte. Oh, David war vernünftig, und Pater Bailey war es ebenfalls ... Pater O'Malley behauptete ständig, daß auch er vernünftig sei, aber das stimmte nicht – er war von fanatischer Härte. Wenn man ihn reden hörte, konnte man meinen, daß sie einen Aussätzigen heirate.
Trotzdem war dieser Priester höflich zu ihrem Vater, weil dieser jeden Sonntag zur Messe ging. Sie hielt es für ein Wunder, daß die Kirche nicht über seinem Kopf einstürzte. Dieser auffallend kleine Mann sah genauso aus, wie er war: ein Schwein mit dreckigen Gedanken.
»Hast du dir durch den Kopf gehen lassen, was ich dir letzte Woche gesagt habe, Sarah?«
»Ja, Pater.«
»Dann weißt du also, daß du von einer Mischehe weder Glück noch Frieden erwarten darfst?«
Sarah schwieg.
»Kannst du dem Pater nicht antworten?«

»Still, Pat.« Der Priester hob verweisend die Hand, dann fuhr er fort: »Wie ich von Pater Bailey hörte, hat dieser Mann nicht die Absicht, seine Einstellung jetzt oder später jemals zu ändern.«

Immer noch antwortete Sarah nicht.

»In diesem Fall mußt du deine Position klar vor dir sehen. Du kannst doch nicht deine unsterbliche Seele zerstören wollen, indem du dich mit diesem Mann verbindest ... Wenn du es tust, wirst du genauso verdammt sein wie deine Kinder, und dich wird Gott dafür zur Rechenschaft ziehen. Verstehst du das?«

Sarahs Kehle war wie zugeschnürt, und ihre Augen wurden groß. Sie starrte in die Augen des Priesters und sah ihre unsterbliche Seele verlorengehen. Wenn sie David heiratete, würde das Unglück sie verfolgen. Zu ihren Lebzeiten würde die Strafe für ihr Verbrechen in der Gestalt jeden erdenklichen Unheils über sie hereinbrechen ... Aber kein Unheil, das sich ihr Verstand ausdenken konnte, würde dem Verlust ihrer unsterblichen Seele und dem Verlust der unsterblichen Seelen ihrer Kinder gleichen. Das sagten ihr seine Augen. Sie duckte sich vor seinem durchbohrenden Blick und den strafenden Blicken der anderen, riß die Tür zur Treppe auf und kroch wie ein verängstigtes Tier zu ihrem Zimmer hinauf, wo Phyllis auf sie wartete.

»Was ist los? Was hat er getan?«

Sarah wandte sich von ihrer Schwester ab, schlug die Hände vors Gesicht und lehnte sich an die Tür.

»Was ist denn, Sarah?« Phyllis zupfte sie. »Sag schon, was hat er gesagt?«

Sarah jammerte hinter ihren Händen: »Meine unsterbliche Seele ... hat er gesagt ...«

»Ach, Quatsch!« erwiderte Phyllis scharf wie eine erfahrene Frau. »Sei keine verdammte Närrin, Sarah, und laß dich von diesem Unsinn nicht einschüchtern. Unsterbliche Seele! Sag ihm, er soll sich deine unsterbliche Seele an den Hut stecken oder sich die von unserem teuren Vater nehmen ..., da hat er dann eine unsterbliche Seele

statt deiner. Wenn Pater O'Malley nicht zufällig Priester geworden wäre, dann hätte er ein Zwillingsbruder von Pat Bradley sein können.«
»Schsch! Sprich nicht so, Phyllis, nicht über einen Priester.«
»Hör mal, Sarah«, tuschelte Phyllis, »ich hatte immer gedacht, daß du Mumm hast. Du wirst dich doch von dem Betbruder nicht weichklopfen lassen, so wie die Dinge stehen.«
»Nein, nein, bestimmt nicht.« Sarah setzte sich aufs Bett, nahm den Hut ab, schleuderte ihn mit Schwung in eine Ecke des Zimmers und wiederholte: »Bestimmt nicht! David bleibt bei seiner Ansicht, und damit hat sich's. Er ist sogar mit einer kirchlichen Trauung einverstanden, aber übertreten wird er nicht. Nein, die kriegen mich nicht klein.«
»Hör zu, Sarah.« Phyllis kniete sich neben Sarah, packte ihre Hände und sah ihr mit einer Eindringlichkeit ins Gesicht, die weit über geschwisterliche Anteilnahme hinausging. »Warum machst du nicht, was der Onkel geraten hat, dieser Dan? Weshalb heiratet ihr nicht am Standesamt? Dann können sämtliche Kirchen einpaken.«
»Das möchte ich nicht . . . Nein.« Sarah schüttelte bekümmert den Kopf. »Nicht auf dem Standesamt. Da käme ich mir gar nicht richtig verheiratet vor.«
Phyllis hockte sich wieder auf die Fersen und sagte vorwurfsvoll: »Eigentlich bist du ein Waschlappen, Sarah. Du läßt dir von jedem auf den Kopf machen. Dabei gibt's für dich doch nur einen einzigen Menschen, an den du zu denken hast, nämlich David. Glaub mir, Sarah, wenn verschiedene Dinge geschehen, könnte deine Heirat überhaupt im Eimer sein.«
»Was soll schon groß geschehen! Natürlich werde ich ihn heiraten, aber es soll in der Kirche sein, und dagegen hat er nichts.«
Phyllis sah Sarah nachdenklich an. Dann wandte sie sich um und trat ans Fenster. Die Jalousie war geschlossen,

aber sie starrte sie an, als könnte sie hindurchsehen. Ihre halblaute Stimme klang leidenschaftlich: »Ich habe gedacht, du wirst noch vorher heiraten. Aber jetzt warte ich nicht länger.«
»Vorher?« flüsterte Sarah mit rauher Stimme. »Wieso? Wir gehen doch erst zwei Monate miteinander. Und was meinst du damit: Du wartest nicht länger?«
Sarah setzte sich auf die Bettkante und klammerte sich am Eisenrahmen fest. Eine Befürchtung, die sie bisher unter dem Druck ihrer eigenen Sorgen verdrängt hatte, brach plötzlich hervor. »Phyllis! Du wirst doch keinen Unsinn machen?«
»Das hängt ganz davon ab, was du als Unsinn bezeichnest. Und laß diesen Ton.«
Sarah ging zu Phyllis, nahm sie bei den Schultern und sah ihr in dem schwachen Licht ins Gesicht. »Du hast doch nicht die Absicht, mit ihm zu le . . .«
»Doch, habe ich, nur werde ich ihn heiraten. Ich hätte ihn schon vor einem Monat heiraten können, aber ich habe gewartet, daß du endlich mal was tust und dich nicht dauernd rumstoßen läßt.«
»Aber . . ., aber das geht doch nicht, Phyllis. Du kannst doch nicht dort unten bei den Arabern leben!« sagte Sarah, weil sie »mit einem Araber leben« nicht über die Lippen brachte.
»Ich will dir mal was sagen«, versetzte Phyllis betont. »Das Gesindel aus unserer Gegend hier könnte sich eine ganz schöne Scheibe von den Arabern abschneiden – nicht bei allen, versteht sich, das ist mir schon klar, aber wenn man einen gegen den andern abwägt, dann können unsere miesen Typen einpacken.«
»Aber wer wird sich denn ins eigene Fleisch schneiden?« sagte Sarah beschwörend. »Du weißt genau, was es heißt, dort unten zu wohnen. Und das alles nur, um ihm was anzutun?«
Phyllis entzog sich Sarahs Griff. »Das war einmal«, sagte sie. »Heute ist das anders. Ich kann Ali gut leiden, und er wird mir ein Heim bieten, und zwar ein anständiges. Sie

haben nämlich Geld.« Sie warf den Kopf zurück. »Sein Vater führt eine Frühstückspension, und Ali hilft ihm dabei. Damit verdient er, was er braucht und noch 'n bißchen mehr. Sein Vater ist dort unten jemand, und die haben auch ihren Stolz. Soll ich dir mal was sagen? Die sind gar nicht sehr scharf drauf, daß ich Alis Frau werde. Ich habe immer geglaubt, wir Weißen sind was Besonderes; selbst vom Unteren Ende. Die Araber aber haben ihre eigenen Ansichten über Abschaum, und wir aus diesem Stadtteil stinken denen dort ganz schön in die Nase. Mir sind in den letzten Wochen die Augen geöffnet worden, das kann ich dir sagen.«

»Er wird es nicht zulassen.« Sarah atmete so schwer, als sei sie eben erst über die Treppe gelaufen. »Er wird zur Polizei gehen.«

»Von mir aus kann er zur Hölle gehen . . .«

»Fluch nicht, Phyllis . . .«

»Doch, das kann er und auch noch weiter. Wenn nämlich erst mal alles unterschrieben und besiegelt ist, kann er gar nichts mehr tun. Ich war letzte Woche achtzehn. Ich kenne ihn. Für ihn wird das ein Schlag in die dreckige Fresse sein, den er nicht so leicht abwischt. Natürlich wird er versuchen, Ma alles in die Schuhe zu schieben.«

»Dann tust du's also doch nur, um ihm eins auszuwischen.«

»Nein, nicht deshalb; das sagte ich bereits. Aber ich höre ihn förmlich: ›Ich will damit nichts zu schaffen haben. Für mich ist diese Schlampe tot!‹ Och!« Phyllis wandte das Gesicht mit verzerrtem Lächeln zur Decke und rief verzückt: »Gibt es was Schöneres, als eine Schlampe zu sein und von ihm und diesem Dreck hier fortzukommen?«

Sarah ließ sich aufs Bett fallen. Ihr war übel. Damit war für sie alles zu Ende. Wenn Phyllis fortging, mußte sie bleiben, denn wenn Davids Mutter erfuhr, daß ihre Schwester nach Costerfine Town gezogen war, um mit einem Araber zu leben – selbst wenn sie mit ihm verheiratet war –, dann war das das Ende.

Dabei benahm sich Mrs. Hetherington ihr gegenüber schon jetzt ziemlich merkwürdig, beinahe frostig. Sie wünschte natürlich, daß sie in der Baptistenkirche heirateten. Eines hatte Sarah in den letzten Wochen über Davids Mutter gelernt: Sie war eine herrschsüchtige, stolze Frau; stolz auf ihre Familie, auf ihre gesellschaftliche Stellung am Oberen Ende und stolz darauf, im besten Haus zu wohnen, dem einzigen Doppelhaus der Umgebung. Wenn sie dem Charakter ihrer zukünftigen Schwiegermutter noch die Entschlossenheit hinzufügte, mit der sie David vor einer Ehe mit Eileen bewahrte, dann entstand das Bild einer beinahe unheimlichen Willensstärke. Sarah wußte inzwischen nur zu gut, daß Mrs. Hetherington sie niemals über ihre Schwelle gelassen hätte, wenn sie nicht gezwungen gewesen wäre, sich schleunigst nach einem Ersatz für Eileen umzusehen.
Sie wandte sich stürmisch an ihre Schwester und bettelte flehentlich: »Laß mich zuerst von hier fort, Phyllis. Ach, warte doch, bis alles geregelt ist.«
»Ich warte schon die längste Zeit. Deine Bekanntschaft ließ sich so gut an, daß ich überzeugt war, du würdest im Nu verheiratet und drüben etabliert sein. Lange vor mir. Aber du mußt zugeben, daß sich die Sache hinzieht.« Kopfschüttelnd tat sie Sarahs schweigenden Protest ab. »Ich kann nicht länger warten, es gibt einen Grund dafür. Ich bin . . . Montag in einer Woche hau ich ab. Es ist schon alles geregelt. Da heirate ich nämlich.«
»Ein Grund?« Sarahs Mund stand offen. »Ein Grund?« wiederholte sie eindringlich.
»Ja, ich bin hier endgültig fertig.«
«O mein Gott!«
»Meiner auch.«
Zu jedem anderen Zeitpunkt hätten die beiden über diese kecke Bemerkung gekichert, selbst wenn Sarah ihre Schwester ermahnt hätte, den Namen Gottes nicht zu mißbrauchen. Jetzt starrte sie fassungslos die kindliche, unreife Gestalt ihrer Schwester an. »Seit wann ist es denn?«

»Seit sechs oder sieben Wochen. Es geschah, nachdem er mich verprügelt hat. Ali sah die Striemen in meinem Gesicht und auf meinem Körper, und er war lieb zu mir. Du würdest es nicht glauben.« Phyllis schüttelte den Kopf. »Er hat beinahe geweint. Was sagst du dazu? Beinahe geweint. In jener Nacht ist es dann passiert, und glaub nur nicht, daß es mir leid tut. Es tut mir nämlich nicht leid. Aber jetzt siehst du wohl ein, daß ich hier fort muß. Für mich wird es genauso sein, als ob ich aus dem Gefängnis entlassen würde. Seit Wochen mußte ich mich jeden Abend schleunigst hier oben verkriechen, damit er mich nicht sieht, denn es hat ihn in den Fingern gejuckt, mich wieder zu verprügeln. Mit mir kann er's nämlich machen, verstehst du? Auch wenn ich ihm Fußtritte versetze und auf ihn losdresche, wird er mit mir leicht fertig. Bei dir würde ihm das nicht gelingen. Deshalb hat er's bei dir auch nie probiert, bis auf das eine Mal, als dich dieser Junge heimgebracht hat. Aber ich, ich bin kleiner als er. Bei mir kann er sich austoben, und Mutter läßt es ihm durchgehen. Jetzt natürlich, wo's zu spät ist, macht sie ein langes Gesicht. Sie weiß, daß wir beide abhauen werden. Sie ist genauso dafür verantwortlich wie er. Bei ihrer Statur wäre sie leicht mit ihm fertig geworden, aber sie hat sich von ihm schikanieren lassen, und er bildet sich ein, ich lasse mir das auch gefallen. Aber da irrt er sich gewaltig. Ach, Sarah, ich wünschte, ich könnte nächste Woche an zwei Stellen zugleich sein, wenn ich ihnen meine Neuigkeit schreibe. Und weißt du, was mein Schlußsatz sein wird?« Sie hob herausfordernd den Kopf. »Ich hab mir's seit Tagen ausgemalt. Ich werde sagen, nachdem ich ihnen das mit der Heirat versetzt habe, werde ich sagen: ›Wenn ihr wollt, könnt ihr zur Kindstaufe kommen, die wird in ungefähr sieben Monaten stattfinden.‹«

»Ach, Phyllis!« Sarah ließ den Kopf in einer merkwürdig pendelnden Bewegung sinken, bis ihr Kinn auf der Brust lag.

»Pst!« Phyllis hatte die Hand gehoben. »Jetzt geht er fort.

Bestimmt begleitet er den Priester, und auf dem Rückweg wird er den Liebespärchen nachspionieren. Ach, ich wünschte, einer sollte ihn bei den Beinen packen und mit der Fresse auf eine Kohlenhalde klatschen.«

Sarah legte den Finger auf die Lippen und starrte den schmalen Eisenrost an. Dann sprang sie auf. »Was glaubst du, wie spät es ist?« Sie stand bereits am Fußende des Bettes und knöpfte sich den Mantel zu.

»Ungefähr Viertel vor zehn, würde ich sagen. Wohin gehst du?«

»Zu David. Ich muß.«

»Du gehst in sein Haus?«

»Ja.«

»Was wird seine Mutter dazu sagen?«

»Ich glaube nicht, daß sie dort sein wird. Das Enkelkind . . . Johns Junge ist krank. Keuchhusten. David hat gesagt, daß seine Mutter heute nacht bei dem Jungen bleibt. Wenn nicht, muß ich mir eben eine Ausrede einfallen lassen. Ich weiß zwar noch keine, aber das wird schon werden«, erwiderte sie nervös.

»Aber wie kommst du wieder ins Haus?«

»Ich nehme den Schlüssel zur Hintertür und werde Mutter bitten, daß sie den Riegel nicht vorschiebt. Ich schlafe eben bis in der Früh auf der Couch.«

»Wenn er es merkt, läßt er dich nicht rein.«

»Das muß ich riskieren; ich muß David sehen. Ich kann nicht bis morgen abend warten, sonst werde ich verrückt.«

»Willst du ihm sagen, daß du in der Baptistenkirche heiraten willst?«

»Nein, nein.« Sarah schüttelte heftig den Kopf.

»Was denn?«

»Ach, ich weiß es nicht. Ich weiß es einfach nicht. Ich will bloß mit ihm reden.«

»Und ihm sagen, was für eine gottlose Schwester du hast?«

»Ach, Phyllis, so was sage ich bestimmt nicht, das weißt du genau.«

»Schon gut. Sarah, ich weiß, du bist weich. Aber geh nur. Geh und komm bald wieder. Ich bleibe wach.«
Unten in der Küche sagte Annie: »Mach um Gottes willen keinen Lärm, wenn du heimkommst.« Sie zog den großen Schlüssel aus dem Schloß der Hintertür. »Ich bleibe hier unten, solange es geht.« Dann fügte sie hinzu. »Was ist denn in dich gefahren? Warum willst du um diese Zeit ausgehen? Gehst du ans Obere Ende?«
»Ja?«
»Ist es wegen des Priesters?«
Sarah zögerte. Da sie einen Grund angeben mußte, nickte sie, ehe sie zur Tür hinausschlüpfte.

Der Mond liebkoste die grauen Ziegeldächer der langen Straße, warf tiefe Schatten über die Reihen kleiner Fenster auf der einen Seite und beleuchtete die auf der andern. Der Mond war freundlich. Die Straßen waren sanft. Der Schmutz der armseligen Häuser war verblaßt, und dort, wo die besseren Straßen begannen, tauchte der Mond sie in einen Hauch von Verzauberung. Die Camelia Street war ein einziger Schimmer. Die Häuser sahen aus wie lächelnde Gesichter. Die Erkerfenster waren glitzernde Augen, und die Fliesen der Stufen sahen wie große, weiße Zähne in einem erröteten Gesicht aus. Alle Türen der Camelia Street wurden Jahr um Jahr frisch gestrichen.
Sarah hatte bereits den Arm zum Türklopfer von Nummer eins erhoben. Ehe sie aber danach griff, ballte sie die Hand zur Faust, schlug damit gegen ihre Wange und fragte sich: »Was werde ich sagen? Wie soll ich anfangen?«
Der Türklopfer hatte noch kaum das Haustor berührt, als es aufgerissen wurde und Dan vor ihr stand.
»Ja, Sarah – komm rein! Komm herein! Was führt dich so spät hierher? David sagte, er hätte dich heimgebracht wegen deiner . . .« Er sah auf ihre Fesseln nieder. »Weil du müde warst.«
»Ist er daheim, Dan?«

»Ja, ja. Er hätte hier auf den Stufen auf dich gewartet, wenn er angenommen hätte, daß du zurückkommst. Komm nur, komm rein.« Er zog sie ins Haus, um die Tür zu schließen. Dann musterte er sie in der erleuchteten Diele und fragte gedämpft: »Irgend was nicht in Ordnung?«

Statt jeder Antwort flüsterte sie: »Ist . . . ist seine Mutter daheim?«

»Nein, sie ist drüben. Dem Kleinen geht es ziemlich schlecht. David und ich sind allein. Sein Vater ist auch drüben . . . Komm.«

Dan öffnete die Tür zum Salon, schob Sarah vor sich her und sagte: »Schau, was der Mond enthüllt hat, Davie.«

David sprang auf. »Was ist?« Er ergriff ihre Hände und sah ihr ins Gesicht. »Ist etwas nicht in Ordnung?«

»Ja. Darf ich mich setzen?«

«Ob du dich setzen darfst?« Dan drückte sie auf einen Stuhl, während David immer noch ihre Hände festhielt.

»Was ist denn?« fragte David sanft.

»Also, ich leg mich jetzt aufs Ohr. Gute Nacht, ihr beiden.«

»Nein, nein«, sagte Sarah hastig. Sie hatte das Gefühl, daß Dans kühler Kopf, seine ungezwungene Art, die Dinge zu betrachten, von Nutzen sein könnte. »Du darfst es auch wissen.« Sie wandte sich David zu. »Ich mußte einfach kommen und es euch sagen. Es handelt sich um unsere Phyllis. Sicher wird es alles auf den Kopf stellen, aber ich mußte es euch sagen. Es ist wirklich nicht ihre Schuld, aber sie heiratet einen Araber . . . Montag in einer Woche.«

Als sie spürte, daß David ihre Finger losließ, rief sie verzweifelt: »O nein! Nein! Halt mich fest!« Ihre Augen glitten von seinem bestürzten Gesicht zu Dan. Er war nicht minder erschrocken als David. Die beiden Männer sahen einander an. Davids Lippen bewegten sich, als wollte er Dan etwas sagen, doch es kam kein Laut hervor. Sie konnte es nicht ertragen, die beiden länger anzusehen. Am liebsten wäre sie von ihrem Stuhl aufgesprungen und aus dem Haus gestürzt, aber sie hatte nicht die nötige Kraft. Ihr fehlte selbst die Kraft, sich aufrecht zu halten. Ihr Körper krümmte sich, als hätte man sie geschlagen. Unter gesenkten Lidern sah sie, daß Davids Beine sich bewegten. Er schwenkte einen Sessel herum. Dann fühlte sie den Druck seiner Knie, und da war plötzlich neue Lebenshoffnung, weil er ihre Hände ergriffen hatte und fragte: »Wann, hast du gesagt, daß sie heiratet?«

»Montag ... Montag in acht Tagen.« Ihre Stimme brach beim letzten Wort, und sie räusperte sich.

»Da bleibt uns nicht viel Zeit.« Dan hatte ebenfalls einen Stuhl dazugeschoben und setzte sich neben David vor sie hin. »Hör mich an, Sarah.« David schüttelte ihre Hände, als wollte er sie wecken. Er begann rasch und mit großer Bestimmtheit zu sprechen. »Bis die Frage der Kirche entschieden ist, vergehen Wochen. Es bleibt uns nur eines übrig: das Standesamt.«

Sarah zuckte zusammen.

»Ich weiß, daß du nicht standesamtlich heiraten willst, und ich tu's auch nicht gern, aber so ist es nun mal, Sarah. Tja ...«

Er stockte und schloß die Augen. Dan legte ihm die Hand aufs Knie und sagte: »Laß mich den Satz für dich zu Ende sprechen. Es ist seine Mutter, Sarah. Du bist ein kluges Mädchen und weißt, wie die Dinge liegen. Wenn diese Geschichte mit deiner Schwester die Runde macht, kannst du dir die Reaktion von Davids Mutter ausmalen. Sie ist eine sehr stolze Frau, diese Mary, und kann sehr unnachgiebig sein ... Was ihr jetzt braucht, ist ein Fait accompli.« Hier lächelte er, dann fuhr er fort: »Ich meine, ihr müßt eine List anwenden, um heiraten zu können. Dann ist es eben geschehen, und sie hat sich damit abzufinden. Sollte sie andererseits aber Wind davon bekommen, daß deine Schwester einen ... einen Araber ... heiratet ...« Er zuckte die Achseln. »Was nicht heißen soll, daß es nicht auch anständige Araber gibt ... wäre traurig, wenn sie nicht genauso gut wären wie die

Weißen; aber du kennst ja die Vorurteile, nicht wahr?«
David unterbrach die entstandene Stille. »Willst du, Sarah? Willst du auf dem Standesamt heiraten?«
Sarah starrte in Davids Augen. Wenn sie diesen Mann nicht auf dem Standesamt heiratete, dann hatte sie bestimmt keine Möglichkeit, ihn überhaupt zu heiraten, dessen war sie sicher. Zwischen dem Drängen des Priesters und dem Einfluß Mrs. Hetheringtons würden David und sie aufgerieben werden. Diesem Zweifrontenkrieg waren sie nicht gewachsen. So weit durfte es nicht kommen. Ein zweites Mal würde sie einem Mann von Davids Ansehen, der sie obendrein noch heiraten wollte, bestimmt nicht begegnen. Keiner war so bescheiden wie er, keiner unterschied sich so vorteilhaft von seiner standesbewußten stolzen Mutter. Aber büßen würde sie eine standesamtliche Trauung, das wußte sie ... Sie gefährdete damit ihre unsterbliche Seele und riß mit ihrer Gottlosigkeit auch die Seelen ihrer Kinder mit ins Verderben. Das hatte ihr der Priester gesagt. Trotzdem blieb ihr keine Wahl. Sie mußte David heiraten, wenn nicht vor Gott, dann vor den Menschen.
Von solchen Erwägungen bedrängt, wunderte sie sich selbst, daß sie unendlich erleichtert jubelte: »Ja. O ja, David ... überall ... überall.«
David zog ihre Hände an sein Kinn und hielt sie dort fest. Dan erhob sich mit der Bemerkung: »Darauf wollen wir trinken. Der Kessel steht auf dem Herd. Und laßt uns keine Zeit verlieren. Wie schnell kann man das erledigen – auf dem Standesamt, meine ich?«
»Ungefähr in einer Woche.« David sah nicht Dan an, sondern Sarah.
»Wenn du die Trauung also morgen anmeldest, könnte die Sache in vierzehn Tagen über die Bühne gehen. Und wenn ihr die Hochzeit an einem Mittwoch steigen laßt, kann ich mir vormittags freinehmen.« Er drehte den Teekessel in der Hand. »Wißt ihr, was ich mache? Ich nehm das Hochzeitsmahl auf meine Kappe, ja?«
»Ach, Dan, Mann, das ist doch nicht nötig.«

»Nicht nötig? Natürlich ist es nicht nötig, aber ich tu es trotzdem. Als bescheidenes Hochzeitsgeschenk sozusagen. Und noch etwas.« Er kam eifrig auf die beiden zu und hielt den Teekessel von sich weg. »Die MacDonalds ziehen am Freitag aus. Das könnte sich nicht besser fügen. Es wird sich alles in Wohlgefallen auflösen. Und ihr könnt eure Flitterwochen dazu verwenden, das Haus auf Hochglanz zu polieren. Da steht euch eine anstrengende Woche bevor, wie?« Er drückte David den Schnabel des Teekessels in die Schulter, und David lächelte zu ihm auf, ohne zu antworten. »So. Das wäre also abgemacht.« Er sah Sarah dabei an. Seine Entschlossenheit und seine Zuversicht schwemmten alle Hindernisse beiseite bis auf eines, und das war Mary Hetherington. Sarah sah David beklommen an. »Deine Mutter wird es mir nie verzeihen«, meinte sie zaghaft.

»Doch, das wird sie bestimmt. Ich nehme jede Schuld auf mich.«

Sie aber schüttelte den Kopf. »Nein, sie wird es mir nie verzeihen. Sie wird mich sogar hassen.«

»Sei nicht kindisch.« Dan neigte sich über sie und sagte ernst und eindringlich wie zu einem widerspenstigen Kind: »Das ist Unsinn. Bringt es hinter euch und zögert nicht länger. Eigentlich bin ich froh, daß es so gekommen ist, wißt ihr? Ihr beiden hättet sonst ewig zwischen euren beiden Kirchen geschwankt, und bevor ihr euch zu einem Entschluß durchgerungen hättet, ob David nun übertreten soll oder nicht, wären im Nu zwei Jahre verstrichen, und wer weiß« – er straffte die breiten Schultern und beschrieb mit den Armen eine weite Geste, ohne den Teekessel aus der Hand zu lassen –, »zum Schluß hättet ihr überhaupt nicht geheiratet.«

»In diesem Punkt irrst du dich, Dan. Sarah und ich werden heiraten, ob in einer Woche, in einem Jahr oder noch später. Aber wenn's auf mich ankommt, gleich nächste Woche ... So ist es doch, nicht wahr? Sarah?«

Sie wollte eben nicken, als sie hörten, daß jemand an der Hintertür war. Sofort fuhren alle Köpfe herum.

»Was soll ich denn sagen?« Sie war aufgesprungen und sprach ganz leise.
»Nichts, nichts.« David tätschelte ihre Hand. »Ich hab dich mitgenommen, das ist alles. Wir sind eben gekommen.« Dann war seine Mutter also nicht im Haus gewesen, als er heimgekehrt war.
Die Tür zum Salon öffnete sich, und John trat ein. Er bemerkte die allgemeine Erleichterung und blickte fragend von einem zum andern. »Was ist denn hier los? Ihr seht ja aus wie die ertappten Einbrecher.«
Dan warf David einen raschen Blick zu, weil er nicht wußte, ob John ins Vertrauen gezogen werden sollte. David befreite ihn aus dieser Verlegenheit, indem er John ansah und sagte: »Es ist etwas Unvorhergesehenes eingetreten. In gewisser Hinsicht ist das gut so. Was mich betrifft, sogar großartig. Sarah und ich heiraten nächste Woche . . . auf dem Standesamt.«
John starrte seinen Bruder an. »Bißchen plötzlich!« sagte er gelassen.
»Ja, das stimmt. Aber es ist besser so.«
»Weiß Mutter davon?«
»Nein, und ich möchte auch nicht, daß sie es erfährt.«
»Und Dad?«
»Auch nicht. Niemand. Nur Dan und du.«
»Brauchst du einen Brautführer?« Er lächelte.
»Würdest du?« David ging auf ihn zu.
»Das ist das mindeste, was ich tun kann.«
»Danke, John.« David versetzte seinem Bruder einen Klaps gegen den breiten Brustkasten, ohne ihn damit aus dem Gleichgewicht zu bringen. »Und Dan sorgt für unser Hochzeitsmahl. Ihr könntet mir wirklich keine größere Freude machen.«
»Nun, sie wird sich doch nicht einbilden, daß sie dich bekommt, ohne uns alle in Kauf zu nehmen, oder?« John sah über Davids Schulter hinweg fest in Sarahs Augen. »Wenn sie einen nimmt, dann nimmt sie alle – die drei Musketiere, einer für alle und alle für einen.«
»Spinner. Hör nicht auf ihn, Sarah«, sagte Dan.

»Wir sind immer zusammengeklebt wie die Kletten, nicht wahr? Gegen Autorität... Politik, Religion und... gegen die Frauen!« Beim letzten Wort lächelte er breit. Dann ging er mit ausgestreckter Hand auf Sarah zu. Sie schlug ein, er bedeckte ihre Finger mit seinem breiten Handteller und sagte galant: »Aber nicht – nicht bei der da.« Sie hatte den sonderbaren Wunsch hinzusinken, die Arme um seinen starken Nacken zu schlingen und zu weinen, ohne jemals wieder aufzuhören.

Dieses Gefühl, das sich ihrer aus heiterem Himmel bemächtigte, war ebenso erschreckend wie der Haß, den sie kurz vorher im Schlafzimmer empfunden hatte, und auch jetzt wieder befiel sie ein merkwürdiges Zittern, auf das sie mit jeder Pore ihres Körpers antwortete: Ihr Atem ging rascher; ein unerträglicher Schmerz schnürte ihr die Kehle zu und schwoll an, bis er ihre Augen erreicht hatte. Sie preßte die Augen fest zu, um die drohende Tränenflut aufzuhalten, aber es war zwecklos.

»Aber, aber! Nicht, Sarah, nicht!« – »Ja, was ist denn? Komm, komm.« Beschwichtigende, erschrockene Stimmen umschwirrten sie. Hände griffen nach ihr, berührten ihre Arme, die Schultern, den Kopf, tätschelten und streichelten. Jetzt geriet sie ernstlich in Panik. Am liebsten hätte sie alle weggestoßen und wäre aus dem Haus geflohen. Der unsinnige Wunsch währte nur ganz kurz und war ebenso schnell dahin, wie er gekommen war.

Wie durch einen Schleier griff sie nach Davids Hand. Niemand hatte solche Hände wie er. Sie klammerte sich daran, lehnte ihr Gesicht an seine Schulter, und die anderen hörten auf zu existieren.

Das Zimmer wurde still. Es gab nur David und sie. Es würde immer nur David und sie geben. Der Zorn, die Ängste, die seltsamen Gefühle gehörten der Vergangenheit an. Tiefe Ruhe senkte sich auf sie nieder. Selbst der Gedanke an Mary Hetherington oder der Verlust ihrer unsterblichen Seele vermochte diese Ruhe nicht zu vertreiben: Sie besaß ja David. Von der nächsten Woche an würde sie ihn für immer haben und endlich wissen, was Friede war.

6

»Nun, wie kommst du dir vor?« Dan reckte den großen Kopf über den Tisch zu Sarah und flüsterte ihr die Frage zu.

»Ko . . .komisch.«

»Aber nicht auf alberne Art komisch, sondern nett komisch, hm?«

»Hör auf, den Hanswurst zu spielen. Da kommt der Kellner.« David, dessen rote Adern sich stärker von seinen Wangen abhoben als sonst, weil seine Haut eine Spur blasser war, schob Dans Schulter beiseite.

Der Kellner hielt Dan eine Flasche hin, als ob es dessen Sache sei, das Etikett zu lesen. »In Ordnung, Sir?«

»In Ordnung.« Dan nickte. Der Kellner riß die Blechkapsel ab, entkorkte die Flasche und schenkte den Sekt routiniert in die vier Gläser ein.

Nachdem sich der Kellner entfernt hatte und jeder sein Glas in der Hand hielt, sagte David gedämpft: »Entweder bist du übergeschnappt, oder du hast einen Haupttreffer gemacht . . . Champagner! Du bist verrückt, Mann.«

»Trink und hör auf zu meckern . . . Auf euch beide.« Dan erhob sein Glas. Es befand sich auf gleicher Höhe mit Johns Glas, aber John schwieg und senkte den Kopf.

Sarah fand den Champagner ziemlich fade. Interessant waren nur die Kohlensäureperlen, die sie in der Nase kitzelten. Aber es war Champagner. Komisch, daß sie Champagner trank! Ach, Dan war gut. Er war ein netter Mensch, dieser Dan.

»So läßt sich's leben!« Dan lehnte sich in seinem Stuhl zurück und strahlte. »Mittwochvormittag, und ich bin nicht bei der Arbeit. Das ist noch nie passiert. Jeden Mittwoch vormittag um diese Zeit« – er blickte auf seine Uhr –, »also Viertel vor zwölf, kommt Mrs. Flaherty in den Laden, und die Schau beginnt. Das ändert sich nie. Ob ihr Alter die Arbeitslosenunterstützung bekommt oder nicht, das Programm verläuft wie gewöhnlich. ›Was kostet heute der Schinken, Mr. Hetherington?‹ sagt sie. Alles was recht ist, sie ist ungefähr die einzige, die mich mit ›Mister‹ anspricht. ›Ein Pfund zwei Shilling, Mrs. Flaherty!‹ Ich gehe sehr ehrerbietig mit ihr um; wir behandeln uns gegenseitig mit der größten Hochachtung, und ihretwegen spreche ich das gleiche breite Irisch wie sie.«

Dan richtete das Wort ausschließlich an Sarah, und sie lächelte ihm zu. Sie wußte, daß er nur alberte, um ihr die Hemmungen zu nehmen . . . ja, Dan war nett.

»›Eins und zwei, Mr. Hetherington? Ach, du liebes bißchen. Soviel kann ich nicht ausgeben, heute jedenfalls nicht. Und was kostet der Rücken?‹ – ›Das Kurze einen Shilling, Mrs. Flaherty, und das Lange acht Pence.‹ – ›Bei Gott, schon wieder teurer . . .‹ Dabei sind wir der billigste Laden in der ganzen Stadt und als Preisdrücker bei den anderen verschrien«, bemerkte Dan rasch zu David. »›Wie wär's mit einem Rollschinken, Mrs. Flaherty?‹ – ›Ach, nun ja, der ist immer zu mager und schrumpft in der Pfanne ein. Wie Schuhleder, sagt mein Mann. Nein, also einen Rollschinken würde er mir an den Kopf werfen, bestimmt.‹ – ›Nun, dann hätt ich was schön Durchwachsenes da, wie wär's damit? Sehen Sie nur, das ist ein hübsches, mageres Stück, fast aus der Mitte.‹« Dan hielt die Serviette hoch, als hätte er einen durchwachsenen Speck zur Begutachtung in der Hand. »So gestelzt rede ich, wenn dieses Weib da ist. Und das geht jeden Mittwoch so.«

Nun lachten alle, sogar John. Zwischen den Gasperlen, die ihr noch vom letzten Schluck Champagner in die Nase stiegen, daß sie das Gesicht verzog, fragte Sarah: »Und wobei ist sie schließlich geblieben?«

»Bei Schinkenresten.«

Ihr Lachen steigerte sich zum Gebrüll, und sie holten prustend Luft und rangen nach Fassung, um nicht über-

mäßig im halbleeren Speisesaal des Hotels aufzufallen. Langsam verebbte der Heiterkeitsausbruch, und Dan endete lakonisch: »Drei Pence.« Er sprach wie ein irischer Bauer. Jetzt waren sie wieder in Stimmung und unbeschwert. Sarah dachte sehnsüchtig: Ach, wenn wir doch alle Tage so leben könnten, bis tief in die Nacht hinein, einfach lachen und weitermachen.
Sie bezweifelte nicht, daß sie mit Dan eine ganze Woche lang pausenlos lachen könnte, aber in etwa einer Stunde mußte sie Mary Hetherington gegenüberstehen, und vor dieser Aussicht schreckte sie zurück.
Das Festessen begann mit einer Seezunge, und als sich herausstellte, daß es als Hauptgericht Ente gab und dazu ein anderer Wein serviert wurde, schüttelte David tadelnd den Kopf und sagte zu Dan: »Das hättest du nicht tun sollen, Mann.«
»Warum nicht? Scher dich nicht um Dinge, die dich nichts angehen, sondern stopf dich voll. Das ist alles, was du zu tun hast.«
»Kränk dich nicht, wenn er sein Geld zum Fenster rauswirft«, sagte John zu David. »Er langt nur mal eben in einen Sparstrumpf. Er hat eine ganze Menge von der Sorte, und jeder ist so voll, daß nicht mal Mrs. Flaherty ihren großen Zeh in einen davon stecken könnte.«
Sarah, die mit den übrigen lachte, sah John an. Jetzt erst fiel ihr auf, daß er zum erstenmal den Mund öffnete, seit sie das Standesamt verlassen hatten. Er war ein bißchen blaß und benahm sich nicht so polternd wie sonst. Für gewöhnlich tat er nämlich, als sei die Welt sein Fußball, den er nach Belieben durch die Gegend schoß. So sah sie John, diesen Bruder von David, der ihm so gar nicht ähnelte. Vielleicht, dachte sie, sorgt er sich um das Kind. Aber dem Jungen ging es doch besser? Oder aber er hatte wieder mit seiner Frau gezankt.
Erst eine Stunde später, als sie in der King Street vor dem Hotel standen, fühlte Sarah, daß Johns ungewöhnlich stilles Benehmen und seine Blässe mit ihr zusammenhingen.

David hatte eben gesagt: »Ich weiß wirklich nicht, wie wir dir danken sollen, Dan. Nicht wahr, Sarah?« Sie hatte nur stumm den Kopf geschüttelt.
»Ach was«, sagte Dan, »das war doch nichts. Jedenfalls war das erst die Hälfte meines Hochzeitsgeschenks ... Ich werde noch einen Sparstrumpf aufknoten.« Dabei deutete er auf John.
Auch David hatte sich an John gewandt und fragte ihn: »Wohin gehst du? Kommst du mit nach Hause?«
»Nein. Ich geh jetzt zum Arbeitsamt ...« Er biß sich fest auf die Unterlippe.
»Das ist es also?« Dan stand da und ließ das Kinn sinken. »Ich hab mich schon gewundert, was mit dir los ist. Du bist entlassen?« Er war bedrückt. »Seit wann?«
»Tja, da konnt' ich wieder mal den Mund nicht halten ... Ach, seit mehr als einer Woche.«
»So lange schon? Und du hast keinen Ton gesagt?« Davids Stimme klang vorwurfsvoll. »Weiß es May schon?«
»Nein. Niemand weiß es. Zumindest bis jetzt.« John drehte unbehaglich den Kopf hin und her. »Ich war sicher, daß ich bis heute längst wo gelandet sein würde, aber so geht's eben. Aber laß dir nur nicht einfallen, mich jetzt zu bedauern, verstanden? Das gilt für euch alle.« Seine Augen waren rund und glänzend, und aus seinem Gesicht sprach Angriffslust. »Die können mich unmöglich zum alten Eisen werfen. Nächste Woche arbeite ich garantiert wieder.«
»Was war los?« fragte David ruhig. »Ich dachte immer, deine Firma sei die letzte, die entläßt, und wenn, dann keinesfalls dich.«
»Es gab einfach keine Bootsbestellungen mehr; weder für große noch für kleine, mittlere oder ganz kleine.«
»Aber ihr habt doch nur kleine Schiffe hergestellt. Ich dachte, dafür und für Rettungsboote gäbe es im Süden immer Absatzmöglichkeiten.«
»Tja, das haben alle geglaubt, aber im Süden scheinen sie eben bereits sämtliche Boote zu haben, die sie brauchen. Und seit weniger Schiffe unterwegs sind, ertrinkt auch

niemand mehr, also gehen auch die Rettungsboote nicht mehr gut. Und das ist doch was, wofür man dankbar sein muß, nicht wahr, daß keiner mehr ertrinkt.« Er grinste unglaubwürdig. »Und nun mal herhören, Herrschaften.« Er schloß sie alle mit einer Kopfbewegung ein. »Nun tut mir das nicht an, daß ich euch die Stimmung verdorben habe. Es gibt nicht den geringsten Grund, warum ihr Mitleid mit mir haben solltet. Ich lieg' schon richtig. Bis ich pleite bin, müssen schon noch ein paar Wochen vergehen, aber so billig mach' ich's der verdammten Regierung auch wieder nicht, versteht ihr? Nein, nein, ich werd' sie ganz schön was an Arbeitslosenunterstützung kosten.«
»Vierzehn Tage lang wirst du jedenfalls nichts bekommen. Die erste Woche gilt nicht, und dann gibt's drei Stehtage.« Dan sprach noch immer ruhig.
»Mann, da sagst du mir was ganz Neues. Jedenfalls, wie gesagt: Nächste Woche hab ich wieder Arbeit, und dann verrat' ich denen, wo sie sich ihre Unterstützung hinstecken können. Aber hört mal«, sagte er plötzlich ganz verändert und wandte sich mit ernster Stimme an David: »Sagt Mutter nichts davon, klar?«
»Nein, nein, sicher nicht. Obzwar« – David sah mit trokkenem Lächeln in die Runde. Schließlich blieben seine Blicke an Sarah haften –, »heute wäre wirklich der geeignetste Zeitpunkt dafür. In ihrer maßlosen Wut über uns beide würde sie's nämlich gar nicht richtig mitkriegen.«
Er hatte gehofft, Sarah damit zu beruhigen. Daß der Versuch mißlungen war, lag für alle drei Männer auf der Hand. Dan sagte knapp: »Es wird schon nicht so schlimm werden. Man darf sich bloß nicht fürchten . . . So, jetzt wird's für mich aber auch höchste Zeit. Ich muß nach Westoe.« Der Name schien sein Selbstbewußtsein zu stärken, und er grinste einfältig.
»Nur zu, du alter Roué.« Sarah verstand Johns Bemerkung nicht. Sie wußte nicht, was eine Roué war, aber etwas besonders Nettes schien es nicht zu sein, denn als Dan sie ansah, wurde er rot.

Rasch erfaßte er ihre Hand und sagte: »Ich wünsche dir alles Glück der Welt, Sarah.«
»Danke, Dan.« Ihre Stimme klang brüchig.
»Und wohlgemerkt, nützt die drei Tage in Newcastle. Wenn ihr zurückkommt, habe ich zumindest ein Zimmer für euch sauber, wenn nicht sogar tapeziert ... Ich werde dem Großen schon Beine machen.« Er packte Johns Arm. »Ihr wißt, wenn der erst richtig loslegt, dann fliegen die Pinsel und die Farben ... Gott segne euch.«
Das ging zu Herzen wie ein Segen und war beinahe zuviel für Sarah. Genau das hätte auch der Priester gesagt: Gott segne euch – zumindest Pater Bailey hätte es gesagt.
Dann stand John vor ihr. Ohne sie zu berühren oder auch nur nach ihrer Hand zu fassen, sah er ihr tief in die Augen. Sein Blick drang durch ihre schmerzliche Bangigkeit, senkte sich in ihr Herz, wo ihre Liebe für David ruhte, grub sich immer tiefer in ihre Seele, bis er in Bereiche ihres Seins vorgestoßen war, von deren Vorhandensein sie selbst nichts geahnt hatte. Sie scheute vor der Wiederkehr des sonderbaren Gefühls nicht zurück, sondern beobachtete aus weitaufgerissenen Augen, wie seine Lider sich senkten und die kurzen, dichten Wimpern wie Schatten auf seinen hohen Backenknochen lagen. Sie war verheiratet und in Sicherheit. Sie hatte nichts von unergründlichen Gefühlen zu befürchten ... außer vielleicht von den Gefühlen von Davids Mutter.
»Alles Gute.« Es war eine banale, abgedroschene Bemerkung, die man bei solchen Anlässen machte, und bedeutete für gewöhnlich gar nichts. »Alles Gute, Mann«, wiederholte John für David, dem er die Hand schüttelte. Und David packte ihn mit seiner freien Hand an der Schulter und antwortete: »Danke, John, danke.«
Dann drehte David Sarah herum und überquerte mit ihr die Straße zur Haltestelle jener Straßenbahn, die sie täglich zu und von ihrer Arbeit gebracht hatte. In Zukunft würde sie die Trambahn nicht mehr benützen – zumindest nicht als Sarah Bradley. Jetzt war sie Mrs. David Hetherington. Sie zwang sich, die Schultern zu straffen

und den Kopf hoch zu tragen. Was konnten sie ihr anhaben? Wer konnte ihr heute noch etwas tun? Sie war verheiratet, offiziell verheiratet . . .
Dan und John blieben auf dem Gehsteig stehen und sahen ihnen nach, bis sie in die Straßenbahn einstiegen. Dann winkten sie ihnen.
»Besser die beiden als ich«, sagte Dan halblaut. »Deine Mutter wird ihnen die Hölle schön heiß machen. Die Kleine ist nicht zu beneiden. Wir werden ihr alle beistehen müssen. David allein kann sie unmöglich abschirmen. Du weißt, wie deine Mutter ist, wenn sie jemand zwischen ihre Giftzähne nimmt, und sie hat schon seit langem keinen Prügelknaben mehr gehabt. Jeder von uns wird sich auf die eine oder andere Weise als Prellbock zwischen sie und Sarah stellen müssen. Sie ist zu nett, um ihr zum Fraß vorgeworfen zu werden.«
»Ich kann mir nicht vorstellen, daß jemand schlecht zu ihr sein könnte«, sagte John und sah der in der Ferne auftauchenden Straßenbahn entgegen. »Ich meine, ich kann mir nicht vorstellen, daß jemand den Wunsch dazu verspüren sollte. Und Mutter hat ja May zum Nörgeln.«
John drehte sich um und lächelte spöttisch.
»Stimmt, aber May hat dich geheiratet und nicht Davie. In Wahrheit war deine Mutter niemals bereit, Davie an eine Ehefrau abzutreten. Zumindest ist das meine Meinung. Sie tat wohl so, als wäre sie mit der Kleinen einverstanden, aber sie wußte ganz genau, daß alle Argumente gegen sie sprechen, weil Sarah eben vom Unteren Ende kommt, verstehst du? Sie hoffte sicher, daß diese Schwierigkeiten auch Davie mit der Zeit abschrecken würden – Religion, Herkunft und all das Zeugs. Natürlich kann ich mich auch irren.«
»Du hast dich im wesentlichen noch nie geirrt, Dan.«
Dan sah seinen Neffen an. Der Altersunterschied von sechs Jahren machte sich nie bemerkbar. Sie hatten stets gleichaltrig ausgesehen und gleich empfunden. »Du bist ziemlich blaß. Machst du dir Sorgen, weil du keine Arbeit hast?«

»Nein, nein, ich hab dir doch gesagt . . . Nein, bei Gott.« Er sah sich wütend um, als stünde jemand hinter ihm. »Nein. Ich gehe bestimmt nicht vor die Hunde. Nur keine Bange. Dan. Ich falle schon wieder auf die Füße. Du kennst mich doch. Also, dann . . . Übrigens: schönen Dank für das Essen. Das war hochanständig von dir. Weißt du was? Ich könnte ihnen einen Eßtisch und Stühle schreinern. Das Holz bekomme ich zum Selbstkostenpreis.«
«Oh, davon wären sie bestimmt begeistert. Das ist eine gute Idee, John.«
»Also, auf bald, Dan.«
»Auf bald, John. Wir sehen uns abends.«
»Ja, abends.«
Dan überquerte die Straße, und John eilte mit raschen, langen Schritten um die Ecke. Er erreichte die Bedürfnisanstalt. Dort stützte er sich an die Mauer, krümmte den Leib zusammen und erbrach sich.
»Ist Ihnen übel, Kumpel?«
John wischte sich das Gesicht mit dem Taschentuch ab. Der Schweiß rann ihm in kleinen Bächen aus dem Haar. Er nickte. »Zu üppig gegessen . . . Ente und Champagner.«
»Donnerwetter, da muß einem ja schlecht werden. Ente und Champagner heutzutage mit siebzehn Shilling die Woche. Klar, daß man da krank wird. Krank vor Sehnsucht nach einem guten Essen. Geht's wieder besser?«
Genau diese Reaktion des Fremden hatte John erreichen wollen. Er nickte ihm zu, und der Mann fuhr fort: »Ente und Champagner. Heutzutage muß einer im Parlament sein, damit er Ente und Champagner kriegt.«
Wenn der Narr nicht bald aufhört zu quatschen, würde er ihm eine knallen, dachte John, wandte sich ab und lehnte die Stirn an die Wand und übergab sich noch mal. Wie von ferne drang die Stimme des Fremden an sein Ohr. »So ist's gut, nur 'raus damit. Besser draußen als drinnen, was es auch ist.«
Als er wieder allein war, drehte John sich um und lehnte

den Rücken an die Wand. ›Raus damit‹, hatte der Mann gesagt. ›Besser draußen als drinnen.‹ Aber daß ihm in zweifacher Hinsicht übel war, konnte der Mann natürlich nicht wissen.
Eine Mischung aus Weißwein, Champagner und Ente war zuviel für seinen Magen gewesen, der an die einfallslose Kost einer gleichgültigen Köchin gewöhnt war. Doch diese Art Übelkeit konnte man loswerden. Er wünschte zu Gott, er könnte sich von dem anderen Druck auf dieselbe Weise befreien. Was hatte Dan gesagt? Sie würden sich allesamt als Prellbock zwischen sie und seine Mutter stellen müssen. Das war komisch, wirklich, verdammt komisch war das, denn Dan wußte nicht, daß er von dem Augenblick an, wo er ihr an jenem Abend im Salon gegenübergestanden hatte, wünschte, sich wie ein Prellbock zwischen sie und die Welt zu schieben.
Vor May hatte er die üblichen Erfahrungen gesammelt. Er wußte alles über Frauen. Von dem Tag an, als er vierzehn war und wie siebzehn ausgesehen hatte, waren ihm die Mädchen nachgerannt. Damals hatte er damit begonnen. Er konnte gar nicht anders, als ständig Mädchen zu haben, denn sie hatten sich darum gedrängt, von ihm angefaßt zu werden. Sein erstes Mädchen hatte er mit fünfzehn Jahren gehabt. Seine Mutter hätte getobt, wenn sie es geahnt hätte. Ja, er wußte alles über Frauen, aber er hatte keine einzige geliebt. Haben wollen? Ja, haben hatte er sie natürlich wollen, wenn er es anders nicht mehr ausgehalten hatte. Auch May hatte er haben wollen, aber er hatte sie nicht geliebt. Er hatte sie eben genommen, und sie hatte dafür gesorgt, daß er verflucht teuer für das kurze Vergnügen bezahlt hatte. Sie war seines Wissens nach die einzige, die er, wie seine Mutter es ausgedrückt haben würde, geschwängert hatte. Paul war vor der Zeit zur Welt gekommen. Er hatte dazu nur gelacht und sich gefragt, ob die Hebamme auch gelacht hatte. Wenn ja, dann hatte sie es jedenfalls nicht vor ihm oder seiner Mutter getan. Alles, was dem Kind seither

widerfahren war, hatte man auf seine verfrühte Geburt geschoben. Ob sich ein Kind jemals bewußt wurde, daß es aus Lust und nicht aus Liebe gezeugt worden war? Er hatte sich immer gesagt, daß man ohne Liebe leben könne, solange man das andere hätte. Das hatte er sich eingeredet. Bis zu jenem Abend, wo er im Salon der Kleinen begegnet war, die David heiraten wollte. In jener Nacht hatte er sich gesagt: Sei kein verdammter Narr, so schnell kann so was nicht passieren. Aber die Tage danach hatten ihm das Gegenteil bewiesen. Er galt als ›der Große‹, und er mochte diesen Spitznamen. Aber je größer einer war, desto tiefer stürzte er, und sein Sturz war, bei Gott, hart gewesen.
Er stemmte sich an der Wand empor und wischte sich das Gesicht ab. Dann schob er seinen Hut zurecht und knöpfte den Mantel zu. Na schön, es war eben geschehen. Vor zwei Stunden war sie Davids Frau geworden. Bei jedem anderen als Davie, selbst bei Dan, hätte er sie mit vollen Segeln angeflogen wie ein Sturmgott. Diese üppige Schönheit, die sich ihrer aufreizenden Wirkung noch gar nicht bewußt war, hätte ihm gehören müssen. Er hätte sie angefleht, hätte getobt und sie beschworen: Komm, laß uns von hier verschwinden. Was lag schon an einer Ehefrau, an einem Kind und an einer Mutter, die sich in ihrem Hochmut so unantastbar und sicher fühlte, daß er es oft kaum mit ansehen konnte. Er wußte, daß er seiner Leidenschaft nur die Zügel hätte schießen lassen müssen, um Sarah zu erobern, ob sie damit einverstanden gewesen wäre oder nicht. Aber er hatte es nicht getan. Schließlich war es Davie, den sie geheiratet hatte, Davie, den sie haben wollte. Oder nicht? . . . Auf jeden Fall war sie Davies Mädchen, und das einzig Anständige in Johns Leben war die Liebe zu seinem Bruder.

[illegible] und ihnen [illegible] gerahmte Gesicht [illegible] Kind [illegible] bewußt wurde [illegible] und [illegible] Worte [illegible]

[illegible] Gesicht [illegible] Mal [illegible] aber so was nicht [illegible] Aber [illegible] und [illegible] Auch [illegible] war [illegible]

[illegible]

[illegible] an der Wand [illegible] Mann [illegible] seinem [illegible] Schneewand [illegible] sie [illegible] Schnee [illegible] Zimmer [illegible] Worte [illegible] schien [illegible] Zug [illegible] Wasser [illegible] Tür [illegible] Nacht [illegible]

ZWEITER TEIL

I

Sarah verließ die Straßenbahn auf dem Market Place und machte sich auf den Weg zur Fähre. Sie schritt beschwingt aus, denn ihre Fesseln waren nicht geschwollen. Drei Männer, die ihr vom Pier entgegenkamen, drehten den Kopf nach ihr um. Einer stieß einen anerkennenden Pfiff aus und winkte ihr zu.

Frechheit! Ihr Gesicht drückte Entrüstung aus, die sie gar nicht empfand. Das liegt nur an meinen neuen Kleidern, sagte sie sich. Die machten die Männer zudringlich.

Sie kaufte eine Fahrkarte. Das Vergnügen, das die Bewunderung der Männer in ihr geweckt hatte, wich einer leisen Beschämung, die nicht frei von Ängstlichkeit war. Ehe sie die Fähre betrat, dachte sie: Was mache ich, wenn sie nicht hier ist? Dann werde ich wohl nochmals vorbeikommen müssen. Aber sie hatte doch ausdrücklich gesagt: zwei Uhr dreißig. Oder?

Sie bestieg das Boot und ging rasch am Maschinenraum vorbei. Gleich dahinter, mit dem Rücken zur Reling, stand Phyllis. Entzückt liefen sie aufeinander zu, umarmten sich, lachten und tauschten stürmische Begrüßungen aus.

»Ich dachte schon, du wärst nicht gekommen. Hast du meinen Brief erhalten?«

»Klar, sonst wär ich nicht da, oder?«

»Sei nicht kindisch.«

Sie strahlten einander an und traten gemeinsam an die Reling. Phyllis stützte sich auf, musterte Sarah eingehend und sagte zusammenfassend: »Donnerwetter! Du bist Klasse! So hab ich dich noch nie gesehen. Alles neu?«

Vorsichtig strich sie mit der Fingerspitze über Sarahs Jacke.

»Ja.« Sarah lächelte scheu. »Ich habe erst kürzlich zwei neue Kostüme bekommen ... Aber ich bin jetzt nicht so wichtig. Erzähl, wie geht's dir? Bist du in Schwierigkeiten?«

»Schwierigkeiten?« Phyllis reckte das Kinn vor. »Nein, nein, gar keine Schwierigkeiten.«

»Ach?« Sarah machte eine Pause. »Ich dachte, als ich den Brief bekam ...«

»Ich wollte dich einfach sehen. Ich mußte dich wiedersehen. Und ich wollte hören, wie's Mutter geht und so.« Phyllis drehte sich um und stützte die Unterarme auf die Reling. Sie beugte sich vor und sah hinab ins Wasser, das aufschäumte, als das Boot sich vom Kai entfernte. »Ich hätte sie ja besucht«, ergänzte sie und nickte rasch und heftig. »Ich fürchte mich nicht vor dem Pack dort unten. Vor keinem Menschen fürchte ich mich, außer vor ihm. Ihm möchte ich nicht über den Weg laufen. Verstehst du?«

Ja, das verstand Sarah. Auch sie blickte über die Reling, stützte die Arme aber nicht auf, weil sie ihre neue Jacke nicht beschmutzen wollte. Nachdenklich betrachtete sie die Wellen, die gegen den Bug schlugen. »Ich habe dich sehr vermißt, Phyllis. Ständig denke ich an dich. Ich wollte dir schreiben, aber ich wußte nicht, wohin ... Wie geht's dir denn?«

»Ach, großartig.« Phyllis drehte den Rücken zum Wasser, lehnte die Ellbogen auf die Reling und nickte Sarah langsam zu. »Ehrlich. Alles ist bestens, besser, als ich es für möglich gehalten hätte. Ich kann es kaum glauben, weißt du.« Sie schlug rasch die Augen nieder. »Trotzdem ist es kein reines Honiglecken.«

»Er ist doch gut zu dir, oder?«

»Ali? Oh, Ali ist prima. Den wickle ich um den kleinen Finger. Der ist kein Problem. Natürlich ist er manchmal ein bißchen wild.« Ein wissender Ausdruck huschte über ihr Gesicht. »Du weißt, was ich meine.« Sie sah, daß Sa-

rah rot wurde und lachte. »Och, Sarah, nun hab dich nicht so. Du lieber Himmel, du bist jetzt verheiratet ... Und weil wir schon dabei sind: Wie steht's denn mit dir? Ist alles in Ordnung?«
Sarah hätte am liebsten: Wundervoll! Wundervoll! geantwortet, aber sie hatte das Gefühl, ihre Begeisterung könnte Phyllis weh tun. Dennoch machte sie einen ziemlich glücklichen Eindruck. Abschwächend antwortete sie: »Ach, weißt du, es könnte schlimmer sein.«
»Du hast ein eigenes Haus?«
»Ja, gleich neben seinen Eltern. Das war zufällig frei. Die Küche und ein Schlafzimmer sind bereits eingerichtet. Jetzt kommt das Wohnzimmer an die Reihe. Davids Bruder John baut uns ein paar Möbel.«
»Ist er denn nicht Werkmeister in einer Bootsfabrik?«
»Das schon, aber er ist sehr geschickt und kann gut mit Holz umgehen. Das ist sein Hobby. Außerdem hat er jetzt massenhaft Zeit. Er ist nämlich arbeitslos.«
»Nein! ... Ein Hetherington und arbeitslos?« Phyllis war ganz offensichtlich überrascht. »Du meine Güte, ich hätte nie gedacht, daß die das auch zu spüren kriegen. Wie findest du sie denn eigentlich alle?«
»Reizend. Das heißt« – sie schnitt eine Grimasse –, »die männlichen Familienmitglieder sind es.«
»Ist seine Mutter noch immer so eklig?«
»Ach, Phyllis.« Sarah bedeckte den Mund mit der Hand und schloß eine Sekunde lang die Augen. »Den Tag, an dem wir geheiratet haben und heimgegangen sind, um es ihr zu sagen, werde ich nie vergessen. Ehrlich ... weißt du, sie ist eine ruhige Frau, das hab ich dir ja gesagt. Man würde nie vermuten, daß sie jemals die Beherrschung verlieren könnte, so geziert und damenhaft wie sie immer tut. Von wegen!« Sie lehnte sich an ihre Schwester, und es war wieder ganz so wie in alten Zeiten in ihrer gemeinsamen Schlafkammer. »Ich hab gemeint, sie wird mich schlagen, ehrlich. Ich hab noch nie erlebt, daß jemand so explodieren kann. Erinnerst du dich noch an Mrs. Cartwell, wenn sie verrückt gespielt und die Möbel

zerschlagen und die Trümmer in den Hof geworfen hat? Meine liebe Schwiegermutter ist um kein Haar besser. Mir sind vielleicht die Augen aufgegangen! Ich hab sie für steif und kalt und arrogant gehalten, aber daß sie toben kann wie ein Fischweib, wär mir nicht im Traum eingefallen. Damit hat sie David und den anderen einen gehörigen Schreck eingejagt. Er war platt. Er war sicher auf einiges gefaßt, aber das hat ihn glatt umgehauen. Das hat unsere ›Flittertage‹ in Newcastle ziemlich getrübt. Vierzehn volle Tage hat sie kein einziges Wort mit mir gesprochen. Wahrscheinlich wäre das noch heute so, wenn David nicht einfach seine Besuche im Elternhaus eingestellt hätte. Da ist sie dann zu uns gekommen.«
»Und klappt es jetzt mit ihr?«
»Doch. Äußerlich. Aber weißt du, Phyllis, wirklich verzeihen wird sie mir nie. Ich muß wahnsinnig vorsichtig sein. Als David ausblieb, haben sich die Männer einfach angewöhnt, zu uns zu kommen. Dan und John, ja sogar der Vater. Dabei ist es geblieben, obwohl jetzt wieder alles in Butter ist – zumindest, wie ich schon sagte, nach außen hin. Oh, ich mag das« – sie lächelte Phyllis zu –, »es ist wunderschön, sie alle bei uns zu haben, und Dan ist ein so netter Mensch. Wir lachen oft, bis wir Seitenstechen haben. Schlimm ist nur, daß sie jetzt an unsere Wand klopft. Weißt du, unser und ihr Kamin stoßen aneinander. Unlängst am Abend muß sie uns lachen gehört haben, und schon hat sie an die Rückseite unseres Kamins geklopft. Mr. Hetherington hat sich vielleicht geärgert! So wütend habe ich ihn noch nie gesehen. Und stell dir vor, letzte Woche fragt er mich eines Abends: ›Darf ich hier rauchen, Sarah?‹ Hat man Worte! Er hat mich gefragt, ob er rauchen darf! Weißt du, wohin er gehen muß, wenn er rauchen will?«
»Auf den Abort!«
»Nein. Dort erlaubt sie's auch nicht. Er muß den Schuppen hinten im Hof dazu benützen. Sie hat ihm niemals gestattet, im Haus zu rauchen. Deshalb rauchen auch David und Dan nicht. John raucht schon, bei sich da-

heim. Ich hab ihm geantwortet: ›Aber sicher, was für eine komische Frage.‹ Und als er zu mir sagte: ›Ich werde es mir nicht zur Gewohnheit machen, nur hie und da‹, weißt du, Phyllis, da hätte ich weinen können. Ich mag ihn, ich mag ihn jetzt viel mehr als früher. Sein Lidzukken ging mir auf die Nerven, aber jetzt bemerke ich es nicht mehr.«

»Er und Alis Vater würden herrlich zusammenpassen. Weißt du, was er gern mit mir tun würde?« Phyllis schob den Daumen in die hohle Hand. »Aber mit dem bin ich Schlitten gefahren! Er führt eine Pension, weißt du, und hat gemeint, daß ich ihm eine billige Arbeitskraft abgebe, aber da hat er sich geirrt. So ein Geizhals! Aber Ali hat seine eigenen Pläne . . . Was glaubst du wohl, was wir tun werden, Sarah? . . . Wir machen ein Lokal auf. Wenn das bloß nicht wäre!«

Sie deutete auf die Vorderseite ihres Mantels, und Sarah rief aus: »Oh, das hatte ich ganz vergessen. Man sieht dir aber auch nichts an. Wie fühlst du dich denn?«

»Jetzt tadellos. Aber anfangs richtig lausig.«

»Aber was das Lokal anbelangt: Was soll es denn werden? Nein, das wäre doch herrlich, wenn du ein Geschäft eröffnen könntest!«

»Es wird so eine Art Café werden. Das bringt immer was. Selbst wenn die Leute bloß Tee und Kuchen bestellen, essen muß man. Tss, die vielen Arbeitslosen rundum, die von den Schiffen, weißt du, jagen einem richtig Schreck ein. Hier unten ist es noch schlimmer, als es bei uns war, und dort war's schon schlimm genug, weiß Gott . . . Deshalb« – ihre Stimme klang ganz aufgeregt – »möcht' ich gern ein Café haben, weil Essen das Wichtigste im Leben ist, verstehst du? Man muß nur sehen, wie verhungert sie sind, dann weiß man genau, wie verdammt wichtig das . . .«

Die Fähre legte am Pier von North Shields an. Phyllis unterbrach sich, sah Sarah zum erstenmal ziemlich hilflos an und sagte: »Was machen wir jetzt? Mußt du schon zurück?«

»Nein, nein, erst zur Teezeit. Machen wir doch einen Spaziergang und trinken wir irgendwo eine Tasse Tee.«

»Ja, das wäre nett!«

Im trüben Zwielicht des Dezembernachmittags wanderten sie durch die langweiligen Straßen und redeten, redeten, redeten. Als sie vor der Hauptstraße ein Café entdeckten, das ein bißchen hübscher aussah, traten sie befangen ein. Bei Tee und Kuchen lachten und kicherten sie aufgeregt wie zwei kleine Mädchen, die zum erstenmal allein ausgehen dürfen.

Erst als die Fähre den halben Rückweg nach South Shields hinter sich gebracht hatte, versickerte ihr Geplauder. Schweigend standen sie nebeneinander, ihre Arme berührten sich, und sie starrten auf das unsichtbare Ufer, das zeitweise im Licht der schwachen Scheinwerfer aufblitzte.

»Da.« Phyllis kramte in ihrer Handtasche. »Das ist für Mutter. Zu Weihnachten.« Sie gab Sarah zwei Pfundnoten.

»So viel? Kannst du dir das leisten?« fragte Sarah.

»Klar. Bei meinem Herrn und Gebieter.« Die Bemerkung schien von einer Frau zu kommen, die wußte, wie man Männer behandelte, ihre Taschen durchstöberte und ihnen Lügen aufband. Aber so war Phyllis doch nicht. Sie war immer noch wie ein junges Mädchen, zumindest in Sarahs Augen – ein kleines, rosaweißes junges Ding mit einem Puppengesicht.

»Sie wird dankbar dafür sein, Phyllis.«

»Sag ihr, daß es für sie gehört, klar? Ich würde es glatt verbrennen, wenn ich denken müßte, daß er es in die Tasche steckt . . . Weißt du, was Ali mir pro Woche gibt, bloß so für die kleinen Ausgaben? Denn essen tun wir meistens unten.«

Sarah schüttelte den Kopf.

»Drei Pfund. Er hat gesagt, wenn das Café erst richtig geht, bekomme ich das Doppelte.«

»Drei Pfund!« rief Sarah aus. Drei Pfund für die kleinen Ausgaben! David verdiente wöchentlich bloß zwei Pfund

siebzehn, und das hatte sie überwältigend gefunden. »Hast du aber Glück!«
In der Dunkelheit drehte sich Phyllis zur Reling. Ihre Stimme klang eintönig und wie von weit her. »Ja, ja, ich habe Glück. Und es ist alles in Ordnung bei mir. O ja, das schon.« Es war wie eine Selbstbestätigung. »Nur eines ertrage ich nicht.« Sie griff nach Sarahs Hand und setzte mit spröder Stimme fort: »Ich komm' mir gemein vor, Sarah, wie ein richtiges Schwein, weil Ali nämlich gut ist. Er ist bedeutend besser als jeder von hier. Das weiß ich bestimmt. Aber . . . aber es dreht mir den Magen um, wenn wir durch die King Street oder über den Markt gehen. In unserem Viertel macht mir das nichts aus, weil es dort auch andere weiße Mädchen gibt. Manche sind zwar Dirnen, aber ein oder zwei sind anständig. Ein Mädchen ist sogar aus High Jarrow. Dort geht's also. Aber in der King Street, da möchte ich den Weibern, die mich anglotzen, am liebsten ins Gesicht brüllen: ›Kehrt lieber vor eurer eigenen Tür, ihr Schlampen!‹ Jawohl, das möchte ich. Du kennst doch die Howards, aus der Duxham Street, Sarah. Erinnerst du dich noch an die Aufregung vor ein paar Jahren, weil das Mädchen ein Kind von ihrem Bruder bekommen hat? . . . Das heißt, sie wußte nicht mal genau, ob es ihr Bruder oder ihr Vater war. Weißt du noch? Also, mir hat sie immer leid getan, und ich habe mit ihr geplaudert, so oft wir uns auf der Straße begegnet sind. Und was glaubst du, was dieses Luder getan hat? Wir sind auf dem Markt gewesen, und sie hat getan, als ob ich Luft für sie wäre. Ich war drauf und dran, ihr meinen Einkaufskorb nachzuwerfen. So wütend war ich.«
»Ach, Phyllis! Vielleicht hast du dir das nur eingebildet. Ach, Phyllis!« Sarahs mitleidige Stimme klang erstickt von Tränen.
»Sei nicht albern! So was bildet man sich nicht einfach ein. Außerdem haben mir die andern erzählt, daß es ihnen genauso ergeht. Nur können eben die meisten von ihnen heimgehen und ihre Leute besuchen . . . Ach, Sarah!« Sie hielt Sarahs Hand fest umklammert. »Wenn

wir bloß beisammen sein könnten oder wenigstens nicht so weit voneinander entfernt wohnen würden, damit man hie und da den Kopf zur Tür 'reinstecken könnte!« Sarah fühlte sich hilflos. Sie hätte gern aus ganzem Herzen gesagt: Red keinen Unsinn. Komm, wann immer du willst; du bist gern gesehen, das weißt du doch. Wenn es nur um sie allein gegangen wäre, dann hätte das auch gestimmt. Sie würde sie sogar ermuntern, ihren Araber mitzubringen. Anders nannte sie Phyllis' Mann bei sich nie. Aber sie mußte auch an David denken. Nein, das war nicht richtig. David hatte ihr gesagt, jeder müsse das tun, wozu er sich getrieben fühle. Und hatte bei dieser Gelegenheit liebevoll hinzugefügt, er hätte sich dazu getrieben gefühlt, sie zu heiraten. Nein, es war nicht David, an den sie dachte, sondern seine Mutter. Sie hatte seine Mutter tief verletzt, das wußte sie. In ihrem Innersten fühlte sie sich schuldig. Sie hatte das Gefühl, sich gewaltsam in Davids Familie gedrängt zu haben, und Mrs. Hetherington nährte diesen Eindruck. Sie durfte also die derzeitige Situation nicht weiter verschlimmern, indem sie ihre Schwester einlud. Ohne die unmittelbare Nachbarschaft von Davids Mutter wäre ihr vielleicht ein Ausweg eingefallen. So aber konnte sie Phyllis nicht zu sich einladen. Das hätte beinahe dasselbe bedeutet, wie sie gleich in den Salon der Hetheringtons zu bitten. Es war nicht zu machen, aber sie wünschte, sie könnte es. Eifrig griff sie nach Phyllis Hand und sagte: »Glaub mir, wir werden zusammenkommen. Wir werden es uns zur Gewohnheit machen, und einmal bringe ich Mutter mit. Was sagst du dazu?«
»Das wäre schön . . . Weißt du, Sarah, du kannst gern zu uns kommen, wenn du dich nicht daran stößt. Ich habe die zwei Zimmer oben wirklich hübsch eingerichtet. Du würdest staunen, was für schöne Sachen ich bekommen habe. Aber . . . aber komm nicht an einem Freitag.« Sie sprach, als hätte Sarah die Einladung bereits angenommen. »Der Freitag ist nämlich ihr Sonntag, verstehst du? Du würdest dich wundern! Wir haben doch immer ge-

glaubt, nur die Katholiken sind fromm. Menschenskind! Die könnten bei Alis Familie noch was lernen! Sein Vater ist ein wichtiger Mann in ihrer Glaubensgemeinde . . ., sie sind Moslems. Sie beten den ganzen lieben langen Tag, das haut dich um. Dabei nimmt der alte Teufel – Alis Vater, meine ich – seinen eigenen Leuten das Weiße aus den Augen.« Sie stieß Sarah an. »Sie wollen, daß ich eine Moslime werde.«

Sarah war entsetzt. »Aber das tust du doch nicht!«

»Nein, ich tu's nicht. Obwohl ich persönlich auf keine Religion was gebe. Zum Unterschied von dir hat mich unser Glaube nie berührt. Der Quatsch rinnt von mir ab wie Wasser. Höllenfeuer, wenn man die Sonntagsmesse versäumt. Wer soll diesen Blödsinn glauben? Weißt du Sarah, man lernt viel dazu, wenn man sich mit Ausländern verbindet. Aber ich müßte ganz schön büffeln, ehe ich überhaupt eine Moslime werden könnte.«

Sie lachte und schlug Sarah auf den Arm. Ihr Gelächter schwoll an, bis Sarah sagte: »Sei still, Phyllis, du bringst noch die Fähre durcheinander.« Am liebsten hätte sie ihre Schwester geohrfeigt, um dieses Lachen zu beenden, das ihren Ohren weh tat.

Es war kein echtes Lachen. So lachte man nur, um nicht zu weinen.

Als das Boot zum zweitenmal anlegte, nahm sie Phyllis beim Arm. Gemeinsam gingen sie über die Laufplanke und durch die holprige Straße bis zum Marktplatz.

Eine Uhr schlug fünf. »Du lieber Schreck!« rief Sarah. »David wird schon zu Hause sein und nicht wissen, wo ich stecke. Kein Tee fertig.«

»Du hast ihm nicht gesagt, daß du dich mit mir hier triffst?«

»Doch, ja, natürlich«, schwindelte Sarah überzeugend. »Aber du weißt, wie sie sich haben mit ihrem Tee. Da kommt die Straßenbahn, Phyllis. Am besten, ich nehm' gleich die.«

Sie standen in dem trüben Licht und sahen einander an; dann umarmten sie sich heftig und hielten sich gegenseitig einen Augenblick fest, ehe sie ohne ein weiteres Wort auseinandergingen . . .

Den ganzen Heimweg über hätte Sarah am liebsten geweint. Immer wieder sagte sie sich: Ach, Phyllis. Ach, Phyllis.

An der Haltestelle wartete David bereits auf sie. Er stürzte auf sie zu und fragte: »Wo, um alles in der Welt warst du denn? Ich habe mich zu Tode geängstigt. Es ist fast Viertel vor sechs, und das Haus ist stockfinster. Wo bist du denn gewesen?«

»Es tut mir leid, David. Ich mach dir sofort deinen Tee.«

Er hakte sich bei ihr unter und eilte über die Straße. »Der Tee ist meine geringste Sorge, Mädchen.« Er schüttelte sie. »Du warst bisher noch nie aus, und du hast mir auch keine Zeile hinterlassen. Ich wußte nicht, was ich denken sollte.«

Sarah wurde es warm ums Herz. Man brauchte sie, es gab etwas, wohin sie gehörte. Sie ließ den Kopf auf seine Schulter sinken und schmiegte sich an ihn. »Mach dir keine Sorgen«, sagte sie, »ich werde dir nie fortlaufen.«

Er tätschelte ihr die Wange. »Aber ich mache mir eben Sorgen . . ., daß du mir fortlaufen könntest.«

»Du machst Witze.«

»Nein, nein, ganz und gar nicht.«

Sie waren vor ihrer Haustür angelangt. »Aber das ist doch einfach ein Witz, David.«

»Rein mit dir.« Er gab ihr einen freundschaftlichen Schubs. Sobald die Haustür geschlossen war und sie im finsteren Flur standen, tappte er nach ihr, zog sie in die Arme und küßte sie. Es war ein rauher, harter Kuß. Schließlich ließ er sie los. »In Zukunft hinterläßt du mir immer eine Nachricht, verstanden!«

»Ja, David.« Seine tiefe Besorgnis über ihre Abwesenheit verblüffte sie und war ihr nicht ganz verständlich. Wenn er gereizt gewesen wäre oder scherzhaft nach ihr geschlagen hätte oder sogar schlechter Laune gewesen wäre – obwohl sie David noch nie schlecht gelaunt gesehen hatte –, kurz, jede verdrossene Reaktion hätte ihr einge-

leuchtet. Daß er sich aber ernstlich davor fürchtete, sie könnte sang- und klanglos verschwinden, war ihr unbegreiflich, weil es ihr einen Wert beimaß, den sie ihrer Meinung nach niemals besaß. Ja, wenn es umgekehrt gewesen wäre und sie davor gezittert hätte, er könnte sie verlassen haben, nun, das wäre verständlich gewesen. Sie wußte ganz genau, wie ungebildet sie im Vergleich zu David war. Manchmal fragte sie sich, wie er es bei ihrer Unwissenheit aushielt. Sie bemühte sich redlich, sich zu bilden. Sie hatte ihn sogar gebeten, ihr Bücher zu besorgen, aber sie konnte sich nicht vorstellen, daß sie mit David jemals mehr als persönliche Dinge besprechen könnte. Sie würde nie wie May sein, einen eigenen Standpunkt entwickeln und sogar mit John oder Dan über Arbeitslosigkeit und Politik debattieren. Ja, den umgekehrten Fall hätte sie verstanden.
Als die Gaslampe in der Küche brannte, sah sie, daß das Feuer beinahe ausgegangen war. Unter ständigem Reden legte sie rasch nach. »So was wird nie wieder vorkommen! Ich weiß wirklich nicht, was ich mir dabei gedacht habe.«
»Zerbrich dir nicht den Kopf.«
»Tu ich aber. Und dein Tee ist nicht fertig. Die Zeit ist einfach wie im Flug vergangen.« Sie richtete sich vom Herd auf und drehte sich zu David um. »Dabei weißt du noch gar nicht, wo ich gewesen bin.«
»Das macht nichts.«
»Ich habe mich mit Phyllis getroffen.«
Er drehte sich rasch um. »Du bist nach Costerfine Town gefahren . . . zu ihr?« fragte er besorgt.
»Nein, nein, ich habe mit der zweiten Post einen Brief von ihr bekommen. Sie bat mich, sie auf der Fähre zu treffen. Wir waren in North Shields. Ich wußte nicht recht, ob ich es dir sagen soll oder nicht.« Sie ließ den Kopf sinken. »Ich hatte Angst, du würdest mich vielleicht davon abhalten, und ich wollte sie sehen, weil . . . sie ist ein gutes Mädchen, wirklich. Sie ist nicht schlecht, unsere Phyllis, sie ist immer noch wie ein Kind.«

»Ach, Sarah.« Er schloß sie erneut in die Arme. »Ich hätte dich nicht davon abgehalten. Ich will nur nicht, daß du zu nahe an die Docks herankommst oder in euer Viertel läufst. Schließlich herrschen dort zu jeder Tageszeit sehr rauhe Sitten, und« – er tippte mit der Faust auf ihr Kinn – »du würdest allen Männern sehr ins Auge stechen.«
»Wo denkst du hin? Du übertreibst.« Lachend zog sie die Augenbrauen hoch. »Du vergißt, daß ich seit meinem vierzehnten Lebensjahr tagtäglich nach Shields gegangen bin, hin und zurück.«
»Möglich, aber damals hast du nicht . . . nun . . . so ausgesehen, wie du jetzt aussiehst . . ., so strahlend. Sie sind mehr als bezaubernd, wenn Sie glücklich sind, Mrs. Hetherington.«
»Wirklich?« Sie sah nachdenklich zur Decke. »Nun, das ist aber nicht meine Schuld, sondern einzig und allein dein Fehler. Ach, David. Liebling . . .«
Sie fuhren schuldbewußt auseinander, als eine Stimme aus dem Hof erklang und es an die Hintertür klopfte. »Seid ihr da?«
David schob den Riegel zurück, und Sarah machte sich überstürzt an die Arbeit. Kein Feuer im Herd, kein Tee fertig auf dem Tisch . . . und ausgerechnet jetzt mußte seine Mutter auftauchen!
»Ich war nachmittags dreimal da. Bist du eben erst gekommen?«
Sarah drehte sich am Herd um. Sie trug immer noch ihr neues Kostüm und murmelte hastig: »Ja, ja, ich bin aufgehalten worden.«
»Sie hat sich nach Weihnachtsgeschenken umgesehen und in ihrer Begeisterung über die Gelegenheitskäufe vergessen, auf die Uhr zu sehen.«
Mary warf einen Blick auf den Tisch, auf dem nur eine Chenilledecke lag, aber nichts auf eine Mahlzeit hinwies. Ihr Blick wanderte zum Herd, und sie bemerkte frostig: »Es wird eine Weile dauern, bis du soweit bist. Bei mir drüben steht der Tee noch auf dem Tisch. Am besten,

ihr trinkt ihn drüben.« An David gewendet fügte sie hinzu: »Du bist bestimmt hungrig. Schließlich hattest du seit Mittag keinen Bissen zu essen.« Damit verließ sie würdevoll die Küche.
Sarah und David wechselten einen Blick miteinander, und als Sarah sah, daß er hinter dem Rücken seiner Mutter abwinkte, hob sie rasch die Hand und rief: »Wir kommen gleich nach!« Sie gab David einen Rippenstoß und flüsterte: »Geh inzwischen vor. Ich leg bloß ein paar Stücke Kohle auf, damit das Feuer wieder anfängt. Dann komm ich nach.«
»Nein, nein, das mache ich. Ich werde nicht . . .«
Sie drehte ihn resolut um und schob ihn aus der Küche. »Geh nur, geh.«
Sie schloß die Tür hinter ihm und lehnte sich mit dem Rücken dagegen. Trotz des erloschenen Feuers war ihr warm, als prasselten die Flammen und hüllten sie mit ihrer Hitze ein. Wenn David zwischen ihr und seiner Mutter zu wählen hätte, so bestand kein Zweifel darüber, für welche Seite er sich entscheiden würde. Sie wußte, daß das Band zwischen Mutter und Sohn nicht unbedingt durch eine Heirat durchtrennt wurde, und daß die Frau, wenn sie gierig danach griff, mit Schwierigkeiten rechnen mußte. In ihrem Fall aber war es die Mutter gewesen, die nach dem Band gegriffen hatte. Trotzdem erfüllte diese Trennung sie mit Wehmut. Sie wollte keinen Mißton haben. David sollte nicht gezwungen werden, Partei zu ergreifen. Es war ihr durchaus recht, daß er seine Mutter brauchte. Sie wünschte, daß sie alle zusammen glücklich und fröhlich sein könnten, weil sie selbst glücklich war. Das Leben war wunderbar zu ihr gewesen, und – o Gott – wie war sie dankbar dafür! Als sie in ihrem Innern den Namen Gottes anrief, sah sie sich rasch in der Küche um, als wollte sie sich davon überzeugen, daß sie allein sei. Dann sank sie neben Davids Stuhl auf die Knie, barg ihr Gesicht in den Händen und fing an zu beten. Wie immer bat sie Gott, ihr alle Sünden zu vergeben und ihre Ehe anzuerkennen. Daran schloß sie ein Dankgebet an,

das sie auf ihre eigene Art abgefaßt hatte und das keinerlei Bitte enthielt. Sie bat nicht um zukünftiges Glück. Sie dankte Gott nur dafür, daß er ihr David gegeben hatte. Während sie sich von den Knien erhob, dachte sie an den Sonntag und sagte entschlossen: »Ich werde nach Jarrow zur Messe gehen. Ganz früh. Dort kennt mich niemand.« Seit ihrer Heirat hatte sie sich ein einziges Mal in die Kirche von Tyne Dock gewagt. Beim Verlassen der Kirche hatte sie sich wie eine Hure gefühlt und gewußt, daß sie sich niemals mehr von Pater O'Malley anstarren lassen würde.
Sie drehte die Gasflamme klein. Ehe sie die Küche verließ, sah sie sich noch einmal um. Es war ein sonderbarer Tag gewesen. Den Menschen widerfuhren die merkwürdigsten Dinge. Vielleicht war das immer so gewesen, aber mit zunehmendem Alter wurde man dessen stärker gewahr. Sie war mit Phyllis in North Shields gewesen, war durch unzählige Straßen gewandert und hatte geredet, geredet, geredet. David hatte sie an der Haltestelle erwartet, sie nahezu auf den Armen ins Haus getragen und hätte sie am liebsten noch im Flur genommen. Bei dieser Vorstellung erschauerte sie wohlig. Dann war seine Mutter gekommen und hatte frostigen Tadel mit sich gebracht. Und es war noch keine Minute her, da war sie niedergekniet und hatte gebetet. Früher war sie untertags nie auf die Knie gesunken, höchstens in der Kirche . . . Ja, es war ein merkwürdiger Tag gewesen.
Sie sperrte die Tür zum Hof ab und wollte eben die Tür an der Rückseite des Hauses öffnen, als diese Tür nach innen aufgestoßen wurde und sie sich Johns breiter Rückseite gegenüber sah. Er drehte sich rasch um. Seine Umrisse waren nur im Widerschein der Lampe, die sich am unteren Teil des Heckenweges befand, zu erkennen. Er stand im Schatten der Mauer, aber sie konnte den Stuhl ausnehmen, den er vor sich hielt.
»Damit bin ich eben fertig geworden«, sagte er.
«Oh, ich war fort. Deshalb war kein Tee vorbereitet. Deine Mutter war da und hat vorgeschlagen, daß wir den

Tee bei ihr trinken sollen. Ich habe schon abgeschlossen. Soll ich dich einlassen?« redete sie drauflos.
»Dann muß ich ihn eben wieder mit heimnehmen. Ich will ihn nicht im Hof stehen lassen. Möchtest du ihn nicht sehen?«
«O ja, ja, natürlich, John.« Sie eilte in den Hof zurück, sperrte auf und hielt ihm die Tür. Er ging an ihr vorbei in die Küche und stellte den Stuhl neben den Tisch.
»Na, wie findest du ihn?« Er sah sie an.
«Oh, er ist wunderschön«, sagte sie langsam und ehrfürchtig. »So einen Stuhl habe ich noch nie gesehen. Mit einer geschnitzten Rückenlehne!«
»Setz dich und probier mal aus, wie man sich da fühlt.«
Sie setzte sich, preßte den Rücken an die geschwungene Lehne und schmiegte sich fest in den Stuhl. »Er ist wunderschön und so bequem! O danke, John. Aber du sollst nicht deine ganze Zeit damit verschwenden. Du hast uns schon den Tisch gemacht, das ist genug.« Sie stand auf und legte die Hand auf die Lehne.
»Für mich ist das keine Zeitverschwendung.« Er sah auf den Stuhl nieder. »Stühle sind das Allerschwerste, schwerer als ein Tisch. Ein Stuhl weiß, daß man auf ihm sitzen wird. Das ist ein persönliches Ding, so ein Stuhl.« Er berührte die Lehne und ließ seine Finger über das gemaserte Holz gleiten, bis sie fast an ihre Hand stießen. »Holz fühlt sich angenehm an, nicht? Sauber. Nichts Heimtückisches dran, am Holz.«
Sie sah ihn an. Er erwiderte ihren Blick. Seit ihrer Heirat waren sie erst ein einziges Mal allein gewesen. Sie war nervös und ängstlich, obwohl sie nicht wußte, wovor sie sich fürchtete. Die Erinnerung an jenen Abend tauchte vor ihr auf, als sie am liebsten an seine Brust gesunken wäre und geweint hätte. Rasch schüttelte sie die Erinnerung ab und sagte: »Tss! Ich muß machen, daß ich nach nebenan komme, sonst gibt's Ärger. Bleibst du hier?«
»Wenn du nichts dagegen hast.« Seine Augen hingen unverändert an ihr.
»Hast du deinen Tee gehabt?«

»Ja, ich hab meinen Tee gehabt, aber ich werde bleiben, bis du zurückkommst. Ich möchte mit Davie sprechen. Aber laß vor der alten Dame nichts verlauten, daß ich da bin.« Er lächelte. »Wär' nicht klug, nicht?«
Sie schüttelte den Kopf wie eine Verschwörerin. Sie ging zur Tür, drehte sich aber wie unter einem inneren Zwang nochmals um und sah ihn an. Seine Blicke schienen keine Sekunde von ihr gewichen zu sein. »Danke für den Stuhl, John«, sagte sie leise.
»Nicht der Rede wert.« Sie wandte sich zum Gehen, aber seine Stimme drang abermals an ihr Ohr. »Weißt du, was ich mache, wenn ich diese Woche meine Unterstützung kassiere?« Sie sah abwartend über die Schulter. »Ich lasse mich vollaufen. Ich werde alles vertrinken, jeden Penny, und dann wälze ich mich nach nebenan, leg mich auf die Couch und schnarche mir eins.«
Sie konnte darüber nicht lachen. Sie wußte, daß er weder seine Unterstützung vertrinken noch jemals auf der Couch seiner Mutter liegen und schnarchen würde, so lebhaft er dies auch wünschen mochte. Er sagte gern solche Dinge. Er sagte sie oft zu ihr, völlig unerwartet und aus heiterem Himmel, nur um ihre Aufmerksamkeit zu erregen und sie zu zwingen, ihn anzusehen. Anfangs hatte sie nicht gewußt, wie sie diesen Launen begegnen sollte – sie waren wie die Quengeleien eines altklugen Kindes.
Sie hatte seinen Wortschwall verlegen über sich ergehen lassen. Jetzt aber sagte sie mit deutlicher Zurechtweisung: »Es gibt nichts Besseres gegen Katzenjammer als ein rohes Ei.«
Sie schloß die hintere Gittertür, als sie ihn lachen hörte. Es klang hoch und freudlos, genau wie Phyllis' Lachen auf der Fähre geklungen hatte.
Es war ein merkwürdiger Tag gewesen.

2

»Warst du in letzter Zeit bei Palmer?« fragte Dan.
»Mhm.« John sank tiefer in die Couch und seufzte tief auf.
»Nichts?«
»Nichts.«
»Ich dachte, seit der Neuübernahme ginge es dort wieder aufwärts. Angeblich soll die Firma einen Auftrag für mehrere Schiffe bekommen haben.«
»Tjaja, haben sie; aber sie haben auch genügend Arbeiter, die den Auftrag ausführen. Die sitzen eisern. Die würden sich lieber totarbeiten, als sich wegen Krankheit einen Tag freizunehmen. So weit bringt einen die Angst ... Aber mach dir um mich keine Sorgen, Dan. Laß das, Mann, verstehst du?« John setzte sich gerade. »Du bist wie eine alte Gluckhenne. Stimmt's, Sarah?«
Sarah arbeitete an der Anrichte, ihre Hände staken in einem Klumpen Teig, und sie mischte, wendete und knetete. Sie machte einen gelösten Eindruck. Jetzt drehte sie sich um und lächelte nicht nur John zu, sondern allen drei Männern, die rund um den Herd saßen. Ihre Blicke blieben auf David haften, der die langen Beine von sich gestreckt hatte. Ihr Lächeln wurde breiter. »Brauchst du noch Wasser?« fragte er.
»Nein, es reicht, sonst schwimmt alles davon.«
»Mach mir nichts vor«, sagte Dan, »du bist bedrückt. Warum willst du uns immer den Sorglosen vorspielen? Jeder denkende Mensch macht sich Sorgen, das ist doch klar. Auch wenn bei Palmer die Maschinen wieder laufen, sieht jeder viel mehr auf den Penny als früher. Die

Leute haben Angst. Und wer will ihnen das übelnehmen? Manche Arbeitslose geben beim Kaufmann genausoviel aus wie die, die arbeiten. Ich habe darüber mit einer Frau gesprochen, einer Mrs. Robinson – sie ist seit Jahren Kundin bei uns. Sie hat es zugegeben. Sie sagt, daß sie die Mieten und die Mitgliedsbeiträge und all die Dinge bezahlen, damit sie dann, wenn der nächste Arbeitslosenschub kommt, wieder Schulden machen können. Wenn sie nämlich jetzt nicht zahlen, würde man kurzen Prozeß mit ihnen machen, wenn sie das nächstemal anschreiben lassen. Und wie gesagt, sie werden garantiert wieder Kredit haben wollen. Schreckliche Aussichten, weißt du.«
»Hör auf«, sagte John verbittert. »Sonst seh ich rot. Wir sind hier um hundert Jahre zurück, Mann. Ringsum gibt es Aufmärsche, und die Jungs werden eingesperrt. In den letzten hundert Jahren hat sich nichts geändert. Damals sind die Männer von Hebburn und Shields nach Jarrow marschiert, um an einem Gewerkschaftstreffen teilzunehmen, und was geschah? Sieben von ihnen wurden zum Tode verurteilt und später zur Deportation begnadigt. Junge Burschen, gottesfürchtige, friedliebende Leute, einfache Methodisten . . . Nicht, daß ich mir was aus einfachen Methodisten mache, aber sie wollten doch nichts weiter als arbeiten und essen.«
John setzte sich auf und wandte sich mit lauter Stimme an Dan, als ob dieser, sein junger Onkel, der Urheber aller vergangenen und gegenwärtigen Schwierigkeiten sei. »Junge Burschen unter zwölf hat man damals volle vierundzwanzig Stunden durcharbeiten lassen.«
»Aber das war im Bergwerk –«, fing Dan an, wurde jedoch sofort von John niedergeschrien.
»Ob Kohlengruben oder Schiffswerften, Stahlwerk oder Hochofen, wo ist da der Unterschied, solange es sich um eine Vierundzwanzigstundenschicht handelt? Man hätte es nicht dulden dürfen. Und in gewisser Hinsicht ist es heute um nichts besser. Wie soll denn ein Mann heutzutage leben? Sechsundzwanzig Shilling für uns drei. Zwei Shilling, um ein Kind durchzufüttern! Hat man so was

schon gehört? Und wenn ich in den letzten Jahren nicht ganztags beschäftigt gewesen wäre, würde ich nicht mal das kriegen. Wie steht's mit den armen Teufeln, die in den letzten beiden Jahren keine dreißig Beiträge auf ihren Arbeitskarten gehabt haben? Ich sag dir, das ist eine himmelschreiende Ungerechtigkeit!«

»Beruhig dich, John, und konzentrier' dich lieber auf deine eigene Schlacht. So wie du dastehst, könntest du vierundsiebzig Wochen mit der Arbeit aussetzen und trotzdem Anspruch auf Unterstützung ha –«

»Vierundsiebzig Wochen! Mann Gottes, willst du, daß ich im Irrenhaus lande ...? Red mir jetzt nur nicht ein, daß die Regierung gut zu mir war, Dan. Jeder von uns hat alle elf Wochen vor der Kommission aufzumarschieren, die uns unser Geld mir nichts, dir nichts vorenthalten kann.« Er schnalzte mit seinen starken Fingern, und das knallte wie ein Trommelwirbel. »Es gibt eine Klausel über die ›unechte Arbeitssuche‹. Hast du schon davon gehört?« Seine Stimme klang sarkastisch. »Du solltest mal Schlange stehen, Dan, und hören, wie einfach die Burschen mit ihren geschniegelten Visagen hinter ihren Schaltern damit umspringen.«

»Das ist doch nicht ihre Schuld, John. Sie haben auch ihre Vorschriften.«

Alle wandten sich um und sahen David an. Er sprach ruhig, ohne den Blick vom Herd zu wenden. »Phil Taggart vom Arbeitsamt hat gesagt, daß er schon morgen draußen Dienst machen würde, aber das hieße doch im Grunde nur, daß er auf der anderen Seite des Maschengitters stünde.«

»Phil Taggart!« sagte John verächtlich. »Das ist bloß einer. Du solltest mal erleben, wie die meisten dieser Schweine sich benehmen. Die starren dich an, als ob du direkt aus dem Urwald kämst. ›Treten Sie beiseite!‹ – ›Kommen Sie heute nachmittag wieder.‹ – ›Wie war Ihre Nummer, haben Sie gesagt?‹« Johns Stimme hatte einen hochmütigen Ton angenommen. Dann verfiel er in seinen alten Ton zurück und sagte: »Es wird Unruhen geben, sag ich euch. Wenn man den Menschen zuviel zumutet, kracht es.«

Ja, es würde Unruhen geben. Wenn alle Männer so wären wie John, dann gäbe es dauernd Unruhen, dachte Sarah, als sie den Teig zum letztenmal durchknetete. Der Mangel an Arbeitsplätzen und die daraus erwachsende erzwungene Untätigkeit, die nur von endlosen Fußmärschen auf der Suche nach dem schwererreichbaren Job durchbrochen wurde, hatten den meisten Männern jeden Schwung genommen. Vor zwei oder drei Jahren hatten die Männer noch laut debattierend an den Straßenecken beisammengestanden und sich die ganze Empörung von der Seele geredet. Damals hatten sie sich noch angriffslustig gegen jedes Mißgeschick gewehrt. Heute standen sie wohl immer noch an den Straßenecken, aber sie waren schweigsam geworden, und ihre Gespräche kamen nie über den Ansatz hinaus. Manche von ihnen hatten sich einen schleppenden Schritt angewöhnt. Ihre Gesichter hatten eine blaßgelbe Färbung. Sie sammelten Zigarettenkippen und verwahrten sie in kleinen Blechdosen. Einige von ihnen schoben selbstgebaute Schubkarren ans äußerste Ende des Simonside Ufers, stocherten dort nach Kohlen und zogen damit von Tür zu Tür, um sie zu verkaufen. Einen Shilling verlangten sie für eine Fuhre. Sie kaufte immer die ganze Schubkarrenladung. Ein Karren faßte sechs Eimer. Es waren ausgebrannte Kohlen, die nicht mehr leicht Feuer fingen, aber mit Unterzünder waren sie tadellos. Ein Mann war letzte Woche zweimal bei ihr vorbeigekommen. Er hatte sie nicht gebeten, auch das zweitemal bei ihm zu kaufen, er hatte einfach dagestanden und sie hilflos angesehen. Sie hatte die zweite Ladung nicht gebraucht, aber sie hatte sie ihm abgenommen und gesagt: »Möchten Sie ein Stück Haferkuchen? Ich habe ihn eben aus dem Rohr genommen.«

»Oh, Missis!« war alles, was er darauf gesagt hatte, aber seine Lippen waren feucht vom Speichel gewesen. Es war das erstemal, daß sie mit ›Missis‹ angesprochen wurde, und sie fühlte sich verheiratet und sehr erwachsen.

Dann war da David. David machte sich Sorgen wegen der Arbeitslosen. Das hatte er offensichtlich immer getan, aber nun kreiste seine Sorge um John. Er mochte John besonders gern. Zwar war er mit der Hälfte dessen, was er sagte, nicht einverstanden und diskutierte mit ihm, dennoch merkte sie aus der Art, wie er mit ihm sprach, daß er viel von seinem älteren Bruder hielt. Er sagte, John sei der letzte auf Erden, der arbeitslos sein dürfte. Es würde ihm einen Knacks geben. Arbeitslosigkeit bedeutet für einen Mann seines Kalibers eine persönliche Beleidigung. John, sagte er, werde protestierend sterben. So sei er nun einmal ...

Morgen war Silvester, der letzte Tag des Jahres neunzehnhundertneunundzwanzig. Sie hatte beschlossen, heute fertig zu backen, damit sie am nächsten Tag nur mehr zu putzen hatte. Alles mußte auf Hochglanz poliert werden, um das neue Jahr zu begrüßen. Vor dem Neujahrstag wurde überall aufgeräumt – überall war für sie gleichbedeutend mit dem Norden. Bis zur Teezeit mußte alles fertig sein, weil sie den Abend nebenan verbringen wollten. Offensichtlich gab es zu Silvester bei ihren Schwiegereltern eine Menge Belustigungen. Ebenso offensichtlich wurde dabei niemand betrunken. Aber es war der einzige Abend, so hatte sie gehört, wo Davids Mutter Wein im Haus duldete. Auch bereitete sie für diesen Abend eine Menge selbstgebrautes Bier vor, dessen Rezept sie keinem Menschen verriet und das angeblich besser schmeckte als jedes Markenbier und so mancher Whisky. Sie war eine merkwürdige Frau, Davids Mutter, dachte Sarah, und in gewisser Hinsicht furchteinflößend.

Eines hatte Sarah sich jedenfalls fest vorgenommen: Sie würde morgen abend nicht singen, auch nicht, wenn man sie dazu drängte, denn ihre Schwiegermutter mochte es nicht, wenn sie sang – nicht allein jedenfalls. Das letztemal hatte sie das Zimmer verlassen. Es war das Lied »Wo meine Karawane Rast gemacht hat« gewesen. Alle hatten sie gelobt – alle, mit Ausnahme von Davids Mutter.

Sie legte ein Tuch über den Teig, und David stand auf und hob die schwere irdene Schüssel auf den Herd. John war noch immer beim Thema. Mit hoch erhobenem Finger sagte er: »Wir werden aufmarschieren, ihr werdet schon sehen. Nur so kann man was erreichen. Die Schotten sind letztes Jahr auch marschiert, das sind keine solchen Schlappschwänze, die jedes Unrecht schlucken. Seit neunzehnhundertzweiundzwanzig marschieren und protestieren sie.«

»Die N.U.W.M. hat letztes Jahr den Nationalmarsch organisiert. Vergeßt das nicht«, sagte Dan. »Man muß kein dickköpfiger Schotte sein, um was zu tun. Sie haben erreicht, daß sich die Tories die Klausel der ›unechten Arbeitssuche‹, von der du vorhin gesprochen hast, nochmals durch den Kopf gehen ließen. Sie haben sie zwar nicht abgeschafft, aber immerhin ein weiteres Jahr aufgeschoben. Und wenige Wochen später haben die Tories die Wahlen verloren . . .«

»Bloß war damit gar nichts gewonnen, weil Ramsay Macdonald und Snowdon genau dieselbe Politik betreiben. Mir dreht sich der Magen um, wenn ich nur dran denke. Kaum war die Labour Regierung am Ruder, hat sie mächtig umgerührt. Aber genützt hat es einen Schei . . .« Auf einen warnenden Blick Davids unterdrückte John noch rechtzeitig, was er sagen wollte, und endete mit: »Scheibenhonig«.

Dieser kleine Zwischenfall erregte Dans Heiterkeit. Die hitzige Debatte, der rote Kopf, den John bekam, als er mit knapper Not das Wort »Scheißdreck« verschluckt hatte – all das war zuviel. Er warf den Kopf in den Nacken und brach in schallendes Gelächter aus.

»Du . . ., du Vollidiot!« Johns mächtiger Arm streckte Dan auf die Couch nieder. »Du lachst.« Aber John fiel selbst in Dans Lachen ein. Dan drohte John mit dem ausgestreckten Finger einer Hand, während er sich mit der anderen die Seiten hielt, die ihm vom Lachen weh taten. Im nächsten Moment hielten sich die beiden Männer umklammert und boxten wie schlimme Schuljungen.

»Hört auf, so hört doch auf, ihr Narren!« schrie David, der hochaufgerichtet vor ihnen stand. »Sonst bricht noch die Couch unter euch zusammen.« Er rettete sich mit einem Sprung, als die beiden seitlich zu Boden gingen. Da lagen sie nun, fest ineinander verkeilt, schnappten nach Luft und lachten brüllend.
»Kindsköpfe!« prustete David los, der nun selbst lachen mußte, und sah auf die beiden Kampfhähne nieder, die mit dem Rücken zur Couch und weit von sich gestreckten Beinen auf der Matte saßen.
»Wenn das nicht an alte Zeiten erinnert!« japste John, und Dan, der sich das nasse Gesicht abwischte, stimmte sofort zu: »Himmel, das tut's und nicht zu knapp. Du liebe Güte, was haben wir früher aufgeführt und gealbert, was?« Sie rappelten sich wieder auf die Couch hoch. Dan bekam einen heftigen Hustenanfall und preßte die Hand auf die Brust.
David wandte sich an Sarah, die eben Fett ins Mehl mengte, um Pasteten zu machen, und selbst über »ihre« Männer lachte, die sich wie kleine Jungen aufführten, und sagte eifrig: »Wie wär's, wenn wir so eine Art Party geben würden, Sarah, hm?«
Ihre Hände hielten mitten in der Bewegung inne. »Eine Party! O ja, ja, das wäre schön. Wann?« Alle sahen sie an. »Wie wär's mit Donnerstag?« meinte sie. Sie sahen sie noch immer an, aber keiner sagte etwas.
John wandte als erster den Blick ab. Er schielte Dan von der Seite an und wiederholte grinsend: »Nun, wie wär's mit Donnerstag?«
Dan stand auf, zog sich den Rock zurecht und sagte: »Nicht Donnerstag, Sarah.«
»Richtig«, erwiderte sie. Den Donnerstag behielt sich Dan stets für einen Freund vor. Daß Dan viele Freunde hatte, leuchtete ihr ein. Allerdings hatte sie noch keinen einzigen zu Gesicht bekommen. Der Freund schien ziemlich weit weg zu wohnen. Vielleicht war er auch verheiratet. Sie wußte es nicht. David hatte ihr auch nicht viel sagen können, als sie ihn vor einiger Zeit nach

Dans Freund gefragt hatte. Spontan schlug sie vor: »Warum bringst du deinen Freund nicht einfach mit, Dan? Meinst du nicht auch, David?«
Dan riß den Kopf hoch. Er hatte sich eben den Staub von den Hosen geklopft und stand mit nach außen gerichteten Handflächen da, als ob ihn die Frage festgenagelt hätte. Er machte ein verlegenes Gesicht, bis er schließlich David voll ansah und ihm zuzwinkerte. Dann ging er auf die Tür zur Spülküche zu und sagte, als er direkt vor Sarah stand, leichthin: »Mach's am Freitag, und wir werden einen tollen Abend haben.«
Die Tür schloß sich leise hinter ihm. John drehte sich zu David um und fragte halblaut: »Soll das heißen, daß du ihr nichts davon gesagt hast?«
»Ich hielt es nicht für nötig«, antwortete David mit ungewohnter Schärfe.
John drehte den Kopf nach Sarah um, die ihn ansah. »Schließlich ist sie eine verheiratete Frau und fällt bestimmt nicht in Ohnmacht«, sagte er. »Und überhaupt: Eine Frau wie Sarah versteht so was garantiert, was, Sarah?«
»Was verstehe ich?«
»Was Dan anlangt. Weißt du . . .«
»Ich werde es ihr sagen, John. Wenn es nötig ist, werde ich es ihr sagen.«
»Schön, wie du willst. Aber es hätte uns eine peinliche Situation erspart, wenn sie es bereits gewußt hätte, nicht wahr? Das ist wieder mal typisch für dich.« Er tat so, als wollte er David auf die Nase schlagen, verzog aber dann das Gesicht und durchquerte die Küche. »Gute Nacht, Sarah«, sagte er ruhig.
»Gute Nacht, John.«
Die Hintertür fiel ins Schloß, Sarah säuberte ihre Hände von Mehl und Fett, blickte über die Schulter und fragte: »Worum ging's denn überhaupt bei Dan? Ist etwas nicht in Ordnung?«
»Das ist wirklich nicht unsere Angelegenheit, sondern Dans Sache.«

»Bin ich ins Fettnäpfchen getreten?«
»Nein.« Er ergriff ihre bemehlte Hand, zog sie an sich und drückte sie in den großen Lederstuhl vor dem Herd. Dann setzte er sich zu ihren Füßen auf einen Schemel, sah zu dem Teig hin, der unter dem Tuch ruhte, und sagte: »Dan hat eine Freundin.«
Dan und eine Freundin! Sarah fiel aus allen Wolken. Dan, der gute, lustige, nette Mann, sollte ein Verhältnis haben! Er war doch gar nicht der Typ dazu. Sie zwang David, sie anzusehen. »Das glaube ich einfach nicht.«
»Es ist wahr. Aber es ist seine Privatsache. Dan kann sich sein Leben einteilen, wie er will.«
»Ja, ja, das weiß ich, David. Natürlich«, bestätigte sie sofort. »Trotzdem – also, Dan sieht einfach nicht so aus wie . . . Ist sie verheiratet?«
»Nein.«
»Nein? Warum heiratet er sie dann nicht?«
»Das ist sehr schwer zu erklären.« David griff nach ihrer Hand. »Es klingt ein bißchen wunderlich, aber du weißt doch, daß jeder anders denkt, und mancher denkt eben an sich selbst. Dan tut es jedenfalls und diese Frau offenbar auch. Sie ist Witwe, und soweit ich das beurteilen kann, ist sie froh darüber, da ihre sechsjährige Ehe für sie eine ziemlich bittere Erfahrung gewesen sein muß. Ihr Mann wurde von einem Lastwagen getötet, die Firma wurde schuldig gesprochen, und so erhält sie eine kleine Pension. Vielleicht ist das mit ein Grund, daß sie unabhängig bleiben will. Jedenfalls hat sie keine Lust zu heiraten und Dan genausowenig.«
»Dan möchte sie nicht heiraten?«
»Nein, weder sie noch eine andere. Dan will überhaupt nicht heiraten. Dan arbeitet seit seinem zwölften Lebensjahr in einem Laden. Er hat mit Botengängen begonnen, und die Frauen haben ihm so viel erzählt, daß ihm jeder Wunsch nach einer Ehe vergangen ist . . . zumindest hat er es mir so dargestellt. Er will einfach nicht heiraten. Dann hat er diese Frau kennengelernt. Wie, weiß ich nicht, das hat er mir nie verraten. Ich weiß nur, daß

sie ein nettes Haus besitzt und daß er sie einmal wöchentlich besucht – seit vier Jahren jeden Donnerstagabend.«

»Aber deine Mutter ...?«

»Na, da war der Teufel los. So wie Dan gebaut ist, hat er ihr die Wahrheit natürlich nicht verschwiegen. Was es heißt, meiner Mutter so etwas beizubringen, kannst du dir vorstellen. Es kam zu einer fürchterlichen Szene, zumal sie ihn beinahe als Sohn und nicht als Bruder betrachtet hat. Sie mußte ihn nämlich nach dem Tod seiner Mutter aufziehen. Jedenfalls stellte er sie vor die Wahl; er sei bereit, auszuziehen und woanders zu wohnen. Er betonte ausdrücklich, daß er nicht die Absicht habe, mit der Frau zu leben, sondern eben bloß einmal wöchentlich bei ihr zu übernachten. Du lieber Gott, der hatte Schneid! Es klang völlig phantastisch, und ich kann mir vorstellen, daß meine Mutter ihn für verrückt hielt. Immerhin hat sie ihm nicht gesagt, daß er sich mit seinem sündigen Leben hinwegheben solle. Dafür hatte sie zwei gute Gründe: Erstens ist sie ganz groß im Sparen und eine bessere Rechnerin, als du annehmen würdest. Sie nimmt jede Woche beinahe doppelt soviel ein, wie sie ausgibt. Und zweitens war entscheidend, daß Dan, wenn sie ihn hinauswarf, vielleicht trotz seiner gegenteiligen Behauptung zu der Frau gezogen wäre, wogegen sie, wenn sie ihn im Auge behielt, ihn unter Umständen zur Abkehr von seinem sündigen Weg bewegen konnte. Bis zum heutigen Tag ist ihr das allerdings nicht gelungen. Die Stimmung an einem Donnerstagmorgen ist stets peinlich.«

»Das ist doch nicht zu fassen! Ich kann mir nicht ... also, ich kann mir Dan in diesem Zusammenhang gar nicht vorstellen. Wenn er zeitweise mit ihr lebt, wo liegt da der Unterschied? Weshalb lebt er dann nicht ständig mit ihr?«

»Frag mich nicht, Sarah, ich weiß es einfach nicht. Dan hat sich sein Leben eingeteilt und eine Frau gefunden, die damit einverstanden ist.«

»Ich habe Dan gern gehabt.«

»Sprich nicht in der Vergangenheit, Sarah. Das wird dich doch sicher nicht davon abhalten, ihn auch weiterhin gern zu haben. Dan ist ein feiner Kerl.«
»Na ja, ein bißchen entsetzt bin ich schon. Dan sieht gar nicht so aus . . .«
»Man darf die Menschen niemals nach ihrem Äußeren beurteilen, Sarah. Hör mir gut zu.« Er hob ihr Kinn hoch, und seine Stimme hatte einen Ton angenommen, den sie bei ihm noch nie gehört hatte. »Du wirst dich zu Dan jetzt nicht anders benehmen wie bisher. Das sähe ich nämlich gar nicht gerne, Sarah.«
»Nein, nein, natürlich nicht.« Sie lächelte ihn an. »Es war nur . . . nur, wie gesagt, ich . . . ich konnte mir Dan nicht in wilder Ehe vorstellen. Aber keine Angst, ich werde ihm gegenüber die gleiche bleiben. Warum sollte ausgerechnet ich mich moralisch entrüsten?« Sie schüttelte den Kopf. »Dazu hab ich wahrlich kein Recht. Denk doch nur an meine Schwester Phyllis. Und die ist wirklich ein nettes Mädchen. Ich habe dir immer gesagt, daß Phyllis nett ist.«
»Na, siehst du.« Sie lächelten. Er lehnte sich an sie. »Auch Sie sind nett, Mrs. Hetherington. Sehr, sehr, sehr nett. Wissen Sie das, Mrs. Hetherington?« Die Nettigkeit war in ihr, das spürte sie. David brachte es zuwege, daß sie sich nett vorkam. Sie war ein anderer Mensch, wenn sie mit David beisammen war: weicher und sogar vornehmer. Sie hatte sich immer danach gesehnt, vornehm zu sein und zu wissen, was sie zu sagen und zu tun hatte. Daß sie dieses sehnlichst begehrte Ziel nie erreichen würde, wußte sie. Dazu war sie nicht nur zu ungebildet, sondern sie sah auch leider nicht vornehm aus. Ihre Figur war viel zu herausfordernd gerundet – das richtige Wort dafür hieß »üppig«. Sie hatte eigens im Wörterbuch nachgesehen, das David ihr gekauft hatte. Er hatte es ihr sofort am nächsten Tag gebracht, nachdem sie ihm ihren langjährigen Wunsch nach einem Wörterbuch gestanden hatte. Es schien ihn sehr zu freuen, daß sie ein Wörterbuch haben wollte.

David sah sie an. Sie kannte diesen Blick und wurde ganz still. Sie rührte sich nicht, als er rasch vom Schemel aufstand und den Riegel an der Hintertür vorschob. Sie rutschte zur Seite, damit er sich zu ihr setzen konnte. Er lehnte den Kopf an ihre Schulter, und seine Finger zeichneten sanft die Linie ihrer Brüste nach. Ihre Lippen öffneten sich zitternd und feucht. »Ich muß noch das Brot fertig backen«, sagte sie flüsternd. »Und das Backwerk.«
Er knöpfte ihre Bluse auf, schob die hohle Hand unter ihre volle Brust und sagte: »Ich wünsche allen Menschen soviel Freude, wie ich an dir habe.«
Sie kam sich mehr als nett oder auch vornehm vor. Sie kam sich wundervoll und verehrt vor. So mußte sich eine Königin fühlen.

3

Der letzte Tag im Jahr setzte sich aus hunderterlei kleinen Geschehnissen zusammen, wie alle anderen Tage. Nur daß sie allesamt zu einem einschneidenden Höhepunkt führten. So kam es Sarah zumindest vor, wenn sie an jenen Silvestertag dachte, denn alles, was sie an jenem Tag unternommen hatte, führte zu dem, was dann kam.
Als sie mit dem Scheuern der Spülküche fertig war und in die behagliche Wärme der Küche zurückkehrte, dachte sie: Möcht' wissen, wie es Mutter geht. Ich sollte wirklich einen Sprung hinüber machen, es ist schließlich Silvester. Es wird ihr zusetzen, so ganz allein zu sein. Denn er geht ja doch sicher stempeln. Ja, ich sollte sie besuchen.
Zehn Minuten später sperrte sie die Hintertür ab und betrat die Camelia Street, die blitzsauber und menschenleer war. Wenn Frauen am Oberen Ende einen Schwatz hielten, dann taten sie es nicht vor der Haustür, sondern drinnen, bei einer Tasse Tee.
Es war schneidend kalt, und der heftige Wind roch nach Schnee. Sie stellte den Mantelkragen hoch und schob die

behandschuhten Hände in die Taschen, während sie tüchtig ausschritt. Sie liebte diesen Mantel; nie hatte sie so etwas besessen. Er war Davids Weihnachtsgeschenk gewesen. Er hatte fünf Pfund zehn dafür bezahlt. Sie hatte ihn deshalb ausgezankt. Der Mantel war taubengrau, mit braunem Pelz verbrämt und paßte ihr wie angegossen.

Vielleicht kamen ihr die Straßen, durch die sie jetzt ging, nur deshalb um vieles schmutziger vor als bisher, weil sie ihr Leben nun zwischen der strahlenden Sauberkeit des Hauses ihrer Schwiegermutter und ihrem eigenen blitzblanken Haus teilte.

An der Ecke der Howard Street standen drei Männer, die sie kannte und die sie auch ansahen, aber eine Scheu davor zu haben schienen, sie zu begrüßen. Bis Sarah in aufmunterndem Ton sagte: »Tss! Eine von den Geldsäcken, was?«

»Tjaja, so ist es«, sagten sie sofort. »Wie geht's dir, Sarah?«

»Ach, gut, Mr. Prideau.«

»Das hört man gern, Sarah. Du siehst aber auch prima aus, wirklich.«

Sie lächelte ihnen im Vorbeigehen zu. Nett waren die Menschen. Nett und freundlich.

Mrs. West von Nummer sieben putzte die Fenster, und Mrs. Young schrubbte die Stufen. Dafür war es eigentlich schon recht spät, aber schließlich war Silvester, da war alles ein bißchen auf den Kopf gestellt.

Die beiden Frauen hielten in ihrer Arbeit inne und warteten, bis sie näher kam. »Hallo, Sarah. Gehst du deine Mutter besuchen?« sagte Mrs. West.

»Ja, Mrs. West. – Hallo, Mrs. Young.«

»Hallo, Sarah. Tss, ist das heute eine Kälte!«

»Eisig.«

»Wie geht's denn so?« meinte Mrs. West in vertraulichem Flüsterton.

»Ach, fein, Mrs. West.«

»Gefällt's dir dort oben?«

»Wie könnte es anders sein, nicht?«
»Sicher, da hast du wohl recht. Jedenfalls bin ich froh, daß du Glück gehabt hast. Auf dich kann deine Mutter wenigstens stolz sein.«
Das mußte ja kommen, daß sie auf Phyllis eine Anspielung machte. Sie sagte rasch: »Wie geht es Ihnen, Mrs. Young?«
»Gut, Kind, gut. Aber ich würde nicht sagen, daß es mir nicht besser ginge, wenn sie Arbeit hätten. Immerhin, man kann ja nie wissen, was das neue Jahr bringt, nicht?«
»Nein, Mrs. Young.« Sarah klopfte an die Vordertür, und als sie dahinter Schritte hörte, sagte sie: »Ich wünsche Ihnen ein glückliches neues Jahr für den Fall, daß ich sie nicht mehr sehe.«
»Ich dir auch, Kind.«
»Ein glückliches neues Jahr, Mrs. West.« Sie nickte der anderen Frau zu.
»Dir auch, Sarah. Dir auch.«
Annie war überrascht, sie zu sehen, das Aufleuchten ihrer Augen brachte ihre Freude deutlich zum Ausdruck.
»Na so was, Kind, ich hätte dich heute nicht erwartet.« Sie tat, als ob Sarah die Gewohnheit hätte, sie jeden Tag zu besuchen. Sie ging in die Küche voran und sprach rasch: »Eben habe ich frischen Tee gemacht, ich muß direkt geahnt haben, daß du kommst. Das Backen hab ich noch nicht hinter mir, ich wollte gerade damit anfangen. Setz dich, Kind, setz dich. Tss! Siehst du gut aus. Ein neuer Mantel, nicht? Ein Prachtstück!«
»David hat ihn mir zu Weihnachten geschenkt.«
Sie hatte ihre Mutter zuletzt drei Tage vor Weihnachten gesehen, als sie ihr Phyllis' Geld und ein Pfund aus ihrer Tasche gegeben hatte.
Sarah sah ihrer Mutter zu, wie sie den Tee einschenkte. Ihre Hände zitterten leicht, und als sie den Tee in die Untertasse verschüttete, schalt sie sich selbst. Sarah blickte sich in der Küche um. Alles sah sauber aus, aber es funkelte nicht so wie in ihrem eigenen Haus. Sie sagte: »Wie ich sehe, bist du schon mit allem fertig.«

»Ja. Ja, ich dachte, am besten, ich bring's hinter mich. Wenn ich mich auch frage, wozu.« Annie setzte sich plötzlich Sarah gegenüber. Ihre Hand lag immer noch auf der Teekanne. Sie sah ihre Tochter lange an, ehe sie sagte: »Ach, ich bin froh, dich zu sehen; ich hatte das Gefühl, daß das Haus den ganzen Tag über leer sein werde. Man bemerkt es mehr zu Silvester. Ich habe mich schon vor zwölf Uhr gefürchtet. Wir sind immer aufgeblieben, nicht? Ich und du und Phyllis. Aber dieses Jahr wird es anders sein.«
Sarah spürte, wie sich in ihrem Hals ein Kloß bildete. Ja, es würde für sie beide anders sein. Es war, wie ihre Mutter gesagt hatte, sie hatten das neue Jahr stets abgewartet; der Vater war nie aufgeblieben. Da er weder fürs Trinken noch irgendeine Art Fröhlichkeit etwas übrig hatte, sah er keinen Sinn darin. Für ihn war es einfach ein Tag wie jeder andere, also wozu sich selbst zum Narren halten? Sie sagte zu ihrer Mutter: »Wirst du aufbleiben?«
»Nun, ich hab's stets getan, Kind. Es ist eine Art Gewohnheit. Mrs. Young hat mich nach nebenan eingeladen, aber ich glaube nicht, daß ich zu ihr hinübergehen werde.«
»Warum nicht? Geh doch.«
»Ich bin gern daheim. Du weißt, wie das mit Silvester ist. Jeder sollte ihn am eigenen Herd verbringen.«
Sarah zögerte bloß einen Augenblick, dann sagte sie: »Weshalb kommst du nicht zu uns hinüber? Du warst noch nie bei uns. Einmal mußt du schließlich kommen. Komm doch.« Sie beugte sich vor und ergriff die Hand ihrer Mutter.
»Och nein, Kind, nein, ich würde nicht einmal im Traum daran denken! Ich kenne sie doch alle nicht.«
»Aber David hast du damals kennengelernt, und du hast gesagt, daß du ihn magst.«
»Ja, ja, das tue ich. Er ist ein feiner Kerl. Trotzdem – nein, Kind. Aber weißt du« – sie nickte ihrer Tochter zu –, »ich freu mich, daß du mich eingeladen hast, und werde es nicht vergessen. Mach dir meinetwegen keine Sorgen.«

Sie richtete sich im Stuhl auf. »Mir geht's jetzt gut, wo ich dich gesehen habe.«
»Ich sag dir was.« Sarahs Stimme klang ganz eifrig, sie benahm sich wie ein aufgeregtes Kind. »Bist du sicher, daß du aufbleiben wirst?«
»Ja, Kind, ich werde aufbleiben.«
»Dann werd' ich gegen halb eins herüberkommen und dir ein glückliches neues Jahr wünschen.« Ihre Hände vereinigten sich abermals. Es war, als wäre damit ein großes Problem gelöst worden. Sich immer noch an den Händen haltend, erhoben sie sich, und Sarah sagte: »Das mache ich.«
»Aber sieh nur, du hast ja nicht einmal deinen Tee getrunken.«
»Richtig.« Sarah hob die Tasse an den Mund.
»Ach, ich hätte es schon gern, Kind. Glaubst du, daß du es schaffen wirst, wegzukommen?«
»Aber ja. David wird mit mir herüberlaufen, wie ich ihn kenne.«
Im Flur blieb Sarah stehen, drehte sich zu ihrer Mutter um und fragte: »Aber was ist, wenn er heute abend aufbleibt, wirst du denn allein sein?«
»Sollte er tatsächlich aufbleiben oder wir nebenan sein – er ist auch eingeladen, aber du weißt ja, wie das mit ihm ist –, dann lasse ich die Jalousien oben. Gut?«
»Gut.« Sie nickten einander zu und gingen zur Tür. Dort blieben sie wieder stehen, und Sarah sagte: »Mir geht Phyllis sehr ab. Trotz allem, was ich habe, vermisse ich es doch, daß ich unsere Phyllis nie zu sehen kriege ... Oh, tut mir leid.« Sie sah auf den gesenkten Kopf ihrer Mutter nieder. »Ich hätte sie nicht erwähnen sollen.«
»Ach, Kind, ich bin froh, daß du's getan hast. Ich denke die ganze Zeit an sie. Und weißt du was? Im neuen Jahr werde ich ausgehen, ich werde einfach einen Abstecher nach Shields machen und unsere Phyllis besuchen. Egal was kommt, ich werde sie besuchen! Er muß es ja überhaupt nicht wissen. Hie und da besuch' ich sie.«
»Ach, Mutter, das freut mich. Das freut mich wirklich.«

»Nun, man muß doch etwas unternehmen. Sie kann schließlich nicht herkommen.«
»Nein, nein, das ist wahr. Ach, ich bin froh, daß du sie besuchen wirst!« Sie beugte sich rasch vor, und die beiden küßten sich. Annie weinte ein bißchen, und Sarah machte sich selbst die Tür auf und eilte auf die Straße. Sie fühlte sich gleichzeitig traurig und glücklich. Aber das Gefühl der Erleichterung herrschte vor. Ihre Mutter würde Phyllis besuchen, und auch sie würde Phyllis aufsuchen. Ja, sie wollten es im neuen Jahr stillschweigend tun. Sie würde es David natürlich sagen. O ja, selbstverständlich. Er würde sie nicht davon abhalten. Aber sie mußte es stillschweigend tun. Seine Mutter würde ihr nie verzeihen, wenn sie erführe, daß sie ein Haus in Costerfine Town aufsuche . . .
Das zweite Ereignis war die Ankunft Dans so gegen zwölf Uhr, lange vor seiner üblichen Mittagspause. Er sah kränklich aus, und seine Stimme klang rauh, als er sagte: »Ich bin froh, daß du daheim bist, Sarah! Ich hätte nicht gewußt, was ich damit anfangen soll, außer es in deinem Kohlenschuppen zu verstecken.« Er zog aus der Innentasche seines Mantels eine Flasche Whisky hervor. »Es ist die wirksamste Kur dafür.« Er deutete auf seine Brust. »Es hat sich hier festgesetzt. Wenn ich es heiß mache und auf eine halbe Stunde vorm Ofen sitzen bleibe, wird es wirken. Du hast doch nichts dagegen, wenn ich mich ein bißchen bei dir aufhalte?«
»Nein, nein, natürlich nicht.« Sie sah ihn fest an. Aber sie sah in ihm nicht den Mann, dessen Handlungsweise sie am vorangegangenen Abend schockiert hatte, obwohl sie es in Abrede gestellt hatte. Sie sah in ihm nicht den Mann, der sich eine Freundin hielt, und das auf sehr ausgefallene Weise. Für sie war er einfach Dan, ein lieber Mensch. Sie sagte: »Setz dich, ich werde gleich nachlegen. Du hast diese Erkältung jetzt beinahe eine Woche. Weshalb hast du nichts dagegen getan?«
»Ach, Mary wollte mich ohnehin ins Bett stecken, aber ich dachte mir, ich kann den Husten auch so loswerden.

Ich hasse es, vom Geschäft wegzubleiben. Der kleine George ist in Ordnung, der schafft es schon, aber das Mädchen und der Junge sind neu. Die haben erst letzten Monat angefangen, und Freitag und Samstag ist bei uns am meisten los. Nur heute vormittag hatte ich das Gefühl, fortgehen zu müssen; ich dachte schon, ich würde das Bewußtsein verlieren. Ich hab's dem alten Mann dann gesagt.«

»Du solltest im Bett bleiben.« Sie lief geschäftig hin und her, stellte den Kessel auf, brachte einen Becher und Zucker herbei und legte noch mehr Kohlen auf. »Zieh deinen Mantel aus«, sagte sie, »ich mach dir eine Wärmflasche.« Sie beugte sich zum untersten Fach des Schranks nieder und zog eine Wärmflasche aus Steingut hervor.

»Nein, nein, Sarah, besser, mir wird nicht zu warm. Ich komm schon in Ordnung. Wenn ich jeden Abend vor dem Schlafengehen einen heißen Whisky trinken könnte, hätte ich's längst überstanden. Aber du kennst ja Mary.« Er seufzte. »Und trotzdem wirkt das Zeug, das sie gestern gebraut hat, tödlicher als purer Whisky.«

Sie goß kochendes Wasser auf ein großes Quantum Whisky, als die Hintertür sich öffnete und eine Stimme rief: »Bist du daheim, Sarah?«

»Ja, ja.« Sie sah Dan rasch an. »Es ist May.«

»Oh, May ist in Ordnung.« Dan lächelte müde.

May stand in der Küchentür. Sie sah adrett aus, aber kühl und distanziert wie immer. Sie zog die Nase kraus und sagte: »Was ist das? Whisky?«

»Bedien dich«, sagte Dan und deutete auf die Flasche. »Ich muß was gegen diese gemeine Erkältung machen.«

May kam näher, setzte sich an den Tisch und sah die Flasche an, als sie sie hochhob. »Ich sage nicht nein.« Sie sah Sarah an und lächelte.

Es kam selten vor, daß May lächelte, und das war schade, dachte Sarah, denn sie sah anziehend aus, wenn sie lächelte. Und weicher, oh, um so vieles weicher. Sie sagte: »Willst du wirklich einen Tropfen?«

»Ja, natürlich. Warum nicht? Wir tranken oft Grog zu Beginn unserer Ehe, spät abends . . ., wenn der Geruch nicht haften blieb . . . Wie wirst du's damit halten, Dan? Sie wird's sofort riechen.«
»Ich hab mir ein paar Pfefferminz gekauft . . ., man muß vorsorgen.« Er lächelte schwach.
Als Sarah May zusah, wie sie sich ein gutes Quantum Whisky eingoß, wanderten ihre Gedanken zu dem Zimmer auf der anderen Seite des Kamins, und ein sonderbares Gefühl der Traurigkeit ergriff sie bei dem Gedanken daran, daß Mary Hetherington im Grunde genommen doch nur eine Phantasiewelt beherrschte. Innerhalb ihrer vier Wände diktierte sie, forderte sie Gehorsam und war zufrieden – wenigstens sah es so aus –, daß ihre Familie abhängig von ihr war. Aber erriet sie auch nur im mindesten, daß sie allesamt ihre Herrschaft abschüttelten, wenn sie einmal ihre Schwelle hinter sich gelassen hatten? Dan mit seiner Freundin und seinem Whisky – höchstwahrscheinlich trank er ein Glas, wenn er mit ihr beisammen war; John mit May und ihren mitternächtlichen Grogs. Dann David, der der Herrschaft seiner Mutter am allermeisten entrückt war; obwohl er immer noch nett und freundlich mit ihr war, weil das in Davids Natur lag, hatte er sich doch innerlich von ihr befreit, als er sie selbst vom Unteren Ende geholt und geheiratet hatte. Der einzige, der nicht entfliehen konnte, war ihr Mann. Und selbst er versuchte es. Ja, sie konnte sehen, daß ihre Schwiegermutter eine Welt dirigierte, die nur in ihrer eigenen Einbildung existierte, und ein Teil ihres Herzens empfand Mitleid mit der herrschsüchtigen, selbstgerechten Frau da drüben, die sie nie mögen würde.
Ein Ausruf Mays störte Sarahs Gedankengänge und ließ sie zum Küchenfenster und dem dunklen Schatten, der daran vorbeiglitt, blicken.
»Der Große höchstpersönlich, er muß den Whisky direkt gerochen haben.« May rümpfte verächtlich die Nase, und als John die Küche betrat, sah sie ihn an und sagte: »Ganz wie die Leute aus Shields. Hast du's gerochen?«

John gab seiner Frau keine Antwort, sondern blickte zum Kamin, vor den Dan sich hingekauert hatte. »Dich hat's aber wirklich erwischt«, sagte er. »Du solltest im Bett sein.«
»Das da wird mich schon wieder auf Vordermann bringen.« Dan hielt die Flasche in die Höhe.
»Wird es nicht, außer du schwitzt dich gehörig aus. Du wirst sogar verdammt schlimmer dran sein, wenn du das trinkst und dann in den Sturm hinausgehst. Sei vernünftig, Mensch; geh zu Bett.«
»Das wäre wirklich das gescheiteste«, sagte May. »Er hat recht. Du solltest dich hinlegen, Dan.«
»Was! Zu Silvester und wo wir unser Gelage vor uns haben? Was wollt ihr denn ohne mich anfangen?« Er grinste und deutete mit dem Kopf nach nebenan.
»Ach was, du nimmst dich zu wichtig«, sagte John. »Kein Mensch wird dich vermissen, solange David Klavier spielt. Das ist alles, was sie haben will und was nötig ist.«
Dan, der die Bemerkung so auffaßte, wie sie gemeint war, sagte: »Stimmt, stimmt. Aber trotzdem, ich leg' mich nicht hin. Ich bin noch nie zu Silvester im Bett gewesen und fang' auch jetzt nicht damit an. Außerdem: Glaubst du ernstlich, daß ich mir das selbstgebraute Bier und den Portwein zu drei Shilling die Flasche entgehen lasse? Du hältst mich wohl für wahnsinnig?«
Als sie lachten, deutete Dan auf die Whiskyflasche und sagte zu John: »Bedien dich! Ich bring' später noch eine. Ich kaufe immer nur Halbliterflaschen, damit sie meine Manteltaschen nicht ausbauchen. Man kann nie wissen! Sie hätte ja in mich hineinrennen können, als ich den Hintereingang benutzte.«
Wieder lag ein Hauch von Verschwörung über ihnen. Dieses Gefühl war stets übermächtig, wenn sie sich außerhalb des Elternhauses trafen.
May goß auf geübte Weise ihren Whisky hinunter, dann sagte sie zu Sarah: »Ich bin bloß deshalb herübergekommen, weil ich wissen wollte, ob du heute nachmittag

Paul zu dir nehmen kannst. Ich möchte gern zu meiner Mutter gehen, und es ist zu kalt, um ihn auf die Fähre mitzunehmen.«

Ehe Sarah noch antworten konnte, warf John ein: »Ich werde bei ihm bleiben, ich hab's dir doch schon gesagt.«

»Du wirst nichts dergleichen tun, du kommst gefälligst mit. Das ganze Jahr über läßt du dich dort nicht blicken; Tatsache ist, daß meine Familie . . .« May sah nun von Sarah zu Dan. »Meine Familie glaubt gar nicht mehr, daß ich überhaupt einen Mann habe.«

John hielt den Kopf gesenkt wie ein Bulle. Er biß sich auf die Lippen, sagte jedoch kein Wort.

Sarah sagte rasch: »Oh, ich würde ihn gern bei mir haben, May. Laß ihn doch hier.«

May erhob sich. »Danke.« Sie lächelte Sarah zu. »Er kommt gern herüber. Vor ein paar Tagen kroch er auf Händen und Füßen zu Mrs. Barretts hinüber. Es war die falsche Seite, aber er wußte genau, daß euer Haus am Ende der Gasse ist . . . Los, Alter.« Sie schlug ihrem Mann fest auf die Schulter. »Trink aus und erheb dich.« Sie sprach mit ihm, als ob er stockbetrunken wäre; ihre Stimme klang spöttisch. Sarah dachte unwillkürlich: Weshalb macht sie das? Sie könnte mit ihm fertig werden, wenn sie nicht diesen Tonfall und dieses Benehmen an den Tag legen würde.

Sie sah zu, wie John aufstand, als wolle er der Aufforderung seiner Frau Folge leisten. Sie konnte den Ausdruck in seinen Augen nicht sehen, denn seine Lider waren gesenkt. Er nickte Dan zu und sagte abrupt: »Paß auf deine Erkältung auf, oder wir bekommen noch Scherereien mit dir.« Dann folgte er May nach draußen. Er hatte kein Wort zu Sarah gesagt, weder hallo noch auf Wiedersehen. Er muß in einer schrecklichen Verfassung sein, dachte sie.

Dan lachte und sagte mit brüchiger Stimme: »Eine komische Bemerkung, weißt du, und jeder macht sie. Paß auf deine Erkältung auf, sagen sie, als ob sie etwas Zerbrechliches wäre, das man pflegen müsse. Die Menschen sagen schon komische Dinge.« Dann fragte er unvermittelt und gelassen, während er sich halb vom Feuer abwandte: »Hat dir David gestern abend wegen mir Bescheid gesagt?«

Die Plötzlichkeit dieser Frage bestürzte Sarah. Sie blinzelte, machte eine Handbewegung, als wolle sie etwas beiseiteschieben, und antwortete: »Ja, ja, Dan, aber es ist schon in Ordnung.«

»Warst du nicht schockiert?«

»Nein, Dan, nein. Das ist deine Angelegenheit. Wie David gesagt hat, es ist deine Angelegenheit.«

»Das sagt David, aber was sagst du?«

»Nun« – wieder machte sie die gleiche Handbewegung –, »wenn du's so haben willst und wenn es gut für dich ist – dann . . .« Sie hielt inne, dann sagte sie: »Es ist dein Leben.«

»Ja, es ist mein Leben.« Er drehte sich wieder zum Feuer. »Und ich habe es so gestaltet, wie ich es will. Obwohl, laß dir sagen . . .« Seine Stimme klang jetzt noch brüchiger. »Auch Eva will es so. Ich halt' mir kein junges Ding da unten, glaub mir, noch zerstöre ich ein Heim oder das Leben einer verheirateten Frau. Sie ist Witwe, von der ruhigen Sorte, weißt du, und sie will ebensowenig mehr eine feste Bindung eingehen wie ich.«

»Gut, gut, Dan, reg dich nicht auf. Sieh mal, es ist, wie John gesagt hat. Ich an deiner Stelle würde zu Bett gehen.«

»Ich komm' schon in Ordnung, ich komm' schon in Ordnung.« Er legte sich in den Stuhl zurück, hielt die Wärmflasche an sich gepreßt und schloß die Augen. Sarah stand da und blickte auf ihn hinunter. Sein Gesicht sah krank und bekümmert aus, dennoch war etwas Anziehendes an ihm. Sie konnte jede Frau verstehen, die etwas für Dan übrig hatte, aber sie konnte nicht verstehen, daß diese Frau nicht den Wunsch hegte, ihn zu heiraten. Alle männlichen Hetheringtons hatten etwas Anziehendes an sich, jeder auf seine Art. Aber Dan war kein Hetherington, nicht? Er hieß Blyth.

Als David ein paar Minuten später das Haus betrat, deckte Sarah gerade den Tisch. Das Essen, ein Eintopfgericht, stand schon auf dem Herd. Sie begrüßte David in der Spülküche. Sie hielten sich einen Moment umschlungen, küßten sich, und dann flüsterte sie ihm rasch zu: »Dan ist drinnen. Es geht ihm nicht gut, er sollte im Bett liegen mit seiner Erkältung.«
Als sie das Essen auftrug, sagte Dan: »Es ist nur eine Erkältung, zerbrich dir nicht den Kopf. Ich schwitz es raus. Sieh nur, wie's an mir herunterrinnt. Ich habe noch mehr als eine halbe Stunde, ehe ich hinüber muß, dann werd' ich schon in Ordnung sein. Bedien dich.« Er deutete auf die Flasche.
David antwortete nicht, sondern sah Dan nur kopfschüttelnd an. Dann nahm er die Whiskyflasche, ging zum Schrank, holte sich ein Glas und schenkte sich ein.
Sarah hatte gar nicht gewußt, daß auch David Whisky trank. Wieder wanderten ihre Gedanken zu der Frau nebenan, und abermals empfand sie Mitleid mit ihr, auf eine merkwürdige, unerklärliche Weise.

Die Silvesterfeier hatte begonnen. Es war gegen zehn Uhr. Neben den Familienmitgliedern hatten sich auch Gäste zur Party eingefunden. Mr. und Mrs. Riley von Nummer vierzehn (Mr. Riley war einer der beiden Männer, die unter Mr. Hetherington arbeiteten), Mrs. Rileys Schwester und deren Gatte, der über Neujahr von Hartlepool heruntergekommen war, sowie Mr. und Mrs. Ramsy, die neben Sarah wohnten. Der Salon war übervoll, Gelächter erfüllte das Haus, und der Flur zwischen Salon und Wohnzimmer war bevölkert wie die Bahnstation von Newcastle.
Mary Hetherington hatte bereits die erste Kostprobe ihres Biers ausgeschenkt, und wie gewöhnlich hatte es ihr den Beifall und die Bitten der Besucher eingetragen, doch endlich das Rezept zu verraten. Aber Mary sagte: »A-a!« Kein Mensch würde es je bekommen, es würde mit ihr zu Grabe getragen werden. Nicht einmal ihr Mann wußte,

wie es zusammengebraut war, selbst der eigene Bruder nicht! Ihre Mutter hatte das Rezept an sie weitergegeben; Männer hatten niemals etwas damit zu tun gehabt. Über diesen Punkt gab es großes Gelächter.
Sarah stand in der Küche und mischte Büchsenlachs mit Senf und Essig, um weitere belegte Brote vorzubereiten; der erste Schub war schneller dahingeschmolzen als Schnee unter der Sonne. Sie sah mit glückstrahlendem, gerötetem Gesicht von ihrer Arbeit auf, als ihre Schwiegermutter eintrat. Auch Mary Hetheringtons Gesicht strahlte und war gerötet, und zum erstenmal, seit sie sie kennengelernt hatte, sah Sarah sie lächeln, wirklich lächeln. Sie sah entspannt und glücklich aus . . . in ihrem Element, wie Sarah sich insgeheim sagte. Sie sagte zu ihr:
»Es dauert keine Minute mehr, ich habe schon alle Brötchen mit Butter bestrichen.«
»Das ist nett von dir, Sarah. May hätte dir ja helfen können, aber nein, May würde so was nie tun! Wie hat dir mein Bier geschmeckt?«
»Oh, gut, wunderbar. Ich habe noch nie so etwas Gutes zu kosten bekommen. Ich werde dich nicht fragen, wie du es machst, weil David mir gesagt hat, daß es ein Geheimnis ist, aber ich hätte nichts dagegen, jeden Tag einen Tropfen davon zu bekommen.«
»Nein, nein«, sagte Mary lachend. »Das ist nichts für alle Tage, das ist nur etwas für ganz besondere Gelegenheiten. Ich mache es einmal jährlich, genau wie meine Mutter und deren Mutter davor. Weißt du, meine Mutter war die Tochter eines Bauern aus der Gegend um Blanchland. Eine hübsche Gegend, wirklich. Es war ein riesiger Bauernhof, ein richtiges Gut. Sie hat mich einmal mitgenommen, um es mir zu zeigen, als ich noch klein war. Meine Mutter wußte eine Menge Hausrezepte und . . . nun ja, mein Bier ist eins davon. Ich könnte ruhig jedem sagen, was ich hineintue, und doch könnte niemand es machen. Es besteht einfach aus Weizen, Gerste, Hopfen, Andorn und allerlei Kleinigkeiten, aber es kommt auf die Mengen an und wie du sie anwendest. Es ist genau wie

beim Kochen – manche Köche bringen selbst Sahne zum Gerinnen.«

Als hätte sie eine weiß Gott was für witzige Bemerkung gemacht, lachten beide schallend. Dann hielten sie mitten im Lachen plötzlich inne, sahen einander an, und Mary Hetherington sagte: »Findest du nicht, daß es langsam Zeit wird, daß du einen Namen für mich findest, Sarah?«

»Oh!« Sarah wiegte verwirrt den Kopf. Sie hatte diese Frau stets mit »Mrs. Hetherington« angesprochen, sie hatte nicht gewagt, »Mutter« zu sagen.

Mary Hetherington wandte sich ab und fing an, Fleischpasteten vom Backblech auf einen Teller zu schichten. Und während sich ihre Hand flink bewegte und ihre Worte sich dem Rhythmus anpaßten, sagte sie: »Mam wäre nett, finde ich, du nicht auch? Wir können nicht immer so weitermachen, daß du »Mrs. Hetherington« zu mir sagst, nicht? Ja, ich glaube, Mam ist genau das richtige.« Hand und Stimme hielten jäh inne, sie wandte den Kopf und sah Sarah an.

Sarah stand reglos da und sagte leise: »Ja. O ja, das würde ich gern sagen.« Es war so, als hätte man ihr eine Auszeichnung verliehen.

Und Mary Hetherington, die sich wie jemand benahm, der soeben ein großes Geschenk vergeben hatte, senkte den Kopf. Dann sagte sie, während sie eine weitere Fleischpastete auf den Teller legte: »Nun, dann ist es abgemacht«, und verließ die Küche.

Sarah seufzte. Ein Lächeln breitete sich langsam über ihr glückliches Gesicht aus; sie spürte, wie ihre Ohren davon nach hinten gezogen wurden. Würde David sich darüber freuen! Oh, seine Mutter . . . Mam . . . sollte ihr Bier jede Woche machen. Ja, das sollte sie! Sie hatte ein, zwei Gläser getrunken, das war klar, und schon war sie ein anderer Mensch. Sarah packte die Lachsschüssel mit beiden Händen und hätte sie vor Übermut am liebsten an die Decke geschleudert. Silvester war was Großartiges, wirklich.

Sarah hatte bemerkt, daß David einige Zeit, ehe sie die beiden Sandwichteller in den Salon hinübertrug, aufgehört hatte, Klavier zu spielen. Als sie die Tür mit der Hüfte aufstieß, nahm ihr John einen Teller ab und flüsterte ihr zu: »Der alte Herr hält seine Ansprache.«
Sarah blickte zu Mr. Hetherington hinüber, der mit dem Rücken zum prasselnden Feuer auf dem Kaminvorleger stand. Er hielt ein Glas in der Hand, deutete damit auf seinen Untergebenen, Mr. Riley, und sagte: »Es ist wahr und du wirst mir sicher beipflichten, Bill. Die Hoffnung kann noch so tot in einem sein, wenn dieser Abend herankommt, erwacht sie jedesmal wieder zu neuem Leben, stimmt's?«
Mr. Riley nickte heftig und sagte: »Stimmt aufs Wort, Stan.«
Eine Bewegung ging durch den Raum, dann setzte wieder Stille ein, und alle blickten auf den Gastgeber, der fortfuhr: »Silvester ist, wie ich gesagt habe, kein Ende, sondern bloß ein Tag vor einem neuen Beginn, ein Tag, an dem du innen und außen saubermachst, ein Tag, an dem du deine Aktien steigen siehst. Das berührt jeden einzelnen auf dieselbe Weise bis zu dem Moment, wo die Uhr zwölf schlägt. Wißt ihr, niemand, zumindest keiner aus dem Norden, ist zu Silvester ganz und gar hoffnungslos; das haben wir immer und immer wieder bewiesen, nicht?«
Er stieß sein dünnes Kinn in die Luft, sah sich um, und alle pflichteten ihm bei: »Ja, da hast du wohl recht, Stan. Tjaja, noch nie wurde ein wahreres Wort gesagt.« Und dann warteten sie darauf, daß er fortfahre, als ob es ihnen Spaß mache.
Sarah sah zu David hinüber, aber der blickte nur seinen Vater an. Dann sah sie rasch zu John, und John sah sie an und deutete mit einem raschen, nach unten gerichteten Blick auf die auf dem Büfett stehenden Flaschen. Sarah, die sofort verstand, was er damit meinte, nickte und lächelte; dann hörte sie wieder ihrem Schwiegervater zu. »Der Norden ist eine eigene Welt, wißt ihr, und bringt

eine eigene Menschengattung hervor.« Er kam immer mehr in Fahrt. »Denn sehen wir den Tatsachen ins Auge, wir sind ein angriffslustiges, störrisches Pack. Und ich danke Gott dafür ... Was meint ihr?«
»Hört, hört! Bravo, Stan. Fahr fort! Weiter.«
»Nun, wie ich schon sagte, der Tynesider mußte sich immer selbst aus dem Dreck ziehen, was Brot und Lernen anbelangt hat, und an diesem speziellen Abend zieht er stets den Mantel der Hoffnung über, wirft den Kopf in den Nacken und sieht dem kommenden Jahr entgegen und wünscht sich nichts anderes, als hart arbeiten, gut essen und gesund schlafen zu können. Und warum auch nicht, frag ich euch!«
An dieser Stelle erhob Stan sein Glas mit theatralischer Geste und rief: »Trinken wir auf die Leute aus dem Norden!«
Hierauf erhoben sich alle und riefen wie aus einem Mund: »Gut gesprochen, Stan!«
John drehte sich zu Sarah um und flüsterte hörbar: »Vater sollte ins Parlament, der würde MacDonald was zu knacken geben. Das heißt, wenn Mutter täglich ihr Bier brauen würde.«
Ihr Gelächter ging im allgemeinen Geschwätz unter, das nun den Raum erfüllte, und Sarah dachte, während sie ihren Schwiegervater ansah: Es ist merkwürdig, ihn so loslegen zu hören. Er muß die ganze Zeit so denken. Er ist wie David, oder David ist wie er. Sie denken das gleiche, aber sie brauchen was zu trinken, damit es ans Tageslicht kommt. Und sein Auge hat diesen Abend kaum gezuckt.
»Das passiert zweimal im Jahr«, flüsterte ihr John zu. »Zu Silvester und am Waffenstillstandstag.«
»Wirklich?« Das überraschte Sarah.
»Es ist eine Art Protest gegen den Krieg und ...« Er deutete mit dem Finger unaufdringlich auf seine Augen.
Sarah konnte sich nicht vorstellen, daß Mr. Hetherington wirklich betrunken sein könne, aber sie erinnerte sich an den Waffenstillstandstag vor ein paar Wochen, als er zwei Tage lang wegen einer angeblichen Erkältung im

Bett geblieben war. Sie lächelte und schüttelte den Kopf. Komisch, was es so alles gab.
»Mary, es fehlen nur mehr drei Minuten! Füll die Gläser.« Mr. Hetherington sagte es in einem Ton zu seiner Frau, als ob er Herr im Haus wäre. Und gehorsam ging sie zum Büfett und fing an, die Gläser zu füllen. Sie sah stolz und glücklich dabei aus.
Sarah stand neben David, einer hatte den Arm um den andern geschlungen. Sie standen hinter Dan, der vor dem Kamin saß, und jeder von ihnen legte eine Hand auf dessen Schulter. Dan, dachte Sarah, ist schlecht beisammen, er sollte im Bett sein.
David beugte sich zu Dan nieder, wobei er Sarah mit sich zog, und sagte leise: »Weshalb gehst du nicht, Mann?«
»Sowie das neue Jahr da ist.«
Die Schiffssirenen tuteten. Die Kirchenglocken läuteten. Die ganze Welt außerhalb des Hauses schien mit Getöse lebendig zu werden. Im Gegensatz dazu wirkte das Haus ruhig, beinahe leer, denn sämtliche Stimmen waren verklungen. Am Totenbett des Jahres schien es, als ob ihre Seelen aus ihren Augen leuchten würden.
Ein Sturm erhob sich heftig und unbeugsam und trug das erste Dröhnen der Turmuhr aus dem Stadtzentrum direkt bis an ihre Haustür, und das Geräusch riß die Menschen auseinander. Ihre Gesichter nahmen wieder den gewohnten Ausdruck an, die Münder öffneten sich, und als die Uhr zum zwölftenmal schlug, riefen alle durcheinander.
»Glückliches neues Jahr! Ein glückliches neues Jahr!«
Sie schüttelten einander die Hände; sie umarmten sich, alles drängte zurück in den Salon, und Sarah fand sich auf einmal in der Umarmung ihres Schwiegervaters.
»Ein glückliches neues Jahr, Sarah!« rief er, neigte sich zu ihr hinunter und drückte ihr seinen Schnurrbart fest auf die Wange.
»Glückliches neues Jahr«, rief sie. »Glückliches neues Jahr . . . Dad.«
Als sie das gesagt hatte, brach er in schallendes Gelächter

aus, und sie umarmten einander noch einmal. Dann war sie bei Dan.
»Gib mir keinen Kuß, außer du willst was von der Erkältung abkriegen«, sagte er. »Glückliches neues Jahr, Sarah. Das wünsche ich dir von Herzen, wirklich!«
»Das wünsch' ich dir auch, Dan. Das wünsch' ich dir auch!« Sie hielten einander an den Händen und schwenkten sie auf und ab wie Kinder.
Die drei fremden Männer küßten sie schallend auf die Wange.
Sie stand einen Moment lang vor May und rief ihr »glückliches Neujahr« zu, und die Macht dieser Nacht war so stark, daß sie sich rasch aneinanderlehnten, ja sogar umarmten.
Auch Mary Hetherington küßte sie. Ihre Lippen berührten ihre Wange und sie sagte: »Ein glückliches neues Jahr, Sarah.«
»Ein glückliches neues Jahr, Mam.« Wieder lachten sie einander zu.
Dann stand sie im Flur John gegenüber.
»Ein glückliches neues Jahr, Sarah.«
»Ein glückliches neues Jahr, John.« Sie sahen einander an, aber nicht einmal ihre Hände berührten sich. Er lächelte und sagte noch einmal: »Ein glückliches neues Jahr.«
Als er an ihr vorbei und ins Zimmer gegangen war, schwand das Lachen einen Moment aus ihrem Gesicht, sie fühlte sich leicht verwirrt, fast vernachlässigt. Dann riß sie den Kopf empor und lief beinahe in den Salon. Das war eben John – man wußte nie, wie man bei ihm dran war. Sie richtete Fleischpasteten, Reiskuchen und Speck – und Eierpasteten an, als May in die Küche kam und sagte: »Dan möchte gern einen recht starken Tee.«
»Sofort!«
»Nein, mach nur weiter da. Ich mach' es schon.« Mays Stimme klang angenehm, richtig nett. Alle waren nett . . .
Und dann war es knapp vor eins.

David spielte Klavier. Alle sangen. Ihrem Entschluß folgend, hatte sich Sarah geweigert, sich zum Alleinsingen verführen zu lassen; nichts sollte die Harmonie zwischen ihr und ihrer Schwiegermutter stören. Dann sagte sie sich: Jetzt muß ich aber laufen. Als sie das Zimmer verließ, flüsterte sie Mary Hetherington, die sich immer noch am Büfett zu schaffen machte, zu: »Ich spring' nur bloß hinüber, um meiner Mutter Neujahr zu wünschen.«
»Kommst du allein zurecht?«
Die Besorgtheit gab ihr ein Gefühl der Wärme. Sie nickte kurz. »Ja, ja, ich komm' schon zurecht.«
May stand in der Nähe der Türe und sagte: »Aber du gehst doch sicherlich nicht ganz allein da hinüber, oder?«
»Oh, das macht doch nichts, ich bin daran gewöhnt.«
Ja, alle waren nett. Komisch, daß May sich ihretwegen sorgte.
May ging ihr in den Flur nach und sagte: »Du solltest dich von jemandem begleiten lassen. Sag es doch Davie.«
»Nein, nein. Das würde alle stören, sie wollen ja, daß er spielt. Ich komm' schon zurecht, May, wirklich.«
»Dann warte doch wenigstens, bis John zurück ist; er ist nur hinübergegangen, um nach dem Feuer zu sehen und einen Sprung zu Mrs. Watson zu machen. Er wird gleich kommen.«
»Ich will nicht warten, May. Ich werde im Nu zurück sein. Weißt du« – sie lächelte breit –, »ich bin daran gewöhnt, im Dunkeln durch die Straßen zu gehen. Ich mußte es jeden Abend tun, wenn ich von der Arbeit heimging.« Sie nickte May zu, eilte ins Wohnzimmer, holte ihren Mantel aus dem Schrank, schlang einen Schal um den Kopf und verließ das Haus durch die Hintertür. Kaum hatte sie die Seitengasse betreten, stieß sie mit John zusammen. Er packte sie am Arm und sagte: »Wohin gehst du um alles in der Welt?«
»Oh . . . oh!« Sie lachte. Es war ein nervöses Lachen. »Ich lauf schnell mal hinüber, meiner Mutter Neujahr wünschen. Ich bin bald wieder da.«
»Du gehst allein? Wo ist denn Davie?«

»Er spielt Klavier, ich wollte ihn nicht davon abhalten.«
»Also du gehst um diese Zeit nicht allein da hinüber, ich werde mitkommen.«
»Nein, nein.« Sie stand steif da und sprach auch steif. »Ich bin schon in Ordnung, ich sag's dir ja. Es ist nicht nötig, ich brauch' nicht lang.«
»Lang oder nicht lang, wofür hältst du mich? Was würde Davie denken, wenn er wüßte, ich lass' dich um diese Zeit und ganz allein fortgehen? Es wird von Betrunkenen nur so wimmeln.«
»Nein, nein!« Sie protestierte mit geschlossenen Augen.
»Also schön . . .«, sagte er verdrossen. »Wenn du schon nicht mit mir gehen willst, dann komm zurück und nimm dir Davie zur Begleitung mit. Aber allein lasse ich dich nicht da hinübergehen. Was würden die sagen, wenn dir was passieren würde: Komisch, daß er so was gemacht hat, sie allein am Neujahrsmorgen da hinüberzugehen zu lassen?«
Ja, das wußte sie. Genau das würden sie sagen. Aber ihr würde nichts geschehen, und sie wollte nicht, daß er mitkäme. Sie wollte es nicht, sie wollte es nicht. Sie spürte, wie sie herumgerissen wurde. Er hatte sie am Arm gepackt, lachte und zog sie vorwärts, aber seine Stimme war sanft, sehr sanft, als er sagte: »Es ist Neujahrstag, Sarah, Neujahrstag. Jeder ist zu jedem nett am Neujahrstag, denk daran.«
Der Wind fiel sie mit voller Kraft an, als sie aus der Seitengasse in die Hauptstraße einbogen.
»Himmel! Bläst es aber heute. Und sieh dir den Mond an, wie der dahinreitet. Sieht aus wie ein Training fürs Derby.«
Sarah blickte zu den dahinjagenden Wolken auf. David sagte, daß es die Wolken seien, die sich bewegten, nicht der Mond. David hatte ihr eine Menge Dinge beigebracht . . . Ach ja, das war ja auch eins davon: daß niemand dir was beibringen kann, nur du selber. Sie lehren dich was und du lernst. David wußte mehr als John, zumindest über gewisse Dinge, die netten Dinge. John war

vollgestopft mit Politik und solchem Zeug ... »Ach!« Der Ausruf entschlüpfte ihr nun, als er ihre Hand packte und sie zwang, mitzulaufen.
John lief gegen den Wind an wie ein großer, unbeholfener Bär. Sie versuchte, sich frei zu machen, aber sein Griff war eisern, und es blieb ihr nichts anderes übrig, als mitzumachen.
»Wir wollen mit ihm um die Wette laufen!« Er brüllte wie ein junger Bursche und deutete nach oben. Er war verdreht. Verrückt! Sie eilten an Menschengruppen vorbei; alle sangen und lachten, und Gelächter und Gesang folgten ihnen mit dem Wind.
»J-o-h-n ... halt an!« Sie riß sich mit aller Kraft von ihm los, und allmählich hielten sie an, genau drei Straßen von ihrer eigenen entfernt. Sie lehnte sich an die Mauer an und preßte beide Hände gegen die Rippen. Sie schnappte nach Luft und lachte. Es war beides: Gelächter und Erregung. Aber schließlich war ja Neujahrsmorgen.
»Du ... du bist ein Narr, John. Du bist verrückt.«
»Vielleicht bin ich es. Aber bist du noch nie mit dem Mond um die Wette gelaufen?«
Sie schüttelte den Kopf. Er stand da, stützte sich mit der Innenfläche einer Hand gegen die Wand, der Mantelärmel berührte ihre Schulter. Sein nach unten gerichtetes Gesicht sah jung und knabenhaft aus. Als er sich ihr zuwandte, verschwand der Mond hinter einer Wolkenbank, und sie konnte sein Gesicht nicht mehr erkennen. Sie richtete sich auf und sagte: »Ich bin völlig außer Atem, so bin ich nicht mehr gerannt, seit ich zur Schule ging.«
»Dann hast du was versäumt.« Seine Stimme klang jetzt ruhig und wie gewöhnlich. »Bis vor ein paar Jahren bin ich jeden Morgen vor dem Frühstück gerannt, in die Auen, weißt du. Sechs Meilen und auch mehr; und danach bin ich mit dem Fahrrad zur Arbeit gefahren. Und hundert Meilen mit dem Radfahrklub am Sonntag war gar nichts. Damals war ich in Form.« Seine Stimme verebbte, und sie gingen einige Schritte nebeneinander, ehe er sagte: »Ist das eure Straße?«

»Nein, die letzte.«
Alles schien so zu sein wie immer. Er war Davids Bruder. Weshalb hatte sie ein solches Getue gemacht, weil er sie herüberbringen wollte? Er war wie ein junger Bursche. Er mochte an Jahren älter sein als David, aber was seine geistige Verfassung anlangte, war er jünger. Und zwar deshalb, weil er dümmere Sachen anstellte und dümmere Sachen sagte. Sie wandte sich nun zu ihm herum und sagte: »Hier ist es. Paß auf, ich bleibe nicht länger als fünf Minuten. Ich lass' dich bestimmt nicht warten.«
»Bleib, solange du willst. Ich vertreibe mir die Zeit inzwischen mit Seilspringen.« Er hüpfte los, als ob er tatsächlich über eine Schnur springen wollte.
»Du bist verrückt, weißt du«, lachte sie ungezwungen. Dann sagte sie nochmals: »Ich bleib' nicht lang« und eilte davon.
Als sie das Haus erreicht hatte und sah, daß die Jalousien oben waren, war sie enttäuscht. Ihre Mutter war also zu Mrs. Young oder vielleicht doch zu Bett gegangen. Nein, zu Bett wohl kaum. Sie mußte nach nebenan gegangen sein, um Neujahr zu feiern. Aus der Küche der Youngs drangen Gelächter und Stimmen an ihr Ohr, und als sie sich umwandte, dachte sie: Nun, ich bin froh, daß sie ein bißchen Unterhaltung hat.
»Tss! Das war aber schnell«, sagte John.
»Sie ist nicht daheim. Nach dem Lärm zu schließen, ist sie nebenan. Wenigstens kommen wir um so früher heim.«
Sie wollte denselben Weg zurückgehen, den sie hergekommen waren, als er sagte: »Schneiden wir ein Stück ab, auf die Weise entkommen wir dem Sturm. Dann bläst er uns wenigstens nicht ins Gesicht.«
»Gut.«
Sie überquerten die Straße und gingen durch die Walham Street. »Am besten kürzen wir ab, wenn wir durch Fanny's Alley gehen«, sagte er.
Sie drehte sich mit offenem Mund zu ihm herum. »Kennst du Fanny's Alley?«

»Natürlich! Weshalb bist du so überrascht? Ich kenne die Straßen in- und auswendig.«
»Ich wußte nicht, daß du über Fanny's Alley Bescheid weißt.«
»Weshalb nicht?« sagte er in einem streitsüchtigen Ton, der sie veranlaßte, auf der Hut zu sein.
»Ach, weißt du«, sagte sie versöhnlich, »das Obere Ende ist nie zum Unteren Ende gekommen . . ., das heißt, bis Davie mich hier weggeholt hat.« Dies sagte sie ganz leise.
Er ging nun voran, bis sie auf ein Stück winddurchtobtes Ödland kamen, auf dem eine Anzahl Wellblechbaracken standen – die Werkzeugschuppen der Schrebergärtner. Hier wandte er sich um, was sie zum Stehenbleiben veranlaßte, und sagte grimmig zu ihr: »Sprich nicht so . . . demütig . . . Weshalb mußt du die ganze Zeit über derart zu Kreuz kriechen? Was ist los mit dir?«
»Was meinst du damit? Worauf willst du jetzt wieder hinaus?« Es klang sowohl überrascht als auch erschrokken.
»Ich will darauf hinaus, daß du ständig so tust, als müßtest du vor uns zu Kreuz kriechen.«
»Tu ich doch gar nicht.«
»Doch, das tust du, und du weißt es auch. Mein Gott! Was glaubst du denn, wo du gelandet bist? Auf Schloß Windsor oder im Buckingham-Palast? Hör mal, Sarah, werd' dir doch endlich klar darüber, daß du noch immer in den Fünfzehn Straßen bist . . . Wir stammen alle aus den Fünfzehn Straßen! Ich sag dir, es bringt mich zur Weißglut, wenn ich sehe, wie du dich aufführst, als hätte man dich aus der Gosse aufgelesen . . . Und gar wenn du mit meiner Mutter beisammen bist . . . du lieber Gott!«
Er hielt inne, und in der Dunkelheit spürte sie, wie er den Arm hob, und sie trat einen Schritt zurück. Sie zitterte, seine Worte hatten sie erregt; es war das gleiche Gefühl, das sie damals ergriffen hatte, als sie ihn zum erstenmal sah. Sie sagte: »Sei nicht kindisch, John. Es ist das Bier, das aus dir spricht.« Sie lachte nervös.

»Bier! Hach! Das mag vielleicht andere erledigen, aber nicht mich. Da brauch' ich schon was Stärkeres. Ich hab außerdem heute abend sehr wenig getrunken. Weich der Frage nicht aus. Ich wollte schon längst mit dir darüber sprechen . . . Sarah.«
Sie spürte, wie sie zusammenfuhr, als seine Hände sich auf ihre Schultern legten und sie wie mit eisernen Klammern umfaßten. »Bist du dir denn nicht über deinen Wert im klaren, Mädchen? Die da . . ., ich meine, unsere Familie, die erweist dir nicht die mindeste Gnade, die erweist du ihnen, wenn wir schon von Gnade reden. Tja, du hast sie erst lebendig gemacht! Du hast den alten Herrn wieder zum Leben erweckt. Du hast Davie in einen Mann verwandelt, und du hast selbst für Dan eine Menge getan . . . tjaja, für Dan, der keine Lektionen mehr nötig hat. Weißt du denn nicht, was du getan hast, Mädchen!« Er schüttelte sie. »Weißt du nicht, was du getan hast?« Seine Stimme ging in rauhes, eindringliches Flüstern über. Seine Worte überströmten ihr Gesicht mit heißen Atemstößen. Er hielt immer noch ihre Schultern fest umklammert, aber seine Ellbogen waren nun gekrümmt, berührten ihren erstarrten Körper, nein, nur ihr Gewand.
»Sarah! Sarah! Du weißt, was du mit mir angerichtet hast, nicht? Du weißt es, deshalb bist du mir aus dem Weg gegangen . . . O mein Gott, Sarah.«
»Nein! Nein!« Ihr war, als hätte sie laut losgeschrien, aber der Schrei erstickte in ihrer Kehle. Ihre Worte waren nur ein leises Zischen: »Nein! Nein!« Durch ihren dikken Wintermantel hindurch spürte sie ihn, jeden Zoll; seine Knie, seine Schenkel, seinen Leib, seine Brust, bis sie unter seinem drängenden Zugriff keuchte.
»Nein, nein, laß mich los. Du bist verrückt, verrückt . . . David!«
»Tjaja, David.« Sein Mund lag an ihrem Ohr; seine Worte träufelten wie geschmolzenes Blei in sie hinein, verbrannten sie. »Ich weiß, David. Du brauchst mich nicht daran zu erinnern, daß es ihn gibt. Wenn es nicht Davids

wegen gewesen wäre, hätte ich dich sofort aufs Kreuz gelegt. Hast du's denn nicht gespürt, wie wir uns zum erstenmal im Salon begegnet sind? Ich wußte es von Anfang an.«

»Laß mich! Ich sag dir, laß mich! Was ist, wenn David darauf käme . . .«

»Sorg dich nicht, er wird nicht darauf kommen.«

»Ich würde lieber sterben, als David kränken, hörst du? Hörst du mich?« Sie sagte durch die Zähne: »Laß mich sofort los!«

»Nur noch eine Minute. Laß uns eine einzige Minute so beisammen sein. Vielleicht muß es fürs ganze Leben reichen. Sarah, Sarah.« Sein Mund bedeckte ihr Ohr.

Sie zog den Kopf ein und kämpfte mit aller Macht, um sich aus seinen Armen zu befreien, aber er hielt sie fest. So groß sie auch war, er hielt sie fest, als ob sie ein Kind wäre. Dann spürte sie mit einer Plötzlichkeit, die sie krank machte, wie ihr Körper nachgab, und sie sprudelte die Worte nur so hervor: »Ich bin glücklich, ich bin glücklich, laß mich es sein, zerstör es nicht. Ich war in meinem ganzen Leben nicht so glücklich, alles, was ich haben will, ist Davie und das Haus . . . endlich ein Platz, wo ich hingehöre.«

»Du bist nicht glücklich. Du weißt gar nicht, was das heißt. Davie hat dich bloß befreit. Es war die erste Planke, die ins Untere Ende hineingeworfen wurde, und du hast sie gepackt, und jetzt renkst du dir vor lauter Dankbarkeit den Hals aus.«

»Tu ich nicht, nein.«

»Wie liebt er dich, hm? Wie? Sanft, rücksichtsvoll, gütig, so als ob er dich um einen Gefallen bäte? Er nimmt dich nicht, dazu ist er gar nicht imstande.«

»Halt den Mund! Davie ist gut . . . gut.«

»Tja, er ist gut. Davie ist ein guter Kerl, ein feiner Kerl. Ich bin sein Bruder. Tjaja, ich bin sein Bruder, und auch ich möchte ihn um nichts in der Welt kränken, damit du's weißt. Du brauchst dir also keine Sorgen zu machen. Aber es ist ihm nicht gegeben, dich zu lieben. Nicht so . . . und so!« Er stieß seine Lenden in sie hinein. Sein Mund bedeckte ihre untere Gesichtshälfte beinahe gänzlich, und solange sie dazu brauchte, zu erkennen, daß er recht hatte, mit jedem Wort das er gesagt hatte, recht hatte, gab sie nach. Aber danach schlug sie auf ihn los, bis sie sich von ihm freigekämpft hatte.

Sie standen nun getrennt voneinander da und keuchten wie zwei große Tiere, die in Wind und Dunkelheit verloren waren, allein in einer Welt, die erschaffen worden war, als sie ihm einen Augenblick lang nachgegeben hatte. Es machte keinen Unterschied, daß es zu keinem körperlichen Kontakt gekommen war, sie kannten einander, als ob sie es splitternackt vor aller Welt miteinander getrieben hätten.

Dann wurden ihre Glieder kraftlos, und sie mußte sich abermals an den Schuppen anlehnen, um sich zu stützen. Ihr ganzer Körper wurde geschüttelt, als hätte sie den Veitstanz. Sie war weder imstande sich zu rühren, noch hegte sie den Wunsch dazu; nichts drängte sie dazu, von ihm loszukommen. Weder der Wunsch, davonzulaufen, noch der Wunsch, tot oder niemals geboren worden zu sein. Sie hatte nur noch einen einzigen zusammenhängenden Gedanken – daß David nicht verletzt werden durfte.

So nahe waren sie einander in diesem Moment, selbst in seelischer Hinsicht, daß er ihren Gedanken aufgriff und sagte: »Hör auf, dich zu martern.« Er sagte es in leblosem Ton. »Davie wird nicht gekränkt werden. Du würdest ihn niemals kränken, mit deinem Hang zur Dankbarkeit. Und auch ich möchte ihn nicht verletzen, das hab ich dir schon gesagt . . . Außerdem bin ich gar nicht in der Lage, jemanden zu verletzen, nicht wahr? Man sagt doch nicht ›Komm, flieh mit mir, werde meine Geliebte‹, wenn man arbeitslos ist, nicht? Aber ganz abgesehen davon: Das hier geht nur uns beide an, also sorg dich nicht. Meine Verrücktheit ist fest unter Schloß und Riegel, und ich werde dafür Sorge tragen, daß sie nie mehr ausbricht. Jedenfalls nicht auf diese Weise . . .« Er tappte im Dunkeln nach ihren Händen. Sie leistete keinen Widerstand, und er sagte leise und traurig: »Aber, bei Gott, wie hätte ich dich lieben können, Sarah.«

Als sie sich antworten hörte, erkannte sie ihre eigene Stimme nicht wieder. Es war eine Frau, die die Gedanken einer Frau aussprach, langsam und monoton: »Es hängt ganz davon ab, was du unter Liebe verstehst. Davids Liebe schließt selbst meine Füße mit ein, und die sind gewiß nicht schön. Sie schwellen an, werden formlos und sehen wie große, weiße Puddings aus, aber er zieht mir Schuhe und Strümpfe aus, wenn ich von den Docks oder vom Einkaufen heimkomme. Ja, er hat mir sogar die Füße in heißem Seifenwasser gebadet – das würdest du nicht tun, wie?«

Einige Minuten lang herrschte Schweigen, dann sagte er: »Wovon sprichst du nur? ... Ich habe davon gesprochen, dich zu lieben.« Seine Stimme klang rauh und verwirrt.

»Mich zu lieben?« Sie spürte den unheimlichen Drang, lang und laut zu lachen. Sie fürchtete sich vor dieser Empfindung. Sie fürchtete sich in diesem Moment überhaupt vor sich und war ehrlich betroffen, wie schroff ihre nächsten Worte klangen. Sie sagte, immer noch in diesem schleppenden, eintönigen Ton einer erwachsenen Frau: »Ich kenne deine Art zu lieben. Du würdest mir meine Kleider ausziehen, aber nicht meine Schuhe ... Oh, ich weiß, ich bin ja keine Närrin ... Laß meine Hände los.«

Sie schüttelte sich heftig und versuchte, von ihm abzurücken, als er zärtlich und flehend zu ihr sagte: »Schieb mich nicht weg, Sarah ... tu's nicht. Und fürchte dich nicht vor mir, niemals. Ich werde dir nichts tun, es nicht einmal versuchen, das verspreche ich dir. Nur laß mich hie und da mit dir sprechen und mich dich ansehen. Bitte! ... Sag manchmal etwas zu mir, etwas Freundliches, Sarah. Ich brauche Freundlichkeit, wirklich. Du weißt gar nicht, was es heißt, ganz ohne Freundlichkeit und Güte zu leben. Und zwar deine Freundlichkeit und Güte. Als ich dich zum erstenmal sah, erkannte ich gleich dein großes Herz. Du strahlst das aus. Du bist stark, Sarah, in jeder Hinsicht. Du bist stark und gut ...«

Wieder wurde sie von Furcht ergriffen, Furcht davor, seinem Flehen gegenüber weich zu werden. Wimmernd sprach sie aus, was sie dachte: »Wenn ich je Unglück über dieses Haus bringe, dann bring' ich mich um, das tu ich! Ich könnte es nicht ertragen ... Deine Mutter ...«

Als hätte die Erwähnung seiner Mutter den Bann gebrochen, brach er aus: »Herrgott nochmal! Ich hab' dir schon gesagt, du sollst aufhören, dich vor meiner Mutter oder irgend jemand von denen zu fürchten. Das ist so ungefähr das einzige, was mich an dir verrückt machen könnte. Es macht mich rasend, wenn ich sehe, wie du vor denen dienerst. Und wenn May, dieser Emporkömmling, über dich die Nase rümpft ...«

»M-ay?« stammelte sie. »M-ay? May rümpft die Nase über mich?«

»Siehst du denn das nicht? Dabei ist sie nicht wert, dir die Schuhe zu küssen. May ist eine eingebildete Gans, eine kalte, blutleere, eingebildete Gans. Sie ist ebenso weiblich wie der erstbeste Dragoner, kann ich dir verraten. Aber du bist ganz allein dran schuld, du bist so verdammt demütig ... Demütig, das bist du, wo du doch stolz, ja hochmütig sein könntest, weil du genügend hast, worauf du stolz sein kannst ... Du bist so schön. Mein Gott, bist du schön ... dein Gesicht ... dein Körper ... alles! ... Oh, schon gut, hab keine Angst. Ich fang' nicht wieder von neuem an.«

Ruhig und wortlos standen sie einige Minuten da. Dann fragte er: »Abgemacht?«

Abermals folgte ein Moment des Schweigens, ehe sie sagte: »Was meinst du damit?«

»Daß du mich nicht schneiden, mich nicht beiseite schieben wirst, als ob ich dir völlig einerlei wäre. Ich werde nichts von dir verlangen, das verspreche ich dir. Ehrenwort ... Glaubst du denn, daß ich so daherreden würde, wenn es nicht ausgerechnet Davie wäre, der ein Recht auf dich hat? Aber die Würfel sind nun mal gefallen. Es ist eben David, und damit hat sich's . . . Komm.« Er zog sie heftig von der Stütze fort, die der Schuppen bildete, hielt ihren Arm und sagte sanft: »Hör auf zu zittern. So kannst du nicht nach Hause. Komm, geh frisch drauflos.« Er stützte sie, und sie folgte ihm unsicher, als hätte sie zuviel getrunken.

Sie gingen durch unverbautes Gebiet über das Untere Ende der Straßen, bis sie zur Rückseite der Camelia Street gelangten. Beide hatten beim Gehen geschwiegen. Jetzt aber hielt sie an und murmelte mit gesenktem Kopf: »Besser, du gehst allein weiter. Ich mache einen Sprung nach Hause.«

Wieder wollte er ihre Hand ergreifen, aber sie zog sie fort. »Nicht! Mein Gott, nicht! Nicht hier. Du weißt nicht, wer um diese Zeit auf der Straße ist.«

Er stand einige Sekunden da und sah auf ihren gesenkten Kopf nieder. Dann wandte er sich rasch und wortlos um und ging weiter.

Sie stand mit hängenden Schultern und stemmte sich gegen den Wind. Erst als sie die Hintertür dumpf zuschlagen hörte, setzte sie ihren Weg zu ihrer eigenen Hintertür und in den Hof fort.

In der Küche angelangt, zündete sie kein Licht an, sondern kauerte sich auf die Fußmatte neben dem Herd, legte den Arm auf den Sitz vor Davids Stuhl, verschränkte die Hände, starrte ins verglühende Feuer und weinte: »Ach, David! Ach, David! Ach, David!« Dann schloß sie den Stuhl in die Arme, als wäre er der gute, liebevolle David selbst. Im Geist wiederholte sie: Ach, David! Ach, David! und sagte sich, daß sie nur David und Davids Art zu lieben wollte. Nach jener anderen Liebe, wie John sie ihr bot, hatte sie kein Verlangen. Nein, nein, wirklich und wahrhaftig nicht.

Über ihren Körper und ihre Seele senkte sich tiefe Ruhe. In dieser Stille rief sie sich noch einmal den verzehrenden Moment ins Gedächtnis zurück, als sie sich an John angeklammert und auf seinen begehrlichen Körper reagiert hatte. Bewußt dehnte sie diesen Augenblick jetzt aus. Ganz deutlich spürte sie wieder den atemlosen Kampf. Ihre Körper hatten wie verrückt zueinander gedrängt und waren taumelnd einer Ekstase zugestrebt, die Schmerz gab und nahm und Gelächter gebar. Doch dieses Gelächter war ihnen nicht entschlüpft, sondern in ihnen auf und ab geflutet, als seien sie zu einem einzigen Körper verschmolzen. Bei dieser Vorstellung erzitterte der Stuhl unter ihr, und diese Bewegung brachte ihren keuchenden Körper neuerlich zum Schweigen und holte sie in die Gegenwart zurück.

Jetzt erst wurde ihr bewußt, daß sie nebenan immer noch sangen. Langsam wandte sie das Gesicht zur Kaminwand und flüsterte hörbar: »Ich kann nichts dafür. Es war nicht meine Schuld.« Und es war, als käme als Antwort darauf Mary Hetherington durch die Wand, stünde vor ihr und sagte wie an ihrem Hochzeitstag: »Eine Mischehe ist schon schlimm genug, aber eine Ehe ohne kirchlichen Segen ... Nun, ich hoffe, daß etwas Gutes dabei herauskommt.«

Dann verwandelte sich ihre Schwiegermutter in Pater O'Malley, der sagte: »Ich habe dich gewarnt. Wer eine Mischehe eingeht, muß dafür büßen. Das ist erst der Anfang.«

In diesem Zusammenhang hatte sie sich bisher am meisten vor dem Verlust ihrer unsterblichen Seele gefürchtet, doch diese Gefahr erschien ihr jetzt bedeutungslos. Das mochte geschehen oder auch nicht. Jedenfalls würde sich das erst nach ihrem Tod erweisen. Was aber heute abend über sie hereingebrochen war – diese andere Liebe –, betraf das Jetzt und war fühlbar.

»Nein, nein, ich liebe ihn nicht.« Sie war aufgestanden und schlug sich die Hand auf den Mund und starrte durchs Dunkel auf die Wand. Ein tiefer Seufzer dehnte ihre Brust. Zitternd stieß sie die Luft aus und sagte sich hilflos: Besser, du gehst hinüber.

Sonst würden die nebenan sich wundern. Sie dürfen sich aber nicht wundern und auch keine Fragen stellen. Es war nichts geschehen, und dabei sollte es auch bleiben.

Wie sie gesagt hatte, sie würde lieber sterben als David verletzen. David hatte sie aus dem Dreck gezogen ... Schön, was war schon dabei, wenn er eine Planke gewesen war. Er war die Planke, an die sie sich ihr Leben lang anklammern würde. Das mußte sie einfach. Sie richtete sich auf, schluckte mit trockenem Mund, schob den Riegel zurück und trat in den Hof.

4

Sarah kam leise ins Wohnzimmer. Mary Hetherington saß vor dem Kamin im Lehnstuhl und hatte die Augen geschlossen, aber als Sarah auf Zehenspitzen an ihr vorbeischlich, öffnete sie die Augen und sagte: »Ich schlafe nicht.«

»Oh, ich dachte, du wärst ein bißchen eingenickt. Das täte dir gut, weißt du? Du siehst müde aus.«

»Ich habe Tee gemacht. Möchtest du uns einschenken, Sarah?«

Sarah schenkte zwei Tassen voll und brachte eine davon ihrer Schwiegermutter. Sie selbst setzte sich ans Tischende und trank dort ihren Tee.

Mary Hetherington schlürfte behaglich. Schließlich sagte sie, auf ihre Tasse blickend: »Das war eine Zeit, was? Zuerst die Feiern zu Silvester, und seither laufen wir pausenlos hin und her: drei Wochen lang.« Sie blickte auf und fügte hinzu: »Du bist sehr brav gewesen, Sarah. Ich weiß nicht, was ich ohne dich getan hätte. May ist bei Krankheitsfällen keine große Hilfe, sie kann nicht fester zupacken als eine Maus.«

»Ich bin eben doppelt so stark wie sie. Und sie hat sich beim Einholen und bei verschiedenen Botengängen sehr nützlich gemacht.« Sarah hatte das Gefühl, May verteidigen zu müssen, als ob sie ihr etwas schulde. Dieses Gefühl war ihr unbequem, und sie wußte keine andere Abhilfe dagegen, als etwas Nettes über May zu sagen.

»Ich weiß nicht, was wir getan hätten, wenn John nicht

arbeitslos gewesen wäre. Jedes Ding hat zwei Seiten, nicht? Und wie gut, daß er so oft die Nachtwache übernehmen konnte. David und mein Mann hätten sonst nicht durchgehalten. Sie brauchen ihren Schlaf, wo sie doch arbeiten ... Ach ja.« Sie nahm wieder einen Schluck Tee. »Er ist über das Schlimmste hinaus, aber ich hätte nie gedacht, daß er es schaffen würde.«

»Ich auch nicht.« Sarah schüttelte den Kopf. Nein, sie hatte nicht geglaubt, daß Dan es überstehen würde. Aus seiner Erkältung war eine doppelseitige Lungenentzündung geworden, und dann hatte es wirklich den Anschein gehabt, daß er sterben müßte.

»Oh!« Die Tasse schwankte auf dem Teller, weil Mary Hetherington sich im Stuhl aufsetzte und sich zu Sarah beugte. »Es tut mir schrecklich leid, daß ich es dir nicht bestellt habe. Hoffentlich war es nichts Wichtiges. Dein Vater war nämlich heute vormittag hier und wollte dich sprechen. Du warst eben weg.«

»Mein ... mein Vater?« Sarah verzog ungläubig das Gesicht. »Mein Vater war hier!«

»Ja«, antwortete Mary Hetherington mit freundlicher Stimme. »Und er war sehr nett und höflich. Er hat gefragt, ob du daheim bist, und ich habe ihm gesagt, daß du fortgegangen bist, um Besorgungen für mich zu machen. Er hat es sehr bedauert, daß mein Bruder krank ist, und mich gefragt, ob er etwas für mich tun könne.«

»Mein Vater?«

»Ja, dein Vater. Weißt du, du sollst ihm nichts nachtragen.« Mary Hetheringtons Christentum kam für einen Moment zum Vorschein. »Wenn ich auch die letzte wäre, die dir zureden würde, ihn zu ermutigen, so solltest du nicht mit Bitterkeit an ihn denken. Das lohnt nie. Wie gesagt, er war sehr höflich und hat wirklich nett und sauber ausgesehen.«

»Hat er gesagt, was er wollte?«

»Nein, das nicht.«

»Vielleicht geht es meiner Mutter nicht gut?«

»Das glaube ich nicht. Er hat letzte Woche ein-, zweimal

an der Hintertür nach dir gerufen, sagt er, aber keine Antwort bekommen. Er wollte bloß wissen, ob es dir gutgeht.«

Wieder verzog Sarah das Gesicht, sagte aber nichts. Ihr Vater besuchte sie? Worauf war er aus? Wahrscheinlich aufs Schmarotzen. Seit Mutter kein Geld mehr von Phyllis bekam, ging er stempeln. Aber trotzdem war er kein Narr, dieser Vater, er wußte genau, wie sie zueinander standen. Gebeten hatte er sie nie um Geld, er hatte es bloß genommen – jawohl, alles, was er nur kriegen konnte. Aber war es denkbar, daß er jetzt zu ihr kam und sie anschnorrte? Sie konnte es nicht verstehen. Jedenfalls würde sie bei seinem nächsten Besuch schon hören, worauf er aus war. »Ich nehme die Wäsche mit rüber und weiche sie ein, solange es noch hell ist», sagte sie.

»Nein, nein, Sarah, das ist zuviel für dich. Du machst das jetzt seit Wochen. Ich werde Mrs. Watson bitten, zu uns zu kommen. Das hat sie früher auch getan.«

»Wozu denn? Ich wasche unsere Wäsche ja auch. Außerdem bin ich stark wie ein Ochse.« Sie ließ ihre Armmuskeln spielen und lächelte.

Mary Hetherington erwiderte ihr Lächeln. »Na schön, wie du willst.«

Sarah ging in die Waschküche, bündelte die schmutzige Wäsche zusammen und schleppte sie in die eigene Waschküche.

In gewisser Hinsicht war sie Dan dankbar, daß er krank war, wenn man das so nennen durfte. Dadurch hatte sie sich bei Mary Hetherington nützlich machen können, und ihre Schwiegermutter war ihr gegenüber etwas aufgetaut ... Außerdem war ihr selbst weniger Zeit zum Grübeln geblieben.

Sie begann eimerweise Wasser von der Wasserleitung am unteren Ende des Hofes zu holen und den Bottich zu füllen. Dann legte sie die Weißwäsche hinein, streckte die Arme bis zum Ellbogen ins kalte Wasser und tauchte jedes Stück ein. Morgen früh konnte sie dann mit dem Waschen beginnen.

Es dunkelte schon stark, als sie in die Küche ging, aber sie machte nicht sofort das Licht an. Sie war sparsam. In den letzten drei Wochen hatte sie bei ihrer Schwiegermutter wirtschaften gelernt. Mary Hetherington hatte sich herbeigelassen, ihr Ratschläge zu erteilen. Zum Beispiel: »Du kannst viel Geld dadurch sparen, daß du eine Sache richtig anpackst. Deshalb brauchst du noch lange nicht geizig zu sein, weißt du? Angenommen, du siebst deine verbrannte Kohle jeden Tag durch, dann sparst du einen Kübel Kohle die Woche, vier Kübel im Monat und zweiundfünfzig im Jahr. Zähl das mal zusammen. Mit dem ersparten Geld kannst du etwas Nützliches für den Haushalt kaufen, nicht wahr? Oder was die Bekleidung der Männer anlangt. Also, wenn ich ein neues Hemd kaufe, dann schneide ich immer sofort sechs oder sieben Zentimeter vom hinteren Saum ab. Dieses Stück ergibt später einen neuen Kragen und Manschettenbesatz.«
Ja, Sarah lernte eine Menge, und sie hatte bereits begonnen, zu sparen. – Mit einem ganz bestimmten Ziel vor Augen . . . Sie wollte David ein gebrauchtes Klavier kaufen. Sie hatte niemandem etwas davon erzählt, auch nicht David, und auf keinen Fall seiner Mutter. Sie nahm an, ein solcher Kauf würde nicht gerade freudig begrüßt werden, weil David dann bestimmt nicht mehr so regelmäßig wie bisher zu seiner Mutter käme. Nicht daß sie etwas gegen diese Besuche einzuwenden hatte, aber sie wußte, daß er sich seit langem ein eigenes Klavier wünschte.
Beim Essen etwas einzusparen, fiel Sarah aber schwer, da sie und David jeden Samstagnachmittag gemeinsam zum Shields-Markt gingen. Kurz nach ihrer Hochzeit hatten sie diese Einkäufe als vergnüglichen Streifzug angesehen und waren jedesmal bepackt heimgekommen. Das heißt, bis zu jenem Tag, als einer der Männer, die auf dem Gehsteig standen, angesichts ihrer schweren Körbe traurig, aber neidlos bemerkt hatte: »Tss! Das ist ein Anblick für verdrossene Augen! Es gibt nichts Schöneres auf der Welt als einen vollen Freßkorb.«

An jenem Samstag hatte David vorgeschlagen: »Wir müssen nicht alles auf einmal kaufen. Wir werden eben nur das kaufen, was wir zum Wochenende brauchen, und das übrige kannst du dann Mitte der Woche besorgen.« Und das tat sie auch, aber sie fand den Einkauf kleinerer Mengen teurer.
Nachdem sie den Tisch gedeckt hatte, setzte sie sich in der inzwischen finster gewordenen Küche kurz an den Herd. Sie hatte in den letzten drei Wochen kaum Zeit zum Atemholen gehabt. Manchmal glaubte sie, daß alles, was sich in der sturmgepeitschten ersten Stunde des neuen Jahres ereignet hatte, ein Produkt ihrer Phantasie sei, zeitweise war sie sogar fest davon überzeugt, weil John sie weder durch Blicke noch Gebärden daran erinnerte, daß er an diesem Wahnsinn beteiligt, ja, der Anstifter dieses Wahnsinns gewesen war. Wenn sich sein Benehmen ihr gegenüber überhaupt verändert hatte, dann machte sich diese Wandlung in einer ungewohnten Sanftmut bemerkbar, die jener Sanftmut glich, mit der er Dan behandelte. Allerdings steckte in Dans Fall Kraft und Autorität hinter Johns Milde, selbst wenn es darum ging, den Tod abzuwehren. John hatte buchstäblich mit dem Tod gerungen, um Dans Leben zu retten, ja, er schien manchmal beinahe für ihn zu atmen, wenn jeder Atemzug für Dan Qual bedeutete. Nur ein einziges Mal hatte sie den alten John durch seine Sanftmut durchschimmern sehen, und zwar als May eines Abends unten im Wohnzimmer sagte: »Weshalb bewirbst du dich nicht um einen Posten als Krankenpfleger? In Harton suchen sie welche. Dort wärst du in deinem Element. In der Abteilung für Geistesgestörte werden ständig Pfleger gebraucht ...«
An der Haustür klopfte es. Ihr erster Gedanke war: O Gott, da will schon wieder einer was verkaufen. Auf dem Weg zur Tür jedoch fielen ihr Mary Hetheringtons Worte ein: »Dein Vater war hier.« Sie blieb stehen. Was sollte sie tun, wenn er es tatsächlich war?
Langsam ging sie zur Haustür, und als sie öffnete, war ihr

Gesicht entschlossen und beinahe grimmig. Daran änderte sich auch nichts, als sie auf dem Gehsteig unten Pater O'Malley stehen sah.
»Guten Tag, Sarah.«
»Guten Tag, Pater.« Sie starrten einander an.
»Nun, willst du mich nicht zum Eintreten auffordern?« fragte er herrisch.
Wortlos trat Sarah beiseite, und der Priester ging an ihr vorbei in den Korridor. Dort wartete er, bis sie die Haustür schloß. Sie brauchte ziemlich lange dazu, sagte aber schließlich doch: »Wollen Sie bitte hier reinkommen, Pater. Ich zünde die Lampe an.«
Das Gas zischte und flackerte, bis endlich der Glühstrumpf in der rosafarbenen Porzellankugel aufflammte. Das weiche Licht verlieh beiden Menschen ein sanftes Aussehen. Der Priester sah sich im Zimmer um. Sein Blick wanderte von den Eichenstühlen mit den niedrigen Lehnen zu den Tischbeinen, die durch eine Leiste verbunden waren. Dann streckte er langsam die Hand aus, zog einen Stuhl unter dem Tisch hervor und nahm unaufgefordert Platz.
»Du hast es sehr nett hier.«
»Danke, Pater.« Sarah war stehengeblieben.
»Setz dich, setz dich. Dann können wir uns bequemer unterhalten«, forderte er sie auf, als sei sie der Gast und nicht er. Seine Züge verzerrten sich zu einer Grimasse, die er für ein Lächeln zu halten schien. Sarah wurde davon um nichts zutraulicher.
Der Priester fing an, rhythmisch auf die Tischkante zu trommeln. Er starrte seine Finger versonnen an. »Wirst du mir jetzt sagen, daß du sehr glücklich bist?«
Sie erschrak, und ihr Kinn zitterte, als sie antwortete: »Das kann ich wohl sagen, Pater. Es ist nämlich wahr.«
»Du stehst erst am Anfang. Dein Leben hat noch kaum begonnen. Es wäre schrecklich, wenn du dich schon jetzt unglücklich fühlen solltest.« Er machte eine Pause. »Es ist ein langer Weg, bis das Gewissen erwacht.«
»Ich habe nichts auf dem Gewissen, Pater«, versetzte sie

mit bebender Stimme und konnte ihre Angst nicht länger verbergen.
»Nun, das ist Auffassungssache, und die Zeit wird lehren, wer von uns beiden recht hat. Gott wirkt auf merkwürdige Weise, manchmal durch eine Kette von Heimsuchungen.« Der Priester drehte sich zum Kamin, als würden dort tatsächlich die Ereignisse an seinen Augen vorüberziehen. »Manchmal wieder hält er seinen Zugriff zurück bis zur elften Stunde. Seine Wege sind unergründlich, und es ist nicht unsere Sache, sie in Frage zu stellen . . . Aber es ist unsere Pflicht . . .« Seine Stimme war hart geworden, sein Blick heftete sich wieder auf sie, und er wiederholte: »Wir dürfen seinen Zorn nicht heraufbeschwören und seiner Langmut nicht spotten.«
Sarah versuchte zu schlucken. Ihre Kehle war wie zugeschnürt. Sie empfand wie damals als Kind, daß Gott ein Mann sei, der in Newcastle lebte, ein großes Tier unter großen Tieren, jemand, der einen mit Hilfe des Priesters zur Hölle verurteilen konnte. Für sie war die Hölle gleichbedeutend mit dem verdammten Hochofen, der den Himmel über ganz Jarrow erhellte, wenn die Rückstände auf der Schlackenhalde ausgegossen wurden. Das war die Hölle. Die Hölle war Feuer, und die Hölle war Jarrow, das von Newcastle regiert wurde . . ., das waren die engen Grenzen ihrer Welt. Sie war bereits zwölf, als sie langsam begriff, daß die Hölle weder unmittelbar mit Newcastle noch mit dem verdammten Hochofen in Verbindung stand. Immerhin aber glaubte sie damals noch von Zeit zu Zeit an die Hölle und daran, daß sie von Gott regiert wurde. Und sie glaubte immer noch, daß die Menschen für ihre Sünden bezahlen müßten. Gleichzeitig aber wehrte sich etwas in ihr gegen diesen Glauben. Das war nicht erst so, seit sie David begegnet war. Ihre Auflehnung hatte schon viel früher eingesetzt . . . allerdings nicht gegen ihre Religion. Nein, nur gegen das Bild eines rachsüchtigen Gottes, das Pater O'Malley entwarf, und gegen seine eigene fanatische Unnachgiebigkeit, die sie insgeheim nicht richtig fand.

»Weshalb warst du in letzter Zeit nicht bei der Messe?«
»Ich war dort, Pater.«
Der Priester kniff die Augen zusammen. »Ich habe dich ebensowenig gesehen wie Pater Bailey.«
»Ich war bei der Frühmesse in Jarrow.«
»Weshalb in Jarrow? Dein Leben lang hast du meine Kirche besucht. Warum also jetzt Jarrow?«
Sie befeuchtete ihre Lippen und senkte den Blick, nicht aber den Kopf, weil die Gedanken, die ihr durch den Kopf schossen, sie dazu trieben, das Kinn zu recken. Seinetwegen ging sie nicht mehr hin. Und weil alle sie anstarrten. Die Mädchen, mit denen sie zur Schule gegangen war, deren Mütter und Väter; sie alle wußten, daß sie einen Protestanten geheiratet hatte; und damit nicht genug, hatte sie auch noch auf dem Standesamt geheiratet. In den Augen dieser Menschen war sie demnach nicht verheiratet. Das war der Grund, warum sie ihre alte Kirche mied.
»Oder schämst du dich bereits dessen, was du getan hast?«
»Nein, ich schäme mich kein bißchen.« Sie hatte sich erhoben. »Es gibt nichts, wofür ich mich schämen müßte, Pater. Ich habe einen braven Mann geheiratet, einen sehr guten, anständigen Mann.«
Der Priester erhob sich nun ebenfalls. Langsam knöpfte er den obersten Knopf seines schwarzen Mantels zu, zog aus der Manteltasche seine schwarzen Handschuhe hervor, zog sie an und sagte: »Du weißt so gut wie ich, Sarah, daß du vor Gott und seiner heiligen Kirche nicht verheiratet bist. Du lebst in Sünde ... Mit diesem Gedanken will ich dich verlassen. Ich bin stets im Pfarrhaus. Du kannst jederzeit zu mir kommen, um die Vorbereitungen für das Sakrament zu besprechen.« Er wandte sich zum Gehen. »Und bestelle deinem Mann, daß ich dich aufgesucht habe.«
Sie hörte ihn an der Haustür fummeln, aber sie hatte nicht die Kraft, ihm zu helfen.
Die Haustür wurde geöffnet und dann geschlossen. Müde

ließ sie sich auf Davids Stuhl fallen. »Da will ich lieber in der Hölle braten.« Sie erkannte ihre eigene Stimme nicht wieder; es war nicht mehr die Stimme eines jungen Mädchens, sondern wiederum die Stimme jener Frau, die am Neujahrsmorgen zu John gesprochen hatte. Es war grausam, grausam. Sie war verheiratet, sie war es! Er war ein widerlicher Mensch, ein Schwein. Sie erschrak über ihre Vermessenheit, einen Priester als widerlichen Menschen oder gar Schwein zu bezeichnen. Ach was, es war ihr gleich, völlig gleich war es ihr, und wenn sie auf der Stelle tot umfiele ... er war ein Schwein. Nannte sich Priester und Christ und hatte ihr Unglück vorausgesagt, es ihr gewünscht; jawohl, gewünscht hatte er es ihr, nur um zu beweisen, daß er recht hatte ... bis das Gewissen erwacht ... Gott wirkt auf merkwürdige Weise ...
Sie lehnte sich zurück und fühlte sich mit einemmal ganz schwach. Ihr Kampfgeist erlahmte. Ihr war sonderbar zumute, und sie fragte sich, wovor sie sich denn ängstigte. Ja, vermutlich hatte sie Angst. Er verstand es, jedermann Gottesfurcht aufzuzwingen. Trotzdem war es ein merkwürdig flaues Gefühl, das sie beherrschte. Ihr ekelte, und ihr Magen rebellierte.
Sie wünschte, David wäre daheim, damit sie ihn ansehen und spüren konnte, wie er ihre Hände hielt. Dann wußte sie immer, daß sie in Sicherheit war. Sie legte sich hin und schloß die Augen. Allmählich schwand das flaue Gefühl. Es war komisch, sich so schwach zu fühlen. Sie hatte zu Davids Mutter gesagt, daß sie stark wie ein Ochse sei. In diesem Augenblick jedenfalls fühlte sie sich schwach wie ein Neugeborenes. Bei diesem Gedanken setzte sie sich kerzengerade im Stuhl auf. Ein riesiges Fragezeichen erfüllte den Raum. Sie sah sich um, als suche sie nach Antwort. Dann blieben ihre Augen langsam auf ihrem Magen haften. Sie legte beide Hände darauf und strich langsam darüber. »Oh ... oh ...«, flüsterte sie hörbar. »Besser, ich warte ab, bis ich sicher bin ... Ja. Ja. Das wird besser sein. Vielleicht ist es nur die Angst ...«

Als David heimkam, nahm er sie in die Arme, bevor er noch die Schuhe ausgezogen oder sich hingesetzt und eine Tasse Tee getrunken hatte. Er sah sie an und küßte sie. Dann schob er sie auf Armeslänge von sich. »Hallo, Mrs. Hetherington«, sagte er.
Es war nur ein Spiel, aber zugleich war es auch etwas, wodurch sich ihre Ehe von anderen Ehen unterschied. Wie jedermann wußte, gingen Ehen nach der Hochzeit in alltäglichen Gewohnheiten unter. Das Leben wurde zur Routine, ja zu einem Kräftemessen, einem Kampf gegensätzlicher Charaktere, bisher unbekannter persönlicher Gewohnheiten, die den anderen rasend machen und ihm maßlos auf die Nerven fallen konnten. Was das betraf, wußte Sarah Bescheid über die Ehe. Sie hatte es ringsum beobachtet. Sie hatte gehört, wie die Frauen in der Küche darüber sprachen. Sie hatte erlebt, wie sich die Ehe zwischen ihrer Mutter und ihrem Vater abspielte. Der erste Glückstaumel hatte noch kaum begonnen, und schon war er an der rauhen Wirklichkeit zerbrochen. Ausdrücke wie ›Hat jemand von euch meine alte Ziege gesehen?‹ galten als komisch und wurden sogar als Zeichen dafür angesehen, daß ein Mann seine Frau liebte. So war das nun mal mit der Ehe. Sarah hatte sich mit dieser traurigen Erkenntnis abgefunden. Vom Rausch zur Ernüchterung war es nur ein kurzer Schritt. In diesem Punkt hatte John recht.
Ihre Ehe aber war anders. Sie war bereits seit Wochen verheiratet, und David wurde mit jedem Tag zärtlicher und verständnisvoller ... Auch damit hatte John recht ... Zum Teufel mit John! Zum Teufel mit dem Priester!
»Ich habe gesagt: Hallo Mrs. Hetherington.«
»Hallo, Mr. Hetherington.« Sie rieb ihre Nase an seiner.
»Was ist los? Du siehst ein bißchen schlecht aus. Alles in Ordnung?«
»Ja, ja, mir geht's gut. Natürlich ist alles in Ordnung.«
»Hast du wieder Wäsche gewaschen und dich übernommen? Du weißt doch, daß du das nicht zu tun brauchst.

Mutter kann Mrs. Watson kommen lassen. Das will sie auch . . .«

Sie legte ihm den Finger auf den Mund. »Reg dich nicht auf. Ich habe nicht gewaschen. Ich war fast den ganzen Nachmittag bei Dan.«

»Das ist auch nicht besser für dich. Du bist viel zu oft im Krankenzimmer. Du bist schon ganz blaß . . . Wie geht's ihm?«

»Oh, viel besser. Er erholt sich schon wieder.«

Er setzte sich, wechselte die Schuhe und sagte: »Ich möchte mit dir sprechen, Sarah. Über Dan. Du weißt doch, was ich dir von seiner Freundin erzählt habe . . . von dieser Frau aus Westoe!« Sie nickte. »Nun, er hat sie länger als einen Monat nicht mehr gesehen. Zu Neujahr hat er ihr, so schlecht er sich gefühlt hat, ein paar Zeilen geschrieben, aber sie hat ihm nicht geantwortet. Nachdem er die Krise überstanden hatte, schrieb er ihr ein zweitesmal, und als auch diesmal keine Antwort kam, wurde ihm klar, daß seine Briefe nicht abgeschickt worden sind. Meine Mutter hat sie einfach nicht in den Postkasten geworfen. Natürlich war er unruhig. Er wußte nicht, was sie denken würde. Soweit ich mir meinen Reim darauf mache – er hat es mir im Fieber erzählt –, ist es in letzter Zeit nicht besonders bei ihnen gelaufen. Stell dir vor, er hat ihr sogar einen Heiratsantrag gemacht, aber sie hat abgelehnt. Um ihn zu beruhigen, habe ich ihr kurz geschrieben, was geschehen ist. Ich habe mit John darüber gesprochen, und er meint, man müßte ihr gestatten, ihn zu besuchen, wenn sie es möchte. Das würde Dan vermutlich viel rascher wieder auf die Beine helfen als die beste Medizin, denn er ist zur Zeit sehr niedergeschlagen, und das sieht ihm gar nicht ähnlich. So wie der gebaut ist, würde er sonst noch auf dem Sterbebett Witze reißen.«

Sarah blieb der Mund offen. »Sie und herkommen? Deine Mutter würde verrückt werden.«

»Ja, wenn sie es wüßte, aber das ist nicht nötig. Dan wird höchstwahrscheinlich noch wochenlang ans Zimmer gefesselt sein. Wir haben uns also gedacht, daß seine Freundin an einem Mittwochnachmittag kommen könnte. Man müßte Mutter nur dazu überreden, Mittwoch nachmittag wie üblich zum Pfarrkränzchen zu gehen. Sobald Mutter aus dem Haus ist, könnte Dans Freundin für eine halbe Stunde nach nebenan gehen, und keiner würde etwas davon erfahren.«

»Aber David, was ist, wenn deine Mutter nicht ausgeht?«

»Das wäre natürlich schlimm.« Er streckte den Arm aus und packte ihre Hand. »Aber mach dir deshalb keine Sorgen. Schließlich planen wir weder einen Bankraub noch sonst ein Verbrechen.«

»Ein Bankraub wäre weniger riskant. Und wenn sie es erfährt?«

»Das wird sie nicht. Wenn sie nicht zum Kränzchen geht, fällt der Besuch eben ins Wasser. Das ist alles. Aber du mußt doch einsehen«, er zog sie an sich, »Dan würde sich darüber freuen, und ich möchte ihm gern eine Freude machen. Er ist ein Prachtmensch. Ich habe es immer gewußt, aber wie sehr er mir fehlen würde, habe ich erst begriffen, als sein Leben in Gefahr gewesen ist. Komm, komm.« Er schüttelte ihre Hände. »Sei kein solcher Angsthase. Selbst wenn meine Mutter dahinterkäme, würde sie schlimmstenfalls mich oder John umbringen wollen.«

Sarah sah ihn schweigend an und machte eine leise Kopfbewegung. Wie im Selbstgespräch sagte sie: »Nein, nein, euch beide würde sie bestimmt nicht umbringen, aber mich.« Und diese Erkenntnis erfüllte sie mit Furcht.

5

Sarah mochte die Frau gleich, als sie ihr die Tür öffnete. Dennoch fragte sie sich, was Dan an ihr fand. Sie war nett gekleidet, sprach ordentlich, wirkte aber etwas befangen. Man sah gleich, daß sie eine bessere Frau war, aber sie machte einen eher verhärmten Eindruck auf Sarah. Vielleicht war daran ihre unglückliche Ehe schuld, doch die war schließlich vorbei, und sie hatte jetzt Dan, der ernste Absichten hatte. Außerdem lag die Furchtsamkeit wie ein Schatten auf ihr. Sie war wie – . . . Sarah suchte nach dem treffenden Wort, um diese Frau zu beschreiben. Dann schoß ihr der Gedanke durch den Kopf: Sie war wie eine zu groß geratene, gebildete Maus. Sarah war sehr mit sich zufrieden, weil sie sich damit den Beweis geliefert hatte, daß sie tatsächlich von David gelernt hatte, sich richtig auszudrücken.

Die Frau hieß Mount, Mrs. Eva Mount. Sarah sprach sie mit Mrs. Mount an. Sie bot ihr Tee und Kuchen an und versuchte, mit ihr zu plaudern, aber die Unterhaltung wollte nicht in Fluß kommen.

»Komme ich auch bestimmt nicht ungelegen?« fragte die Frau mindestens zum drittenmal seit ihrer Ankunft.

Sarah beruhigte sie wieder. »Mein Mann hat Ihnen erklärt, wie das mit seiner Mutter ist, nicht wahr?« erkundigte sie sich höflich.

»Ja.« Mrs. Mount hatte eine leise, hohe Stimme. Sie beschränkte sich zumeist auf einsilbige Antworten. Nur ein einziges Mal ließ sie von ›Ja‹ und ›Nein‹ ab, um zu fragen: »Hat Dan Ihnen von mir erzählt?«

»Ja. Dan ist ein lieber Mensch«, ergänzte Sarah.

Wieder schwiegen sie, bis Sarah mit einem Blick auf die Uhr sagte: »Es ist halb drei. Jetzt ist sie sicher schon fort. Ich sehe mal nach.«

Mary Hetherington war ausgegangen. John saß am Krankenbett. Bei Sarahs Eintritt blickte er rasch auf und fragte: »Alles vorbereitet?«

Sie nickte. Ihr Nicken galt dem um vieles älter und magerer gewordenen Dan, der ihr zulächelte und sagte: »Ihr seid die reinsten Verschwörer. Tss! Wenn das platzt, geht die Welt unter.«

»Ich hole sie jetzt.«

Sie drehte sich um, und John meinte: »Ich mach mich aus dem Staub und geh auf eine Stunde heim. Ich komme

wieder.« Er stieß wie ein Schattenboxer in Dans Richtung in die Luft.
»Danke für alles«, sagte Dan. »Sollte es jemals zum Krieg kommen, wirst du mindestens General.«
»Soll nur kommen, der Krieg.« John folgte Sarah die Treppe hinunter und fügte hinzu: »Der käme uns jetzt genau richtig.«
Sarah wollte schon erwidern: »Sei nicht kindisch.« Aber wie stets vermied sie jede Antwort auf Johns provozierende Bemerkungen. Sie wollte ihn auf keinen Fall ermuntern, sagte sie sich. Wie bei einem gefährlichen Hund war es besser, ihn schlafen zu lassen.
Sie waren nun allein im Wohnzimmer. Sie wollte an ihm vorbeigehen und sah ihn dabei an, weil sein Wille sie dazu zwang. Er stand eine Armlänge von ihr entfernt. Für Sekunden kreuzten sich ihre Blicke, bis er ruhig fragte: »Nicht mehr wütend auf mich, Sarah?«
»Nein«, erwiderte sie genauso gelassen und freundlich.
»Gut.« Er wandte sich abrupt ab und ging zur Tür. Dabei sagte er: »Besser, du schärfst ihr ein, daß sie nicht länger als eine halbe Stunde bleibt. Auf alle Fälle.« Und als er die Tür hinter ihr schloß, sagte er mit einem leisen Lachen, das sowohl traurig als auch bitter war: »Was man alles aus Liebe tut, wie?«
Dann gingen sie durch den Hof und trennten sich an der Rückseite des Hauses, ohne sich nochmals anzusehen.
Sie zitterte heftig.
Beinahe auf Zehenspitzen führte Sarah die Frau aus ihrem Haus in das Haus Mary Hetheringtons. In Gedanken sagte sie niemals ›Mam‹ zu ihrer Schwiegermutter, wenn sie sie jetzt auch so ansprach. Sie dachte entweder ›sie‹ oder ›Davids Mutter‹.
Sie stieß die Küchentür auf. Das Haus selbst schien angesichts ihres Vergehens bestürzt zu sein. Sarah sagte hastig: »Geben Sie mir Ihren Mantel und Ihren Hut, sonst frieren Sie nachher. Es ist so kalt.«
»Ich möchte beides lieber anbehalten, wenn Sie nichts dagegen haben.«

Sarah führte sie durch die Küche und über die Treppe nach oben. Sie klopfte leise an Dans Tür, ließ die Frau eintreten und eilte sofort wieder hinunter.
Als sie im Wohnzimmer stand und auf die Uhr sah, begann ihr Herz ängstlich zu klopfen. Bloß angenommen, es könnte schiefgehen, bloß angenommen, sie würde in dieser Minute durch die Tür treten. Bloß angenommen! ... Sie schüttelte energisch den Kopf. Weshalb hatte sie nur solche Angst vor ihrer Schwiegermutter? John hatte recht: Sie sollte sich vor niemandem fürchten. Sie war schließlich groß und kräftig genug, um es mit allen Mary Hetheringtons der Welt aufzunehmen, und trotzdem ...
Sie sah auf die Uhr. Erst fünf Minuten vergangen. Sie wünschte sich, oh, sie wünschte, jemand würde kommen. Oder nein, sie mußte vorsichtig sein und ihre Wünsche unmißverständlich abfassen; wer weiß, sonst kam am Ende seine Mutter selbst zur Tür herein. Sie wünschte, John würde zurückkommen. Sie fürchtete sich nicht halb so sehr, wenn er da war, zumindest nicht vor den anderen, sondern nur vor ihm. Aber das war eine andere Angst.
Sie füllte den Kessel und bereitete das Teetablett für Dan vor. Sie nahm die Chenilledecke vom Eßtisch und legte die Decke mit dem Spitzenrand auf, die zweitbeste. Dann deckte sie den Tisch für zwei.
Wieder sah sie auf die Uhr. Die Frau war schon zwanzig Minuten oben. Ach, wenn sie doch bloß eine Viertelstunde statt eine halbe gesagt hätte!
Neben der Tür standen zwei Paar schmutzige Schuhe. Sie putzte sie. Die Frau war jetzt siebenundzwanzig Minuten oben. Sie starrte zur Decke, und als ob ihre Furcht durch den Fußboden gedrungen wäre, hörte sie oben Schritte. Die Tür wurde geöffnet und geschlossen. Hastig lief sie zur Wohnzimmertür. Sie war keine zwei Schritte davon entfernt, als der Schlüssel in der Haustür umgedreht wurde. Sie schrie unterdrückt auf. »O Gott im Himmel!« stöhnte sie.

Die Frau stand auf der vorletzten Stufe, als Mary Hetherington sie erblickte. Sie hielt die Klinke in der Hand, ohne die Tür zu schließen. Langsam kam sie einen Schritt näher. Ihr Blick wanderte kurz von der Fremden zu Sarahs rotem, verstörtem Gesicht und wieder zurück.
»Wer sind Sie? Was tun Sie hier?«
Die Frau öffnete den Mund, um etwas zu sagen, sah Sarah ängstlich an und schloß ihn wieder. Mary Hetherington blickte inzwischen über ihren Kopf hinweg zum oberen Treppenabsatz und zum Schlafzimmer. Dann knurrte sie leise, und ihre Stimme klang tief wie die eines Mannes: »Wie können Sie es wagen! Scheren Sie sich 'raus!«
»Ich habe nichts Schlechtes getan. Ich . . .«
»'raus mit Ihnen!« Mary Hetherington war mit einem Satz an der Haustür, riß sie sperrangelweit auf und deutete mit dramatischer Geste auf die Straße.
Die kleine Frau, die jetzt vollends wie eine winzige, bebende, jämmerliche Maus aussah, warf Sarah einen mitleiderregenden Blick zu und rettete sich ins Freie. Sarah beobachtete ihre schimpfliche Flucht. Schlagartig begriff sie, warum Dan sich mit ihr eingelassen hatte; weil zwischen Nord- und Südpol kein krasserer Unterschied bestehen konnte als zwischen ihr und seiner Schwester. Obwohl er unter Mary Hetheringtons Regiment aufgewachsen war, hatte er sich behauptet und sich zu einem Mann mit eigenständiger Meinung entwickelt, aber Marys Einfluß hatte seine Vorliebe für einen bestimmten Frauentyp geprägt.
Dann kam Mary Hetherington auf Sarah zu. Sarah nahm sich ganz fest vor: Wehr dich! Laß dich nicht einschüchtern! Trotzdem aber trat sie den Rückzug ins Wohnzimmer an. Am Ende des Tisches blieb sie stehen und wagte nicht, den Blick zu heben. Sie hatte ihre Schwiegermutter erst ein einziges Mal in Wut gesehen, und zwar an dem Tag, an dem sie und David vom Standesamt gekommen waren. Sie hatte Phyllis schaudernd davon erzählt. Bei der Szene, die sich damals abgespielt hatte, war Mrs. Hetherington sehr laut geworden, obwohl sie nicht

geschrien hatte. Jetzt hingegen erhob sie die Stimme nicht, sondern sprach beinahe flüsternd. Das erschreckte Sarah viel mehr als der wüsteste Wutausbruch.

»Du . . . du hast davon gewußt, nicht wahr?«

»Nein, hab ich nicht.«

»Du hast es eingefädelt.«

»Nein! Das ist nicht wahr.«

»Du verlogenes Luder, du! Du breitarschiger, fauler Trampel!«

Sarah riß die Augen auf. So schimpften die Frauen vom Unteren Ende. Außerdem galt der Angriff ihr. Er hatte nicht das geringste mit Dan oder der Frau zu tun, sondern zielte ganz allein auf sie. Sie spürte es. Sie wußte es.

»Dan hätte es niemals gewagt, er weiß genau, wie weit er gehen darf. Aber du . . . weißt du, was du getan hast?« Sie hatte die Hände flach auf den Tisch gestemmt, und die Tischkante preßte ihr die Kleider an die Oberschenkel. Ihr Magen, der überraschend groß für diese hagere Person war, quoll ein gutes Stück über den Tischrand, und sie reckte Kopf und Schultern angriffslustig vor. »Mein Haus hast du besudelt, jawohl!«

»Du weißt nicht, was du sagst. Ich habe nichts getan. Ich bin es ja nicht gewesen, die –«

»Halt den Mund! Du kannst reden, bis du schwarz wirst. Ich glaube dir kein Wort. Heimtückisch bist du . . . und gerissen . . . wackelst mit dem fetten Hintern . . .« Sie nahm die weiße knöcherne Hand vom Tisch und zeigte mit ausgestrecktem Arm auf Sarahs Brüste. »Du mußt nicht erst ein Schild an die Haustür stecken, auf dem steht: ›Jeder Mann willkommen‹, du brauchst dich nur selber zur Schau zu stellen . . . du – du Betthase, du mannstolles Weib, das es auf meine Männer abgesehen hat. Und du hast sie dir genommen, was? . . . Meine Männer! Das hast du getan. Und zwar mit Absicht, nicht wahr?«

»Ich . . . ich . . . Wovon sprichst du? Du mußt verrückt sein!« Sarah schüttelte langsam den Kopf. Ihr Mund stand offen, und die Zunge lag schlaff auf ihren Zähnen.

»Na los, spiel das Unschuldslamm! Zuerst David und dann Dan. Ja, er hat gelegentlich diese Frau, aber er kann gar nicht mehr von deiner Küche wegbleiben. Und mein eigener Mann ... Was hast du mit ihm getrieben? Ihn ermutigt ... ›Du darfst ruhig hier drinnen rauchen, Dad‹ ...« Sie äffte Sarahs Stimme nach. »Du glaubst, ich durchschaue dein kleines Spiel nicht. Aber ich bin nicht von gestern. Und John, der ständig zu dir läuft und dir Möbel baut, wo er weder für mich noch für May auch nur einen Nagel einschlägt!« Sie holte tief Atem. Schweißperlen liefen über ihre Oberlippe. Sie richtete sich auf, holte tief Luft und fuhr dann fort, die Augen in unverhülltem Haß auf Sarah gerichtet: »Du gehörst nach Costerfine Town, genau wie deine Schwester. Zwischen euch beiden ist kein großer Unterschied. Was für ein Wahnsinn von mir, daß ich dich für das kleinere Übel gehalten habe! Ellen hat mir prophezeit, daß ich bitter dafür bezahlen werde, und wie recht hat sie damit gehabt! Aber ich hab dich gleich durchschaut. Und es wäre nie dazu gekommen, wenn du dich nicht heimlich aufs Standesamt geschlichen hättest. Es gibt schlimmere Dinge als eine leichte Geisteskrankheit. Nun, Gott hat mich gestraft. Soviel steht fest, daß Er mich gestraft hat. Ich habe an Ellen eine gute Freundin verloren, ich habe ein Mädchen verloren, das mir eine Tochter gewesen wäre, und was habe ich bekommen? ... Dich ... du hast meine Familie entzweit.«
»Das ist nicht wahr.« Sarah hatte sich hoch aufgerichtet und atmete schwer. »Kein Wort davon ist wahr. Ich habe keinen von ihnen zum Kommen aufgefordert. Wenn sie es trotzdem tun, dann nur, weil sie ein bißchen Frieden haben wollen, hörst du? Hörst du? Ein bißchen Frieden!« Obwohl sie immer noch zitterte und sich unverändert vor dieser Frau fürchtete, gab ihr das empörte Gerechtigkeitsgefühl die Kraft zum Gegenschlag. Dieses Gefühl begann in ihr zu brodeln, wenn sie es mit ihrem Vater zu tun hatte oder mit dem Priester, und es verlieh ihr jetzt den Mut, ihrer Schwiegermutter die Wahrheit ins Ge-

sicht zu brüllen, eine Wahrheit, die ihre fadenscheinige Verbindung unwiderruflich zerreißen mußte. Ihre Worte überstürzten sich förmlich: »Und wenn sie wirklich zu mir kommen, wer ist denn schuld daran? Was haben sie denn schon bei dir?« Sie holte weit mit dem Arm aus. »Gibt es hier etwa Behaglichkeit oder Glück? Das hier ist kein Heim, es ist dein Schaufenster, und du bist der große Boß. Dan ist der einzige, der fremdgeht, aber für mich ist es direkt ein Wunder, daß sie nicht durch die Bank alle Stammkunden bei Maggie Conaman sind ... Bitte, du hast es so wollen, jetzt hast du's ... Es war nie deine Absicht, daß ich David bekommen sollte, was? Keine Rede davon! Du hast ganz richtig gesagt, es wäre nie geschehen, wenn wir uns nicht heimlich aufs Standesamt geschlichen hätten. Siehst du, wir haben dich 'reingelegt, was? David gehört mir, und ich werde ihn behalten, und du kannst nichts dagegen tun. Jetzt hast du endlich was, wo du dir die Zähne dran ausbeißen kannst, also beiß hübsch zu. Du kannst gegen mich nicht an, hörst du mich? Du kannst gegen mich nicht an!«
Sie wandte sich von der Fassungslosen ab und verließ energischen Schritts und ohne jede Hast das Haus. Obwohl ihre eigene Verwegenheit ihr Angst einjagte und ihre ungewohnte Kühnheit sie verblüffte, war sie von der Erkenntnis durchdrungen, tatsächlich und unwiderruflich eine erwachsene Frau zu sein. Das Mädchen in ihr war restlos überwunden.
Maggie Conaman war eine berüchtigte Hafendirne, und Sarah hätte energisch bestritten, von ihrer Existenz auch nur zu wissen. Jetzt aber hatte sie diesen Namen benützt, um ihn ihrer frömmelnden, scheinheiligen Schwiegermutter höhnisch ins Gesicht zu schleudern.
Kurz darauf stand sie in ihrer eigenen Küche und stützte sich mit beiden Händen schwer auf den Herd. Sie starrte ins Feuer und glaubte, darin ihre Wertbegriffe dahinschmelzen und neue Formen annehmen zu sehen. Was war denn diese Familie eigentlich? Worauf bildete sie sich etwas ein? Sie waren um kein Haar besser als die

Leute vom Unteren Ende. Wenn sie ›Familie‹ dachte, schloß sie die Männer nicht mit ein. Es gab nur eine Gestalt, die die Familie repräsentierte: ihre Schwiegermutter. Sie hatte gegeifert und getobt wie ein Weib aus der Baxter Street oder Poltar's Row. Dabei hatte sie ihr erst gestern gesagt, man dürfe nicht nachtragend oder bitter sein. Das war wirklich ein Witz! Was glaubte sie denn, wer sie war? *Wer?* Sie packte den Schürhaken, stieß ihn ins Feuer und rüttelte den Rost kräftig durch, daß die Asche Funken sprühte. Ein breitarschiger, fauler Trampel. Der Schürhaken glitt klirrend auf den Herd. Sarah warf sich schluchzend auf Davids Stuhl. Langsam liefen ihr große, bittere Tränen über die Wangen. Immer gab es jemand, der alles verdarb, Immer, immer.

»Mach dir nichts draus«, sagten John und David gleichzeitig.
Sie standen vor ihr, und sie blickte zu ihnen auf und antwortete: »Ihr vergeudet bloß eure Zeit. Für sie bin nur ich an allem schuld. Also laßt sie dabei. Ihr macht die Sache auch nicht besser, wenn ihr ihr die Wahrheit sagt. Im Gegenteil.«
»Das wollen wir doch sehen!« David nickte heftig. »Komm.« Er winkte John zu. »Das werden wir gleich klarstellen. Verlieren wir keine Zeit.«
»Trink zuerst deinen Tee«, bat sie.
»Zum Teufel mit dem Tee!«
Das war das erstemal, daß sie David fluchen hörte. Er war ihretwegen ganz außer sich. Die Schritte der beiden hallten durch den Hof. Sarah legte die Hände in den Schoß und wartete. Nach wenigen Minuten drangen leise, gedämpfte Stimmen durch die Wand.
Es dauerte nicht lange, bis die Hintertür aufging. Sie sah gespannt auf. Zu ihrer Überraschung kam John allein zurück. »Ich hab ihn drüben lassen«, sagte er und deutete zur Wand. »Und jetzt gießt er eimerweise Öl auf die Wogen. Nicht daß es viel helfen wird. Da hast du recht.« Er trat dicht an sie heran, beugte sich zu ihr, legte die Hände

auf seine Knie und fragte: »Hast du wirklich gesagt, daß wir uns im Grunde alle bei Maggie Conaman trösten sollten?«

Sie schlug die Augen nieder, und es dauerte ein Weilchen, ehe sie sagte: »So ungefähr.«

»Bravo.«

Sie sah ihn an. Er blinzelte ihr zu, und sein Gesicht verzog sich zu einem trockenen Grinsen. »Das hat ihr natürlich den Rest gegeben. Und weißt du, was das komischste dabei ist?« Sein Finger pendelte langsam vor ihrem Gesicht hin und her. »Oft und oft war ich knapp dran, es zu tun.«

Abermals senkte sie die Augen und sah auf seine großen Füße nieder. Seine Stiefel waren auf Hochglanz poliert. Er war immer stolz auf sein Äußeres. Das gefiel ihr an ihm. Er würde niemals verwahrlost aussehen, und wenn er zehn Jahre lang arbeitslos sein müßte, dachte sie. Sie staunte, daß ihr im Augenblick nichts Klügeres einfiel, doch da drang seine Stimme bereits wieder an ihr Ohr. »Manche Leute halten deine Kirche für streng und selbstgefällig. Nun, das mag sein, aber die Baptisten vom Schlag meiner Mutter stehen ihr um nichts nach. Phrasendrescher, die den Alkohol verteufeln, aber selber ein Bier brauen, von dem du blau wirst . . . Ja, ich weiß, ich hab gesagt, daß ich es schwach finde, aber ich kann auch eine Menge vertragen . . . Weißt du, früher mal habe ich an Gott geglaubt. Aber wenn man nicht rauchen darf, nicht trinken darf, nicht fluchen darf, den Namen Gottes nicht mißbrauchen darf, sonntags nichts als die Bibel lesen und nicht Klavier spielen darf, außer Kirchenlieder – das alles hat mir den Glauben an Gott und die Kirche und ein gottesfürchtiges Leben ziemlich früh genommen. Und selbst wenn ich das alles noch geschluckt hätte, aber dann noch das Kissen zwischen ihr und Dad – na danke, da hatte ich die Nase voll.«

»Was?« fragte sie verständnislos. »Ein Kissen?«

»Tatsache. Nachdem Davie geboren wurde, hat sie ihm gesagt: Damit ist jetzt Schluß. Damals war ich keine fünf

Jahre, aber ich erinnere mich daran, als ob es gestern gewesen wäre. Ich war aus dem Bett geklettert, weil mich irgendwas geängstigt hat, und hab meine Schlafzimmertür aufgemacht. Da ist sie im Nachthemd am Treppenabsatz gestanden und hat gesagt: ›Ich will nichts mehr damit zu tun haben.‹ Das Wort ›Damit‹ ist mir jahrelang im Gedächtnis geblieben. Ich war ungefähr zehn, als ich entdeckte, was dieses ›Damit‹ zu bedeuten hatte, und knappe dreizehn, als ich die Sache mit dem Kissen begriff. Damals hat Dad zum erstenmal den Tag des Waffenstillstands gefeiert und sagte zu mir – und dabei weinte er wie ein kleines Kind –: ›Den ganzen Krieg hab ich mitgemacht, und dann muß ich zu diesem Polster zurückkommen. Das ist doch eine Gemeinheit, wie?‹«
Sarah senkte die Augen. Sie war verlegen, als hätte ihr jemand etwas Unanständiges erzählt. Sie hatte unanständige Geschichten nie gemocht.
»Sie ist eine grausame Frau, meine Mutter; engherzig und grausam, und sie keift wie alle Frauen dieser Sorte. May keift auch, aber so gemein ist sie nicht. Weißt du was, Sarah?« Er beugte sich noch immer zu ihr und hielt die Hände auf den Knien. »Du hast heute für uns alle eine Lanze gebrochen. Für jeden einzelnen von uns . . . Dan, Dad, Davie und mich. O ja . . . und mich . . . Wie oft habe ich genau das sagen wollen, was du heute gesagt hast. Eigentlich ist es komisch. Nach außen hin sind wir eine glückliche Familie, aber in Wirklichkeit haßt jeder von uns ihr strenges Regiment. Na, mach dir deshalb keine Gedanken. Das ist kein Grund zum Traurigsein. Kopf hoch! Du hast dich heute so wacker gehalten, daß du dich freuen solltest.« Er löste die Hände von seinen Knien und flüsterte ihr zu: »Es tut mir weh, wenn du traurig bist. Ehrlich . . . Sarah.«
Er hob die Hand, um ihre Wange zu berühren, aber sie rückte von ihm ab und sagte gequält: »Nein, nicht, nicht.«
»Gut.« Er richtete sich auf und sah auf sie nieder. Dann wandte er sich brüsk ab. »Auf bald«, sagte er.

Sie lehnte schlaff im Stuhl. Ihr Herz hämmerte gegen die Rippen. Warum tat er das . . . sie anfassen? Alles wäre in Ordnung, wenn er sie nicht anfaßte. Langsam beruhigte sich ihr Herz, und sie dachte über seine Worte nach. Sie hatte für alle eine Lanze und damit den Hausfrieden gebrochen. Wenn sie den Mund gehalten hätte, wäre die ganze Angelegenheit vermutlich im Sand verlaufen. Jeder hätte seine wahren Gefühle für sich behalten, der Schein wäre gewahrt geblieben, und sie hätten weiterhin in scheinbarer Freundschaft nebeneinander leben können. Damit war es jetzt vorbei. Der von ihr ausgeteilte Hieb hatte die beiden Häuser in feindliche Lager gespalten. David, Dan und John und ihr Schwiegervater waren zu ihr übergelaufen, Mary Hetherington hingegen stand, von ihren Männern verlassen, allein auf den Trümmern ihres Hauses. Diese Erkenntnis löste keinerlei Genugtuung in Sarah aus, sondern führte ihr nur den Schmerz der harten, verbitterten Frau vor Augen.

6

Sarah fühlte sich elend. Sie sehnte sich danach, zu Dan zu laufen und wie üblich im Nachbarhaus mitzuhelfen. Aber selbst wenn sie den Mut aufgebracht hätte, den angrenzenden Hof zu betreten, wäre sie vor einer verriegelten Haustür gestanden. Davon war sie felsenfest überzeugt.

Sie hatte überall sauber gemacht. Sie hatte die Küche in Ordnung gebracht und den Staub von den wenigen Möbeln des Wohnzimmers gewischt. Sie hatte das Essen weit vor der gewohnten Zeit vorbereitet. Nun setzte sie sich, nachdem sie ein Paar von Davids Socken zur Hand genommen hatte, an den Kamin. Ihr war nicht gut. Das kam vermutlich von dem Ärger des vergangenen Abends. Sie hatte das Gefühl, als läge alles in Scherben. Steh auf und mach dir eine Tasse starken Kaffee, sagte sie sich. Kaffee war Davids Neueinführung. Er mochte ihn. Lieber

als Tee. Sie selbst war nicht sehr begeistert davon, aber David fand, daß man vom Kaffee frisch wurde.
Sie legte das Strickzeug zusammen. Am Küchenfenster huschte ein Schatten vorbei. Dann war also jemand an der Hintertür. Sie öffnete, noch ehe es klopfte, aber sie riß den Mund nicht überrascht auf, sondern preßte ihn so fest zusammen, daß ihre für gewöhnlich sehr vollen Lippen einen schmalen Strich bildeten. »Was willst du?«
»Du warst doch immer höflich, nicht?«
»Ich habe dich gefragt, was du willst?«
»Bloß ein Wort.«
Ihre Zunge fuhr rasch über die Oberlippe. »Also dann 'raus damit.«
»Tja.« Er stieg von einem Fuß auf den andern, rieb sich die Nase mit dem Daumen, runzelte angestrengt die Augenbrauen und sagte schließlich: »Es ist gewissermaßen vertraulich, verstehst du? Ich glaube nicht, daß ich draußen mit dir reden kann –«
Sie starrte ihn unnachgiebig an. Am liebsten hätte sie ihm die Tür vor der Nase zugeschlagen. Sie wußte, daß er bereits einmal versucht hatte, sie zu sprechen. Wortlos stieß sie die Tür weit auf, um ihn vorbeigehen zu lassen. Seine körperliche Nähe war ihr immer unangenehm gewesen. Er hatte eine starke Ausdünstung. Selbst wenn er sich von Kopf bis Fuß gewaschen hatte, war immer dieser Geruch um ihn, ein merkwürdig rauchiger Geruch.
In der Küche hielt sie sich in gebührender Entfernung von ihm. Sie forderte ihn nicht auf, sich zu setzen, sondern blieb abwartend stehen. Er sah sich lächelnd um. Kein Wunder, daß jedermann ihn für einen ruhigen, harmlosen, kleinen Mann hielt.
»Du hast es aber hübsch . . . prächtig. Hast es gut getroffen, nicht?« Er lächelte immer noch, als wolle er Beifall heischen. »Ich werde mich eine Minute setzen und die Beine ausstrecken. Ich war beim Arzt wegen meines Rückens . . . Ich bin im Krankenstand. Sie haben mir die Arbeitslosenunterstützung gestrichen.«
Das war es also. Er kam betteln. Der Mensch hatte Ner-

ven! Sie wiederholte die Worte in ihrem Innern, langsam, gründlich und eindringlich. Tss! Ja ... der hatte wirklich Nerven. Da kam es auch schon, genau, wie sie es vermutet hatte.

»Ich wollte wissen, ob du ein paar Shilling übrig hast, um mich über die Runden zu bringen.« Er hatte nicht gesagt, ›uns über die Runden zu bringen‹, was bedeutet hätte, daß er das Geld für den Haushalt brauchte.

Ihr Gesicht war hart. »Ich hab kein Geld zu verschenken oder zu verleihen.«

»Nein?« Er schüttelte langsam den Kopf.

»Nein, weder jetzt noch ein andermal.«

»Aber dein Mann bringt sich doch gut durch, er hat regelmäßig Arbeit. Die kriegen drei Pfund fünf pro Woche im Hafenbüro, habe ich gehört.«

»Es ist einerlei, was die kriegen oder was du gehört hast. Ich habe kein Geld für dich. Ich muß verdammt sparen, um durchzukommen. Und jetzt leb wohl, ich muß fort.«

Er seufzte, dann neigte er den kurzen Oberkörper nach vorn, bis seine Ellbogen auf den Knien lagen und die Hände müßig hinunterhingen. Er sah völlig entspannt aus. »Das ist schade.« Seine Stimme klang betrübt.

Sein Verhalten verwirrte sie. Sie hatte erwartet, daß er aufspringen und sie eine verdammte Neureiche heißen würde. Statt dessen fing er an, von David zu sprechen.

»Netter Bursche, dein Mann. Hat er dir erzählt, daß ich vor ein paar Tagen auf der Straße mit ihm gesprochen habe?«

David hatte es ihr nicht erzählt.

»Er hat sich erkundigt, wie lange ich schon ohne Unterstützung bin, und hat mir einen Shilling gegeben.«

Ach, David, David, wie dumm, so etwas zu tun. Das sah David wieder ähnlich.

»Der Mann ist ein Haupttreffer. Tatsache. Nicht die Spur hochmütig. Ich habe mit verschiedenen Leuten am Hafentor gesprochen. Sie sagen alle, es gibt im ganzen Büro keinen höflicheren Jungen als ihn.« Er sah unter halbgeschlossenen Lidern zu ihr auf. »Du hast Glück gehabt,

weißt du. Du bist auf die Füße gefallen. Wär' doch schade, wenn du jetzt auf den Rücken zu liegen kämst, nicht?«
Sie kniff die Brauen zusammen. »Was soll das? Was willst du von mir?« Ohne einen Schritt näher zu kommen, beugte sie sich vor. »Ich hab keine Ahnung, was du da faselst. Ich weiß nur eines: Was von dir kommt, kann nichts Gutes sein.«
»Je nun, das kommt ganz darauf an, wie man's betrachtet, nicht wahr? . . . Die Mutter ist so was wie ein Hitzkopf.« Er deutete mit dem Kopf zur Wand. »Hält sich für weiß Gott was, sagt man. Steckt dauernd in ihrer Kirche. Engstirnig wie alle Baptisten. Kein Verständnis. Unsereins kann saufen und herumhuren, so viel er will, da ist nichts dabei, aber . . .«
»In meinem Haus wird nicht so gesprochen.«
»Nun, ich wollt' es nur erklären, war nicht als Beleidigung gedacht. Aber du weißt selbst, daß wir alle nur Menschen sind. Du solltest das besser wissen als sonstwer.« Er lächelte und nickte ihr zu. »Aber worüber ein Katholik lachen würde, dafür hängt einen der Baptist gleich auf.«
Sarah hatte sich kerzengerade aufgerichtet. Steif und groß stand sie da, die Hände in die Seiten gestützt. Ein schreckliches Gefühl der Furcht hatte sich ihrer bemächtigt. Es mochte reine Einbildung sein, sagte sie sich, aber sein Geruch schien den ganzen Raum auszufüllen. Sie fühlte sich schwach. Ihr war ganz übel davon. Er starrte sie an, ohne etwas zu sagen. Verrate ihm nicht, daß du aufgeregt bist, sagte sie sich. Genau das bezweckt er ja. Zeig's ihm, genau wie du's ihr gestern gezeigt hast . . . los. Sie holte tief Atem und sagte: »Wenn das alles ist, was du mir sagen wolltest, dann mach dich jetzt wieder auf die Socken. Ich muß nämlich fort, wie ich dir gesagt habe.«
Statt jeder Antwort starrte er sie unverwandt mit seinen roten Augen an. Sie nahm die Hände von den Hüften und stützte sich hinter ihrem Rücken auf die Tischkante. Da

sagte er ganz beiläufig: »Ein richtiger Jammer, daß der kräftige Mensch nicht ledig war, sonst hättest du mehr Auswahl gehabt.«

»W . . .w . . .was?«

»Ich sagte . . .«

Sie riß sich vom Tisch los, pflanzte sich vor ihm auf und schrie: »Ich hab schon gehört, was du gesagt hast.« Ängstlich warf sie einen Blick auf die Wand. Wenn sie so weitermachte, würde man sie nebenan hören. Mit gesenkter Stimme zischte sie ihm zu: »Glaub nur nicht, daß du mich mit deiner dreckigen Phantasie schrecken kannst. Davids ganze Familie verkehrt bei mir.«

»Ach?« Er blickte zu ihr auf und sagte mit beinahe naiver Stimme: »Ich wußte nicht, daß sie alle bei dir verkehren. Das ist aber nett. Aber das hatte ich gar nicht gemeint. Weißt du . . .« Er legte den Kopf zurück, als wolle er sie besser sehen. »Es ist wegen dem Neujahrsmorgen. Du kennst die Collins, meine Vettern unten am Bogey-Hill-Weg. Also die haben mich zu Silvester eingeladen. Ich war ein bißchen überrascht, geb ich zu. Trotzdem war ich dort, bin aber nicht lang geblieben. Auf dem Rückweg blieb ich mal stehen und pinkelte.« Er hielt inne, Sarah schloß die Augen und wartete. Ihr Atem setzte aus, ihr ganzes Leben stockte. Sie wartete.

»Ich bin in einen der Schuppen gegangen, weißt du, in den letzten im unverbauten Gebiet, und da höre ich ihn husten. Na, du weißt doch, dort treiben sich immer Pärchen rum. Ich bin schon auf dem Hinweg in zwei oder drei hineingerannt, die das Beste aus dem neuen Jahr machten. Nun, und dieses Paar fängt an . . . tja, es fängt an zu reden. Er zumindest. Und ich war irgendwie 'n bißchen überrascht. Du verstehst, was ich meine.«

Sarah hatte die Augen geöffnet und stemmte sich vom Tisch ab. Ihr Oberkörper bäumte sich auf, sie schnellte nach vorn und stellte sich hochaufgerichtet vor ihn hin. Wutentbrannt schrie sie ihn an: »Du Satan! Du dreckiger, gemeiner Satan! Es war nichts . . . nichts. Ich sage dir, es war nichts. Nichts ist geschehen.«

»Nein?« Ihre Wut beunruhigte ihn nicht. Seine Stimme behielt die kindlich-unschuldige Note bei, und er schüttelte den Kopf, als wäre er bestürzt.
»Du dreckiges Schwein!«
»Hör mal, Sarah.« Er stand langsam auf. »Ich will nicht mit dir streiten. Dazu ist kein Anlaß. Außerdem hab's ja nicht ich getrieben, stimmt's? Ich war einfach zufällig dort und konnte nicht weg. Du hättest dich doch nicht gefreut, wenn ich mich gezeigt hätte, oder? So mußte ich länger als zehn Minuten in meinem Versteck bleiben, weißt du.«
O Gott! O Gott! O Gott! Sarah senkte voller Verzweiflung den Kopf.
»Ich konnte meine Ohren nicht verschließen. Deshalb finde ich ja, daß es ein Jammer ist, ein richtiger Jammer, daß der kräftige Mensch verheiratet ist, wo er doch ganz verrückt nach dir ist . . . Wohlgemerkt . . .« Er bewegte langsam den Kopf. »Ich nehm's ihm nicht übel, aber es ist peinlich, nicht? Es ist rundum eine peinliche Situation. Ich meine, wo doch dein Mann so ein netter Kerl ist und einen Drachen als Mutter hat. Und der kräftige Mensch hat selbst auch ein Kind, einen Jungen, nicht, und eine Frau, die noch dazu so was wie ein Hitzkopf ist, soweit ich hörte . . .«
»Halt den Mund! Halt deinen dreckigen Mund! Ich sag dir, nichts ist geschehen. Nichts . . . hörst du! Nichts!«
In ihrem Innern begehrte eine Stimme auf, drängte, forderte, befahl: Laß dir das nicht bieten! Damit darf er nicht davonkommen. Sag ihm, er soll zur Hölle fahren und machen, was er will . . . Aber nicht er würde zur Hölle fahren, sondern sie. Sie würde in einer lodernden Hölle untergehen. David auf irgendeine Weise zu verletzen wäre für sie die Hölle. Eines aber konnte sie tun, nämlich ihm den Wind aus seinen niederträchtigen, teuflischen Segeln nehmen, indem sie David alles erzählte . . . Und ihn dadurch mit John entzweite? Nein, nein, unmöglich. Dann mußte sie es also John sagen . . . Wozu? Damit er diesen widerlichen Wurm zertrat? Nach

welcher Seite sie auch blickte, um sich aus dieser Falle zu befreien – jeder Weg war ihr versperrt. Das war ihr klar. Jeder Schritt, den sie unternahm, mußte sie alle unweigerlich ins Unglück stürzen, in jenes Unglück, das Mary Hetherington und der Priester ihr prophezeit hatten. Sie erinnerte sich an die Worte Pater O'Malleys: Gott wirkt auf merkwürdige Weise, manchmal durch eine Kette von Heimsuchungen. Ein Schauer durchrieselte ihre Seele. Es war, als hätte er gewußt, was geschehen würde, als hätte er seine Hand im Spiel gehabt.

»Reg dich nicht auf, dazu hast du gar keinen Grund. Ich wollte es dir bloß sagen und dir raten, vorsichtig zu sein für den Fall, daß du zu sorglos sein solltest.«

Sie hatte die Augen wieder geschlossen. Sie ertrug es nicht, ihn anzusehen, sonst hätte sie sich auf ihn stürzen und ihm die Faust ins Gesicht schlagen müssen. Zweimal setzte sie zum Sprechen an, ehe sie mit unheimlicher Ruhe sagte: »Es ist nichts geschehen. Er war betrunken.«

»Tjaja, das glaube ich dir. Ja, am Neujahrsmorgen. Es passiert allerhand, wenn man getrunken hat. Ich selber hab mich davon immer ferngehalten, aber so ist es nun mal ... Tja, ich hab mir einfach gedacht, ich komm' einmal vorbei und sag dir's und seh nach, ob du ein paar Shilling für mich übrig hast. Das ist alles, was ich haben möchte, ein paar Shilling, bis du weißt, was du willst ... Auf alle Fälle: Was sind schon fünf Shilling die Woche, wenn dafür alle glücklich bleiben, nicht? Das frag ich dich.«

Ihr wurde übel. Sie spürte, daß sie gleich das Bewußtsein verlieren würde. Sie war noch nie ohnmächtig geworden, aber jetzt sehnte sie sich danach, einfach das Bewußtsein zu verlieren, denn sonst würde sie ihm was antun. Das wußte sie genau.

Plötzlich stand sie beim Schrank neben dem Herd, wo sie ihre Handtasche aufbewahrte. Blindlings tastete sie nach ihrer Börse, entnahm ihr ein Zwei-Shilling-Stück und warf es nach hinten auf den Tisch. Sie hörte es zweimal

auffallen. Dann sah sie aus den Augenwinkeln, wie er sich bückte und es vom Boden aufhob.
»Danke. Danke, Kind. Mach dir jetzt keine Sorgen, es gibt nichts, worüber du dir Sorgen zu machen brauchst. Ich werde es deiner Mutter nicht sagen, also keine Angst. Es würde sie nämlich aufregen, weißt du. Sie ist sehr stolz darauf, daß du am Oberen Ende wohnst. Das entschädigt sie sozusagen für ihr anderes Gör und die Araber. Es braucht keiner was von der Sache zu wissen, nur du und ich . . . und die Beteiligten . . . Also, auf bald. Ich komm' wieder vorbei. Ich werde hie und da reinschauen. Auf bald. Ich find' schon allein 'raus. Bemüh dich nicht.«
Die Tür fiel ins Schloß. Sie lehnte den Rücken an den Schrank. Sie würde den Verstand verlieren. Das würde sie verrückt machen. Was konnte sie nur tun? Sie taumelte zum Tisch und klammerte sich so fest an die Kante, daß ihre Nägel brachen. Sie krümmte sich, und ihr Magen drehte sich um. Er schien sich völlig umzustülpen und herauszufallen. Im nächsten Moment beugte sie sich über den Ausguß und übergab sich.

Es war ihr noch immer übel, als David zum Essen kam.
»Was ist denn?« sagte er. »Hast du etwas Unrechtes gegessen?«
Sie umklammerte seine Hand und zwang sich zu lächeln, als sie ihm die Neuigkeit verkündete: »Ich glaube, ich bekomme ein Kind.«
Um zwei Uhr früh schreckte Sarah schreiend aus einem Alptraum. David nahm sie in die Arme und versuchte, sie zu beruhigen, aber sie redete restlos verstört drauflos: »Ich war im Sumpf. Alle waren im Sumpf und haben mich tief hineingestoßen. Der Dreck ist mir in den Mund gestiegen, und ich bin daran erstickt . . . Ach, David, es war schrecklich, schrecklich. Ich fürchte mich, David.«
»Es gibt nichts, wovor du dich fürchten mußt, Liebling, es war nur ein Traum.«
Ja, es war nur ein Traum. Langsam löste sie sich aus seinen Armen. »Aber es war schlimmer als sonst«, sagte sie.

»Viel schlimmer.«
»Du hast es also schon vorher geträumt?«
Sie nickte an seiner Brust. »Begonnen hat es mit dem Hustensaft, von dem mir meine Mutter zuviel gegeben hat.«
Sie spürte, wie sich sein Körper vor Lachen schüttelte. »Also dieser Hustensaft hat sich ausgezahlt.«
Sie lagen schweigend und eng aneinandergeschmiegt da und atmeten beinahe gleichzeitig, bis David flüsterte: »Du darfst dich nie fürchten, weder vor Träumen oder sonst was. Solange ich da bin, werde ich dafür sorgen, daß nichts dich schreckt, nicht mal . . .« Er drückte seinen Finger in ihr Rückgrat, und dieser Druck bedeutete ›Mutter‹. »Verstehst du, Liebste?«
Ja, sie verstand. Sie verstand auch, daß diese Worte sie nicht beruhigen konnten. Sie bedeuteten, daß sie an seiner Seite immer Angst haben würde – Angst, daß ihre kleine Welt, ihre neue, bessere kleine Welt in die Luft fliegen könnte.

DRITTER TEIL

I

»Ich glaube, sie werden marschieren«, sagte John.
»Wohin?« fragte David.
»Nach London natürlich.«
»Es wird wahrscheinlich genauso enden wie der Marsch von Seaham Harbour zu Ramsay MacDonald. Was habt ihr bekommen? Tee und schöne Worte und das Versprechen, daß man Jarrow nicht vergessen wird. Das ist jetzt drei Jahre her.«
»Diesmal werden wir zu einem Resultat kommen, sonst . . .«
»Was sonst?« sagte David. »Unruhen?«
»Tja, wenn es nötig ist. Aber das will niemand. Alles wird ordnungsgemäß verlaufen, zumindest auf unserer Seite. Ellen kommt mit.«
»Oh, diese Person!« mischte sich May mit dünner Stimme ein. »Du heiliger Bimbam! Man würde meinen, sie sei eine Priesterin; mir wird schon schlecht, wenn ich nur ihren Namen höre.«
»Halt den Mund!« herrschte John sie zornig an. »Du machst keinen Finger krumm, um jemand zu helfen, und hast nicht mal ein gutes Wort für diejenigen übrig, die's tun.«
May warf John einen kalten Blick zu, stand auf und sagte gleichgültig: »Wozu auch? Du machst schon seit Jahren mit, du großer Idealist, und wo bist du damit gelandet? Was haben wir davon?«
»Dasselbe wie jeder andere auch in dieser Stadt – Anspruch auf Arbeitslosengeld. Wenn wir nicht gekämpft hätten, dann würdest du und deinesgleichen wieder auf

Strohsäcken schlafen, wie das noch vor fünfzig Jahren der Fall war, und ihr könntet auf einem Stück Sackleinwand sterben.«

»Jetzt hör mir doch endlich damit auf, ja? Immer die gleiche alte Walze!« May ging an Sarah vorbei, die schweigend dasaß und nähte, und öffnete die Tür unter der Treppe mit den Worten: »Ich werde Paul zu uns rufen.«

David warf in ruhigem Ton ein: »Aber er hat recht, weißt du, May. Wenn Leute wie John hier und wie Alfred Rennie und Drummond dort –«

»Ach, David, fang nicht auch noch damit an ... bitte! Erzähl mir endlich was Neues. Die ewigen Lobeshymnen auf Drummond und Riley und Rennie und Thompson und die übrigen machen mich ganz krank. Ja, und auf die Jungfrau Maria persönlich, Miß Ellen Wilkinson. Aber verrat mir eines, David ... Was haben sie schon getan? Nichts als Gewäsch, und was haben sie getan?«

Ehe David noch antworten konnte, war John schon auf den Füßen und schrie: »Sie bringen es einfach fertig, die Leute bei Verstand zu halten, das ist alles. Erinnern sie ständig daran, daß sie Menschen sind und man sie zwar ins Elend, aber nicht umbringen kann. Sie tun was für ihre Bildung. Zumindest soweit ihre ausgebrannten Seelen aufnahmefähig sind, damit wir nicht als eine Schar ahnungsloser Stümper nach London marschieren, denen sie jeden Bären aufbinden können, weil sie uns als wehrlose Idioten betrachten. Mit dieser Ansicht stehen sie ja nicht allein da, nicht wahr, geliebte May?«

Sie musterten einander wütend. May wollte antworten, aber John kam ihr zuvor. »Du wirst nicht ins Versammlungslokal kommen, was? Weil du dir dort dein Nörgeln verkneifen müßtest. Und, Gott behüte, am Ende was lernen könntest ... Aber du hast es natürlich nicht nötig, was zu lernen, wie? Genau wie die dort droben. Na, verlaß dich drauf, denen werden die Augen aufgehen, wenn wir losmarschieren.«

»Tatütata-tralalala«, äffte May einen Trompetenstoß nach.

David fiel dem erbosten John rasch in den Arm und mahnte: »Aber, aber, wer wird denn!«
»Ich mache Tee.« Sarah stand auf, legte das kleine Kleidchen weg, dessen Faltenbesatz sie gerade nähte, und ging in die Spülküche.
John sagte verbittert zu May: »Eines schönen Tages knall' ich dir eine, daß du liegenbleibst.«
»Versuch's doch!« Sie lächelte ihn an und bog den Hals höhnisch nach hinten. Dann trat sie auf den Korridor und rief nach oben: »Paul! Paul! Hörst du mich? Komm jetzt. Wir gehen 'rüber.«
Aus dem oberen Zimmer drangen Gelächter und Gebrüll, dann kam Paul die Treppe herab, ein Junge von ungefähr acht Jahren, und lief May in die Küche nach. Er war groß und mager für sein Alter und sah weder May noch John ähnlich. Nur sein quecksilbriges Gehabe erinnerte ein wenig an seinen Vater. Flink sah er von seinem Vater zu David und sagte: »Der wirst du das Rechtschreiben niemals beibringen, Onkel, da geh ich jede Wette ein. Sie kann zwar lange Wörter lesen, aber sie weiß nicht mal, wie man ›Katze‹ schreibt.«
»Was soll ich mit ihr machen? Sie verprügeln?« David führte eine richtige Pantomime vor und krempelte in gespielter Entrüstung die Ärmel hoch.
Der Junge lachte schallend. »Das kann ich mir bei dir lebhaft vorstellen, Onkel David. Aber wo du dich so gut mit der Rechtschreibung auskennst und so viele Wörter weißt, sollte sie doch eigentlich auch buchstabieren können, nicht? Sie ist doch schon über fünf.«
»Ja, schön wär's.« David schüttelte mit Leichenbittermiene den Kopf, was den Jungen wieder zum Lachen veranlaßte.
May schob ihren Sohn vor sich her. »Fort mit dir!« rief sie. »Wenn's nach dir ginge, könnten wir gleich hier übernachten.«
»Ach, bleiben wir doch noch ein bißchen, Mam.« Der Junge lief rund um den Tisch zu John, der Pappkartonbuchstaben mit den Fingern hin und her schob.

»Spielst du Setzkasten, Dad?«
»Tu, was deine Mutter von dir verlangt«, erwiderte John, ohne aufzusehen.
»Spielt ihr Setzkasten, Onkel David?«
»Du möchtest wohl erschossen werden, Paul Hetherington?« David sah in das grinsende Gesicht des Jungen.
»Ich möchte euch beim Spielen zusehen. Warum spielt ihr dauernd mit den Buchstaben herum, Onkel? Du hättest Lehrer werden sollen. Hast du dich immer schon mit Buchstaben beschäftigt, auch als Junge?«
»Ja, Paul, immer. Sie haben mich immer fasziniert.«
»Hast du gehört, was ich gesagt habe?«
»Ja, Mam. Bloß eine Minute, eine Minute nur. Erzähl weiter, Onkel David.«
David sah May an und schüttelte den Kopf.
»Warum faszinieren sie dich, Onkel David?«
»Vermutlich, weil einem ein paar verschieden angeordnete Striche so viel sagen können.«
»Aber es sind keine Striche, Onkel Davie, sondern Schnörkel und so Zeug.«
»Nein, sie beginnen alle mit Strichen. Schau her.« David zog einen Bindfaden aus der Rocktasche und zerschnitt ihn mit seinem Federmesser in mehrere Teile. Eines der beiden Stücke legte er vor sich hin, dann winkelte er das zweite ab und schob es an die Mitte des ersten Stücks an. »Da hast du's. Da ist ein gerader Strich und noch einer. Den biegst du in der Mitte ab, steckst die beiden zusammen, und schon hast du ein K.« Der Junge nickte, und David fuhr fort: »Dann nimmst du noch ein gerades Stück, legst es neben das K, und du hast ein I. Und I ist der wichtigste Buchstabe des Alphabets. Mit ihm fängt das Wort ›Ich‹ an.« David klopfte sich auf die Brust. »Ich habe den Buchstaben I immer für einen höchst erstaunlichen Buchstaben gehalten. Erst denkst du an diesen geraden Strich, und dann denkst du an das, was er bedeutet ... weißt du?«
Paul nickte ernsthaft, und seine Augen leuchteten.
»Dann möchtest du ein S haben. Also nimmst du deinen

geraden Strich und biegst ihn so und so . . . da.« Er zeigte auf die Schlangenlinie. »Dann hast du ein S.« Er machte noch ein S, formte aus dem I ein U und sagte: »Und was haben wir jetzt? Einen Kuß.«
Paul stieß seinen Onkel in den Arm und lachte entzückt. »Mach noch welche.«
«O nein. Schluß damit. Du kommst jetzt mit.« May packte ihren Sohn am Kragen, drehte ihn um und schob ihn aus der Küche.
In der Spülküche packte Paul, der protestierend, aber immer noch lachend an Sarah vorbeigedrängt wurde, ihren Rock und rief: »Gute Nacht, Tante Sarah. Sie schläft noch nicht. Ich wette um einen Shilling mit dir, daß sie gleich losbrüllen wird.«
»Gute Nacht, Paul. Wenn sie brüllt, kriegt sie eins auf den Popo.«
»Was gibt's bei euch zum Essen?«
Bei dieser Frage ihres Sohnes blieb May stehen und sagte zu Sarah: »Der Junge muß einen Bandwurm haben. Im Ernst.« Sie nickte Sarah zu. »Er war noch kaum daheim, da hat er eine ganze Schüssel Schmorfleisch vertilgt, das vom Mittagessen übrig war. Das war um halb fünf. Und knapp nachher sah ich ihn drüben« – sie deutete mit einer Kopfbewegung zum Fenster – »mit seinem Großvater ausgiebig Tee trinken. Mit einem Haufen Chips. Und dann komm ich rüber und finde ihn schon wieder beim Futtern. Und sieh ihn dir an.« Sie schüttelte seinen Kragen. »Keine Unze Fleisch an den Knochen. Die Leute müssen glauben, er hungert. Ich sag dir, der hat einen Bandwurm.«
Sarah lächelte. »Aber er hat niemals Schmerzen, oder?«
»Schmerzen? Dazu hat er gar keine Zeit, er ißt doch dauernd.« Sie beutelte ihren Sohn, dann schob sie ihn in den Hof und sagte: »Also, gute Nacht.«
»Gute Nacht, May.«
Kaum hatte sich die Tür hinter ihr geschlossen, ging sie schon wieder auf, und May steckte den Kopf in die Küche: »Sag ihm, er soll vor zwölf heimkommen, ja? Ich

kann's nicht leiden, wenn ich mitten in der Nacht geweckt werde.«
Sie war fort, ehe Sarah etwas erwidern konnte, aber selbst wenn die Zeit es gestattet hätte, wäre sie um eine Antwort verlegen gewesen. Sie stand verblüfft da und blickte in den dunklen Hof. Was hatte sie damit gemeint? May wußte genau, daß sie selbst nach oben ging, um zu schlafen, während die Männer noch stundenlang unten beisammensaßen und debattierten. Wahrscheinlich hatte sie sich gar nichts dabei gedacht. Was sollte sie auch denken? Aber May war unergründlich. Kein Mensch wußte jemals, was in Mays Kopf vorging. Sie war nicht zu durchschauen.
»Mami! Mami!« Der Schrei ertönte über ihrem Kopf. Sie drehte sich um, ergriff das Teetablett und ging in die Küche.
David hatte sich halb vom Stuhl erhoben. »Ich werde nach ihr sehen«, sagte er.
»Nein, laß nur. Ich mach das schon.«
»Sie wird dich auf Trab halten und dich nicht vor Tagesanbruch in Frieden lassen.«
»Schon gut.« Sie stellte das Tablett auf den Tisch und ging über die Treppe hinauf ins Zimmer ihrer Tochter. Das Kind saß aufrecht im Bett und wartete auf sie.
»Paul hat mir keine Geschichte vorgelesen, Mami.«
»Dafür hat er dir aber beim Buchstabieren geholfen, nicht wahr?«
»Hat er nicht. Erst habe ich ihm vorgelesen, und als er an der Reihe war, hat Tante May ihn gerufen.«
»Komm, leg dich hin. Was möchtest du hören?«
»Oh!« Das Kind kuschelte sich unter die Decke. »Alice im Wunderland.«
Sarah zog sich einen Stuhl ans Bett, streckte die Hand aus und nahm ein dickes Kinderbuch vom Tisch. Sie brauchte das Buch nicht, denn sie kannte die Geschichte auswendig. Trotzdem blätterte sie ein Weilchen, bis sie die richtige Seite aufgeschlagen hatte. Ehe sie zu lesen begann, warf sie ihrer Tochter einen lächelnden Blick zu,

und das Kind lächelte zurück. So machten sie das immer, auch zwischendurch beim Vorlesen. Sarah hob den Kopf, sah das Kind an, und dann lächelten sie einander zu. Das war fast vom Tag ihrer Geburt an so gewesen. Sie blickten sich an und lächelten einander zu und wurden eins. Sooft sie ihr Kind ansah, wußte Sarah, daß sie die glücklichste Frau auf der Welt war, denn ihr gehörte nicht nur das Kind, sondern auch dessen Vater. In ihrer kleinen Welt hatte sie alles, alles, was eine Frau glücklich macht. Zählte David nicht zu den wenigen Männern, die Arbeit hatten? Bei ihnen standen täglich vier Mahlzeiten auf dem Tisch, sie waren ohne Schulden und hatten alles, alles, was zum Glück gehörte . . ., so drückte David sich aus. »Ich begreife einfach nicht, daß du nervös bist, Liebling«, hatte David gesagt. »Das paßt nicht zu dir. Und wir haben doch alles, nicht wahr? Alles, was zum Glück gehört. Wünschst du dir irgend etwas? Dann sag es mir. Gibt es etwas auf der Welt, das ich dir geben könnte?« Dann hatte er rasch hinzugefügt: »Bei drei Pfund fünfzehn die Woche ist das eine dumme Frage.«
Sie hatte sich damals in seine Arme geworfen und ihm aus ganzem Herzen beteuert, daß er ihr alles Glück der Erde geschenkt hätte. Weshalb war sie dann so zappelig? Weshalb hatte der Arzt gesagt, sie leide unter hochgradiger Nervosität? Der Arzt hatte auf eine heimliche Sorge getippt. Worüber machte sie sich Sorgen?
Sie hatte ihm erklärt, daß sie keinerlei Sorgen habe. Vielleicht, hatte sie gesagt, hing ihre Nervenschwäche mit Kathleens Geburt zusammen. Seit dem Beginn ihrer Schwangerschaft nämlich fühlte sie sich so merkwürdig unruhig.
Ja, David erinnerte sich, daß ihre Nervosität in jener Nacht begonnen hatte, in der sie den Alptraum gehabt hatte. Tags zuvor hatte sie ihm gesagt, daß sie ein Kind bekäme.
Sie gelangte zum Schluß des Märchens.
»So, und jetzt schlaf schön.« Sarah klappte das Buch zu.
»Ich habe noch nicht gebetet, Mami.«

»Doch, das hast du. Ehe du zu Bett gegangen bist. Das weißt du genau.« Sie tätschelte die runden Bäckchen, dann beugte sie sich über Kathleen, drückte ihr einen Kuß auf die Wangen und wurde von zwei dicken Ärmchen umschlungen.
»Mami.«
»Ja, Liebling.«
»Paul hat gesagt, daß er dich lieb hat.«
»Wirklich? Das ist aber nett. Ich hab ihn auch lieb.«
»Wenn er groß ist, hat er gesagt, wird er ein Haus mit fünfzehn Zimmern und einen großen Wagen haben.«
»Oh, das freut mich aber. Dann werden wir alle bei ihm wohnen ... Laß los, Liebling.«
Sanft löste Sarah die Ärmchen ihrer Tochter. »Ich möchte Nancy haben, Mami, damit mir warm bleibt.«
»Nein, Nancy ist zu hart, du könntest dich auf sie legen und dir weh tun. Nimm Peter, der ist weich.«
»Er stößt mich, Mami.«
»Ich werde ihm sagen, daß er das nicht tun darf.« Sarah ging in die Ecke des kleinen Zimmers, wählte von einem Brett an der Wand aus den zahlreichen Spielsachen einen abgegriffenen, zerschlissenen Samthasen aus und sagte, während sie ihn auf dem Weg zum Bett auf Armeslänge von sich hielt: »Wenn du Kathleen stößt, Peter, dann werd' ich dir morgen früh den Hintern versohlen.« Sie legte dem Kind den Hasen in den Arm, küßte es noch einmal und machte dann das Licht aus. »Ich lasse die Tür offen«, versprach sie, verließ das Zimmer und ging nach unten.
Inzwischen war Dan in die Küche gekommen. Er saß beim Tisch und schob einen Satz von Dominosteinen hin und her. Bei Sarahs Eintritt blickte er auf. »Hallo, wie geht's?«
»Danke, gut, Dan.«
»Ist sie eingeschlafen?«
»So gut wie ... hoffentlich.« Sie lächelte ihn an.
»Du warst heute beim Arzt?«
»Ja.«

»Was hat er gesagt?«
»Ach, nichts Neues, er hat mir nur eine andere Medizin gegeben. Sie ist sehr bitter.«
»Dann regt sie den Appetit an.«
Sarah nahm ihre Näherei wieder auf und setzte sich damit in Davids Ledersessel neben den Kamin. Die Dominosteine klapperten, und die beiden Brüder und ihr Onkel, die jetzt alle aussahen, als wären sie gleich alt, vertieften sich in ihr allabendliches Spiel. Es war beinahe zum Ritual geworden, dieses fröhliche Beisammensein ab sieben Uhr. Wenn David und sie ins Kino gingen, wie sie das manchmal taten, fanden sie bei ihrer Rückkehr Dan und John am Tisch sitzend vor. Der Schlüssel wurde zu diesem Zweck immer in der Waschküche hinterlegt. Und Dan spielte nun auch Donnerstag abend.
Manchmal spielten sie Karten, aber meistens Domino, und fast immer endete der Abend mit einer Debatte. Daß aus dem Gespräch keine erregte Diskussion wurde, war nur Davids Besonnenheit und Dans Humor zu verdanken.
David spielte nur, dachte Sarah, um seine Finger in Bewegung zu halten, denn er vermißte das Klavierspiel. Sie hatte auf jede erdenkliche Weise versucht, ihn zu bewegen, auch weiterhin Klavier zu üben, aber seine Antwort hatte stets gleich gelautet. Sobald sie nebenan wieder willkommen war, würde er auch wieder üben. Im Lauf ihrer sechsjährigen Ehe mit David hatte sie gelernt, daß er hartnäckig sein konnte, aber sie staunte über seine unbeugsame Konsequenz. Sie wußte, daß weder Dan noch John imstande wären, über Jahre hinweg an ihren Grundsätzen festzuhalten. Zwar besuchte David seine Mutter noch immer, aber seine Besuche waren kurz und fielen mit den Jahren immer kürzer aus. Der Grund dafür war, wie Sarah genau wußte, daß Mary Hetherington nichts für ihre Enkelin übrig hatte. Obwohl David diesen Umstand mit keinem Wort erwähnte, wußte sie doch, daß er die Wahrheit kannte.
Davids Stimme lenkte ihre Aufmerksamkeit auf Dan, als

er sagte: »Was ist heute los mit dir, Dan? Das ist schon das siebente Spiel, das du verloren hast. Und du hast zweimal verdoppelt. Das heißt, du schuldest mir . . .« Er sah auf einem bereitliegenden Blatt Papier nach, blickte auf und lachte. »Vier Pfund sieben und sechs Pence. Die sechs Pence erlasse ich dir.«

»Willst du gleich kassieren oder wartest du freiwillig?«

»Ich warte unfreiwillig.«

»Aha.« Dan rückte den Stuhl vom Tisch, fuhr sich mit den Fingern durchs dichte Haar und sagte: »Um ehrlich zu sein, ich bin heute mit meinen Gedanken nicht hier, sondern im Geschäft.«

»Im Geschäft?« John sah vom Kartenmischen auf. »Ist was nicht in Ordnung?«

»Wie man's nimmt. Es ist nämlich so.« Dan beugte sich vor, stützte die Unterarme auf den Tisch und sah von John zu David. »Der Alte hat mir heute einen Vorschlag gemacht, und ich weiß nicht recht, was ich tun soll. Die Sache ist folgende: Er ist am Ende, genau wie all die anderen. Am unteren Straßenende haben letzten Monat vier Läden geschlossen, und unsere Kunden stehen bei uns derart in der Kreide, daß wir vor Anschreiben keinen Platz mehr haben. Ein ganz großer Haken besteht darin, daß manche Kunden, sobald sie ein bißchen Geld in der Tasche haben, woanders einkaufen. Denen habe ich gesagt: ›Paßt auf, ihr könnt bei uns anschreiben lassen, solange ihr wollt, aber ihr müßt laufend abzahlen.‹ Manche tun das auch, aber die paar Zahler machen das Kraut auch nicht fett. Heute vormittag also ruft mich der Alte nach oben. Seine Frau war auch dabei. Ich kann euch sagen, es war gräßlich. Er hat mir klipp und klar erklärt, daß er den Laden dichtmachen muß, wenn er nicht jemand findet, der die offenen Rechnungen begleicht. Er ist ein stolzer alter Teufel, wißt ihr, aber grundehrlich. Natürlich hat er auch seine Fehler, aber er ist ein gerader Mensch, und da sitzt er vor mir und ist den Tränen nahe. Und die alte Frau hat ganz offen geweint. Darauf packt er den Stier bei den Hörnern und sagt: ›Nun, Dan, wie wär's? Wie steht's

mit deinem Gewinn?‹ – ›Tja‹, sag ich, ›der liegt knapp über vierhundert.‹«
Sarahs Hand hielt inne, die Nadel schwebte in der Luft. Unwillkürlich wiederholte sie: »Vierhundert?«
Dan drehte sich um und sah sie an. »Ja, soviel hab ich gewonnen. Du weißt doch, mit John Bull.« Kopfschüttelnd wandte er sich zu David. »Jetzt sag mir bloß nicht, daß du Sarah nichts davon erzählt hast.«
»Nein, ich hab es ihr nie erzählt. Dazu bestand keine Veranlassung. Du hast das Geld vor Jahren gewonnen, und ich habe niemals daran gedacht.«
»Das sieht ihm wieder ähnlich«, sagte Dan lächelnd zu Sarah. »Ja, ich habe vierhundert mit John Bull gewonnen . . . Beim Rennen um den Modepreis.«
»Wirklich?« Sarah lächelte. »Mode?«
»Klar. Nachdem ich nichts von Mode verstehe, habe ich mir gedacht, der Dumme hat Glück, und habe auf John Bull gesetzt . . . Nun, so ist es.« Er sah die beiden Männer nachdenklich an. »Der Alte will mich zum Teilhaber machen, wenn ich mein Geld in den Laden stecke. Aber er hat mich gewarnt, wohlgemerkt, daß ich unter Umständen auch den letzten Penny dabei verlieren könnte. Wenn sich die Lage innerhalb eines Jahres nicht ändert, dann können wir genauso zusperren wie die anderen. Die Kehrseite allerdings sieht so aus: Tu ich mich nicht mit ihm zusammen, dann ist auf jeden Fall Feierabend, und zwar schon bald. Und dann bin ich arbeitslos. Und wenn ich keine Arbeit finde, muß ich von den vierhundert leben, nicht wahr? Die zahlen mir keine Arbeitslosenunterstützung bei meinem Bankkonto, das ist klar. Praktisch also ist's Jacke wie Hose. Was sagt ihr dazu?« Er sah von einem zum andern.
»Du könntest dich selbständig machen mit deinen vierhundert«, meinte John.
»Eben nicht, höchstens als Hausierer. Für einen Laden, wie Campbell ihn hat, reichen die nie im Leben. Es ist ein gut eingeführter Laden mit eigenem Gewerbeschein, wißt ihr? Der Alte führt ihn seit achtunddreißig Jahren,

neunzehnhunderteinundzwanzig hätte er in Pension gehen können. Damals ist der Laden prima gelaufen. Und dann muß man noch etwas anderes überlegen. Er hat gesagt, wenn wir den Laden erhalten, vererbt er ihn mir, das heißt, falls seine Frau vor ihm stirbt. Im andern Fall müßte ich ihr jährlich eine bestimmte Leibrente zahlen, aber letzten Endes würde der Laden mir gehören. So was ist nicht zu verachten, wie? Was meinst du, Davie?«
»Ich finde, du solltest dein Glück probieren, Dan, denn auf lange Sicht gesehen hast du nichts zu verlieren. Aber in Wirklichkeit steht dein Entschluß doch sicher schon längst fest, wie?«
Dan versetzte Davie einen Rippenstoß. »Tja, ich glaube schon. Aber ich wollte wissen, was du davon hältst.«
»Riskier's«, sagte David. »Und ich wünsch' dir viel Glück. Du wirst schon nicht untergehen. Ich kann mir überhaupt nicht vorstellen, daß du jemals untergehst.«
John mischte die Karten und warf ruhig ein: »Wenn du einen Laufburschen brauchst, dann denk daran, daß die Nächstenliebe daheim anfängt. Ich bin jederzeit bereit.«
Sarah erhob sich. »Ich werde Tee machen. Darauf wollen wir anstoßen«, sagte sie lächelnd.
»Du hast's erfaßt, Sarah. Und paß auf . . .« Er packte sie am Arm. »Wenn ich meine . . . meine Ladenkette erst habe, vom Shields Pier bis zur Swing Bridge in Newcastle, weißt du, was ich dann tue? Dann kauf' ich dir einen Wagen und einen Nerzmantel.«
»Vielen herzlichen Dank«, sagte sie und lachte. »Aber ein Radioapparat wär' mir lieber.«
»Aber den bekommst du doch. John ist schon dabei . . .«
»Quatschkopf«, John versetzte Dan einen Stoß.
»Uff, tut mir leid«, sagte Dan. »Es sollte nämlich eine Überraschung sein.«
Sarah sah John an, der eben die Karten austeilte. Sie bedankte sich nicht sofort, sondern fragte David: »Hast du davon gewußt?«
Er nickte.
»Ach, und du läßt zu, daß ich immerfort vom Radio spre-

che!« Sie fuhr ihm heftig durchs Haar, dann blickte sie auf Johns gesenkten Kopf und sagte: »Ich wußte gar nicht, daß du ein Radio bauen kannst. Danke, John.«
»Unser Großer kann einfach alles«, sagte Dan lachend. »Er ist eine verflixte Naturbegabung.«
Sarahs Worte hatten dankbar geklungen, aber auf dem Weg zur Spülküche mußte sie denken: Weshalb schenkte gerade er ihr etwas? Er hatte ihr beinahe alle Möbel angefertigt, ausgenommen das Bett, die Couch und den Lehnsessel. Und was würde May dazu sagen? Höchstwahrscheinlich nichts, aber um so mehr würde sie denken und aufpassen.
Sie stellte den Kessel aufs Feuer, bedauerte jeden, der mit May leben mußte, und gestand sich insgeheim ein, daß er ihr leid tat. In den letzten sechs Jahren war kein Tag vergangen, an dem sie nicht wegen John gelitten hätte. Es gab Zeiten, wo sie ihn haßte und sich diese Empörung in ihrem Benehmen ihm gegenüber äußerte. Zumeist aber war sie auf der Hut, um kein Wort zu ihm zu sagen, das ihr eine kritische Äußerung Davids eintragen konnte. Trotz alledem aber tat ihr dieser große, polternde und enttäuschte Mensch leid. Und er war auf so vielerlei Weise enttäuscht. Arbeitslosigkeit bedeutete für ihn eine moralische Krankheit, die an seinem Herzen nagte, und der Umstand, daß sowohl sein Vater als auch sein Onkel und sein Bruder Arbeit hatten, machte die Sache nicht leichter. Er trug an seiner Arbeitslosigkeit wie an einem Makel. Manchmal, wenn sie seine tiefe Niedergeschlagenheit bemerkte, war sie versucht, die Hand nach ihm auszustrecken und ihn zu berühren, um ihn zu trösten, doch die Furcht vor diesem Wunsch lähmte sie, und sie war dankbar für diese Hemmung. Es hatte eine besondere Gelegenheit während der vergangenen paar Jahre gegeben, wo sie dankbar dafür war, daß sie seinetwegen erpreßt wurde; denn wenn irgend etwas sie davor bewahren konnte, ihm gegenüber weich zu werden, dann war es diese allwöchentliche Nervenprobe. Diese Situation hatte sich ergeben, als John eines Tages hungrig und

müde von einem dieser fruchtlosen Arbeitermärsche heimgekehrt und von May giftig, wie immer, begrüßt worden war. Er war zu ihr in die Küche gekommen – sie war allein im Haus gewesen, und er kam jetzt höchst selten, wenn sie allein war –, und traurig, wie ein betagter Mann, hatte er sie gefragt: »Kann ich mich hier ein bißchen ausruhen, Sarah? Ich bin hundemüde, und bei mir drüben ist der Teufel los.« Sie hatte ihm etwas zu essen zubereitet, und dann war er in Davids Stuhl eingeschlafen. Und als er so hilflos und erschöpft dasaß, war der Wunsch, ihn liebevoll zu berühren, kaum mehr zu bändigen gewesen. Sie war nach oben geflohen und hatte dort gewartet, bis David heimkam . . .
Als sie den Tee zubereitete, dachte sie: Immer macht er irgend etwas für mich. David muß direkt blind sein, daß er gar nichts bemerkt. Dann erschrak sie jedoch über diesen Gedanken und sagte sich: Du willst doch nicht, daß ihm die Augen aufgehen?! O Gott, nein, nur das nicht. Da waren ihr der ekelerregende Anblick ihres Vaters, die wöchentliche Einbuße von kostbaren fünf Shillingen und der Besuch beim Arzt, der jedesmal mit einem anderen nervenstärkenden Mittel endete, noch lieber. Aber wie lange konnte es so weitergehen? Sie seufzte tief auf, rührte den Tee um und trug ihn in die Küche, um auf Dans Erfolg anzustoßen.

2

Im Lauf der Jahre hatten Sarah und Phyllis einander ein-, zweimal monatlich getroffen. Wenn das Wetter schön war, fuhren sie mit der Fähre ans andere Flußufer. Sonst gingen sie zum Meer hinunter, erreichten es jedoch niemals, weil die Zeit, die ihnen zur Verfügung stand, immer kürzer wurde. Phyllis hatte nun für drei Kinder zu sorgen, und Sarah wollte immer daheim sein, wenn David von der Arbeit kam. Keine stattete der anderen einen Besuch ab. Jede erwähnte zwar ihr Heim, aber aus Sarahs

vor Jahren gefaßtem Entschluß wurde nie etwas. Zu viele Sorgen belasteten sie.
An diesem Samstagmorgen stand Sarah auf dem überdeckten Durchgang, der zum Marktplatz führte, und blickte über die Marktstände ins Waterloo Vale, wo Phyllis nun lebte. Für gewöhnlich trafen sie sich nie an einem Wochenende, weil dies die für die Familie bestimmte Zeit war. Aber heute hatten sie es ausnahmsweise so ausgemacht, weil Phyllis Sarah schriftlich darum gebeten hatte.
Der Markt war so gut wie menschenleer, und ein eisiger Wind verwandelte den herabpeitschenden Regen beinahe in Graupelkörner – dabei war es erst Anfang Oktober.
Als Sarah Phyllis erblickte, die ihr mit dem für sie so typischen leichten Schritt rasch übers Kopfsteinpflaster entgegenkam, verließ Sarah den Durchgang, worauf ihr Phyllis sofort zurief: »Komm, gehen wir hier hinein.« Damit deutete sie auf ein Arbeiter-Café, wo man sich Tee und Kuchen selbst holen konnte und die beiden Schwestern leicht eine leere Ecke fanden. Nachdem sie den noch dampfenden Tee geschlürft hatten, sagte Phyllis, während sie sich die Hände an ihrer Tasse wärmte: »Hast du etwas Neues gehört?«
»Nichts als das, was in der Zeitung gestanden ist. Und du?«
»Ich?« Phyllis lehnte sich zurück. »Nein, nichts, aber ich wollte, ich hätte vor Jahren bereits daran gedacht. Wird er überleben?«
»Ich weiß es nicht. Ich habe Ma gestern nur eine Minute gesehen, sie kam auf dem Heimweg vom Spital vorbei und sagte, daß er in einem gräßlichen Zustand wäre.«
»Er hat bekommen, was ihm zusteht. Wahrscheinlich hat ihn einer von den Jungs erwischt, denen er ständig nachspioniert, wenn sie sich mit ihren Freundinnen treffen, und ihn windelweich geprügelt. Ich wünschte bloß, daß die Polizei nicht so rasch aufgetaucht wäre. Wenn er die ganze Nacht im Freien gelegen wäre, wär' er viel-

leicht noch krepiert. So steht es jedenfalls in der Zeitung.«
Sarah senkte den Kopf. Sie war also nicht die einzige, die so gedacht hatte. Nur bezweifelte sie, daß Phyllis darum gebetet hatte, daß er sterbe. Sie hatte es von der ersten Minute an getan.
»In der Zeitung steht, daß er sich den Arm gebrochen und diverse Kopfverletzungen davongetragen habe und daß in seiner Nähe ein Fernglas gefunden worden sei, das er zum Beobachten der Vögel benutzt hat. Man sollte es nicht für möglich halten, wie albern so ein Reporter sein kann. Ein Mann wie er und Vögel beobachten! Aber das hat Mutter ihnen natürlich erzählt. Sie sagte, sie mußte ihnen was erzählen, als das Fernglas auftauchte. Möcht' nur wissen, wo er das Geld dazu her hat. Der hat doch nie im Leben die Courage, so was zu klauen. Aber jetzt sag einmal, wie kommst du drauf, daß ich meine Hand dabei im Spiel gehabt haben könnte?«
Sarah hielt den Kopf noch immer gesenkt. Sie wußte, woher er das Geld fürs Fernglas hatte, sie wußte es nur zu gut. Sie sah rasch auf und sagte: »Weil man ihn da unten in East-Holborn gefunden hat, deshalb dachte ich . . . daß du vielleicht etwas davon weißt, Phyllis.«
»Nein, nein, ich sag dir doch, daß ich nichts davon weiß. Hätte ich allerdings gewußt, daß er sich dort herumtreibt, dann hätte ich was unternommen, so wahr ich da sitze. Da unten gibt's ein, zwei Jungs, die für einen Schoppen ihre eigene Mutter niederschlagen würden. Jedenfalls hat er sich den Platz nicht richtig ausgesucht, als er sich für Holborn entschied. Es ist so, wie Ali gesagt hat: Wahrscheinlich hat er ein Pärchen beobachtet. Dabei ist er selbst beobachtet und anschließend verprügelt worden. Ich wünsch' demjenigen, der's getan hat, jedenfalls viel Glück.«
Das tat Sarah auch. Sie wünschte bloß, er hätte sein Geschäft auch zu Ende gebracht. Ach, wenn sie doch bloß aufhören könnte, so zu denken . . . Sie trank ihren Tee aus, dann sagte sie: »Wie geht's den Kindern?«

»Ach, Jimmy liegt wieder mal. Dem fehlt doch dauernd was. Ich habe den Arzt kommen lassen. Und der behauptet, es sei nichts; er brauche nur viel frische Luft und tüchtig zu essen. Daran halte ich mich natürlich. In dem Punkt geht's meinen Kindern zum Glück besser als den meisten. Ich danke Gott jeden Tag meines Lebens für das Café. Bei der Teuerung macht das schon was aus.«

»Wie geht es denn?«

»Man schlägt sich so durch. Übrig hat ja jetzt keiner was.«

»In Jarrow drüben ist es noch ärger.«

»Ja, ich weiß. Vor ein paar Wochen war ich drüben. Es ist wie ausgestorben. Ich war froh, als ich wieder zurückkam. Während ich dort auf die Straßenbahn gewartet habe, hat ein Junge den Männern eine Rede gehalten. Aber wie der gesprochen hat, wie ein Rechtsanwalt. Dabei haben sie alle miteinander so ausgesehen, als ob schon der Geruch von Gesottenem sie glatt umwerfen würde. Etwas von dem, was er gesagt hat, ist mir durch und durch gegangen. Es kommt nicht oft vor, daß ich diesem Geschwätz zuhöre, weißt du, aber er sagte: Jarrow sei geschändet worden und hätte Zwillinge zur Welt gebracht – Hunger und Müßiggang. Das hat er gesagt.«

»Er hat auch recht, in gewisser Beziehung zumindest. Vielleicht weniger, was den Müßiggang anlangt. Alle Männer versuchen da drüben, sich nützlich zu machen. John zum Beispiel beschafft einfach alles. Es ist komisch.« Sie lächelte. »Kürzlich hat er erst behauptet, daß sich viele der Jungs eine gewisse Bildung überhaupt erst dadurch angeeignet haben, daß sie arbeitslos wären, und daß man eben, wenn der Magen leer ist, besser denken kann.«

»Ich hab ihn Samstag auf dem Markt gesehen. Mit einer Frau. Ziemlich jung, aber eine rechte Schnepfe. Glaubst du, daß es seine Frau war?«

»Nach der Beschreibung zu schließen muß es May gewesen sein«, sagte Sarah und nickte. »Klein, mager, eine richtige Schnepfe. Du weißt gar nicht, wie sehr du mit

deiner Beschreibung den Nagel auf den Kopf getroffen hast.«
Damit griff sie nach ihrer Handtasche und den Handschuhen und sagte: »Ich muß jetzt gehen. Ich habe Paul gebeten, auf Kathleen aufzupassen. Wie ich die beiden kenne, haben sie längst alles auf den Kopf gestellt.«
Erst auf dem Gehsteig fragte Phyllis: »Willst du noch immer ein Klavier für David haben?«
»Ja, das weißt du doch. Nur bringe ich im Moment das Geld nicht zusammen.«
»Ich weiß eines, das kostet bloß vier Pfund. Ali meint, das wäre ein Gelegenheitskauf. Er ist sogar selbst hingegangen und hat es sich angesehen. Es ist in der Fowler Street, und die Besitzer sitzen richtig in der Patsche. Ali sagt, es sei glatt geschenkt.«
»Aber vier Pfund! Ich hab sie nicht, Phyllis. Ich habe ungefähr dreißig Shilling bei mir. Höchstens.«
»Ich könnte es dir leihen, deshalb brauchst du dir nicht den Kopf zu zerbrechen. Ich stecke das Wechselgeld immer noch in meine alte Blechdose. Das kannst du gern haben.«
Sarah blinzelte durch den schrägfallenden, heftigen Regen über den Marktplatz zur St.-Hilda-Kirche und dachte sich: Es hellt auf. Der Tag hat sich aufgehellt und die Zukunft dazu. Wenn erst einmal die Furcht vor dem Klopfen an der Hintertür an jedem Montagvormittag wegfiel, dann würde es ihr bald besser gehen. Vielleicht gab es einen wochen-, ja monatelangen Aufschub, vielleicht war sie auf Lebzeiten befreit ... Wenn er sterben sollte ... O lieber Gott, laß ihn bloß sterben ... Wieder war sie an dem Punkt angelangt. Es war schrecklich, jemandem den Tod zu wünschen. Aber er verdiente es zu sterben. Er war ein böser, schrecklicher Mensch. Manchmal hatte sie das Gefühl, eher ein Reptil an sich drücken zu können, als seinen Anblick zu ertragen ... Und nun kam noch Phyllis daher und bot ihr an, ihr das Geld fürs Klavier zu leihen. Ja, es klärte auf. Das stand fest.
»Weißt du was? Ali soll fünf Shilling anzahlen, dann

könntest du selbst hingehen und es dir ansehen, hm?«
»Ja, ja, Phyllis.« Sarah nickte begeistert. »Ich komme am Montag hinüber. Wie lautet die Adresse?«
»Auswendig weiß ich sie nicht, sie wird im Geschäft notiert sein.« Sie sahen einander einen Augenblick lang schweigend an. Dann sagte Phyllis leise: »Möchtest du nicht einmal zu mir kommen, Sarah? Du bist noch nie bei uns gewesen.«
»Du hast mich nie eingeladen.«
Die Schwestern lächelten einander befangen an.
»Waller Place sieben.«
»Waller Place sieben, gut, ich komme, Phyllis. Ich werde nach Tisch kommen, wenn Kathleen wieder in der Schule ist. So gegen zwei, ja?«
»Gegen zwei, abgemacht. Aber erwarte nicht zuviel. Wenn ich mich auch unseres Hauses nicht zu schämen brauche, dazu besteht kein Anlaß.« Sie schob das Kinn vor. »Es ist bedeutend besser eingerichtet als die meisten auf der drüberen Stadtseite, das kann ich dir sagen.«
»Ich möchte es wirklich gerne sehen.«
»Also dann Montag. Wiedersehen, Sarah.«
»Wiedersehen, Phyllis.«
Rasch reichten sie sich die Hand und eilten auseinander, als wollten sie ihre Verlegenheit voreinander verbergen.
Als die Straßenbahn an der Stanhope Road anhielt, kam Sarah blitzartig ein Gedanke: Ich mach einen Sprung hinein! Und schon sprang sie ab, überquerte die Straße und eilte die zur Kirche führende Böschung hinab.
Die Kirche war menschenleer. Sarah tauchte die Hand ins Taufbecken, besprengte sich mit Weihwasser, ging an den Kreuzwegstationen vorbei zu den vorderen Bänken zum Marien-Altar und hatte dasselbe Gefühl, das sie stets hatte, wenn sie diese Kirche betrat: das Gefühl, heimzukommen. Nun war sie seit Jahren nicht mehr in dieser Kirche gewesen und hatte auch höchst selten einen Priester aufgesucht. Pater O'Malley hatte sie offensichtlich als hoffnungslos abgeschrieben. Aber seit Kathleen die Schule von St. Peter und St. Paul besuchte, hatte

Pater Bailey sie zweimal besucht. Er war nett, dieser Pater Bailey, und hielt sehr viel von Kathleen.
Sie begann zu beten. Das Vaterunser, das Gegrüßet seist du, Maria und das Glaubensbekenntnis.
Alle Gebete ihrer Kindheit. Und dann wandte sie sich direkt an Gott und flehte ihn um die Gnade an, ihren Vater dahinzuraffen, ihn sterben zu lassen. Sie hielt den Kopf tief gesenkt, barg das Gesicht in den Händen und war völlig in dieses Gespräch mit Gott vertieft, als würde er leibhaftig vor ihr stehen und sie sein Gewand anfassen können. Nimm ihn zu dir, o Herr, nimm ihn zu dir. Denn ich fürchte mich. Vergangene Woche hätte ich ihn beinahe erschlagen. Nimm ihn zu dir, o Herr. Ich kann seinen Anblick nicht länger ertragen. Er ist durch und durch böse, ich fürchte mich vor dem, was ich anstellen könnte. Ich habe schon daran gedacht, dasselbe zu tun, was er bei mir getan hat: Ihm eines Abends nachzuschleichen, wenn es dunkel ist und ... O Gott, vergib mir. Nimm ihn zu dir, ich flehe dich an, bevor ein Unglück geschieht ... Und ohne daß ihr ein Grund dafür eingefallen wäre, sagte sie sich ganz plötzlich die sieben Todsünden vor: Hoffart, Neid, Wollust, Falschheit, Zorn, Unmäßigkeit und Trägheit ...
»Sarah.«
Sie schnellte auf den Sitz zurück und starrte zu der Hand auf, die ihre Schulter berührt hatte. Und zu dem Gesicht, das sich zu ihr beugte.
»Alles in Ordnung, Sarah?«
»J-a-a, Pater. Ach, Pater, haben Sie mich erschreckt.«
»Das tut mir leid, Sarah.« Der Priester nahm langsam auf der Kirchenbank Platz; ungefähr einen Meter von ihr entfernt. »Hast du Kummer, Sarah?«
Sie schluckte und bewegte den Kopf, als wolle sie es ableugnen; jedoch gerade mit dieser Bewegung gab sie es zu, und Pater Bailey sagte: »Was ist es? Kann ich dir helfen? Komm, trockne dir die Augen.«
Sie kramte in der Handtasche, bis sie ihr Taschentuch fand, trocknete sich die Augen, putzte sich die Nase und

wischte sich erneut die Tränen ab, die ihr nun über die Wangen rollten.
»Ist es wegen deines Mannes?«
»O nein, nein!« Sie sagte es mit aller Eindringlichkeit, deren sie fähig war. »Er ist wunderbar zu mir, Pater. Glauben Sie mir: Niemand auf der ganzen Welt könnte besser zu mir sein, nein, nein.«
»Es handelt sich doch nicht um deine Tochter? Es kann nichts Schlimmes los sein mit Kathleen, ich habe sie doch gestern erst gesehen.«
»Nein, Pater, Kathleen geht es gut.«
»Möchtest du es mir nicht sagen, Sarah?«
»Ach, Pater . . .« Sie ließ sich mit dem ganzen Gewicht ihres Körpers gegen die Säule sinken. Konnte sie es ihm sagen? In den vergangenen Jahren hatte sie keiner Menschenseele verraten, was der Grund ihrer Seelenpein war. Jeder dachte, sie hätte mit den Nerven zu tun. Mein Gott, welche Erleichterung würde es für sie bedeuten, mit jemandem darüber sprechen zu können; zu wissen, daß jemand sie verstünde. Und dieser Priester, dieser gute Priester, würde sie verstehen. Daß sie nicht längst daran gedacht hatte! Aber dann erinnerte sie sich daran, daß sie es beichten hatte wollen und daß sie dieses Vorhaben dann wieder fallengelassen hatte. Sie erhob ihre Augen sehnsüchtig zu den seinen und fragte leise: »Dürfte ich es Ihnen im Beichtstuhl sagen, Pater?«
»Selbstverständlich, Sarah.« Er streckte ihr die Hand hin und half ihr auf wie einer Kranken. Dann wandte er sich um und ging ihr zum Beichtstuhl voran, den er von der einen, sie von der anderen Seite betrat.
Als sie niedergekniet war, flüsterte sie ihm durch das Gitter zu: »Soll ich so anfangen, als ob ich beichten würde, Pater?«
»Ja, Sarah.«
Und so begann sie in der vorgeschriebenen Form: »Segnen Sie mich, hochwürdiger Vater, denn ich habe gesündigt.« Diese Einleitung war ihr immer wunderlich vorgekommen, weil es so aussah, als bitte man den Prie-

ster, einen zu segnen, weil man gesündigt hatte. Aber heute kam es ihr nicht so vor. Sie fuhr fort: »Seit meiner letzten Beichte sind beinahe sechs Jahre vergangen. Die Messe habe ich zwar nur ein paarmal versäumt, aber ich bin nie zur Kommunion gegangen und habe auch meine österlichen Pflichten verabsäumt.« Sie hielt inne und dachte an all die läßlichen Sünden, die sie begangen hatte. Temperamentsausbrüche, unfreundliche Gedanken, Versäumen des Morgen- oder Abendgebets – all ihre kleinen Sünden zählte sie ihm auf, und dann machte sie eine kleine Pause, ehe sie sagte: »Meine Hauptsünde ist, Pater, daß ich jemandem den Tod wünsche. Darüber wollte ich mit Ihnen sprechen.«
»Weiter, Sarah, ich höre.«
Und so sagte sie es ihm. Sie berichtete ihm genau, was sich an jenem Neujahrsmorgen zugetragen hatte, sie erzählte ihm von dem Tag, an dem ihr Vater sie zum erstenmal besucht hatte, und von seinen seither allwöchentlich stattfindenden Besuchen. Von den fünf Shilling, die sie ihm pro Woche zahlte, und von der Angst, die ihr seit kurzem der Gedanke einjagte, daß sie ihm etwas antun könne. Und schließlich gestand sie ihm, daß sie froh, ja erfreut darüber gewesen sei, als sie gehört hätte, daß man ihn bewußtlos geschlagen habe.
Nachdem sie geendet hatte, gab der Priester keinen Laut von sich, und Sarah verharrte still und wartete ab. Und dann sagte er etwas völlig Überraschendes zu ihr. Er sagte nämlich: »Liebst du diesen Mann, Sarah, den Bruder deines Mannes?«
»Nein, nein, Pater«, antwortete sie wie aus der Pistole geschossen.
»In keiner Hinsicht, Sarah? Hast du ihn nicht etwa dazu ermutigt, sich dir gegenüber Freiheiten herauszunehmen?«
»Nein, Pater, nein! Ich habe mich ein wenig vor ihm gefürchtet, weil ich zu ahnen glaubte, welcher Art seine Gefühle mir gegenüber waren.«
»Und hast du seine Gefühle nicht erwidert?«

Sie schwieg einen Moment. Dann stammelte sie: »Er ist ein sehr gut aussehender Mann, Pater. Sehr männlich. Er ist ... er ist unglücklich mit seiner Frau, das weiß ich. Er hat mir ... manchmal ... sehr leid getan. Und manchmal wäre ich ... wäre ich gerne nett zu ihm gewesen. Aber ich habe ihn niemals ermutigt, Pater, niemals. Und ... und ich liebe ihn nicht.« Sie sah sich außerstande, dem Priester einzugestehen, daß es etwas in ihrem Innern gab, das nach dem Bruder ihres Mannes verlangte, und daß sie sich dessen schämte, daß sich dieses Gefühl von Zeit zu Zeit wie ein wildes Tier in ihr aufbäumte, und zwar für gewöhnlich dann, wenn ihr Mann sie auf seine behutsame Weise liebte. Dann konnte es geschehen, daß sie sich nach einer anderen Art Liebe verzehrte, einer wilden, rasenden, jeder Vernunft hohnsprechenden Liebe, einer Art Liebe, wie sie sie an jenem Neujahrsmorgen empfunden hatte, als John sie in die Arme geschlossen hatte. Nein, das konnte sie dem Priester nicht sagen, weil sie sich dessen selbst kaum bewußt war. Die Gedanken, die einer Frau durch den Kopf gehen, während ihr Mann sie liebt, und die Gedanken, die sie die übrige Zeit beschäftigen, scheinen zwei völlig verschiedenen Geschöpfen anzugehören. Aber wenn diese beiden Geschöpfe ineinander verschmolzen, wie dies manchmal am hellichten Tag geschah, wo sie von einem übermächtigen Gefühl überwältigt zu werden drohte, dann rettete sie sich stets dadurch, daß sie an das Glück dachte, das David ihr geschenkt hatte, und an die leidenschaftliche Liebe, die sie für ihr Kind empfand.

Der Priester sagte: »Du bist sehr dumm gewesen, Sarah. Erstens einmal hättest du deinem Vater niemals Geld geben dürfen.«

»Ich konnte nicht anders, Pater. Ich wußte, daß er es sonst meinem Mann gesagt hätte. Und obgleich David ihm nicht geglaubt hätte, nicht wirklich, meine ich, hätte es zwischen ihm und seinem Bruder Streit gegeben. Und er hängt an seinem Bruder. Sie hängen beide sehr aneinander. Und dann war da seine Mutter. Seine Mutter mag mich nicht, und ich wußte, daß das Leben, wenn sie etwas von der Geschichte erführe, für uns alle unerträglich werden würde. Dann war da noch meine Schwägerin, Johns Frau. Sie ist ein sehr merkwürdiger Mensch, Pater. Nach außen hin wirkt sie beinahe ruhig, aber in Wirklichkeit ist sie hart, streng, ja unbarmherzig. Sie sehen also, ich mußte einfach dafür sorgen, daß mein Vater den Mund hielt.«

»Wenn er aus dem Spital kommt . . . du mußt übrigens aufhören, darum zu beten, daß er nicht mehr herauskommt, hörst du, Sarah?«

»Ja, Pater.«

»Also, wenn er aus dem Spital kommt, mußt du ihm sagen, daß du ihm kein Geld mehr geben wirst. Sollte er unangenehm werden, droh ihm ruhig mit der Polizei.«

»Aber Pater!«

»Paß auf, Sarah, das mußt du tun. Du mußt ihm Angst einjagen. Ob du dann tatsächlich zur Polizei gehst oder nicht, liegt in deinem Ermessen. Erpressung ist jedenfalls ein ernstes Vergehen, und die würden ihm dort schon beibringen, was darauf steht. Eines mußt du dir vor Augen halten: Er untergräbt deine Gesundheit. Du hast ziemlich viel abgenommen, nicht?«

»Ja, Pater, achtundzwanzig Pfund.«

»Nun, das kann keinesfalls so weitergehen. Du weißt genau, was du tun solltest, willst es aber nicht tun. Ich glaube fest, daß du deinen Mann davon in Kenntnis setzen solltest. Soweit ich ihn kenne, scheint er ein höchst vernünftiger Mensch zu sein. Ich mag ihn, Sarah.«

»Danke, Pater, aber . . . aber ich könnte es ihm nicht sagen.«

»Nun, dann laß es eine Weile, bis dein Vater aus dem Spital kommt. Aber in der Zwischenzeit mußt du ernstlich darüber nachdenken, wie du dich deinem Mann am besten anvertrauen kannst. Wenn du willst, bring ihn zu mir, ich spreche schon mit ihm.«

»Ich könnte es nicht, Pater. Es gäbe zu viele Verwicklungen.«

»Du mußt tun, was du für das Beste hältst, mein Kind. Aber vergiß nicht, daß ich stets für dich da bin, falls du mich brauchen solltest.«

»Danke, Pater. Jetzt fühle ich mich besser.«

»Lege ein nun auch angemessenes Reuebekenntnis ab, Sarah.«

Nachdem sie es getan hatte, geleitete sie der Priester bis zum Kirchentor. Dort ergriff er ihre Hand und sagte: »Du brauchst dich vor nichts zu fürchten, solange dein Gewissen rein ist . . . Das mußt du dir zum Lebensziel machen, Sarah: Halte dein Gewissen rein.«

»Ja, Pater.« Sie neigte das Haupt. »Auf Wiedersehen, Pater, und danke, danke vielmals.«

»Auf Wiedersehen, Sarah.«

Beruhigt trat sie den Heimweg an, der am Bahnhof vorbei zu den Hafenanlagen führte, wo es, wie gewöhnlich, von Arbeitslosen wimmelte. Manche standen in kleinen Gruppen beisammen und unterhielten sich, andere lehnten schweigend am Geländer und starrten einfach ins Leere, sozusagen aus einer unergiebigen Gegenwart in eine unergiebige Zukunft. Sie hielten längst nicht mehr Ausschau nach Vorarbeitern oder Werkführern, weil sie die Hoffnung, Beschäftigung zu finden, aufgegeben hatten. Und weil auch die Vorarbeiter und Werkführer größtenteils dastanden und vor sich hin starrten. Das Bunte, Aufregende, das früher die Hafenanlagen erfüllt hatte, war dahin.

Als Sarah an den Büros der Hafenanlagen vorbeiging, dachte sie: Da drinnen ist David. Sie kannte seinen Platz genau, er befand sich rechterhand vom Haupteingang, gleich wenn man hineinkam. Ihr Blick war auf sein neben der Tür befindliches, verschmutztes Fenster gerichtet, und dieser Blick war von Zärtlichkeit erfüllt.

David hatte Glück: Er gehörte zu jenen Beneideten, die Arbeit hatten. Solange in den Hafenanlagen überhaupt noch etwas los war, war er – und damit auch sie – in Sicherheit. Aber David machte für diese Sicherheit nicht die Docks verantwortlich, sondern Mr. Batty. Er hatte einmal zu ihr gesagt, als er vom Büro gesprochen hatte: »Weißt du, seiner Meinung nach hat er mich erst so richtig eingeschult oder abgerichtet, wenn du so willst. Wenn es in diesem Berufszweig überhaupt so etwas wie Sicherheit gibt, dann habe ich es diesem Umstand zu verdanken. Mein Leben hat er wirklich nicht unerträglich gemacht, wie's manch anderem bei ihm passiert ist. Ich glaube, er sieht mich als seinesgleichen an, was einen Teil seines Erfolges anlangt.«

»Und macht es dir nichts aus?« hatte sie gefragt.

»Nein.« Er hatte sie angelächelt. »Warum auch? Ihm macht's Spaß, und mir tut's nicht weh.«

Das war wieder ganz David, immer freundlich und sanft. Oh, sie dankte Gott für David. Sie fühlte sich erleichtert, glücklicher. Weshalb war sie nicht schon früher zu Pater Bailey gegangen! Sie wünschte, sie hätte es getan.

Da es zu regnen aufgehört hatte, beschloß sie, zu Fuß nach Hause zu gehen, damit konnte sie den Bus sparen. Sie überquerte die Straße und betrat die Unterführung, die dunkel und düster war. Das machte auf Sarah aber keinerlei Eindruck, sie war daran gewöhnt.

Als sie wieder ans Tageslicht kam, bog ein Mann um die Ecke. Er kam mit langen, raschen, entschlossenen Schritten daher, und plötzlich hob er die Hand und begann zu laufen. Sarah drehte den Kopf zur Seite und stöhnte innerlich auf. O nein, nein, nicht heute, dachte sie furchterfüllt. Sie würde den ganzen, langen Heimweg mit ihm gehen müssen. Was würde geschehen, wenn ihr Vater . . . Sie schloß die Augen. Sie hatte ganz vergessen, daß er ja im Spital war. Die Erleichterung hierüber befreite sie von ihrer Angst, und sie blickte John entgegen, der auf sie zugeeilt kam.

»Komisch, daß ich dich hier treffe . . . Komm, gib mir deine Tasche.« Er nahm ihr die Handtasche ab.

»Es ist nichts drinnen«, sagte sie.

»Tatsächlich.« Er schwenkte die Tasche hin und her. »Wo bist du gewesen?«

»Ich habe Phyllis besucht.«

»Was du nicht sagst!« Er ging nun neben ihr und versuchte, seine Schritte den ihren anzupassen. »Wie geht es ihr?«
«Oh, sehr gut.«
»Ich war bei Ted Cobber. Er wohnt beim Friedhof in Jarrow, aber ich wollte zu Fuß gehen, also bin ich den Hafen entlangmarschiert, um in Übung zu kommen. Wir waren jahrelang in derselben Werkstatt. Er fühlt sich ein bißchen ausgeschlossen, weil man ihn nicht für den Aufmarsch nominiert hat.«
»Ist er älter als du?«
»Nein, nein, ungefähr gleich alt, glaube ich. Aber er hat die Untersuchung nicht bestanden. Die Ärzte waren fürchterlich genau. Es ist direkt ein Wunder, daß man zweihundert als tauglich bezeichnet hat, wenn man die näheren Umstände berücksichtigt.« Er sprach mit ruhiger, normaler Stimme.
Sarah nickte. »Ja, das ist ein Wunder«, sagte sie.
Einige Minuten gingen sie schweigend nebeneinander her, aber jede einzelne Sekunde dieser Minuten war sich Sarah des Mannes an ihrer Seite bewußt. So war es immer, wenn sie allein mit ihm war. Sie hätte das Schweigen gerne gebrochen, war jedoch nicht dazu imstande und deshalb sehr erleichtert, als er sagte: »Ich war bei ihm, um mir seine Zeltbahn auszuborgen; früher einmal ist er viel mit dem Rad unterwegs gewesen und hat im Freien übernachtet.«
»Aber du mußt doch nicht im Freien übernachten?«
»Nein, nein. Es ist alles in den diversen Stadtzentren richtig organisiert, aber höchstwahrscheinlich werden wir auf dem Boden schlafen müssen, das schon. Und da kann man eine Zeltplane als Regenschutz natürlich gut gebrauchen, weißt du.«
Seit Wochen sprach er von nichts anderem mehr als von dem Hungermarsch nach London, zu dem sie am Montag aufbrechen wollten. Sarah war mit den Namen der Anführer beinahe schon ebenso vertraut wie May: Da war David Reilly, Ratsmitglied Paddy Scullion, Ratsmitglied

Symonds und Ratsmitglied Studdick, der Vertreter der Konservativen, sowie Harry Stoddard, sein Gegner von der Arbeiterpartei. Sie wußte, daß die beiden letzten, obwohl sie aus verschiedenen politischen Lagern stammten, gemeinsam vorausgeschickt worden waren, um den Empfang für die Marschierenden in Harrogate, Leeds, Barnsley, Bedford, Luton und noch zwei Städten vorzubereiten.

Aber der Name, den John am meisten im Mund führte, war der von Ellen Wilkinson. Sarah hatte Ellen Wilkinson niemals gesehen. Wenn sie an sie dachte, stellte sie sich nie eine Frau vor, jedenfalls keine gewöhnliche, normale Frau. Eine Frau, die imstande war, so viele Männer anzuführen, konnte einfach keine gewöhnliche, normale Frau sein. Natürlich konnte überhaupt keine der Frauen, die im Parlament waren, gewöhnlich und normal sein. Frauen hatten, Sarahs Meinung nach, eine ganz andere Bestimmung. Es stand ihnen nicht zu, mit den Männern im Parlament um die Wette zu schreien. So dachte jedenfalls Sarah.

John schwieg jetzt. Er hielt keine großen Reden über die diversen Anordnungen und die Männer, die diese Anordnungen getroffen hatten, noch über sämtliche Wenn und Aber. Er wollte sich nicht mit Hemsley Henson, dem Bischof von Durham, herumschlagen oder Gordon, dem Bischof von Jarrow, verehrungsvoll zu Füßen sinken. Die Hochachtung, die er für letzteren empfand, hatte nichts mit dem Kirchenmann zu tun.

Als Sarah ihn ansah, war sie über den außergewöhnlichen Ausdruck von Trauer, der auf seinem Gesicht lag, überrascht. Sie hatte ihn noch nie traurig gesehen. Angriffslustig, verbittert, ausgelassen, angeheitert, ja. Aber niemals traurig.

Er blickte geradeaus, als er sagte: »Es wird für die Marschierenden in der Christuskirche ein kurzer Gottesdienst abgehalten, ehe sie losziehen.«

»Oh, das finde ich schön«, sagte sie. Ihr fiel nichts anderes ein.

Und dann fragte er sie: »Würdest du hinkommen, Sarah?«
Sie sah rasch zu ihm auf. »In die Kirche, meinst du?«
»Ja, in die Kirche.« Er sah immer noch geradeaus.
»Gut, John, ich werde kommen. May könnte mich ja abholen und . . .«
»Weder May noch meine Mutter gehen hin, wenn auch aus verschiedenen Gründen. Meine Mutter würde keinen Fuß in eine Kirche setzen, und wenn es gälte, ihr Leben zu retten; übrigens auch das anderer. Und was May anlangt, die glaubt weder an Gott noch an . . . Menschen.« Er betonte das letzte Wort. »Sie sagt, daß es reinste Heuchelei sei, wenn diese Männer ausgerechnet vor ihrem Protestmarsch zur Kirche gingen, weil sie jede Wette eingehe, daß keiner von uns seit Jahren eine katholische oder protestantische Kirche von innen gesehen hätte. Und in gewisser Hinsicht dürfte sie damit sogar recht haben. Nur daß es sich bei diesem Hungermarsch um keinen gewöhnlichen Marsch handelt. Zumindest meiner Meinung nach. Unsere Landsleute sind schon von Schottland und Cumberland und Yorkshire und Wales und Durham nach London marschiert, aber unser Marsch ist irgendwie anders. Runciman hat gesagt, daß die Regierung nichts für Jarrow tun könne, daß Jarrow sich schon allein helfen müsse. Nun, das tun wir ja gerade mit diesem Marsch. Einige von uns werden es vielleicht niemals schaffen; es ist ein langer Weg, wenn einem bloß zwei Beine und geflicktes Schuhwerk zur Verfügung stehen.« Er sah auf seine Stiefel nieder, und Sarah folgte seinem Blick. Sie waren frisch geflickt, glänzten jedoch wie eh und je. John hielt sich vorbildlich, was diesen Punkt anlangte.
Eine sie weich und kraftlos machende Welle überschwemmte ihren Körper. Wieder einmal und beinahe ohne, daß sie sich dessen bewußt wurde, vergaben ihm sowohl ihr Körper als auch ihre Seele all den Kummer, den er ihr bereitet hatte. Einen Augenblick lang vergaß sie sogar, daß sie erst vor ganz kurzer Zeit in Todesangst

in der Kirche gekniet war. Und gleichzeitig ging ihr ein, wie sie sich sagte, ganz dummer Gedanke durch den Sinn. Ich wünschte, ich wäre seine Mutter, sagte sie sich nämlich. Ihr war, als könne sie diesem riesigen, angriffslustigen Mann bis auf den Grund seiner Seele blicken, um dort den ewigen kleinen Jungen zu entdecken, der dringend jemanden brauchte, an den er sich wenden konnte, der sich seine Meinungen mit Interesse anhörte und der ihm die schwarzen Haare aus der Stirn strich, wenn er sich für die Dinge, die ihm am Herzen lagen, ereiferte . . .

›Halte dein Gewissen rein. Das mußt du dir zum Lebensziel machen, Sarah. Halte dein Gewissen rein.‹ Die Worte des Priesters dröhnten geradezu in ihren Ohren, daß sie innerlich aufstöhnte: O Gott! Ich habe doch nichts getan, ich habe doch kein Wort gesagt! Sie verteidigte sich innerlich. Es war einfach so, daß sie, wenn sie allein mit ihm war, so etwas wie Zuneigung, Verständnis, vielleicht bloß ein Gefühl des Mitleids für ihn empfand. Es war stets so, als wolle er ihren Schutz in Anspruch nehmen. John und Schutz brauchen . . . hach! Sie nicht so albern! machte sie sich über sich selbst lustig. Was er in Wahrheit wollte, war, sie aufs Kreuz zu legen und vor Liebe zu zermalmen. Ach, sie wußte es, sie wußte doch, was John wollte. Ihr Körper sagte es ihr, was John wollte. Und da redete sie sich auf mütterliche Gefühle aus. Sie war nicht aufrichtig mit dem Priester gewesen . . . O doch, sagte sie sich. Als sie mit dem Priester gesprochen hatte, waren ihr keine derartigen Gedanken gekommen. Nur wenn sie mit John allein war, überfielen sie sie. Ach Gott, wären wir nur daheim, dachte sie. Und weshalb hatte sie zugesagt, zur Kirche zu kommen, wo doch weder seine Frau noch seine Mutter hingingen und sie mehr als einen Grund gehabt hätte, nicht hinzugehen. Es war Katholiken untersagt, dem Gottesdienst einer anderen Glaubensgemeinschaft beizuwohnen. Es war eine Sünde, das wußte sie. Und dennoch hatte sie gesagt, daß sie kommen werde. Wo Pater Bailey doch so gut zu ihr gewesen war. Ach, wären sie bloß erst daheim ... Schweigend und im Gleichschritt gingen sie nebeneinander her. Jeder von ihnen blickte geradeaus. Dann setzte John dort fort, wo er vor einigen Minuten aufgehört hatte: »Es ist, als ob jeder von uns eine geheime Mission hätte, weißt du. Ich glaube, daß seit Jahren nichts so gut organisiert worden ist wie dieser Marsch, das könnte ich beschwören. Die Petition wird dem Parlament von aufrechten Männern überreicht werden und nicht von einem lärmenden Haufen, als den die andern uns gern bezeichnen möchten. Die paar Leute, die gegen uns sind, werden von der Majorität, die für uns ist, leicht aufgewogen. Ganz Tyneside steht hinter uns, ja selbst der Bürgermeister von Newcastle, Ratsherr Lock, wird die ganze Strecke mitmarschieren. Der steht nicht abseits und behauptet, jeder müsse für sich selbst sorgen. Er hat gesagt – und das sind seine eigenen Worte: ›Jarrows Sorgen sind unsere Sorgen‹ – und weißt du, Sarah« – nun sah er sie voll an –, »das vergessen die meisten. Heute sind's wir. Aber morgen werden es die anderen sein, wenn diesem Krebsschaden nicht Einhalt geboten wird.«

Als sie nichts darauf antwortete, wartete er einen Moment ab, ehe er sagte: »Hast du was?«

»Nein, nein. Nur die Feuchtigkeit, weißt du, die geht einem durch und durch.«

Abermals blickte er geradeaus und schwieg eine Weile, ehe er sie fragte: »Warst du diese Woche beim Arzt?«

»Ja.«

»Was hat er gesagt?«

»Ach, bloß daß ich mehr essen soll.« Sie zwang sich dazu, ihn anzulächeln. »Ich habe ihm gesagt, es macht mir nichts aus, wenn ich abnehme. Die schlanke Linie ist modern.«

Er heftete seinen Blick auf sie, als er fragte: »Hat dein Kummer irgend etwas mit mir zu tun, Sarah?« Dabei streckte er rasch die Hand nach ihr aus und rief, als sie zurückschreckte: »Fürchte dich doch nicht vor mir, ich will dir bestimmt nichts tun. Wär' ja auch gar nicht mög-

lich.« Mit einer Kopfbewegung deutete er auf die allen zugängliche Senke und zeigte auf die Uhr. »Ich mach mir doch nur Sorgen um dich, tjaja, das tu ich.« Er nickte heftig. »Weil du dich offensichtlich nicht mehr wohl fühlst, seit . . .« Er wandte den Kopf hin und her und murmelte schließlich zwischen den Zähnen: »Seit jenem Neujahrsmorgen. Wenn du dir meinetwegen Gedanken machen solltest, dann kann ich dich beruhigen. Es wird nicht wieder vorkommen, das hab ich dir doch gesagt! Na also.« Er wandte den Kopf wieder zur Seite. »Sag es mir doch, Sarah. Ist es meinetwegen?«
Sie schwitzte; sie spürte, wie ihr der Schweiß zwischen den Brüsten und aus den Achselhöhlen herunterrann. Nie zuvor hatte sie sich gewünscht, ihm reinen Wein einzuschenken. Hatte sie für einen einzigen Tag nicht bereits genügend reinen Wein eingeschenkt? Der Kummer, der sie ganz ausfüllte, kam ihr wie der Schaum in einer Flasche vor. Sie wußte genau, daß es, wenn sie erst einmal nachgab, schwierig sein würde, die Flut zu stoppen. Eines stand fest: Wüßte er, weshalb sie sich so quälte, dann hätte sie sich, was ihren Vater anlangte, keine Sorgen mehr zu machen brauchen. Er würde ihn bedrohen, in Panik versetzen, ja wahrscheinlich sogar das Geschäft, das dieser junge Kerl begonnen hatte, zu Ende führen. Ihn totprügeln. Bei der bloßen Vorstellung allein fröstelte es sie . . . Aber noch etwas stand fest: Beantwortete sie seine Frage aufrichtig, dann waren sie durch stärkere Bande miteinander verbunden als durch jene, die durch körperliche Mittel zustande kommen würden. Sie konnte sich selbst diese Erkenntnis, was Johns mutmaßliche Reaktion betraf, nicht erklären. Irgendwie hatte sie das Gefühl, daß er sich unbewußt das Mäntelchen moralischer Rechtschaffenheit umhängen würde, wenn er um ihretwillen ihrem Vater etwas antat. Noch dazu würde er sicherlich darüber frohlocken, daß er von nun ab etwas von ihr besitzen würde, an dem David keinen Anteil hatte.
Sie nahm eine aggressive Haltung und einen ebensolchen

Ton an, als wolle sie sich dadurch vor ihm schützen. Sie schrie ihn an: »Weshalb mußt du das immer wieder zur Sprache bringen? Wie kannst du dir nur einbilden, daß es auch nur das geringste mit dir zu tun haben könnte, wie mir zumute ist? Du hast Nerven, alles, was recht ist!« Ihre Augen funkelten, sie streckte das Kinn kampflustig vor und eilte derart schnell dahin, daß er ihr kaum folgen konnte.

»Ist ja schon gut, Sarah, ist ja schon gut«, sagte er in beruhigendem Ton. »Es hat mich nur interessiert. Führ dich nicht so auf. Wenn du so daherredest, bist du genauso wie May.« Seine Stimme klang noch immer ruhig.

Sie blieb wie angewurzelt stehen. »Ich bin nicht wie May!«

»Nein . . . nein, das bist du nicht.« Er sah sie an. Sein Gesichtsausdruck war ausgesprochen zärtlich. »Nein, gottlob, du bist wirklich nicht wie May.«

Abermals schritten sie schweigend dahin. Als sie in die Camelia Street einbog, tat er dasselbe. Er sagte weder: Wiedersehen, auf bald. Noch: Du hast doch nichts dagegen, wenn ich auf einen Moment mit hineinkomme. Er begleitete sie einfach heim.

Als sie sich der Haustür näherten, hörten sie helles Gelächter, das – kaum hatten sie den Türklopfer betätigt – von eifrigem Getrippel unterbrochen wurde. Dann wurde die Tür aufgerissen, und da standen Paul und Kathleen, und ihre Gesichter strahlten in kindlicher Unbeschwertheit.

Kathleen wollte schon: Mami, Mami! rufen, als sie John erblickte. Sofort sprang sie ihm in die Arme und schrie aus Leibeskräften: »Onkel John! Ja, Onkel John!« Es war, als hätte sie ihn seit Tagen nicht gesehen.

John trat ein und hielt das Kind, dessen Beine seine Taille umklammerten, an den Schultern fest, während Kathleens Kopf nach unten baumelte.

Paul, der mit Sarah in die Küche ging, sagte leise: »Wir haben eine Tasse zerbrochen, Tante.«

»Nicht wir. Ich!« Kathleen schielte Paul von unten her-

auf an, schwenkte die Arme und rief: »Ich hab's getan. Ich hab sie ihm nachgeworfen, Mami.«
»Du hast was? Laß sie los, John.«
John hob das Kind hoch, stellte es dann auf den Boden, und Sarah sagte, während sie ihr Kind ansah: »Du hast Paul eine Tasse nachgeworfen? Weshalb hast du das getan?«
Kathleen verschränkte die Hände auf dem Rücken, schlenderte zum Herd, ließ sich davor nieder, und dann antwortete sie erst: »Bloß so.«
»Was heißt ›bloß so‹?« sagte Sarah mit strenger Stimme. Sie wandte sich an Paul: »Weshalb hat sie nach dir geworfen?«
»Höchstwahrscheinlich hat er's verdient.« John versetzte seinem Sohn einen sanften Stoß, durch den er auf Davids Stuhl landete, und der Junge sagte, indem er Sarah ansah: »Wir . . . wir haben nur gespielt. Ich . . . ich habe sie geneckt.«
»Hast du nicht, gelogen hast du, jawohl, das hast du.« Das kleine Kinn wurde hochgereckt. »Er hat gesagt, Mami . . .« Kathleen sah Sarah an: »Er hat gesagt, daß du ihn lieber hättest als mich. Bitte! Deshalb hab ich ihm die Tasse nachgeworfen. Leider hab ich ihn nicht getroffen. Verdient hat er's. Weil es nicht wahr ist, nicht wahr, Mami?«
»Ich hab sie bloß geneckt, Tante«, sagte der Junge mit gesenktem Kopf.
Sarah sah gleichfalls zu Boden. Sie konnte ihrer Tochter nicht einfach sagen: Natürlich ist es nicht wahr, weil das den Jungen gekränkt hätte, und es war Johns Junge. Darum sagte sie nur: »Du wirst ein paar draufkriegen, und zwar bald, wenn mich nicht alles täuscht.« Und dann griff sie auf das älteste Hilfsmittel zurück, das sie immer anwendete, wenn sie keinen Ausweg wußte. Sie sagte: »Ich werde jetzt Tee machen . . . Wir sind ganz durchfroren.«

Am Montagmorgen stand Sarah vor dem Rathaus von Jarrow und sah zu, wie der Bürgermeister die Männer inspizierte. Zweihundert schäbig gekleidete, frisch rasierte, saubere, magere Männer. Sie folgte ihnen, als sie zur Christuskirche marschierten, und als sie eintraten, hielt ein Mann vor ihr einen Jungen vom Betreten des Gotteshauses ab, indem er sagte: »Nur für Ehefrauen und Mütter, Junge.« Einen Augenblick zögerte Sarah, aber der Mann ließ sie anstandslos durch, und sie nahm in einer der hinteren Reihen Platz. Der Bürgermeister und die Mitglieder der Stadtgemeinde saßen vorne, und Bischof Gordon las die Messe.
Sarah war nie in ihrem Leben in einer anderen als einer katholischen Kirche gewesen, aber der Gottesdienst kam ihr deshalb nicht fremd vor, weil sie ihm gar nicht folgte. Ihre Gedanken waren ganz woanders. Ein Gefühl tiefer Niedergeschlagenheit hatte Besitz von ihr ergriffen. Dennoch empfand sie gleichzeitig so etwas wie Heiterkeit und Unternehmungslust: Am liebsten wäre sie mitmarschiert. Sie wünschte, sie wäre dazu in der Lage gewesen. O ja, das wünschte sie sich.
Als der Gottesdienst zu Ende war, gingen alle ins Freie, und John trat an ihre Seite. Er hatte eine eingerollte Zeltbahn über die Schulter geschlungen. Er wirkte groß, kräftig, finster, aber auch ein wenig stolz.
»Nun, das wär's.« Es klang wie das Lebewohl eines Mannes, der in den Krieg zieht. Sie sah ihn an, brachte jedoch kein Wort hervor. Eine tiefe Trauer hatte sämtliche anderen Gefühle verdrängt. Das neben ihnen stehende Paar umarmte sich; alle Menschen ringsum umarmten einander, Frauen, Mütter, Kinder – alle klammerten sich an die Männer an, als ginge es darum, in den Tod zu marschieren.
Sie wußte, daß sie etwas hätte sagen sollen, aber sie konnte ihre Gedanken nicht in Worte fassen, sie bildeten ein wildes Durcheinander und waren ebenso schmerzerfüllt wie ihr ganzer Körper. Es war ein merkwürdiger, neuer Schmerz, der keinem ähnelte, den sie je zuvor

empfunden hatte. Als ihr die Tränen in die Augen stiegen, tauchte Johns Gesicht vor ihr auf wie das Spiegelbild über gekräuseltem Wasser. Sie hörte ihn mit leiser Stimme sagen: »Sarah. Sarah. Ach, Sarah.« Dabei hatte er ihre Hand ergriffen. »Danke, daß du gekommen bist. Du kannst dir nicht vorstellen, was das für mich bedeutet. Leb wohl, Sarah.«

Sie war nicht einmal imstande, seinen Namen auszusprechen oder ihm leb wohl zu sagen. Aber ihre Seele, die sich noch immer in Aufruhr befand, übertönte mit nie geahnter Kraft die Stimme des Gewissens, mit einer Kraft, die durch Besonnenheit nicht zu bändigen war. Einer Besonnenheit, die ihr das, was man so Schicklichkeit nannte, aufgezwungen hätte. Obwohl der Zwischenraum zwischen ihnen nur wenige Zentimeter betrug, schien die Entfernung voneinander immens zu sein, es war, als müßte sie einen Riesensprung machen, um ihn zu erreichen. Aber sie erreichte ihn. Ihr Mund ruhte auf der scharfen Furche seines Kinns, direkt neben seinem Mund. Nach sekundenlangem Zögern, als sie schon dachte, daß er sie nicht berühren werde, schlangen sich seine Arme um sie und hielten sie fest wie ein Schraubstock. Und dann stand sie zitternd und tränenblind mitten unter den übrigen Frauen, und er war auf der Straße draußen, wo sich eben die Reihen zum Abmarsch formierten.

Mit der Innenseite des Daumens wischte sie sich rasch die Tränen von den Wangen und sah ihn über das Gedränge hinweg klar und deutlich. Er sah zu ihr hin. Er hob die Hand nicht zu einem letzten Gruß, er sah sie einfach an und hielt ihren Blick fest. Dann sah sie, wie er den Kopf abwandte, es war der mächtige Schädel eines Eroberers.

Eine kleine Frau neben ihr weinte, schnupfte auf und putzte sich geräuschvoll die Nase. »Da gehen sie hin, diese Skelette von Palmer. Er wird ihnen nichts nützen, diesen Hungermarsch. Die Werft ist tot und kann niemals wieder zum Leben erweckt werden.«

Eine hinter Sarah stehende Frau sagte mit rauher Stimme: »Nun, sie machen wenigstens einen verdammt anständigen Versuch. Es ist gut, daß nicht alle Menschen so denken wie Sie. Wenn unsere Männer in London einmarschieren, werden sie vielleicht wie Skelette aussehen, aber was ihnen an Fleisch fehlt, ersetzen sie durch ihre Einstellung, darauf können Sie sich verlassen.«
Die kleine Frau, die offensichtlich danach trachtete, ihren Anfall von Mutlosigkeit wieder auszugleichen, sah Sarah an und sagte: »Ihr Mann wird's überstehen, er ist groß und kräftig, der kommt durch. Das ist doch Hetherington, nicht wahr? John Hetherington? Ich habe gehört, wie mein Sohn von ihm gesprochen hat. Haben Sie Kinder?«
Sarahs Gedanken waren noch immer völlig verwirrt, und so sagte sie, ohne zu überlegen: »Ich habe eine Tochter, aber er . . . er ist nicht mein Mann.«
»Was Sie nicht sagen!« Es lag Überraschung in diesem Ausruf.
»Er ist mein . . . mein Bruder . . .«
»Ach so.« Die Frau fügte lächelnd hinzu: »Das hätte ich mir eigentlich denken können. Sie sind ganz gleich gebaut, groß und stämmig.«
Sarah wandte sich langsam um. Die Marschierenden waren bereits außer Sichtweite. Die Zurückgebliebenen brachen der Reihe nach auf. Sie nickte der kleinen Frau kurz zu und sah sich plötzlich jener Frau gegenüber, die hinter ihr gestanden war und die sie aus zusammengekniffenen Augen prüfend anblickte. Dann sagte sie mit ruhiger Stimme: »Ich habe jahrelang für Mrs. Hetherington gewaschen, aber daß sie eine Tochter hat, höre ich heute zum erstenmal.«
Sarah holte tief Luft, ehe sie stammelte: »Ich habe nicht B-bruder, sondern Sch-schwager gemeint. Aber die Frau« – sie deutete mit einer Kopfbewegung auf die Straße, wo die Frau stand –, »sie . . . sie ist mir ins Wort gefallen.«
»Tjaja, verstehe . . . Wie geht es Mrs. Hetherington denn immer?«

»Oh, recht gut.«
»Sagen Sie ihr doch, daß ihre Hannah nach ihr gefragt hätte.«
»Mach ich . . . Wiedersehen.«
»Wiedersehen.«
Sarah wußte genau, was ihr Gegenüber dachte, als hätte die Frau es ihr ins Gesicht geschrien: Wo ist denn seine Frau? Weshalb ist denn sie nicht mitgekommen?
Sie nahm nicht den Bus, sondern ging zu Fuß weiter, und zwar rasch, als ob es auf diese Weise möglich gewesen wäre, der tadelnden Stimme in ihrem Innern zu entfliehen, die ständig wiederholte: Du bist verrückt, du bist verrückt, du bist verrückt, du bist verrückt. Sie hatte bereits den halben Heimweg zurückgelegt, ehe sie diese Stimme zum Schweigen zu bringen versuchte, indem sie sich sagte: Aber ich liebe David, wirklich.
Das hast du ja eben klar und deutlich bewiesen. Vor aller Welt auch noch dazu. Als du ihn vor allen Menschen geküßt hast.
Ich hab mir nichts dabei gedacht, ehrlich. Er hat so entsetzlich verlassen ausgesehen. Er ist einsam. Er hat keine Menschenseele.
Diese Frau vorhin war jedenfalls anderer Meinung; die wußte genau, daß er verheiratet ist . . . Und sie kennt seine Mutter, vergiß das nicht. Du bist verrückt, ich sag's dir ja, völlig verrückt. Jetzt wird nicht nur dein Vater hinter dir her sein, sondern sämtliche Klatschbasen der Umgebung. Denn daß das eine Klatschbase war, das ist dir ja klar.
Auf der Don Bridge blieb sie einen Moment stehen und blickte auf die schlammigen Sandbänke hinunter, zwischen denen sich der schmale, dunkle Fluß seinen Weg zum Tyne bahnte. Sie fühlte sich erschöpft und aufgerieben. Er ist wie ein Magnet, dachte sie, dieser John; er bringt alles Schlechte in mir ans Tageslicht.
Pater Bailey hatte recht gehabt: Halte dein Gewissen rein, hatte er gesagt.
Der gute Pater Bailey.

Aber Pater O'Malley hatte gesagt, aus einer Mischehe sei noch nie etwas Gutes entstanden.
Der kluge Pater O'Malley.
Aber was sagst du, darauf kommt es an, sagte die Stimme in ihrem Innern, als sie auf den Schlamm niedersah, der sie an ihre Alpträume erinnerte. Darauf konnte sie eine ehrliche Antwort geben: Ich will David niemals weh tun. Niemals!
Damit wandte sie sich um und trat den Heimweg an, der ihr endlos vorkam, genau wie die Jahre, die vor ihr lagen.

VIERTER TEIL

I

»Das hier ist der beste Platz für dich.« David berührte Sarahs Haar mit den Fingern, als er sich über das Bett beugte. »Wenn jemand klopft, dann laß ihn klopfen. Ich habe Dan gesagt, daß du oben sein wirst. Er ist drüben, um auch John zu sagen, daß du über Nacht eingeschlossen bist. Ich habe meinen Schlüssel. Also bleib ruhig oben, hörst du?«

Sie nickte und bot ihm die Lippen, als er sich niederbeugte, um sie zu küssen.

Als sich seine Lippen von den ihren lösten, richtete er sich nicht sogleich auf, sondern sagte: »Natürlich, wenn es Alarm gibt, dann gehst du in den Luftschutzkeller.«

»Ja, wenn es einen gibt, dann geh ich nach unten.« Sie packte ihn am Arm. »Paß auf dich auf, ja?«

»Mach ich.« Er lächelte auf sie nieder. »Wenn ich Dienst habe, ist nie was los. Jetzt bin ich seit zwei Jahren bei der Brandwache und hab noch nicht einmal eine Kerze gelöscht. Die kommen mir nicht in die Quere, sie fürchten sich vor mir, das ist es.« Er richtete sich auf, entfernte sich jedoch nicht von ihrem Bett, sondern ließ sich langsam auf die Bettkante nieder. Er nahm ihre Hand in seine beiden Hände und sah sie lange an, ehe er sagte: »Wenn ich nur wüßte, was dir Sorgen macht.«

Sie rückte ein wenig von ihm ab und sah ihn nicht an, als sie antwortete: »Das ist doch ganz einfach. Macht sich denn nicht jeder von uns Sorgen, weil sich der Krieg so lange hinschleppt?«

»Ich glaube kaum, daß du dich so gesorgt hättest, wenn sie mich behalten hätten.«

»Und ob ich das hätte!« Sie sah ihm voll ins Gesicht. »Ich wäre verrückt geworden ohne dich.«
»Weißt du, Sarah«, sagte er und berührte sanft ihre Hand, »ich würde dich gern etwas fragen, möchte aber nicht, daß du ärgerlich deshalb wirst. Es beschäftigt mich nicht erst seit gestern oder vorgestern, sondern schon lange, und irgendwie kommt es mir vor, daß ich auf der richtigen Spur bin, denn als John auf Urlaub war, da warst du wie ausgewechselt.«
Ihr stockte der Atem. Sie starrte ihn aus weitaufgerissenen Augen an.
»Jetzt sag mir einmal, Sarah: Hat er jemals etwas zu dir gesagt, das . . . Oder hat er sich dir gegenüber etwas herausgenommen?«
»Nein, nein . . . nein.« Sie schüttelte rasch und heftig den Kopf. Ein Blinder hätte sehen können, daß sie außer sich war.
»Aber, aber, reg dich doch nicht so auf. Es war ja bloß eine Idee von mir. Weißt du, du bist eigentlich nie richtig nett zu John gewesen. Und dabei bist du's doch sonst immer.« Er tätschelte ihr liebevoll die Wange. »Aber auf ihn fährst du gleich los, immer und immer wieder, das hab ich bemerkt. Und er ist ja auch . . . Ich meine, die Woche, wo er auf Urlaub war, da ist er niemals aus dem Haus gegangen. Und ständig hat er eins über den Durst getrunken . . . Nun, deshalb hab ich mir gedacht, daß vielleicht irgend etwas vorge –«
»Nein, David, bestimmt nicht, wirklich. Ich würde es dir doch sagen.«
»Schon gut, schon gut. Wohlgemerkt« – er deutete mit dem Zeigefinger auf sie –, »ich hab John sehr gern, das weißt du, aber wenn ich mir vorstellen müßte, daß er etwas Ungehöriges zu dir gesagt hätte, ich würde ihn zusammenschlagen, so groß und kräftig er ist. Es würde das Ende zwischen uns bedeuten. Dabei sind wir uns immer besonders nahegestanden. Aber es gibt Dinge, die ich nicht hinnehmen würde, weder von ihm noch von jemandem andern. Ich wollte es ihm schon gestern abend

hinreiben, als er sich wieder einmal wie ein richtiger Narr aufgeführt hat und dir überallhin nachgelaufen ist und –«

»Bitte, fang keinen Streit mit ihm an, David, bitte. Er spielt eben ein bißchen verrückt, wenn er einmal auf Urlaub ist. Das ist irgendwie verständlich, nicht? Wo er monatelang im äußersten Winkel von Schottland stationiert ist, das erledigt einen jeden. Er ist eben dort einsam und hier einsam, glaube ich, denn May ... nun, sie –«

»Ach, May! Die ist ja die Ursache für all seine Schwierigkeiten, wenn du mich fragst. Sie kennt nur einen einzigen Gedanken, und das ist ihr Junge. Da wird's noch Schwierigkeiten geben, du wirst schon sehen. Denn so ruhig und umgänglich Paul nach außen ist, so einen eisernen Willen hat er auch. Und wenn sie ihre Herrschergelüste allzusehr an ihm ausläßt, dann ... Dazu kommt noch, daß Paul zu sehr an dir hängt. Das geht May auf die Nerven, das liegt auf der Hand.« Er hielt einen Moment inne, neigte den Kopf zur Seite und sah sie an, wobei die reinste Güte aus seinen Zügen strahlte. Und dann sagte er leise: »Du hast John nie leiden können, stimmt's, Sarah?«

Sekundenlang flatterten ihre Lider, ehe sie die Augen schloß und den Kopf senkte.

»Es ist schon gut, ist ja gut.« Seine Stimme klang eindringlich und tröstend. »Ich verstehe. Und in gewisser Hinsicht bin ich direkt froh darüber, denn John war, was Frauen anlangt, stets ein richtiger Draufgänger. Ich habe nie über seine oder Dans Liebesgeschichten gesprochen. Dan hatte ja auch, soviel mir bekannt ist, bloß diese eine Frau. Das war auch alles, wenigstens was ich so gehört habe. Aber John ... Eine hat ihm nie genügt. Nie! Ich muß allerdings zugeben, daß er, nachdem er May geheiratet hatte, solider wurde. Dann kamen die schweren Zeiten vor dem Krieg, da hatte er gar kein Geld zum Hinauswerfen, aber seit er bei der Luftwaffe ist – so habe ich zumindest von Dan gehört –, hat er wieder mit der altbekannten Tour angefangen. Und deshalb hat es mir so gar nicht gefallen, daß er dich ständig reizt und ärgert, vor allem weil du dich mit keinem Wort dagegen zur Wehr setzt.«

Sarah hielt die Augen geschlossen. Schmerz und Angst erfüllten sie. Seit Tagen schon hatte sie befürchtet, daß John in seiner laut polternden Art, in seiner vom Trinken herrührenden forcierten Munterkeit zu weit gehen, etwas sagen könnte, das David die Augen öffnen würde, was die Sache, die zwischen ihnen bestand, betraf. Diese nie zur Entfaltung gekommene, in ihrem Wachstum behinderte Sache, die dennoch und immer noch so lebendig war. Zweimal während der vergangenen Woche hatte sie sich gesagt, wenn er David verletzt, wird er sich nur selbst in Teufels Küche bringen. Dann wird er alles töten, was ich für ihn empfinde. David durfte um gar keinen Preis verletzt werden. Sie würde alles tun, um ihn davor zu bewahren. Dieser gütige Mensch, dessen Liebe sie aus dem Sumpf des Unteren Endes geholt hatte, dieser Mann ohne Feuer . . . Dieser fügsame Mann, fügsam bis zu einem gewissen Grad von Langeweile, wie sie sich manchmal eingestehen mußte. Und doch verstand er es, ihre Liebe zu ihm beinahe in Anbetung zu verwandeln. Nichts und niemand durfte David je verletzen, denn David war sanft, gütig und unfähig, irgendein lebendes Wesen auch nur im entferntesten zu kränken.

Und dennoch war bei alledem noch Platz in ihr für einen alle Vernunft sprengenden Schmerz, einen erniedrigenden, demütigenden Schmerz, der ihren Körper anfiel wie ein wildes Tier. Dieser Schmerz wäre verständlich gewesen, wenn sie Johns Frau oder auch nur seine Freundin gewesen wäre und gehört hätte, daß er es mit anderen triebe. Aber weshalb – da sie doch weder das eine noch das andere war –, weshalb nur tat ihr dieser Hinweis, der ohnehin nichts Neues für sie war, so weh? Sie konnte sich selbst nicht verstehen.

»Komm, reg dich nicht auf«, sagte David, neigte sich nochmals über sie und schloß sie in seine Arme. »Es ist mir egal, was du für John empfindest, glaub mir. Um der

Wahrheit die Ehre zu geben, muß ich dir sogar gestehen, daß ich froh darüber bin, daß du so und nicht anders empfindest. Solange du mich liebst, ist alles andere gleichgültig.«
»Ach, David, David.«
»Aber, aber! – Ich muß jetzt gehen. Ich sollte schon längst drüben sein. Der alte Butler ist ein richtiger Pedant, wenn es ums Pünktlichsein geht. Das kommt eben dabei heraus, wenn einer einmal Feldwebel war, weißt du?« Er lächelte sie an. »Ob du's glaubst oder nicht, Sarah: Einigen macht es direkt Spaß, das weiß ich genau ... So, jetzt lächle ein bißchen, komm.«
Sie lächelte ihn an, schlang die Arme um ihn und drückte ihn fest an sich; und dann sahen sie einander einen Augenblick lang an, ehe er sich vom Bett erhob.
»Schlaf schön.«
»Gute Nacht, Liebling.«
»Gute Nacht, Liebste.«
Als er bereits an der Tür war, flüsterte sie: »Wirf einen Blick zu Kathleen hinein und sieh nach, ob ihre Verdunklung in Ordnung ist. Sie ist ein richtiger kleiner Teufel, wenn's um die Jalousien geht, weißt du.«
»Mach ich. Gute Nacht, mein Herz.«

Sarah war noch nicht eingeschlafen, als kurz nach zehn die Sirenen aufheulten. Sie sprang förmlich aus dem Bett, lief zur Schlafzimmertür, riß sie auf und rief: »Kathleen, Kathleen!« Noch ehe die Sirenen verklungen waren, hatte sie begonnen, sich anzukleiden. Abermals rief sie: »Bist du wach, Kathleen?«
»Ja, Mami, ich bin beinahe fertig.«
Als Sarah zur Treppe eilte, kam Kathleen im Luftschutzanzug mit einer Daunendecke über dem Arm bereits aus dem Schlafzimmer. Sie war groß für ihre vierzehn Jahre und grobknochig. In dieser Hinsicht geriet sie Sarah nach, aber ihr Gesicht ähnelte weder dem ihrer Mutter noch dem ihres Vaters. Wenn sie überhaupt einem Familienmitglied ähnlich sah, dann Großvater Hetherington,

aber da hörte die Ähnlichkeit auch schon auf, denn ihr Gehaben war im Gegensatz zu dem seinen munter, lebhaft und lärmend. Sie lief mit flatternder Mähne nach unten, wobei sie ihrer Mutter zurief: »Ich hole die Flasche, denn Onkel Dan kommt sicher herüber. Soll ich den Kuchen mitnehmen?«
»Laß das«, sagte Sarah ungewöhnlich heftig. »Das hat alles Zeit. Geh jetzt.«
»Wir machen's gemeinsam, dann geht es rascher, ja? Ich stell' das Teewasser auf.« Sie raste in die Küche, als handle es sich um ein Gesellschaftsspiel.
»Du weißt, was dein Vater gesagt hat: Niemals herumtrödeln. Komm jetzt. Ich kann später immer noch Tee machen.«
»Es dauert keine Minute und . . .ohohhhhhhhh, Mami . . .«
Es krachte, und eine Druckwelle hob sie vom Boden auf und ließ Sarah zur Wand stolpern.
Sie befand sich auf einmal auf dem Fußboden neben Davids Stuhl und klammerte sich an die Matte an. Einen Augenblick lang schien das Haus auf dem Kopf zu stehen, dann kehrte es wieder in seine gewohnte Lage zurück. Als das Gaslicht aufflackerte und schließlich erlosch, rief Sarah: »Kathleen, Kathleen, wo bist du? Ist alles in Ordnung mit dir?«
»Ja, ja.« Kathleens Stimme war sehr schwach. »Es muß wo eingeschlagen haben – irgendwo in der Nähe, nicht?«
Sarah erhob sich. Kalte Nachtluft drang in den Raum. »Sei vorsichtig«, sagte sie. »Das Fenster muß zerbrochen sein. Wo bist du?« Sie tastete sich weiter, bis sie Kathleens Hand fand. Sie zog das Kind an sich und flüsterte: »Komm, gehen wir auf die Straße.«
Die Haustür klemmte, und als Sarah versuchte, sie mit aller Gewalt aufzuziehen, wurde sie von draußen aufgestoßen, und eine ängstliche Stimme erklang im Dunkeln: »Ist bei euch alles in Ordnung, Sarah?«
»Ja, Dad, danke. Ich dachte schon, das Haus werde einstürzen . . . Wo ist es denn niedergegangen?«

»Es muß am Unteren Ende gewesen sein. Wir bekamen nur die Druckwelle zu spüren.«
»Am ... Unteren ... Ende?« wiederholte sie fassungslos. David war am Unteren Ende. Das war sein Standort. Auch ihre Mutter befand sich am Unteren Ende, aber das machte ihr nicht so viel aus. Aber David ... David machte dort Dienst. Sie keuchte: »Dad, Dad! David hat ... Wachdienst.«
»Ich weiß. Verlier nicht die Nerven, Sarah. Sicher ist es nicht in der Nähe der Häuser niedergegangen. Geht jetzt erst mal in den Luftschutzkeller. Oder noch besser: Kommt zu uns herüber.« Er reichte ihr den Arm. »Mary wird froh sein, wenn du herüberkommst, das weiß ich. Es ist schwer für sie, nachzugeben. So ist sie nun mal.«
»Gut, ich werde kommen. Später, Dad. Erst muß ich versuchen, David zu finden ... er ...« Sie hielt erschrocken inne. Noch vor einer Sekunde hatte sie das Gesicht ihres Schwiegervaters nicht sehen können, nun erkannte sie die abgehärmten Züge klar und deutlich, ein rosiger Schein erhellte sein mageres, graues Gesicht plötzlich. »Feuer! Das muß ein Riesenbrand sein!«
Sie wollte schon davonlaufen, als er ihre beiden Arme packte und rief: »Jetzt sei vernünftig, Sarah. David muß seinem Dienst nachgehen. Sei vernünftig, Kind. Geh hinüber, und ich werde nachsehen, wie die Dinge stehen. Dan ist bereits hinübergegangen.«
»Nein, nein! ... Und meine Mutter ist ja auch dort, es könnte das Untere Ende getroffen haben.« Sie riß sich von ihm los. »Nimm Kathleen mit hinüber, Dad, ich will bloß nachsehen gehen, ich bin bald wieder zurück.« Sie packte Kathleen und schob sie dem Großvater zu.
»Aber Mami, ich ...«
»Tu, was man dir sagt, und bleib, wo du bist.« Damit drehte sie sich auf dem Absatz um und lief um die Ecke. Hier war die Glut heller, auch der Himmel, den die Scheinwerfer pausenlos absuchten. Sie konnte bereits die Hauptstraße erkennen, die Lastwagen und viele durcheinander eilende Gestalten. Die Flak ballerte drauf-

los, und wieder hörte Sarah dumpfe Aufschläge. Sie hatte den halben Weg zum Unteren Ende zurückgelegt, als sie angehalten wurde und eine Stimme sagte: »Wohin wollen Sie denn, Missis?«
Sie rang nach Luft, so war sie gelaufen, und ihr Kopf schwankte hin und her, ehe sie herausbrachte: »In die Howard Street. Meine Mutter . . . und mein Mann. Er macht dort Dienst.«
»Keine Aufregung, Missis. Nur keine Aufregung. Holen Sie erst einmal Luft . . .« Der Mann hielt einen Moment inne, ehe er sagte: »Ich fürchte, das Untere Ende hat's getroffen. Die haben sicher die große Fabrik gemeint. Vier Straßen sind ein einziger Splitterhaufen, zumindest was ich gehört habe. Am besten, Sie halten sich da raus, Sie kommen ohnehin nicht durch.«
»Aber mein . . . mein . . . Mann. Er heißt Hetherington.«
»Ach, Hetherington, David, ja, ja, ich kenne David, Missis. Wissen Sie was, lassen Sie sich von mir heimbringen, kommen Sie.« Seine Stimme klang ausgesprochen freundlich, und er packte sie bei den Schultern und wollte sie auf die andere Seite drehen. Aber sie riß sich von ihm los.
»Ich muß nachsehen, ob ihm nichts geschehen ist.«
»Hören Sie, Sie können überhaupt nichts tun. Es ist das reinste Schlachtfeld, Feuer und so weiter. Sie sehen's ja selbst.« Er deutete in die angegebene Richtung.
»Ich muß hin, ich muß einfach wissen, was los ist. Lassen Sie mich, bitte, los.«
Er sagte nun mit rauher Stimme: »Die haben dort ihre Arbeit zu verrichten, sie müssen ausgraben, was übriggeblieben ist. Sie werden's früher oder später schon erfahren. Ich weiß vorläufig nur so viel, daß die Feuerwache draufgegangen ist. Aber das bedeutet keineswegs, daß Ihrem Mann was zugestoßen ist. Er kann weiß Gott wo gewesen sein.«
Vielleicht hatte er von ihrer Seite keinen weiteren Widerstand mehr erwartet, denn plötzlich stolperte er gegen die Hausmauer, und Sarah eilte in Windeseile an ihm

vorbei, wobei sie ununterbrochen vor sich hin sagte: »David! David! Mein Gott, du darfst nicht tot sein, David!«
Abermals hielt man sie auf, und zwar als sie die Dudley Street erreicht hatte. Oder besser gesagt, jenen Platz, an dem die Dudley Street sich bis vor kurzem befunden hatte. Eine Gruppe von Männern rollte in rasender Eile die Schläuche der Feuerspritze auf, und über einen dieser Schläuche fiel Sarah der Länge nach hin, mit dem Gesicht nach unten. Sie hoben sie auf, und einer von ihnen sagte: »Ruhig, Missis, nur ruhig. Sie gehen in der verkehrten Richtung. Sie müssen sehen, daß Sie von hier fortkommen.« Ein anderer fragte: »Sind Sie von hier?«
Sie stand nun wieder auf beiden Beinen, zwei der Männer stützten sie, sonst wäre sie nochmals hingefallen, so sehr zitterte sie nach dem Sturz, und als sie eine Antwort hervorstotterte, klang es, als wäre sie betrunken. »Da–vid . . . Ich möchte zu . . . Da–vid, meinem Mann. Er ist bei der Brand–Brandwache. Er hat heute Dienst gemacht.«
Einer der beiden Männer sagte etwas Freundliches zu ihr, aber es ging im Flakgeknatter unter.
Der andere Mann rief eine in unmittelbarer Nähe stehende Frau herbei und sagte zu ihr: »Bring sie doch zur Sammelstelle, ja?« Und die Frau, die Sarah kaum bis zur Schulter reichte, legte ihren Arm um deren Taille und führte sie fort. Und sie ließ es zu, aus dem brennenden Wirrwarr von Ziegeln, Holz und Leichen fortgebracht zu werden. Als sie die Hauptstraße erreicht hatten, sagte sie mit ruhiger Stimme zu der kleinen Frau: »Ich gehe nach Hause, ich wohne in der Camelia Street.«
Als sie vor ihrer Haustür anlangten, hatte die kleine Frau noch immer den Arm um Sarahs Hüfte geschlungen.

2

Am darauffolgenden Nachmittag um drei brachten sie David heim. John und Dan trugen ihn nach oben und legten ihn aufs Bett, und er sah immer noch aus, als lebe er. Er trug keinerlei Spuren der Geschehnisse an sich, abgesehen von dem Ziegelstaub, der ihn bedeckte. Sie hatten ihn in einem Luftloch gefunden, das zwischen den herabstürzenden Balken entstanden war. Er war weder durch den Brand noch durch Quetschungen oder andere Verletzungen ums Leben gekommen, der Schock hatte ihn umgebracht. Sein Herz, das ihn für den Militärdienst untauglich gemacht hatte, hatte ausgesetzt.

Sarah kniete neben dem Bett nieder, als sie allein mit ihm war. Sanft hob sie seine Hand hoch, seine lange, magere Hand. Sie fühlte sich kühl an, jedoch weder feucht noch kalt. Er ist nicht tot, dachte sie. Es war, als wäre er bloß bewußtlos. Wir sollten was tun! Wäre er tot gewesen, dann hätte sie doch sicher geweint. Aber sie konnte nicht weinen. Sie konnte nur immerfort stöhnen: O David, David.

Erst als sie ihr Gesicht an das seine schmiegte, kam es ihr mit voller Deutlichkeit zu Bewußtsein, daß er wirklich tot war. Und im gleichen Augenblick wurde sie von einem sonderbaren, unheimlichen Gefühl ergriffen, das aus ihrem Innersten emporstieg und vor dessen alarmierender Wahrheit sie bestürzt die Augen schloß: Sie war erleichtert, sie war froh, daß David tot war.

O nein, nein, nein!

Doch, es stimmte, sie war es.

Eine innere Stimme, vor der sie anfangs zurückschreckte, beruhigte sie, indem sie ihr mit beklemmender, klarer Vernunft sagte: Jetzt wird er durch dich niemals mehr unglücklich werden. So hätte es nicht weitergehen können. Denk nur an den letzten Abend. Es hätte sich eine Verstimmung zwischen ihm und John angebahnt. Deinetwegen. Er wußte, was John für dich empfand; er hat nie etwas gesagt, aber er hat es gewußt. Was er nicht gewußt hat, war, was du für ihn empfunden hast. Er starb, indem er dich für vollkommen hielt – sei froh darüber. Ja, sie war froh darüber. Er hatte sie bis zum letzten Atemzug von ganzem Herzen geliebt. Und das war es doch, worum sie immer gebetet hatte, nicht? Aber es hätte nicht mehr lange so weitergehen können. Nicht wenn John immer wieder auf Urlaub und schließlich ganz nach England zurückgekommen wäre. In letzter Zeit hatte Sarah immer wieder daran gedacht, es David sagen zu müssen, weshalb ihr Vater so oft kam, wo er doch alles andere als willkommen war. Sie hatte ja offen gezeigt, wie sie ihn haßte. David hatte gewußt, daß sie ihm Geld gab, aber er war überzeugt davon, daß sie es tat, um ihrer Mutter zu helfen, und sie hatte ihm diesen Irrtum nicht ausgeredet.

Aber jetzt war alles vorbei: die Angst, die Sorge . . . und die Liebe. Nie mehr würde sie so geliebt werden, wie David sie geliebt hatte, nie mehr. Noch würde sie jemals wieder jemanden so lieben, wie sie David geliebt hatte . . . Sie würde nie mehr jemanden lieben, ausgenommen Kathleen. Aber das war eine andere Art Liebe. In gewisser Hinsicht war sie frei. Ihre Mutter war tot, ihr Mann war tot, ihr eigener Vater war längst gestorben.

Es klopfte leise an die Schlafzimmertür. Sie gab keinen Laut von sich, aber sie wußte, ohne sich umzudrehen, daß es May war, die ins Zimmer trat.

»Es ist Mam. Sie kommt herauf.«

Als Mary Hetherington das Schlafzimmer betrat, wandte sich ihr Blick direkt der auf dem Bett liegenden Gestalt zu, der sie sich langsam näherte; sie sah Sarah weder an noch sagte sie ein Wort zu ihr.

Als sich die alte Frau näherte, trat Sarah zurück, blieb stehen und sah ihre Schwiegermutter an. Seit Jahren hatte sie sie nicht mehr angesehen, ihr jedenfalls nicht mehr ins Gesicht gesehen. Mary Hetherington schien seit dem Tag, an dem sie einander im Wohnzimmer gegenübergestanden waren, nicht besonders gealtert zu sein. Der einzige Unterschied bestand darin, daß ihre Züge nun noch härter und schärfer aussahen. Aber diese Frau war Davids Mutter, auch sie trauerte. Er war ihr Sohn, und sie hatte ihn nach besten Kräften geliebt, mehr, oh, bedeutend mehr, als sie John oder selbst ihren eigenen Mann jemals geliebt hatte. Das mußte sie sich vor Augen halten: daß diese Frau im Augenblick einfach litt.

Als Mary Hetherington sich vom Bett abwandte, ohne die darauf liegende Gestalt auch nur berührt zu haben, unternahm Sarah einen heroischen Versöhnungsversuch, indem sie ihr zuflüsterte: »Willst du mir helfen, ihn einzukleiden?«

Mary Hetherington blieb stehen. Ihr bisher ins Leere gerichteter Blick heftete sich nun auf ihre Schwiegertochter und ruhte eine volle Minute auf ihr, während Sarah darauf wartete, daß sie etwas sagen werde. Dann wandte sie den Blick ab und drehte sich um. Sie tat es in wohlüberlegter Langsamkeit, die schon an sich eine Beleidigung war, und ebenso langsam schritt sie aus dem Zimmer.

Sarahs Unterkiefer zitterte. Sie versuchte die Zähne zusammenzubeißen, erreichte aber nur, daß diese hörbar zu klappern begannen. Es schien unmöglich, daß ein Mensch seinen Haß auf derartige Weise aufrechterhalten konnte, ganz besonders nicht in einem solchen Augenblick. Aber sie hatte es getan, Davids Mutter hatte es getan. Ihr Gesicht hatte nur dieses einzige Gefühl widergespiegelt. Sie hatte ausgesehen wie die verkörperte Wut, wie eine weibliche Göttin des Zorns hätte aussehen können, eine eifersüchtige Gottheit . . .

»Ich werde dir helfen«, sagte May leise. Aber Sarah

murmelte nur mühsam, weil sie das Gefühl hatte, im nächsten Moment ersticken zu müssen: »Danke, aber wenn es dir nichts ausmacht, dann möchte . . . möchte ich es lieber allein tun.«
»Selbstverständlich.« Mit gesenktem Kopf ging May aus dem Zimmer und schloß leise die Tür hinter sich zu. Und Sarah stand vor der Aufgabe, David den letzten Liebesdienst zu erweisen, den sie ihm jemals würde erweisen können.

Zwei Stunden später saß Sarah in der Küche; sie fühlte sich völlig leer, bis auf ihren nicht mit Worten auszudrückenden Kummer und dieses merkwürdige, absolut unwillkommene Gefühl grenzenloser Erleichterung. Kathleen stand neben ihr und Paul nicht weit davon entfernt. Sarah hielt Kathleens Hand fest, und als Paul murmelte: »Ach, Tante Sarah«, ergriff sie auch die seine. Der Junge beugte sich in seiner ganzen Länge zu ihr nieder. Er sah älter aus als sechzehn, er hätte achtzehn, ja selbst neunzehn sein können. Und er sprach wie ein Mann, als er sagte: »Mach dir keine Sorgen, Tante Sarah, sorg dich nicht. Ich werde mich um dich kümmern, ich werde mich immer um dich und Kathleen kümmern.« Er warf einen raschen Blick auf das tränennasse Gesicht des Mädchens, das von klein auf seine Spielkameradin gewesen war. »Keiner von euch beiden wird jemals Mangel leiden, dafür werde ich sorgen, darauf kannst du dich verlassen.«
Sarah sah den Jungen an. Er war ein netter Junge, ein braver, guter Junge. Ja, sie glaubte ihm, was er sagte, zumindest was Kathleen anlangte, denn er konnte sie mehr als bloß gut leiden. Er hatte niemals den Versuch unternommen, seine diesbezüglichen Gefühle zu verbergen. Aber Jugend ändert sich, all dies lag noch in weiter Zukunft. Sie war wohl imstande, an die Zukunft zu denken, soweit es die Kinder betraf. Aber für sie gab es keine Zukunft mehr; sie sah nur eine Öde vor sich, eine unermeßliche Öde, die sie würde durchschreiten müssen, bis sie

eines Tages David wiederbegegnen würde. Es war sonderbar, wie der Mensch auf die Religion zurückgriff, wenn er dem Tod gegenüberstand. Sie erkannte, daß diese Vorstellung ebensogut von David hätte stammen können. David hatte eine Menge weiser Dinge gesagt. Ach, David, David ... Wie würde sie es nur ertragen, allein zu sein? Denn von nun an würde sie völlig allein sein. O ja, es gab noch die andern. John. Sie schauderte bei diesem Namen. Wenn doch bloß er gestorben wäre! Und dann gab es Dan. Dan würde immer da sein. Dan war gut und fürsorglich und freundlich. Er war wie David, dieser Dan, nur sorgloser, unbekümmerter, zumindest was das Allgemeine anlangte. Aber gut, von Herzen gut. Ja, Dan würde immer da sein. Und im Hintergrund ihr Schwiegervater. Aber nahestehen, nahestehen würden ihr immer nur Kathleen und Paul. Ja, Paul stand ihr nahe, näher als seiner eigenen Mutter. Aber weshalb dachte sie jetzt daran, wo es doch nichts ausmachte, wer ihr nahestand, wenn sie David nicht hatte?
Sie hörte nun Mays Stimme aus dem Zimmer über ihr. Sie sprach leise mit Dan und John, wahrscheinlich über die Vorbereitungen fürs Begräbnis.
Es klopfte an der Hintertür, und Paul sagte: »Ich gehe nachsehen, wer es ist.« Er eilte zur Spülküche, und Sarah hörte Stimmengemurmel. Und dann standen drei Gestalten in der Tür und schoben sich langsam in die Küche. Zwei der Männer hatte sie noch nie gesehen, aber der Mann, den sie zwischen sich aufrecht hielten, war ihr Vater, und sein Anblick änderte ihr Dasein noch einmal. Als sie den schmutzigen, nassen, kleinen Mann erblickte, wurde ihr Körper von einer derartigen Kraft erfüllt, daß sie aufsprang und den Stuhl mit einem Schwung nach hinten stieß. Wieder spürte sie, wie es sie zu erstikken drohte, als müsse sie im nächsten Augenblick die Wände sprengen.
Einer der Männer sagte von der Tür her: »Sie haben geglaubt, er sei verschüttet worden, aber ihn hat nur die Druckwelle erwischt. Dann ist er umhergeirrt. Er sagt,

Sie seien seine Tochter, also haben wir ihn hierher–«
»Hinaus mit ihm!«
»Aber, Missis.«
»Hinaus!«
»Aber er hat niemanden, wo er hin könnte . . .«
»Was ist denn?« erklang da Dans Stimme hinter ihr, und dann hörte sie John sagen: »Mein Gott!« Sie sah, wie er auf ihren Vater zuging. »Sie haben aber Glück gehabt«, sagte er ruhig.
Sarah starrte die beiden an. Die riesige Gestalt Johns und die dürre, kleine Gestalt ihres Vaters. Dieser beiden Männer wegen war sie dankbar, auf ganz und gar unnatürliche Weise dankbar, daß ihr eigener Mann tot war! Ihr ganzer Körper schwoll an, die Lungen sprengten ihr beinahe die Rippen, ein unerträglicher Schmerz erfüllte sie, und sie schrie nochmals: »Hinaus mit ihm, sag ich euch!«
Alle Gesichter waren ihr zugewandt, und als sich keiner von ihnen rührte, kam ihre Hand wie eine Tigerpranke vorgeschossen, packte die Teekanne, hob sie hoch und wollte sie offensichtlich dem kleinen Mann an den Kopf werfen, der eben erst vom Tod auferstanden war.
Blitzartig mengte sich John ein. Eine Sekunde lang standen die beiden mit ausgestreckten Armen aneinandergepreßt da, Muskel an Muskel, so daß sie wie ein gekrümmtes Kreuz aussahen; aber in dem Augenblick, wo die Teekanne am Boden aufschlug, schienen Sarahs Kräfte ins Gigantische zu wachsen, denn wie ein Ringer den Gegner abschüttelt, stieß sie John beiseite. Dies war das zweitemal in ihrem Leben, daß sie daran gehindert worden war, ihren Vater mit einer Teekanne niederzuschlagen.
Langsam konnte sie die Umrisse ihrer Küche wiedererkennen. Die beiden Fremden waren gegangen, ihr Vater mit ihnen. Auch Dan war gegangen. Sie konnte seine zornige Stimme aus dem Hof hören, als er rief: »Ihr werdet eben einen andern Platz für ihn auftreiben müssen. Hier geht es nicht. Seht ihr das nicht ein?«

Nun waren nur mehr May und John in der Küche. Und Kathleen. Kathleen hatte sich in den äußersten Winkel verkrochen. Panische Furcht hatte Besitz von ihr ergriffen. Und der Anblick dieser panischen Furcht war es, der Sarah wieder zu sich kommen ließ. Es war ihr zumute, als werde ihr die Luft ausgelassen wie einem angestochenen Ballon, und sie sank in sich zusammen. Sie sah von einem zum andern. Von Kathleen zu May und dann zu John. Und zum erstenmal im Leben haßte sie ihn, und zwar so sehr, so intensiv, wie seine Mutter sie haßte. Sie tastete sich zu Davids Stuhl, sank darauf nieder, wandte das Gesicht ab und fing an zu weinen. Es war ein unendlich heftiges, quälendes Weinen, das kein Ende nehmen wollte.

FÜNFTER TEIL

I

Gemeinsam verließen sie den Tennisplatz. Jeder schwang seine Tennisschuhe und seinen Schläger in der Hand, als sie an der Mauer des Armenhauses die Talbot Road zur Stanhope Road hinuntergingen, und keine Minute ging ihnen der Gesprächsstoff aus.

Paul war mit seinen neunzehn Jahren einen halben Kopf größer als Kathleen. Sein Haar war dunkel, seine Augen waren braun, und im großen und ganzen erweckte er einen zwar ziemlich energischen, jedoch überaus anziehenden Eindruck. Im Gegensatz zu seinem Vater, der etwas beleibt geworden war, war er gertenschlank.

Kathleen hingegen war einfach die jüngere Ausgabe ihrer Mutter, grobknochig, stämmig, vielleicht nicht ganz so hübsch, wie Sarah in ihrem Alter gewesen war, doch sah sie bedeutend freier und glücklicher aus.

Kathleen sah Paul mit glänzenden Augen an, als sie sagte: »Ärgerst du dich nicht darüber, daß du erst einmal deinen Wehrdienst leisten mußt? Weshalb gehst du nicht hin und machst ihnen klar, daß du's lieber machen würdest, wenn du mit Oxford fertig bist? Manche machen das. Renee Patten hat mir erzählt, daß ihr Cousin es getan hat.«

»Red keinen Unsinn. Renee Patten!« Paul seufzte übertrieben auf, schnitt ein feierliches Gesicht, erhob seine freie Hand und sprach mit einer Stimme, als wäre er der Bischof und wolle eben den Segen anstimmen. »Mein liebes Kind, ich habe keineswegs die Absicht, deinen schwach entwickelten Verstand zu überfordern. Aber habe ich dir nicht bei den verschiedensten Gelegenhei-

ten verständlich zu machen versucht, daß meine gesamte Zukunft von dem bescheidenen Umstand bescheidener Einkünfte abhängt, für die bescheiden ein bescheidener Ausdruck ist? Ich bin bestürzt, ich bin tatsächlich zutiefst bestürzt, liebes Kind . . .«
Als sie mit dem Racket auf ihn einschlug, sprang er zur Seite und auf die Straße, aber bald gingen sie wieder vergnügt nebeneinander her.
»Ich weiß, daß du Geld brauchst«, fing Kathleen von neuem an und überlegte nun anscheinend jedes ihrer Worte. »Aber ich habe mir gedacht, wenn du ihnen sagen würdest, daß du ihnen das Geld zurückgeben willst, könntest du es dir ausleihen, so daß du erst dein Studium und danach den Wehrdienst hinter dich bringen könntest.«
Wieder seufzte Paul übertrieben, ehe er, vor sich hinstarrend, als läse er einen Brief vor, sagte: »Hochzuverehrende, königliche Streitkräfte, wie Sie wissen, habe ich ernstlich vor, Ihnen zwei Jahre lang mit Hirn, Herz und Muskelkraft zu dienen. Hierfür erhoffe ich mir, von Ihnen bekleidet, durchgefüttert und mit Taschengeld versehen zu werden. Wäre es zuviel verlangt, wenn ich Sie bitten würde, mich zuerst bekleiden, durchfüttern und mit Taschengeld versehen zu wollen, damit ich mein Studium beenden kann, und mir zu gestatten, meinen vorübergehenden Aufenthalt bei Ihnen verschieben zu dürfen? Ich verspreche Ihnen hiermit feierlich, daß ich mich dafür mit englischer Literatur, der Erforschung neuzeitlicher Sprachen und englischer Geographie derart vollstopfen werde, daß ich, ausgestattet mit diesen Kenntnissen, für meine Kameraden in der Kaserne von unvergleichlich größerem Wert sein werde, als ich es meiner Meinung nach zum gegenwärtigen Zeitpunkt bin. Ihr zutiefst ergebener . . .«
Wieder schwang Kathleen ihren Tennisschläger. »Du hältst dich wohl für riesig gescheit, was? Die ganze Zeit über protzt du mit deiner englischen Literatur und den neuzeitlichen Sprachen und der englischen Geographie.

Ich hoffe nur, daß sie dich ausstopfen werden, wenn du auch nur ein einziges Mal deinen Fuß ins Britische Museum setzt.«
Paul warf den Kopf in den Nacken und lachte aus vollem Halse, und dabei ähnelte er seinem Vater wie ein Ei dem andern.
»Ja, du lachst, aber findest du es nicht auch merkwürdig, was du für eine Vorliebe für Wörter hast? Und alles eigentlich Dads wegen.« Sie sah nachdenklich aus.
»Doch, das finde ich, wenn wir schon darauf zu sprechen kommen. Wobei merkwürdig nicht im mindesten der richtige Ausdruck dafür ist, aber wir wollen es diesmal ausnahmsweise durchgehen lassen.« Er sah sie verschmitzt von der Seite an. Als sein kecker Ton sie keineswegs dazu veranlaßte, nochmals ihren Tennisschläger gegen ihn zu schwingen oder ihm, wie sie es gern tat, die Zunge herauszustrecken, paßte er sich ihrer Stimmung an und fuhr fort: »Ich glaube tatsächlich nicht, daß ich mir jemals über Wörter den Kopf zerbrochen hätte, wenn es nicht wegen deines Vaters gewesen wäre. Ich erinnere mich, wie er mir zum erstenmal erzählt hat, daß im Grunde genommen alle Wörter Linien seien. Ich habe ihm nicht geglaubt. Selbst als er es mir zeigte, glaubte ich ihm nicht. Ich wollte um jeden Preis mit ihm streiten. Jahre darauf habe ich mir aller Wahrscheinlichkeit nach nur deswegen das Buch über die chinesischen Schriftzeichen gekauft. Ich erinnere mich noch gut, wie ich es ihm mit einem wahren Triumphgefühl unter die Nase gehalten und ausgerufen habe: ›So, jetzt bieg die einmal gerade, Onkel David!‹ Da hat er herzlich gelacht.«
»Es ist jetzt drei Jahre her«, sagte Kathleen leise. »Und er geht mir immer noch ab. Er war wunderbar, mein Vater.«
Sie gingen am Strand entlang zur Kirche und waren das erstemal, seit sie den Tennisplatz verlassen hatten, schweigsam. Als sie an der Kirchentreppe angelangt waren, blieb Kathleen stehen und sagte: »Ich gehe hinein.«
»Okay.« Er kehrte mit ihr um und betrat die Stufen.
An der Kirchentür blieb Kathleen wieder stehen und sag-

te, indem sie ihn ansah: »Bleib lieber hier. Deine Mutter bringt mich sonst noch eines Tages um.«
»Sie braucht es ja nicht zu wissen.«
»Es ist sonderbar, aber sie bekommt einfach alles heraus. Erinnerst du dich, was sie letztens gesagt hat: Sie könne den Weihrauch meilenweit an dir riechen.«
»Das war reine Einbildung. Jedenfalls bin ich immer mit dir hineingegangen und werde jetzt nicht plötzlich damit aufhören.« Damit schob er sie in die dunkle Säulenhalle. Nach der Hitze draußen war es in der Kirche angenehm kühl. Kathleen schritt an den Kreuzwegstationen vorbei und machte vor dem Marienaltar halt. Das waren die Sitzbänke, die ihre Mutter immer benützt hatte, als sie als junges Mädchen zur Kirche gegangen war. Sie betete täglich darum, daß sie eines Tages wieder dahin zurückkehren möge. Kathleen machte einen tiefen Knicks, ehe sie in der Sitzbank niederkniete und völlig unbewußt ihr Gesicht ebenso mit den Händen bedeckte, wie ihre Mutter es zu tun pflegte.
Paul hatte weder eine Kniebeuge gemacht noch kniete er jetzt nieder, er nahm bloß Platz und blickte sich ruhig um. Oft schon hatte er sich gefragt, worin die Anziehungskraft dieses Ortes wohl bestünde. Sicherlich war es nicht die Bauart noch gar die Innenausstattung oder die Ausschmückung der Altäre, die ihm überladen vorkam. Kathleen hatte ihm erzählt, daß die Pfarrjugend hierfür verantwortlich war und daß jedermann sie ganz reizend fand. Nun, das war eben Ansichtssache. Auch von den Bildern und Statuen fühlte er sich nicht angezogen, sie kamen ihm grob und irgendwie marktschreierisch vor, ausgenommen das Gesicht der heiligen Jungfrau, deren Züge sich von Mal zu Mal zu verändern schienen. Nein, er konnte sich nicht klar darüber werden, was ihn zu dieser Kirche hinzog. War es, weil Kathleen sie liebte? Vielleicht. Er warf einen Blick auf das versunken betende Mädchen neben sich, und eine Welle der Zärtlichkeit durchströmte ihn dabei. Sie war reizend, die kleine Kathleen. Alles an ihr war reizend, ihr Gesicht, ihre Figur, ihre

Unschuld, ihre Unkompliziertheit. Sie versuchte, klug zu sein – er mußte insgeheim lächeln –, und wie eifrig auch noch dazu! Aber er hoffte, daß es ihr nie gelingen möge, weil es gerade diese ererbte Schlichtheit und diese ruhige Art, die Dinge zu betrachten, war, was er so an ihr liebte. In dieser Beziehung war sie ganz die Mutter. Tante Sarah verfügte über die gleichen Eigenschaften, diese ruhige Art, alles zu überdenken. Seine Tante machte niemals den Versuch, klug zu sein. Sie gehörte zu jenen Frauen, die das nicht nötig hatten. Er erinnerte sich daran, daß sein Vater das gesagt hatte. Er liebte seine Tante Sarah. Deshalb liebte er ja auch Kathleen, nahm er an, weil die beiden sich so glichen. Bald würde er mit seiner Mutter über Kathleen sprechen müssen. Das würde nicht leicht sein. Sie mochte weder Kathleen noch seine Tante Sarah. Weshalb, wußte er eigentlich nicht. Aber da sie so wenige Menschen mochte, schien es ihm nichts Besonderes zu sein. Aber sein Vater würde die Tatsache, Kathleen zur Schwiegertochter zu bekommen, willkommen heißen, denn er hielt sehr viel von der Kleinen. Seine Mutter hatte ihm einmal vorgehalten, daß sein Vater von Kathleen bedeutend mehr hielt als von ihm selbst. Aber darauf kam es nicht an. Er war froh, daß sein Vater Kathleen mochte ... Doch er war vom Thema abgeschweift – weshalb er sich nämlich so zu dieser Kirche hingezogen fühlte. Mr. Rogers, sein Einpauker, hatte eine Lieblingstheorie: Wenn du deine Gedanken nicht vor deinem zwanzigsten Geburtstag kontrollieren kannst, dann wirst du sie oder etwas anderes niemals kontrollieren können.

Er blickte zum Hochaltar. Er mochte den Hochaltar. Vielleicht war das der Hauptanziehungspunkt, dieser Hochaltar, an dem, wie Kathleen ihm vor langer, langer Zeit einmal erzählt hatte, der Priester Tag um Tag Christus zum Leben erweckte. Damals hatte er sich schiefgelacht darüber und sie damit gehänselt. Aber jetzt, wo er um so vieles mehr wußte und durch seine Sprachstudien gelernt hatte, Magie und Mythen als Realität zu betrach-

ten, lachte er nicht mehr. Dennoch konnte er nicht ganz verstehen, weshalb ihm diese tägliche Auferstehung auf Grund seiner Studien glaubwürdiger vorkam. »Wie der Hirsch lechzt nach der Quelle, so lechzt meine Seele nach Dir.« Diese Worte hatte er in Kathleens Gebetbuch gelesen, und als sie ihm jetzt einfielen, fühlte er sich auf merkwürdige Weise beunruhigt, als hätte ihre Schönheit ihn überwältigt.
Kathleen hob den Kopf, bekreuzigte sich, drehte sich zu ihm herum und lächelte. Er erhob sich, trat aus der Kirchenbank, und sie folgte ihm. Er blieb einen Augenblick stehen, als sie die Finger ins Weihwasser des kleinen Beckens tauchte, dann stieß er das Kirchentor für sie auf, nachdem er zugesehen hatte, wie sie sich bekreuzigt und einen Knicks vor dem Hauptaltar gemacht hatte, und ließ sie vorbei.
»War's da drinnen nicht herrlich kühl!« Sie holte tief Atem, lief wie ein Wirbelwind die Stufen hinab, lachte ihm über die Schulter zu und schrie: »Ich fühle mich immer wunderbar, wenn ich in der Kirche gewesen bin!«
Er nahm zwei Stufen auf einmal und holte sie ein, aber als sie auf dem Gehsteig landeten, liefen sie geradewegs in Pater Bailey hinein.
»Nun, nun, ihr rennt wohl jeden nieder, der euch in den Weg kommt!« Der Priester hielt sie fest und lachte Kathleen ins Gesicht.
»Oh, tut mir leid, entschuldigen Sie, Pater.«
»Einen armen, alten Mann so umzurennen und alles kaputtzumachen!« Er bückte sich und strich sich übers Knie.
»Alles kaputtmachen?« wiederholten die beiden.
»Da gibt's gar nichts zu lachen.« Er drohte ihnen mit dem Finger. »Ihr wißt genau, was ich meine. Den Tennisplatz. Wer hat den Stuhl zerbrochen, hm? Wer hat die Lehne des Gartenstuhls abgebrochen?«
»Ach, Pater.« Kathleen schlug sich mit der Hand auf den Mund und warf Paul einen raschen Blick zu. »Wir haben ein bißchen Spaß gemacht, weiter nichts.«

»Weiter nichts, weiter nichts!« Er nickte ihr in gespieltem Ernst zu. »Soweit ich mir das ausmalen kann, haben gut zehn von euch ein bißchen Spaß gemacht, und ich verlange jetzt zwei Shilling von jedem von euch, verstanden?«
Er sah von ihr zu ihm, und Paul nickte kurz und erwiderte: »Verstanden.« Er sagte nicht Pater.
Als er den Jungen ansah, änderte sich der Gesichtsausdruck des Priesters, seine Lachfältchen verschwanden, und er sagte nun in ernsthaftem Ton: »Soviel ich gehört habe, muß ich dir ja gratulieren, Paul. Oxford, nicht? Also ist das nicht wunderbar . . . ein Stipendium für Oxford! Wann fängst du denn an?«
»Oh, noch nicht so bald, Sir.« Die Ansprache »Sir« kam ihm ganz natürlich von den Lippen. »Erst muß ich meinen Wehrdienst ableisten.«
»Wann hattest du denn deine Prüfung in Oxford?«
»Bereits vor Weihnachten.«
Der Priester nickte beifällig. »Du mußt sehr gut abgeschnitten haben, du mußt sie wirklich beeindruckt haben, bestimmt, wenn du ein Stipendium bekommen hast.«
»O nein, Sir.« Paul kniff die Augen zusammen, lachte kurz auf und fuhr mit der Unbekümmertheit der Jugend fort: »Ich habe einfach unheimliches Glück gehabt. Der Englischprofessor, der mich prüfte, hat als Hauptfach Mundartkunde, und als er meinen Dialekt hörte, sagte er: ›So was, Junge, bu bist haargenau das, was ich suche. Ich kann ja so ziemlich alle Dialekte, aber eure Gegend hat mir stets Schwierigkeiten bereitet. Dich hat mir wahrhaftig der Himmel geschickt, Junge!‹«
Alle lachten von neuem, und Pater Bailey, dem die Tränen über die Wangen liefen, keuchte atemlos: »Hört auf, ihr beiden!«
»Wiedersehen, Pater!«
»Wiedersehen.«
Als sie lachend weiterliefen, sagte Kathleen: »Ist er nicht goldig?«

»Er ist nicht schlecht«, sagte Paul in möglichst unverbindlichem Ton, um sie aufzuziehen.
»Was heißt, nicht schlecht?« rief sie prompt. »Er ist goldig, richtig goldig.« Abermals bedrohte sie ihn mit ihrem Tennisschläger, aber er packte sie am Arm, und sie rangen miteinander, bis Kathleen plötzlich erstarrte. Alle Fröhlichkeit war aus ihrem Gesicht gewichen, als sie ihm hastig zuflüsterte: »Hör auf, da hinten kommt mein Opa.«
Paul ließ sie los und warf einen flüchtigen Blick auf die hinter ihnen liegende Straße, und da ging tatsächlich der kleine, ausgetrocknete Mann, die Hände in den Rocktaschen, wie stets, der Mann, den Kathleen Opa nannte. Wann immer Paul ihn zu Gesicht bekam, erinnerte er sich daran, daß zwischen Tante Sarah und Pat Bradley keine Blutsverwandtschaft bestand, und er war froh darüber, sogar erleichtert. Die Vorstellung, daß irgend etwas von diesem Mann in Tante Sarah oder Kathleen stecken könnte, wäre ihm verhaßt gewesen.
Sie schritten nun rasch, gesetzt und in gehörigem Abstand voneinander aus. Und sie schwiegen. Erst eine Weile darauf sagte Kathleen: »Ich krieg' jedesmal eine Gänsehaut, wenn ich ihn sehe.«
»Zerbrich dir seinetwegen nicht den Kopf.«
»Das tut schon Mutter. Er hat wieder damit angefangen, zu uns zu kommen. Monatelang hat er es nicht mehr getan. Er lebt bei entfernten Verwandten, aber sie hatten Streit, und nun hockt er allein in seiner Bude, und das gefällt ihm nicht. Er möchte, daß wir ihn aufnehmen.« Sie sah Paul an. »Ich glaube, ich würde sterben, wenn er bei uns lebte. Ich könnte ihn nicht im Haus ertragen. Aber diesbezüglich brauche ich mir keine grauen Haare wachsen zu lassen, denn meine Mutter kann seinen Anblick noch viel weniger ertragen. Sie hat ihn immer wieder darauf hingewiesen, aber er kommt trotzdem. Es gibt ein paar Leute, die der Meinung sind, wir sollten ihn bei uns aufnehmen, weil wir genug Platz haben. Betty Lawson hat erst unlängst gesagt, als wir Streit hatten, daß jeder

wisse, was für eine hartherzige Frau meine Mutter sei, weil sie ihren eigenen Vater nicht einmal damals nach dem Großangriff aufnehmen wollte. Dabei hatte der Streit überhaupt nichts mit meiner Mutter zu tun, es ging ums Netzballspielen, aber sie hat's sofort aufs Tapet gebracht. Also denken die Leute immer noch, daß Mutter hartherzig sei. Aber das ist sie doch nicht, nicht wahr?«

»Tante Sarah hartherzig? Du lieber Himmel, nein. Wenn sie was ist, dann ist sie weichherzig. Nimm gar keine Notiz davon. Die Leute kennen immer nur die Hälfte, alles andere denken sie sich einfach dazu aus. Tante Sarah hat ihre Gründe, diesen Kerl zu hassen, weil er ihr und Tante Phyllis' Leben zur Hölle machte, als sie jung waren. Das hat mir mein Vater erzählt.«

Kathleen sagte: »Komm, nehmen wir den Bus. Ich möchte heim. Sonst holt er uns am Ende noch ein. Sieh mal, da kommt gerade einer, laufen wir!«

Gemeinsam rannten sie los und erreichten den Bus gerade noch.

Fünfzehn Minuten später kamen sie lachend zur Küche hereingeplatzt, wo Sarah und Phyllis beisammensaßen.

»Oh, hallo, Tante Phyllis.«

»Hallo, Kathleen. Habt ihr Tennis gespielt?«

»Ja, Tante Phyllis.« Kathleen warf Schläger und Tennisschuhe auf den Lehnstuhl, und Sarah, die gerade dabei war, den Kuchenteig auszurollen, drehte sich um und sagte: »Verschwinde damit, Kathleen, wie oft habe ich es dir schon gesagt.«

»Okay, Mami, okay.« Sie nahm den Tennisschläger wieder an sich, hielt ihn auf Armeslänge von sich ab, ließ ihn herabbaumeln und fragte mit der reinsten Unschuldsmiene: »Wo soll ich ihn denn hinlegen, Mami?«

Sarah und Phyllis wechselten verständnisvolle Blicke miteinander, dann sagte Sarah, wobei sie versuchte, ein Lächeln zu unterdrücken: »Egal wohin, jedenfalls nicht hierher. Also mach rasch, sonst setzt es was!« Damit wandte sie sich um und versetzte ihrer Tochter einen leichten Schlag auf deren Sitzfläche.

Kathleen schrie auf, versuchte, sich hinter Paul zu verstecken, und verschwand dann in der Spülküche, immer noch rufend: »Rette mich! Rette mich, Paul!«
»Rette dich nur schön selbst, du bist groß genug.« Mit männlicher Gleichgültigkeit schlenderte Paul zum Herd und sagte in kehligem Ton zu Phyllis: »So muß man sie behandeln.« Woraufhin Phyllis in schallendes Gelächter ausbrach.
Auch Sarah lachte, aber während sie die Kuchen aufs Backblech schob, sagte sie zu Paul, ohne ihn dabei anzusehen: »Deine Mutter war hier. Sie wollte wissen, ob du schon zurück bist.«
»Oh.« Pauls Miene wurde ernst. Dann sagte er: »Dann geh ich jetzt besser hinüber.«
»Wohin?« sagte Kathleen, die gerade wieder zur Tür hereinkam.
»Hinüber, heim, natürlich. Ich hab nämlich eins, ein Heim, stell dir vor.« Er sah auf sie nieder.
»Hab ich jemals das Gegenteil behauptet? Kein Mensch streitet es ab. Ich komm' mit.«
Ehe Paul noch antworten konnte, warf Sarah rasch ein: »Nein, Kathleen, ich brauche dich einen Moment. Laß Paul nach Hause gehen.«
»Aber . . .«
»Kein Wenn und Aber. Geh jetzt, Paul.«
Sie lächelte dem Jungen zu, und Paul, der ihr Lächeln erwiderte, sagte: »Auf bald.« Er schwenkte sein Racket in Kathleens Richtung, dann ging er.
»Wozu brauchst du mich denn, Mami?«
»Nicht so wichtig, das hat Zeit. Du warst heute noch keine fünf Minuten daheim.«
»Soll ich irgendwas machen?«
»Nein, ich möchte einfach, daß du bleibst, wo du bist.« Sie wandte sich um, sah auf ihre Tochter nieder und lächelte ihr zu. Und Kathleen erwiderte dieses Lächeln, wie immer. Aber sie kräuselte die Lippen und grinste jetzt, und ihre Miene sagte klar und deutlich: Gut, gut, alles, was du willst.

»Nun, ich muß jetzt gehen, Sarah.« Phyllis erhob sich.
»Ach, warte eine Minute. Ich mache Tee, bevor du gehst.«
»Du machst nichts dergleichen. Seit ich gekommen bin, hast du bereits zweimal Tee gemacht. Du wirst mich noch in Tee ertränken. Ein Wunder, daß du noch keine Magenvergiftung hast. Wie oft bekommt ihr während der Arbeit Tee?«
»Oh, bloß zweimal. In der Frühe und während der Nachmittagspause.«
»Wann gehst du wieder zur Arbeit?«
»Montag, nehme ich an, falls mich der Arzt gesund schreibt. Es ist doch richtig albern, sich bei dem Wetter eine Erkältung zu holen, wo es derart schwül ist. Aber im Sommer sind Erkältungen eben langwieriger.«
»Glaubst du, daß du zum Wochenende hinüberkommen wirst?«
»Höchstwahrscheinlich. Ich muß ja auf den Markt gehen, dann sehe ich bei euch vorbei.«
»Bring Kathleen mit.« Phyllis sah ihre Nichte an und fügte ruhig hinzu: »Du kommst nicht gerade häufig zu uns. Dabei haben es die Jungen so gern, wenn du kommst. Der kleine Dick hat erst vor kurzem gefragt, weshalb es in unserer Familie keine Mädchen gebe. Und ich sagte: Der Doktor meint, ich könne Jungen einfach besser behandeln. Er sagte, meine Hände seien zu hart, um Mädchen zu verprügeln.«
Sarah lächelte bloß über diese Stichelei, sie lachte nicht, und Phyllis wandte sich unvermittelt ab und sagte: »Jetzt aber ab die Post. Wiedersehen, Kathleen.«
»Wiedersehen, Tante Phyllis.«
Sarah klopfte ihre bemehlten Hände auf dem Brett ab, wischte sich die Mehlreste an der Schürze ab und folgte Phyllis in den Flur.
Als sie an der Haustür angelangt waren, blieben sie einen Moment stehen und sahen die Straße entlang, ehe Phyllis sagte: »Sie hat's auf Paul abgesehen, stimmt's? Was soll nur daraus werden?«

»Alles wird seinen Gang gehen.«
»Aber was ist, wenn die beiden heiraten wollen?«
»Ich hoffe, daß sie's wollen.«
»Wirklich?«
»Ja, warum nicht?«
Die Schwestern sahen einander an, und Phyllis sagte, indem sie den Kopf senkte: »Nichts, nur ... Nun ja, heutzutage hat man gegen eine Ehe zwischen Cousin und Cousine nicht soviel einzuwenden.« Dann blickte sie rasch auf und fragte: »Du möchtest wirklich, daß sie's tun?«
»Ja«, sagte Sarah und starrte auf die Straße. »Es ist ungefähr das einzige, was ich mir noch wünsche.«
»Weshalb heiratest du nicht noch einmal?« Phyllis' Stimme klang sanft. »Du könntest, wirklich. Du siehst heute noch besser aus als mit zwanzig, abgesehen von deinem Busen natürlich, auf den du dir soviel einbildest.« Sarah versetzte ihr einen leichten Stoß, und beide lachten. Dann fügte Phyllis hinzu: »Du müßtest nicht tagaus, tagein in die Fabrik gehen, wenn du's tätest.«
»Mir ist die Fabrik lieber.«
»Nun, du mußt am besten wissen, was für dich gut ist, das tut eigentlich jeder.« Sie hielt inne, ehe sie fragte: »Wie lange willst du denn Kathleen zur Schule gehen lassen?«
»Solange sie es durchsteht. Sie wird es Paul nie gleichtun, aber das macht nichts. Hauptsache, sie geht überhaupt zur Schule, damit kein allzu großer Unterschied zwischen den beiden entsteht.«
»Für dich ist bereits alles abgemacht, nicht?« sagte Phyllis mit verständnisinnigem Lächeln. »Nun, so soll es auch sein. Ich wünschte, ich könnte dasselbe wenigstens in bezug auf einen von meinen Vieren sagen, aber sie besitzen durch die Bank um keinen Groschen Hirnschmalz, was will man da machen? Außer wenn's ums Verdienen geht, das schon. Und Ronnie ist überdies nicht schlecht im Klavierspielen.« Sie lachte. »Ach, sie werden's schon schaffen, jedenfalls was finanzielle Erfolge

anlangt. In dem Punkt könnte man wirklich meinen, Jimmy wäre siebzig, nicht siebzehn. Weißt du, daß er es war, der die Eiscreme entdeckt hat, ob du's glaubst oder nicht: Bisher hat bei uns kein Mensch was von Eiscreme gehört, bis Jimmy damit angefangen hat. Und was der damit einnimmt, unglaublich!« Phyllis lachte schallend.
Sarah warf einen raschen Blick auf das Haus ihrer Schwiegereltern und machte Phyllis ein Zeichen. Die schlug sich mit der Hand auf den Mund und zog den Kopf ein. »Tut mir leid«, flüsterte sie und blickte in dieselbe Richtung. »Immer noch kein Anzeichen von Tauwetter?«
Sarah schüttelte den Kopf. »Ich will gar keines.«
»Also mich würde das verrückt machen! Willst du wirklich behaupten, daß sie dir gegenüber nie den Mund aufmacht?«
»Sie sagt kein Wort. Und wenn wir uns auf der Straße begegnen, tut sie, als ob sie blind wäre. Sie übersieht mich einfach. So ist es nun mal.« Sarah lächelte schwach. »Es macht nichts, es macht mir nichts mehr aus. Weißt du, ich vergesse völlig, daß sie existiert. Tagelang.«
»Und ihr Mann? Kommt er immer noch zu dir?«
»O ja, ein-, zweimal die Woche, meistens zum Wochenende. Und Kathleen geht drüben ein und aus.«
»Wenn es meine Tochter wäre, dürfte sie nicht einmal ihre Türschwelle betreten. Wenn man mich nicht haben will, dann sollen sie auch sie nicht haben.«
»Nein, ich würde sie nie davon abhalten, hinüberzugehen. Schließlich ist sie ihre Großmutter.«
»Gut, daß sie's nicht mit mir zu tun hat. Ich würd' mich nie im Leben damit abfinden. Jetzt muß ich aber gehen ... Wiedersehen, Sarah.«
»Wiedersehen. Laß die Jungen schön grüßen«, fügte Sarah leise hinzu.
»Werd' ich bestellen. Wiedersehen.«
Während Sarah das Wohnzimmer durchquerte, dachte sie: Komisch, daß Phyllis glaubt, sie würde sich nie im Leben damit abfinden. Dabei findet sie sich seit Jahren

damit ab, daß man sie und ihre Familie überall mit Verachtung behandelt, und läßt trotzdem den Kopf nicht hängen ... Phyllis hat das Herz eben auf dem rechten Fleck. Und Mut dazu!
»Ich gehe Samstag nicht mit zu Tante Phyllis, Mami«, sagte Kathleen, als Sarah in die Küche kam.
»Gut, gut, kein Mensch zwingt dich dazu«, erwiderte Sarah in schroffem Ton.
»Ich kann nichts dagegen tun, Mami. Ich hab's versucht.«
Sarah stand wieder vor dem Küchentisch, mit dem Rükken zu ihrer Tochter, und sagte nun mit ruhiger Stimme: »Ich weiß, daß du's nicht kannst. Wir wollen nicht darüber streiten, es ist schon in Ordnung.«
Kathleen setzte sich auf den Stuhl, der einst David gehört hatte, senkte den Kopf und sagte: »Ich hab Tante Phyllis gern, wirklich. Sie ist so nett und alles, aber die Jungen und Ali ... also irgendwie ...«
Sarah drehte sich um. »Es ist schon gut, Liebling«, sagte sie in beruhigendem Ton. »Ich weiß, wie dir zumute ist, also sorg dich nicht. Alles, was du tun solltest, ist, daran zu denken, daß die Jungen nichts dafür können, daß sie wie Araber aussehen. Und daß es nette Jungen sind, wirklich.«
»Ich weiß«, murmelte Kathleen. »Es ist erst so, seit Iris Bannister davon erfahren und es den andern gesagt hat. Und knapp vor den Feiertagen ist Peggy Crofton, dieses gemeine kleine Biest, zu mir gekommen und hat gesagt: ›Es ist doch bestimmt nicht wahr, daß deine Tante mitten unter den Arabern lebt, oder?‹ Am liebsten hätte ich sie ins Gesicht geschlagen. Um ein Haar hätte ich's getan.«
»Farbige heiraten heutzutage eben Weiße. Nur ungebildete Menschen stoßen sich daran. So mußt du's betrachten. Diese Mädchen sollten sich was schämen. Mit all ihrer Bildung und so weiter.«
»Puh, Bildung!« Kathleen rümpfte die Nase. »Iris Bannister wohnt in Westhoe, und ihr Haus – ich hab es gesehen – ist nicht viel größer als unseres. Aber weil sie in West-

hoe wohnt, glaubt sie schon, weiß Gott was zu sein. Und immerzu quasselt sie von ihrer Privatschule daher, die sie vor der Oberschule besucht hat. Betty Chalmers behauptet, daß es eine ganz unbedeutende, kleine Schule war, die bloß von zwei Leuten geleitet wurde, zwei alten Jungfern, die nicht einmal richtige Lehrerinnen gewesen seien. Aber natürlich waren sie sehr ... sehr kultiviert, und so haben sie auch gesprochen.« Kathleen rümpfte die Nase, zog die Oberlippe in die Höhe und zeigte ihre beiden großen, weißen Vorderzähne, bis Sarah in Lachen ausbrach. Auch Kathleen lachte und sagte: »Betty Chalmers kann das großartig, du würdest dich schieflachen über sie.«

»Du meine Güte, du meine Güte«, prustete Sarah los und schüttelte über die vermeintlichen Sorgen dieser Jugend den Kopf. Aber als Kathleen aufstand und sagte: »Ich werde jetzt ein bißchen zu Tante May hinübergehen«, hörte Sarah auf zu lachen und antwortete rasch: »Das würde ich an deiner Stelle nicht tun. Deine Tante bekommt in letzter Zeit so wenig von Paul zu sehen, und du weißt doch, daß er bald überhaupt nicht mehr hier sein wird.«

»Das ist es ja eben, deshalb –«

»Du mußt an Tante May denken, Kathleen ... Oh!« Sarah tippte sich mit dem Knöchel ihres Daumens auf die Stirn. »Ich habe ganz vergessen, dir auszurichten, daß Lorna MacKay heute früh angerufen hat. Sie möchte, daß du zu ihr hinüberkommst und dir ihre neuen Platten anhörst.«

»Das auch noch!«

»Ich dachte, du magst Lorna?«

»Tue ich ja, aber garantiert hockt wieder Michael daheim.«

Sarah lächelte. »Du hast Michael früher auch mögen.«

»Tja, ich glaube schon. Er ist ja in Ordnung, wenn er nur nicht ständig fragen würde, ob ich mit ihm ins Kino oder sonstwohin gehen möchte.«

»Mit Paul gehst du doch auch ins Kino, oder?«

»Ich weiß, aber das ist etwas anderes. Übrigens hat er ganz dasselbe gesagt: daß ich mit Paul ja auch ins Kino gehe.«
»Und was hast du darauf geantwortet?« Sarah lächelte, während sie weiterarbeitete.
»Ach, ich habe gesagt . . .« Kathleen hielt inne, dann lachte sie schallend auf. »Also, ich habe gesagt, daß du mich zwar jederzeit mit Paul ausgehen ließest, weil er doch mein Cousin sei, aber daß du dächtest, ich wäre nicht alt genug, um mit ihm auszugehen.« Sie erstickte beinahe vor unterdrücktem Lachen.
»Du verstehst's!« Sarah sah ihre Tochter mit glänzenden Augen an. »Also, wenn ich du wäre, würde ich Lorna trotzdem besuchen.« Das war ein Befehl, wenn auch ein freundlich vorgebrachter.
»Schon gut. Das wird wieder ein höchst erbaulicher Nachmittag werden«, seufzte Kathleen. »Ständig wird sie was über Michael einflechten, ich kenne das.« Sie äffte Lornas Stimme und Gebaren nach: »Also, unser Michael verdient bereits sechzehn Pfund die Woche, und dabei ist er erst neunzehn. Und wenn er erst ans Flöz herankommt, kann er über zwanzig Pfund die Woche kriegen, wahrhaftig.«
Dabei schwenkte sie ihren drallen Jungmädchenkörper affektiert hin und her, bis Sarah sagte: »Sei nicht so boshaft.«
»Weil sie ständig von dem vielen Geld redet, das der liebe, gute, brave Michael heimbringt. Und ewig stößt sie mir die Nase drauf, daß Paul noch jahrelang keinen Groschen verdienen werde. Sie behauptet sogar, ihre Mutter hätte gesagt, daß Paul vor seinem dreiundzwanzigsten Lebensjahr keinen Penny verdienen werde.«
»Das hat sie tatsächlich gesagt?«
»Jawohl.«
»Dafür hat Paul etwas, was für Geld überhaupt nicht zu bekommen ist, sag ihr das.«
»Hab ich ohnehin getan. Außerdem glaub ich gar nicht, daß Michael bereits sechzehn Pfund pro Woche verdient?«

»Doch, das ist in der Zeche durchaus möglich, wo sie jetzt auch noch Überstunden machen. Und es würde mich gar nicht überraschen, wenn er auf zwanzig käme, wenn er erst einmal an die Kohle selbst herankommt. Kohle ist heute das reinste Gold. Und möge es lange so bleiben, die Bergleute hatten es lange Zeit schwer genug.«

»Also, ich möchte um nichts in der Welt einen Bergmann heiraten.«

Kathleen schlenderte zur Tür, als Sarah sagte: »Dann tu's nicht.«

»Bestimmt nicht.« Und abermals sahen sie einander an und lachten sich zu.

»Ich bleib nicht lang«, sagte Kathleen.

»Du brauchst dich nicht zu beeilen. Wenn Paul herüberkommt, dann lauf ich schnell hinüber und klopf' drüben an.«

»Wirklich?« Kathleens Miene hellte sich auf. »Okay, Mami. Wiedersehen.«

»Wiedersehen, Liebling.«

Paul, Paul und wieder Paul. Zu jeder Tages- und Nachtzeit. Ob sie sich in dem Punkt noch ändern würde? Sie war erst sechzehn, möglich war es immerhin. Aber nein. Sarah schüttelte bei dem Gedanken daran den Kopf. Kathleen war ein beständiger, treuer Mensch. Und obwohl Paul seinem Vater wenig ähnelte, strahlte er doch die gleiche männliche Anziehungskraft aus. Nein, Kathleen würde sich nicht ändern. Sie betete jedenfalls darum, daß sie's nicht tun werde, denn täte sie es doch, dann . . . Sarahs Hände blieben auf dem Brett liegen, und sie blickte auf die gegenüberliegende Wand. All ihre Anstrengungen, ihre Selbstverleugnung, all ihre Versuche, das Richtige zu tun, wären umsonst gewesen, nicht wahr? Immer noch die Wand anstarrend, dachte sie an jenen Tag, an dem sie ihre Entscheidung getroffen hatte. Das war vor sechs Monaten geschehen, in eben dieser Küche. John war seit achtzehn Monaten aus dem Militärdienst entlassen und hatte eben begonnen, ihr etwas

über sein Geschäft zu erzählen. »Ich hab da was Gutes an der Hand, Sarah«, hatte er gesagt. »Du würdest es nicht für möglich halten, was da für Geld drinsteckt. Joe macht ein zweites Geschäft in Wallsend auf, und ich behalte den Laden in Newcastle und kümmere mich um die Werkstatt. Und wenn wir noch einen halbwegs zu uns passenden Burschen finden, dann machen wir in Shields auch noch was auf. Die Leute sind wie verrückt auf Radios. Und weißt du, was noch ganz groß werden wird? Das Fernsehen. Ich gehe jede Wette mit dir ein, noch ehe zehn Jahre um sind, wird jeder seinen eigenen Fernsehapparat daheim haben.«
»Fernsehen? Was ist denn das?«
»So eine Art Kino, weißt du.«
»Daheim?« Sie hatte gelacht, wie man eben über großsprecherische Geschichten lacht.
Er hatte mit ernster Miene den Kopf geschüttelt. »Das ist Tatsache, Sarah. Die haben lange vor dem Krieg daran zu arbeiten begonnen, und jetzt bekommt man Filme aus London direkt ins Haus geliefert. Ich sag dir, das ist kein Märchen. Und Joe und ich sind von Anfang an dabei.« Als er das sagte, wandte er den Kopf ab. »Das ist das einzig Gute, das wir der Luftwaffe zu verdanken haben. Daß Joe und ich in diesem gottverlassenen Loch beisammenhockten und Pläne schmiedeten, was wir nach dem Krieg gemeinsam anfangen würden. Joe sollte den Ein- und Verkauf übernehmen, und ich sollte mich auf die Herstellung von Radios und so weiter verlegen. Und genauso ist es auch geschehen. Wenn ich an die Jahre der Arbeitslosigkeit zurückdenke ... Jahre und Jahre, eine wahre Ewigkeit! Ich kann gar nicht glauben, daß uns so was passiert ist ... Du, Sarah, ich habe einen Wagen gekauft.«
»Einen Wagen?« Sie drehte sich zu ihm um.
»Ja, einen leicht gefederten – ganz großartig. War ein Gelegenheitskauf. Gebrauchtwagen, aber einer, der den ganzen Krieg über in der Garage gestanden hat. Ein Rover aus dem Jahr achtunddreißig, wunderbar, wie ein Rolls-Royce, ehrlich.«

»Ach, John.« Sie hatte ihn sanft angeblickt und gelächelt. Sie freute sich für ihn. Der Erfolg würde ihn von seiner ewigen Unruhe befreien, jedenfalls zum Teil.
Dann hatte er gesagt: »Zu Kriegsende habe ich Pläne gemacht, Sarah. Nicht nur, was Joe, sondern auch, was mich anlangt. Ich sagte mir, ich werde Geld verdienen, richtiges Geld, und dann werde ich mich sozusagen auskaufen und tun, wonach ich mich seit Jahren gesehnt habe.«
Ihr Körper erstarrte, aber sie schwieg, als er fortfuhr: »Ich habe einen ganzen Haufen Weiber gehabt und weiß genau, daß ich kein ausgesprochenes Gottesgeschenk für eine Frau bin. Keiner weiß das besser als ich. Aber all die Geschichten sind endgültig vorbei. Ich habe eine schöne Stange Geld und werde ein gutes Stück mehr haben, ehe ich aufhöre. Aber zu einem bin ich fest entschlossen: May wird keinen Anteil daran haben, dafür werd' ich bei Gott sorgen. Da würde ich es lieber sämtlichen Huren der Stadt vermachen.«
Da hatte sie aufgeschrien, und er hatte sofort abgebrochen und gesagt: »Du machst dir keine Vorstellung, was es geheißen hat, Sarah. Sie ist von Kopf bis Fuß meine Mutter, nur noch zehnmal schlimmer, wenn du mich fragst. Nein, mein Entschluß steht fest.«
Da hatte sie gesagt und ihre Stimme war kaum vernehmlich gewesen: »Vergißt du dabei nicht Paul?«
»Nein, das tu ich nicht!« hatte er sie angebellt. »Paul wird in wenigen Monaten wissen, was er tun wird. Auf alle Fälle muß er erst einmal seinen Militärdienst ableisten, und wenn er das Elternhaus verlassen hat, wird er auf eigenen Füßen stehen, und mit meinem ›lebenslänglich‹ wird's vorbei sein.«
Da sah sie ihn an und sagte geradeheraus: »Paul liebt Kathleen, und sie liebt ihn.«
Er hatte sie mit offenem Mund angestarrt, eine Minute lang hatte er sie angestarrt, ehe er sagte: »Aber sie sind doch noch Kinder; sie sind schließlich gemeinsam aufgewachsen.«

»Es ist mehr als das, jedenfalls meiner Meinung nach. Auf alle Fälle muß man abwarten.«
Er hatte einen Schritt auf sie zugemacht und geschrien: »Sarah!« Aber mit ausgestreckter Hand hatte sie ihn zum Anhalten veranlaßt. Sie hatte ihn nicht berührt, nur einfach den Arm gegen ihn erhoben, und ihre Hand war waagrecht in der Luft hängengeblieben.
»Ich warte«, sagte sie. »Kathleen ist das einzige, woran mir etwas liegt, darüber mußt du dir im klaren sein.«
»Das weiß ich, aber ich bin bereit, es zu riskieren, ich bin bereit, mich mit dem abzufinden, was übrigbleibt.«
Sie hatte den Kopf auf die Brust gesenkt und gemurmelt: »Dafür ist immer noch Zeit.«
Wieder hatte er sie lange, lange angesehen, und dann hatte er in der für ihn so typischen Art die Wahrheit gesagt: »Vielleicht für dich, aber nicht für mich. Ich bin am Ende meiner Geduld, Sarah. So bin ich nun mal . . . Ich brauche einfach jemanden . . . Jahrelang habe ich mir gewünscht, daß du es wärst.«
»Ich kann dir nicht helfen«, sagte sie.
Da hatte er sich umgedreht und war hinausgegangen. Alles war ruhig und ordentlich verlaufen, ihr Abkommen sozusagen, was ihr zukünftiges Leben betraf.
Sarah seufzte auf und las die Teigreste auf, drückte sie zusammen und rollte sie dann aus. Als sie das Backblech damit belegte, sah sie, wie Dan durch den Hintereingang kam, und ihre Miene hellte sich auf.
Als er die Küche betrat, zog er die Nase kraus und sagte: »Mann, riecht's da aber gut. Was wird es denn?«
»Oh, ein bißchen von dem und ein bißchen von dem, sie haben ständig Hunger.«
»Wirklich? Du meinst natürlich Paul. Wenn man dir all das Essen bezahlen müßte, das er bei dir verdrückt hat, hättest du eine ganz schöne Summe beisammen.«
»Ach, das.« Sie schüttelte ungeduldig den Kopf. »Ich muß auf alle Fälle backen. Sie bringt genausoviel hinunter wie ein junges Pferd.«
»Phhh, ist das heute heiß.«

»Ich mach dir Tee.«

»Nein, nein, ich bleib keine Minute.« Doch während er das sagte, nahm er am Tisch Platz.

Sarah warf ihm einen Blick zu. »Aber es ist Mittwoch. Da hast du doch frei, nicht?«

»Das Geschäft ist geschlossen«, nickte er. »Also hab ich frei. Aber ich gehe wieder hin. Die alte Dame möchte, daß ein paar Räume hergerichtet werden.« Er warf den Kopf in den Nacken. »Sie hat so ihre Ideen, und die beschäftigen sie dauernd. Sie glaubt, ich merk' es nicht ... Sie möchte, daß ich dort oben wohne.«

»Wirklich!«

»Mhm. Sie fühlt sich einsam, seit ihr Mann tot ist. Ich weiß seit einiger Zeit, daß es dahin kommen wird, und« – er schwenkte den Finger vor Sarah – »es wäre nicht übel, denn sie ist eine Seele von einem Menschen. Ich hab sie mehr als bloß gern, und wie sie sehr richtig sagt, eines Tages wird das Haus ja ohnehin mir gehören ... Weißt du.«

Er stützte die Ellbogen auf den Tisch, wobei er an eine auf der Seite liegende Flasche anstieß, und Sarah rief rasch: »Paß auf, sonst bist du voller Mehl.«

Als sie die Flasche aus dem Weg räumte, sagte er: »Das ist eine gute Idee, eine Flasche als Nudelholz zu verwenden. Wo hast du das nur her?«

»Ach, aus irgendeiner Illustrierten. Es geht sehr gut damit. Man füllt sie mit kaltem Wasser an, so bleibt der Teig fest.«

»So was, bin neugierig, was du dir noch alles einfallen läßt. Also, wie ich bereits gesagt habe. Weißt du, Sarah, es gibt gute Menschen auf der Welt! Und diese beiden sind und waren lauterstes Gold für mich, dabei sind wir überhaupt nicht miteinander verwandt. Fremde sind oft besser zu uns als die eigene Familie, findest du nicht?« Er wartete nicht ab, daß sie sich dazu äußerte, sondern fuhr fort: »Daß ich damals meine vierhundert ins Geschäft butterte, hat mir Glück gebracht; sie haben es mir tausendfach vergolten ... Nun, nicht direkt tausendfach«, lachte er, »du weißt schon, wie ich's meine. Und jetzt kommt sie wieder mit dieser Renovierung daher. Es sind sechs Räume, weißt du, übrigens schöne, große und obendrein noch hübsch eingerichtet. O ja, sie haben ein paar recht schöne Stücke. Und nun hat sie schon seit längerem vor, zwei Wohnungen daraus zu machen. Sie sagt immer wieder, daß Menschen, die wirklich miteinander befreundet sind, gut nebeneinander wohnen können, in aller Freundschaft und so, ohne miteinander in die Haare zu geraten ... Arme alte Haut! Ich weiß, worauf sie hinaus will, aber ich hab ihr noch nie Gelegenheit gegeben, es auszusprechen. Es wird natürlich schwierig sein, weißt du, so Tür an Tür.«

»Ja«, nickte Sarah. »Bestimmt wird das schwierig sein. Ich glaube nicht, daß du das tun solltest, Dan; ohne dich würde deine Schwester sich da drüben ja doch einsam fühlen.«

Dan starrte sie einen Moment an, ehe er sagte: »Weißt du, du bist eine bemerkenswerte Frau, Sarah. Das habe ich mir schon immer gedacht.«

»Du scherzt wohl. Bemerkenswert, puh! Ich weiß am besten, wie bemerkenswert ich bin.« Sie nickte ihm langsam zu.

»Ich scherze nicht, was das betrifft, wirklich. Ich weiß schon, was ich sage. Du versuchst, mich davon zu überzeugen, daß ich sie eigentlich nicht verlassen darf, weil du glaubst, daß sie sich einsam fühlen könnte. Dabei hat sie Stan und John und May direkt über der Straße, sie hat zwei Enkelkinder, und du sagst, sie würde sich einsam fühlen. Nach allem, wie sie dich behandelt hat, bist du immer noch imstande, Mitleid mit ihr zu haben.«

»Sie ist keine glückliche Frau ... innerlich. Das will ich damit sagen. Und unglückliche Menschen sind einsam. In gewisser Beziehung sind wir allesamt einsam, aber unglückliche Menschen sind noch einsamer.«

»Ja, ich glaube, daß du in dem Punkt recht hast. Es spricht sogar noch etwas gegen diesen Umzug, aber ich glaube, daß du es gar nicht bemerken würdest. Ich

könnte dann nicht mehr jeden Tag bei euch zur Tür hereinschneien.«
»Oh, das habe ich sofort bemerkt, Dan.« Sie ließ die Hände auf dem Tisch ruhen und neigte sich zu ihm hinüber. »Ich weiß wirklich nicht, was ich ohne dich getan hätte, Dan. Ich habe . . ., ich habe das nie vorher gesagt, aber ich glaube, daß ich damals den Verstand verloren hätte, wenn du nicht gewesen wärst. O ja, ich weiß, was es heißen würde, wenn du nicht mehr so oft vorbeikämst.«
Dan war plötzlich ernst geworden und sah sie an. Dann fuhr er sich mit den Fingern durchs dichte, ergraute Haar, stand unvermittelt auf, ging zum Herd und blickte auf den leeren Rost nieder. Und Sarah blieb am Tisch stehen und bewegte die Hände nervös und ziellos hin und her, bis er sagte: »Hast du in letzter Zeit mit John gesprochen?«
»John?« sagte Sarah erschrocken, wandte sich nach ihm um und starrte seinen Rücken an. Und abermals sagte sie: »John?«
»Da drüben wird's bald krachen, und das ist schade. Er sollte abwarten, bis der Junge richtig Fuß gefaßt hat. Wenn ich ihn auch verstehen kann, denn seit er zurück ist, geht es in seinem Haus äußerst stürmisch zu. Es war schon vor dem Krieg schlimm genug.«
Sie beobachtete ihn, wie er sich langsam zu ihr herumdrehte und ihren Blick festhielt, als er sagte: »Er hat die Absicht, May zu verlassen.«
Sie hatte das Gefühl, als hätte sich eine Gräte in ihrer Kehle quergestellt, und sie dürfe jetzt um keinen Preis schlucken. Dennoch bedeutete es keine Neuigkeit für sie, sie hatte gewußt, daß es dazu kommen würde.
Sie hörte ihn sagen: »Was wirst du tun, Sarah?«
»Ich? . . . Ich?« Sie schwenkte den Kopf überrascht von einer Seite zur andern. »Nichts, nichts. Weshalb . . . weshalb sollte ich?« Es klang entrüstet. Aber sie konnte seinem Blick nicht standhalten, sondern senkte die Lider; und dann senkte sie den Kopf. Sie spürte, wie er auf

sie zukam, und als er vor ihr stand, sagte er: »Da bin ich aber froh, Sarah, wirklich. Ich werde der alten Dame sagen, daß ich nicht bei ihr einziehe, wenigstens nicht im Moment. Ich gehe jetzt. Auf bald, Sarah.«

»Wiedersehen, Dan.«

Sie wartete, daß er ging, als er jedoch keinerlei Anstalten machte, blickte sie auf. Sie sah in das freundliche Gesicht des Mannes, dieses Mannes, der Davids Güte und Johns Männlichkeit ausstrahlte. Es war eine merkwürdige Verbindung, wenn man bedachte, daß er ja auch der Bruder ihrer Schwiegermutter war. Als er die Hand ausstreckte und sanft ihre Wange berührte, war es, als wäre David wieder lebendig geworden. Dann drehte er sich um und ging.

Als Sarah ihm nachsah, wie er durch den Hof ging, wie er stehenblieb, um den Wasserhahn abzudrehen, ehe er die Seitengasse betrat, da dachte sie weder an ihn noch an John noch selbst an David, sondern an die Frau nebenan, die die Mutter beziehungsweise die Schwester dieser drei Männer war, und an die Worte, die sie einst zu ihr gesprochen hatte und die ihr noch immer in den Ohren gellten: »Du hast es auf meine Männer abgesehen. Du hast sie dir genommen . . .«

Abermals senkte sie den Kopf und stützte die Stirn mit der Innenfläche ihrer Hand. Dann sagte sie, rasch aufblickend, zu sich selbst: »Ich werde mir eine Tasse Tee machen, ehe ich gehe.«

Als sie dann dasaß und ihren Tee schlürfte, dachte sie daran, was die Jahre aus ihr gemacht hatten, was es bedeutet hatte, daß sie eine Menge Menschen geliebt hatte. Sie hatte David geliebt . . . O ja, das hatte sie. Aber nach John hatte sie sich gesehnt. Ohne daß sie ihn geliebt hätte, hatte sie ihn begehrt. Das erkannte sie nun. Schon während der ersten Monate ihrer Ehe war ihr klargeworden, daß David nicht unbarmherzig, nicht brutal, nicht egoistisch genug war, um ihrem Körper das Äußerste abzuverlangen. John wäre in diesem Punkt genau der richtige gewesen.

Sie zerrte an dem Ausschnitt ihrer Bluse, um sicht Luft zu machen. Es war ihr, als müsse sie ersticken. Die Küche war drückend heiß. Sie stand auf, trat ans Fenster und stieß es weit auf. Und im selben Moment eilte die ausgetrocknete Gestalt ihres Vaters durch die Hintertür. Sie entdeckten einander fast gleichzeitig, und er rannte direkt durch den Hof, um zu verhindern, daß sie ihm die Tür vor der Nase zuschlug.

Schwer atmend drehte sich Sarah zum Tisch herum. Es war zu spät, in die Spülküche zu eilen. Im selben Augenblick erklang schon seine Stimme hinter ihr, nicht versöhnlich wie einst, sondern mehr als selbstsicher. »Du hättest mich jetzt glatt ausgeschlossen, was?«

Sie antwortete ihm nicht gleich, dann aber sagte sie mit einer Stimme, die der ihren in keiner Weise zu gleichen schien: »Ich habe dir ein für allemal gesagt, daß du nicht mehr herkommen sollst. Warum hörst du nicht, was man dir sagt?« Sie war ein völlig anderes Wesen, wenn sie diesem Mann gegenüberstand.

»Ich hab keinen Platz, wo ich hingehen könnte. Man hat mich hinausgeworfen.«

»Das ist nicht das erstemal. Du wirst schon was anderes finden.«

»Wie sollt' ich, ohne Geld! Da kann ich höchstens in einem Schuppen unterkommen.«

»Das interessiert mich nicht, das hab ich dir oft genug gesagt. Und jetzt hinaus mit dir.« Sie wandte ihm immer noch den Rücken zu.

»Die Leute reden, weißt du. Sie verstehen nicht, daß du soviel Platz hast und deinen Vater glatt auf der Straße verkommen läßt. Am liebsten würdest du mich im Armenhaus sehen.«

»Allerdings.«

»Nun, die Freude mach ich dir nicht. Ich komm' hierher.«

Mit weit aufgerissenen Augen drehte sie sich um. »Was tust du? Hierher kommst du nur über meine Leiche. Jahrelang hast du mich erpreßt. Aber jetzt ist der einzige

Mensch nicht mehr am Leben, bei dem ich Angst hatte, er könnte verletzt werden, das hab ich dir bereits gesagt. Mir ist es völlig egal, was du jetzt sagst, fang ruhig an damit, los: Schrei von mir aus heraus, was du weißt, es macht keinen Unterschied mehr.«

»Du solltest erst denken, ehe du den Mund so voll nimmst«, sagte er ganz langsam und völlig ruhig.

Sie betrachtete ihn genau. Sie konnte ihm irgendwie nicht folgen. Was meinte er nur? Worauf spielte er an? Er führte etwas im Schilde. »Worauf willst du hinaus?« stieß sie zwischen zusammengebissenen Zähnen hervor.

Er sah sie aus seinen Triefaugen listig an. Etwas Speichel rann ihm aus dem Mundwinkel. Er fragte abermals: »Gibst du mir das Zimmer? Es wird dir leid tun, wenn du's nicht tust, wohlgemerkt. Ich sag dir, es wird dir leid tun.«

»Hinaus!« Sie machte einen Schritt auf ihn zu, aber er rührte sich nicht von der Stelle.

»Wir könnten miteinander auskommen, wenn du wolltest. Es würde sich lohnen. Das sag ich dir.«

»Hinaus!«

»Schön, auch recht. Wenn du's so haben willst. Ich werd' die beiden schon wo ausfindig machen und es ihnen sagen.«

Ihr Gesicht verzerrte sich. »Die beiden? Was für beide? Von wem sprichst du?«

»Von den Kindern.«

»Von den Kindern?« wiederholte sie.

»Tjaja, genau das hab ich gesagt, die Kinder. Muß ich mich erst deutlicher ausdrücken? Ich werd' ihnen sagen, daß sie lieber vorsichtig sein sollten.«

Ihr Gesicht straffte sich langsam. Sie formte lautlos das Wort »vorsichtig« nach.

»Wie die Verliebten haben sie sich unten am Strand herumgetrieben, jederzeit bereit, miteinander ins Bett zu hüpfen. Und das können sie doch nicht gut, nicht wahr?«

Er starrte in ihr bestürztes Gesicht. »Das darfst du nicht zulassen, hab ich recht? So was wäre gegen die Natur. Wo

du ihnen doch ein und denselben Vater gegeben hast ... Oder nicht? Sie ist ja praktisch auf die Minute neun Monate nach dem Neujahrsmorgen auf der Heide zur Welt gekommen, wo du und der Riesenkerl euch abgeknutscht habt. Was höchst gelinde ausgedrückt ist, nebenbei. Wenn nichts drangewesen wäre, hättest du garantiert nicht all die Jahre über geblecht. Du hast ganz schön was zu verbergen gehabt und hast es noch immer.«
Bereits einmal hatte sie das Gefühl kennengelernt, als könne ihr Körper derart anschwellen, daß sie explodieren müsse. Nun empfand sie es wieder, nur intensiver, schrecklicher. Sie spürte, wie eiskalte Wut sie mit sich riß. Sie stürzte zum Tisch, packte das erste Ding, das ihr in den Griff kam – und das war die mit Wasser gefüllte große Flasche –, und schleuderte sie ihm an den Kopf. Als er auf diesen Angriff hin den Kopf hob, traf sie ihn mit voller Wucht auf die Stirn, und er fiel wie ein Stein zu Boden.
Sie stand mit dem Rücken zum Tisch da und klammerte sich an die Tischkante an. Sie war sich dessen bewußt, daß jemand im Hof war, aber sie wußte nicht wer; ihr Körper schwoll immer noch an, ihr Kopf schien den Raum zu füllen. Sie spürte, wie ihre Augäpfel sich dehnten, als wollten sie aus den Augenhöhlen fallen, als sie sah, wie das Blut übers Linoleum floß. Je mehr ihr Körper anschwoll, desto ruhiger wurde sie innerlich, es war, als würde sie mit Gewalt in eine große Stille mit fortgerissen. Selbst als sie May mit Paul an ihrer Seite in die Küche stürzen sah, gab sie keinen Laut von sich. Sie sah zu, wie May sich auf den Fußboden kniete, wie sie seinen Kopf hochhob und danach die Hand in seine Weste schob. May sah in jenem Moment menschlicher aus als je zuvor. »Er ist tot«, sagte sie.
Sarah wußte, daß er tot war. Sie hatte es in dem Moment gewußt, als ihn die Flasche getroffen hatte. Sie war froh, daß er tot war. Oh, sie war froh darüber. Nie mehr konnte er sie nun ängstigen oder verletzen. Er konnte überhaupt niemanden mehr verletzen. Auch Kathleen nicht ...,

das war das wichtigste, er konnte Kathleen nie mehr verletzen. Kathleen war in Sicherheit, in Sicherheit, in Sicherheit. Und auch Paul; ja, auch Paul war in Sicherheit. Sie waren beide in Sicherheit.

2

Zeit war nur ein menschlicher Begriff. Das hatte David gesagt. Er hatte es wo gelesen und ihr gesagt, wie wahr dies wäre . . . Zeit war nur ein menschlicher Begriff. Sie wußte nun, wie sehr dies stimmte, denn die Zeit hatte aufgehört, für sie zu existieren. Bald war ihr bewußt, daß Zeit und Ende nicht voneinander zu trennen seien, daß das, was Menschen unter Zeit verstanden, zu Ende gehen würde, aber das machte ihr keinen Kummer. Ihr Inneres hatte die Zeit abgeschrieben, wie es alles andere abgeschrieben hatte. Wenn sie überhaupt eines klaren Gedankens fähig war, dann war es der Wunsch, daß alles . . . vorbei sein möge. Sie fürchtete sich nicht vor dem Ende, das hatte sie sogar dem Priester gesagt. Aber wenn er ihr von Gott zu sprechen anfing, lachte sie beinahe. Der Gedanke an Gott kam ihr jetzt lächerlich vor, direkt komisch. Wenn sie sich mit ihren Gedanken auf diese neue, andere, innere Ebene zurückzog, dann war sie über die Leichtgläubigkeit jener Menschen erstaunt, die an ein Ding, das sie Gott nannten, glaubten. Nicht daß sie an dessen Existenz gezweifelt hätte, aber an seiner Verbundenheit, seinem Verständnis, seinem Mitgefühl für die menschliche Rasse, daran zweifelte sie. Und sie hegte den beinahe boshaften Wunsch, diesem Priester ihre wahren Gedanken zu enthüllen, obwohl dieser Priester Pater Bailey war und obwohl dieser Pater Bailey so freundlich zu ihr war. Immer wieder versuchte er, ihr eine Antwort zu entreißen. »Du mußt es ihnen sagen, Sarah«, sagte er unentwegt. »Und zwar heute noch. Es ist deine letzte Chance. Sag ihnen, daß er dich seit Jahren erpreßt hat. Sag es ihnen, hörst du mich? Sarah!«

Sie senkte den Kopf vor diesem schmerzerfüllten, mitleidigen Blick. Aber er konnte bei ihr nichts ausrichten. Da er ein Priester war, hatte er sich selbstverständlich an sein Beichtgeheimnis gehalten. Und sie selbst hatte nicht die leiseste Absicht, den Mund aufzumachen. Sie hätte ihnen ja doch nur die halbe Wahrheit sagen können. Sie hätte sagen können: Mein Vater hat mich erpreßt, weil er dachte, John und ich hätten was miteinander gehabt. Aber das stimmt nicht. Doch würden sie ihr glauben? Nein, nein. Diese Übergescheiten bei Gericht würden doch sicher nur sagen: Weshalb haben Sie sich dann von ihm erpressen lassen, wenn das wahr ist? Und von diesem Moment an würde die Sache kompliziert werden. Sie konnte ihnen nicht mehr klarmachen, weshalb sie seinerzeit angefangen hatte, ihm Geld zu geben, damit er nur ja den Mund halte. Es lag allzuweit zurück. Selbst wenn sie imstande gewesen wäre, es zu erklären, würde es keine Bedeutung mehr haben. Sie allein kannte die Dinge, die Bedeutung gehabt hatten. Und ihr Vater. Und der war jetzt tot. Er war tot, weil er die Dinge beim Namen genannt hatte, diese Dinge, die jetzt nur mehr ihr allein bewußt waren und die sie verbergen mußte. Weil sie eine Lüge waren, die allergrößte Lüge sogar; dennoch mußte sie sie verbergen, denn wenn sie erst ans Licht gezerrt würden, dann hätte jeder an sie geglaubt. Dann würden sie sagen: Ohne Feuer gibt es keinen Rauch. Natürlich, deshalb hat sie all die Jahre über gezahlt, würden sie sagen. Und dann würden sie Kathleen und Paul ansehen und sich daran erinnern, daß die beiden seit ihrer Kindheit unzertrennlich gewesen waren. Sie würden sich daran erinnern, daß John Kathleen wie ein Vater liebte ... Aber es war nicht nötig, sich darüber den Kopf zu zerbrechen, sie würden sich nicht daran erinnern, denn diese Lüge würde niemals ausgesprochen werden, diese Lüge, deren Aufklärung sie von der Todesstrafe befreien würde. Sie würde mit ihr sterben. Und Kathleen würde auf immer in Sicherheit sein.

Der Priester ging und wurde von den beiden Gefängniswärterinnen abgelöst. Eine von ihnen hatte ein nettes Gesicht, sie hatte auch eine freundliche Stimme. Sie war ungefähr in Sarahs Alter und ergriff Sarahs Hand und tätschelte sie, ehe sie nach oben gingen. Aber als sie sich im Gerichtssaal neben Sarah setzte, sah ihr Gesicht kalt und abweisend aus ...

Sarah sah sich im Gerichtssaal langsam um, als koste es sie übermenschliche Anstrengung. Da war Phyllis, aus deren Gesicht sie zwei große, mitleiderfüllte Augen ansahen. Liebe Phyllis ... Und neben ihr saßen Ali und Jimmy ... Sie waren nett, Ali und Jimmy.

Da saß Dan und wartete ganz offensichtlich angespannt darauf, daß sie ihn ansehe. Am liebsten hätte sie ihm zugerufen: Weine nicht mehr, weine nicht mehr, Dan. Und neben ihm war Kathleen. Ihr Gesicht wirkte teigig, und ihre Augen sahen wie große, dunkle Teiche aus, die von Mitleid erfüllt waren. Sarah war, als würde ihr das Herz aus der Brust springen, hin zu Kathleen, und als müßte sie zu ihr sagen: Ach, mein Liebling, mein Liebling! Sorg dich nicht, alles wird gut werden für dich. Und dann war da noch Paul. Paul hatte den Kopf gesenkt und sah sie nicht an, er sah sie niemals an. Ihr Innerstes schrie: Sieh mich an, Paul, ich bin nicht schlecht. Bitte, sieh mich doch an. Aber Paul weigerte sich, sie anzusehen. Neben Paul saß May. Und May sah sie an. Aber was dachte May wohl? Kein Mensch wußt es. Neben May saß ein Mann, aber Sarah sah nicht für eine Sekunde zu ihm hin, denn es war seinetwegen, weil er zur Welt gekommen war und sie begehrt hatte, weil dieses sein Begehren die Hauptrolle in seinem Leben gespielt hatte – deshalb saß sie hier.

Wieder retteten sich ihre Gedanken auf jene weit entfernte Ebene, die die Verhandlung nur bruchstückweise erreichte. Von dort vernahm sie schwach die Stimme des Staatsanwaltes, jenes Mannes, der sie zu hassen schien. Er sprach, als hätte er sie von Geburt an gekannt, als ob sie in ihrem ganzen Leben nichts Anständiges getan hätte. Weshalb sprach er nur so über sie? Er schien auch den netten Menschen zu hassen, der sie verteidigte. Er sagte boshafte, sarkastische Dinge zu ihm, und sie bezogen sich alle auf sie. Ihr Verteidiger wandte sich nun an den Richter und bat, noch einen Zeugen einzuvernehmen. Nach einiger Zeit sah sie einen Mann den Zeugenstand betreten. Sie blickte ihn an und konnte sich nicht erinnern, ihn je zuvor gesehen zu haben. Das war nur natürlich, denn er sagte, er wohne in Wallsend, und sie kannte keine Menschenseele in Wallsend. Er sagte, sein Name sei James Ballast, und sein Bruder hätte den Verstorbenen einst niedergeschlagen.

»Weshalb hat Ihr Bruder den Verstorbenen niedergeschlagen?« fragte der nette Mensch.

Weil der Verstorbene Liebespaaren nachspioniert habe, sagte der Mann. Und als auch sein Bruder einmal an der Reihe war, hatte er ihm aufgelauert und ihn eben niedergeschlagen.

»Wo ist Ihr Bruder denn jetzt?« fragte der nette Mensch.

»Er ist tot«, sagte der Mann im Zeugenstand. »Er starb während des Kriegs.«

Die eiskalte Stimme des Staatsanwalts erklang: »Was soll das alles? Das steht doch in keinerlei Zusammenhang mit diesem Fall!«

»Ich möchte einfach aufzeigen, Mylord«, sagte der nette Mensch, »welche Art Mensch der Verstorbene gewesen ist.«

»Wir sind hier nicht versammelt, um uns mit dem Charakter des Toten zu beschäftigen«, erwiderte die kühle Stimme. »Wir sind hier, um einen Mord zu beweisen oder die hierfür sprechenden Anzeichen zu widerlegen. Wozu haben Sie diesen Zeugen also aufgestöbert?«

»Der Mann hat sich selbst als Zeuge angeboten, Mylord. Er dachte, daß er der Angeklagten helfen könne.«

»Und Sie waren offensichtlich derselben Meinung, wie?«

»Allerdings, Mylord.«

Die Menschen waren gut. Es war genauso, wie Dan immer zu sagen pflegte: Die Menschen waren gut . . . alle, ausgenommen der Staatsanwalt. Der stand nun vor den

Geschworenen und erklärte ihnen eindringlich, wie schlecht sie sei. Er rief ihnen sogar den Tag nach dem großen Luftangriff ins Gedächtnis, als sie ihrem Vater um keinen Preis Unterschlupf gewähren wollte, ja ihn sogar angeschrien und hinausgeworfen hatte.
Die Menschen hatten ein gutes Gedächtnis. May hatte ein gutes Gedächtnis. Sie war es gewesen, die ihnen auf die Frage, ob sie jemals gesehen hätte, daß die Angeklagte bereits früher einmal Hand gegen ihren Vater erhoben habe, diese Geschichte erzählt hatte. May hatte viel gemein mit dem Staatsanwalt.
Dann wandte sich der nette Mensch an die Geschworenen. Er erzählte ihnen, was sie während ihrer Kindheit und Jugend mitgemacht, wie sie sich vor ihrem Vater gefürchtet und wie dieser sie und ihre Schwester geschlagen hätte ... Phyllis hatte es ihnen genau berichtet. Die fürchtete sich vor niemandem. Sie hatte ihnen gesagt: »Ich wollte ihn schon immer umbringen. Hundertmal hab ich gesagt, daß ich's eines Tages tun würde, und ich hätte es auch getan, wenn sich die geringste Chance ergeben hätte.« Der Richter hatte ihr Einhalt geboten und sie gewarnt, daß er sie aus dem Saal weisen lassen werde, wenn sie fortfahre, so daherzureden. Und dann warnte er sie noch ein zweitesmal, weil sie ständig von ihrem Sitz aufsprang und die Verhandlung unterbrach. Nun verließen die Geschworenen ihre Bänke und zogen sich zur Beratung zurück. Und die freundliche Aufsichtsperson brachte Sarah nach unten, wobei sie sie leicht auf die Schulter drückte, jedoch kein Wort sagte. Sie forderte sie auf, zu essen und zu trinken, aber alles, was Sarah haben wollte, war eine Tasse Tee. Und dann schmeckte er ihr nicht. Er war anders als daheim.
Sie saß da, ihre Hände lagen in ihrem Schoß, und sie starrte vor sich hin und wartete. Die Zeit verstrich. Es kam ihr vor, als wären es Stunden, sie wußte es nicht. Alle schienen von Ruhelosigkeit erfüllt zu sein. Der Polizist sprach ein paar Worte zu ihr, selbst die Aufsichtsperson sagte irgend etwas Freundliches. Dann gingen die

beiden aus dem Zimmer und unterhielten sich auf dem Korridor.
Sie hörte, wie jemand sagte: »Für unzurechnungsfähig hat er sie jedenfalls nicht erklärt, nicht wahr? Und dabei hat er sie lange genug untersucht. Sie hat sich einfach in sich selbst zurückgezogen. Das tun die manchmal. Wahrscheinlich wird sie bis zum Schluß so sein, falls es zu einem Todesurteil kommt.«
»Schschsch!« sagte eine andere Stimme.
»Ist schon in Ordnung«, erwiderte der Zurechtgewiesene. »Sie bekommt es gar nicht richtig mit.«
Und dann brachten sie sie plötzlich wieder nach oben, und alle befanden sich an ihren Plätzen, als hätte es keine lange Unterbrechung gegeben. Und einer aus der Geschworenenbank stand auf und antwortete auf die Frage des Richters: »Wir haben uns auf Körperverletzung mit tödlichem Ausgang geeinigt, Mylord. Weil wir zu der Überzeugung gelangt sind, daß keine vorsätzliche Tötung vorliegt.« Ihre Gedanken jagten wie wild durcheinander, dennoch war sie nicht imstande, völlig abzuschalten. Und so bekam sie zwei Dinge mit: daß man übereingekommen sei, sie habe die Tat nicht vorsätzlich begangen. Wobei Sarah den Eindruck gewann, daß der Vorsitzende mit dem Spruch der Geschworenen nicht übereinstimmte. Und schließlich jenen Teil des Urteils, der lautete: ». . . da Sie dennoch einen Menschen getötet haben, lautet die Anklage auf Körperverletzung mit tödlichem Ausgang, wofür ich eine Gefängnisstrafe von fünfzehn Jahren über Sie verhänge.«
Wieder drehte sich ihr alles im Kopf. Sie brauchte nicht zu sterben! Sie war überrascht, verblüfft. Dann jedoch schrie es in ihr: Aber fünfzehn Jahre! Fünfzehn Jahre!
Und dann hörte sie Phyllis schreien: »Das ist ungeheuerlich, grausam! Dieses Schwein hätte schon vor Jahren sterben müssen! Es ist haarsträubend. Ich wünschte, ich hätte es selbst getan, das sag ich Ihnen. O mein Gott! Sarah, Sarah! Fünfzehn Jahre! Allmächtiger!« Phyllis' Stimme erstarb, als man sie aus dem Saal schaffte.

Knapp bevor man Sarah nach unten brachte, warf sie ihrer Familie einen Blick zu. Sie standen wie versteinert da und sahen sie an, alle, mit Ausnahme Johns. Vielleicht wanderten ihre Blicke unwillkürlich deshalb zu ihm, weil er sie nicht ansah. Sein Kopf war auf die Brust gesunken, und er hatte sein Gesicht mit beiden Händen bedeckt.

3

Die Tage verliefen stumpfsinnig, die Welt war stumpfsinnig. Alle waren verrückt – er vor allem. Manchmal glaubte er tatsächlich, den Verstand zu verlieren. Alles und jedes hatte sich seit dem Prozeß geändert. Aber einige hatten sich bereits vor der Verhandlung geändert. Paul zum Beispiel. Was war nur mit dem Jungen los? Man brauchte ja bloß zu sehen, wie er Kathleen behandelte. Mit drei langen Schritten war John am Fenster und blickte in den Hof hinunter, wo Kathleen eben durch die Hintertür über die Wiese in ihren eigenen Hof ging. Denn es war immer noch ihr eigener Hof. Sie hatte sich geweigert, fortzuziehen. Aber sie war kein junges, sorgloses Ding mehr; über Nacht war sie erwachsen geworden, und dieser Übergang schien sie richtig betäubt zu haben. Sie brauchte so dringend Trost und Hilfe, und der einzige, der ihr echten Trost hätte geben können, wandte ihr den Rücken zu. Warum? Warum nur? Er würde es herausbekommen, das stand fest; er würde diesem jungen Großtuer schon den Kopf waschen, bei Gott.
Als John sich vom Fenster abwandte, trat Paul ein. John wartete ab, bis der Junge vor dem Kamin stand, ehe er anfing: »Jetzt sag mir einmal, was in den letzten Tagen mit dir los ist! Wir haben alle miteinander einen gehörigen Schock erlitten, aber am meisten hat schließlich Kathleen darunter gelitten, sie braucht jetzt deine Hilfe wie nie zuvor. Und was tust du? Seit Wochen hältst du dich von ihr fern, als ob sie die Räude hätte. Das gefällt mir

nicht.« John verzog das Gesicht, so daß seine Zähne sichtbar wurden. »Dieser Charakterzug gefällt mir aber schon gar nicht, daß du dich gerade dann in dein Schnekkenhaus verkriechst, wenn man dich am nötigsten braucht. Selbst wenn deine Tante Sarah etwas Unrechtes getan haben sollte – und das ist reine Einstellungssache, wie man das betrachtet –, kannst du doch nicht Kathleen dafür verantwortlich machen. Aber genau das tust du! Jedesmal, wenn sie ins Haus kommt, gehst du fort. Also sag gefälligst, was eigentlich los ist. Wir wollen das ein für allemal klarstellen.«

»Ich möchte mit dir sprechen.« Pauls Stimme war ruhig; kalt und ruhig.

»Dann sprich. Los, 'raus damit.« John sah seinen Sohn erwartungsvoll an, als er aber nichts sagte, meinte er schroff: »Was hindert dich daran? Ich dachte, du wolltest mir etwas sa –«

»Ich werde Priester.«

Die Stille, die sich urplötzlich im Raum breitmachte, übertönte alles andere: die Rufe der spielenden Kinder aus der Seitengasse, die Stimme des Nachbarn, der nach seinem Jungen rief, das Geschrei eines Babys.

»Sag das noch mal.« Johns Stimme klang völlig normal.

»Du hast genau gehört, was ich gesagt habe.«

»Tjaja. Mir kommt vor, du hättest gesagt: ›Ich werde Priester.‹ So kommt's mir wenigstens vor.«

»Genau das habe ich gesagt.«

John drückte das Kinn auf die Brust. »Du wirst was . . .? Hör mal, Junge, hast du den Verstand verloren?«

»Nein.«

»Aber du hast Priester gesagt, nicht Pastor. Priester.«

»Das hab ich gesagt.«

»Katholischer Priester?«

»Katholischer Priester.«

»Willst du, daß ich dich zusammenschlage?!«

»Das würde auch nichts daran ändern.«

»So? Das werden wir doch sehen, du! Hinaus!!« John wies mit einer heftigen Bewegung zur Tür, aber als Paul

seiner Aufforderung nachkommen wollte, verstellte er ihm den Weg und schrie: »Nein, bei Gott, was sag ich? Du kommst hier nicht eher 'raus, als bis du wieder zur Vernunft gekommen bist . . . Priester! Priester wirst du! Nur über meine Leiche! Und jetzt setz dich gefälligst.« Er deutete auf einen Stuhl. »Setz dich und laß hören, was das heißen soll.«
Der Junge ging seelenruhig auf den Stuhl zu, nahm auf der Kante Platz und wartete. Und John, der hochaufgerichtet vor ihm stand, fragte: »Also los jetzt. Seit wann hast du diese großartige Idee, möchtest du mir das gefälligst verraten?« Seine Stimme klang ausgesprochen höhnisch.
Paul wandte sein weißes Gesicht dem Vater zu und sagte: »Seit dem Tag, an dem Tante Sarah ihren Vater umgebracht hat.«
Diese Antwort verdutzte John, er zog die Schultern gerade und richtete sich auf. Dann kniff er die Augen zusammen und fragte verwirrt: »Aber was hat denn das damit zu tun? Ich kann da keinerlei Verbindung sehen.«
»Nein?«
»Nein.«
»Zufällig habe ich gehört, was ihr Vater sagte, ehe sie ihn niederschlug.«
»Aber du hast doch selbst gesagt . . ., du hast doch behauptet, nichts gehört zu haben. Das hast du vor Gericht gesagt. Stimmengemurmel, hast du gesagt.«
»Ich weiß, was ich denen gesagt habe.« Paul stieß den Arm vor, als wolle er seinen Vater beiseite stoßen. Er stand auf, trat ein paar Schritte zurück, um Distanz zwischen sich und seinem Vater zu schaffen, ehe er wieder anfing zu sprechen. »Der alte Mann hat gesagt, daß Kathleen und ich uns wie die Verliebten aufgeführt hätten und daß sie das nicht zulassen dürfe, weil . . . weil du unser beider Vater bist.«
Wieder trat eine unheimliche Stille ein, bis John flüsterte: »Was bin ich?« Er fuhr mit der Hand zum Kinn, preßte den Zeigefinger unter die Unterlippe und wiederholte,

als wache er eben aus einer schweren Betäubung auf: »Was bin ich? Allmächtiger!« Mit einer einzigen Fußbewegung stieß er den Stuhl quer durchs Zimmer, und nachdem er am Kamingitter gelandet war, schrie er: »Das hat er gesagt? Nun, dann laß dir von mir sagen, mein Sohn, und ich schwöre es bei Gott, dem Allmächtigen, daß das eine verdammte Lüge ist, hörst du!« Seine Stimme überschlug sich.
»Ja, ich höre. Aber ich habe auch gehört, wie der alte Mann Tante Sarah daran erinnert hat, wann sie Kathleen empfangen hat. Am Neujahrsmorgen neunzehnhundertdreißig. Auf der Heide . . . Kathleens Geburtstag ist am vierten Oktober.«
John stand da, als hätte ihn die Faust eines Riesen gepackt. Er schwankte, fuhr sich mit der Hand zum Gesicht, blinzelte, brachte einen Moment lang keinen Ton heraus, und als es ihm schließlich doch gelang, war seine Stimme ein einziges Flehen: »Paul, hör mir zu, Paul, mein Junge. Es ist nicht wahr. Deine Tante und ich sind in jener Nacht beisammengestanden und haben miteinander gesprochen. Wir haben es getan, weil . . . o mein Gott, mein Gott! Was kommt es jetzt darauf an, weshalb wir es taten. Ich liebte deine Tante, das ist wahr, aber zwischen uns ist niemals auch nur das Geringste passiert. Das mußt du mir glauben. Deine Tante Sarah ist eine anständige Frau.«
»Wenn nichts passiert ist, weshalb ließ sie sich dann jahrelang von ihrem Vater erpressen?«
»Erpressen?« Johns Brauen fuhren bei diesem Wort in die Höhe. »Was sagst du da? Bist du verrückt geworden?«
»Nein, ich bin nicht verrückt geworden. Das weißt du genau. Sie hat ihm jahrelang nur deshalb Geld gegeben, damit er über diese Nacht den Mund gehalten hat.«
»Allmächtiger!« Langsam wandte John den Blick von seinem Sohn ab, ging zu dem umgestürzten Stuhl, hob ihn auf, setzte sich und klammerte sich an die Sitzfläche an, als suche er Halt. Seine Gedanken kreisten wie verrückt um ein einziges Bild, das ihn jahrelang verfolgt hat-

te: Sarahs Nervenzustände, ihre ständige Angespanntheit, ihre übertriebene Angst, allein mit ihm zu bleiben. O ja, sie war verängstigt gewesen, und aus welch geringfügigem Anlaß! Allmächtiger . . . Allmächtiger! . . . »Paul!« Er streckte seinem Sohn zitternd die Hand entgegen und bemühte sich, Worte zu finden, die seine Unschuld klar und deutlich zum Ausdruck bringen würden. Aber als er sie aussprach, erwiesen sie sich als untauglich. Sein Tonfall überzeugte Paul nicht, er war viel zu betäubt, um irgendeinen Menschen überzeugen zu können. »Es war nichts, nichts, nichts, Paul, zwischen deiner Tante und mir. Dieses Schwein muß uns in jener Nacht miteinander sprechen gehört haben und hat sie damit bedroht. Sie hat deinen Onkel Davie geliebt. Für sie hat es nur diesen einen Menschen auf der Welt gegeben, sie hat nie einen anderen angesehen als nur ihn. Wahrscheinlich hat sie gezahlt, weil sie keine Unannehmlichkeiten haben und ihn vor allem nicht verletzen wollte. Aber mein Gott . . .!« Seine Hände sanken herab. »Mein Gott, was muß sie mitgemacht haben.« Seine Stimme nahm an Lautstärke zu. »Du hättest es ihnen sagen sollen, es hätte ihr geholfen!«
»Glaubst du wirklich? Hätte es ihr denn geholfen, wenn die angenommen hätten, daß zwischen euch was gewesen war und du Kathleens Vater seist? Hätte ihr das geholfen?« Pauls Stimme klang anklagend.
John schüttelte den Kopf. »Nein, ich glaube, du hast recht. Aber, Paul . . .« Er beugte sich vor. »Du mußt mir glauben und die Sache zwischen dir und Kathleen wieder in Ordnung bringen.«
Paul trat an den Tisch und sah darauf nieder, ehe er sagte: »Das ist vorbei. Wir waren auf alle Fälle wie Bruder und Schwester. Wir sind zu nahe nebeneinander aufgewachsen.«
»Aber ihr seid nicht Bruder und Schwester oder Halbbruder und Schwester. Ihr könnt heiraten.«
»Nein«, sagte der Junge ebenso barsch, als hätte John gesprochen. Alles schien sich umgekehrt zu haben. Es war

der Junge, der über die nötige Kraft verfügte, und John, der der Schwächere war. »Ich bleibe dabei. Ich weiß jetzt, daß ich es die ganze Zeit über bereits wollte. Ich habe mich schon immer von der katholischen Kirche angezogen gefühlt.«

»O Gott, sprich nicht so, Junge, sprich nicht so.« John hielt den Kopf gesenkt und stützte die Stirn in die Hand.

»Ich muß mit dir sprechen, und zwar jetzt. In sechs Tagen werde ich beim Militär sein . . . Ich habe von Pater Bailey eine Art Vorbereitungsunterricht bekommen. Er hat mich über sämtliche Hindernisse, mit denen ich es zu tun haben werde, unterrichtet. Du wirst nicht der einzige sein, der mir Knüppel vor die Beine werfen wird. Ich muß alle davon überzeugen, daß es mir ernst ist. Ich muß vor allem zum Bischof gehen, zu Bischof McCormack. Aber Pater Bailey wollte diese Verabredung erst dann für mich treffen, wenn ich dir alles gesagt hatte.«

»Das ist ja verdammt menschenfreundlich von ihm!« John sah auf. »Diesem Pater Bailey werde ich einiges zu sagen haben, vor allem einmal, daß du überhaupt nichts unternehmen kannst in dieser Beziehung. Ich bin der Meinung, daß du bis zu deinem einundzwanzigsten Lebensjahr meiner Gewalt unterstehst.«

»All das weiß ich. Wir haben darüber gesprochen. Du kannst mich, wenn du willst, mit Hilfe eines Gerichtsbeschlusses daran hindern, Priester zu werden. Du kannst mich auch daran hindern, zur katholischen Kirche überzutreten, solange ich noch minderjährig bin. Aber ehe ich den Wehrdienst hinter mir habe, werde ich einundzwanzig sein, und dann kannst weder du noch sonst jemand mich daran hindern, Vorlesungen zu besuchen und zu studieren, was ich will. Ich werde mich schon allein –«

»Um Himmels willen, halt den Mund, ja! Schweig, bevor ich dir was antue . . . Und« – er machte eine Pause – »wie willst du dies alles mit Oxford in Einklang bringen?«

»Ich werde nicht nach Oxford gehen. Ich kann die verlangten Prüfungen während meines Studiums ablegen

und werde wahrscheinlich die Hochschule von Ushaw bei Durham besuchen.«
John sprang auf. Er sah noch immer bestürzt aus, aber es klang schon bedeutend mehr nach dem alten John, als er jetzt schrie: »Die Hochschule von Ushaw? Du spinnst wohl! Lieber sehe ich dich in der Hölle, bevor ich das durchgehen lasse. Du bist ja verrückt. Diese Sache hat dich völlig plemplem gemacht! Und was diese überschlauen Pfaffen anlangt: Wart nur ab, bis ich sie zwischen die Finger kriege.« Er ballte die Faust und schwenkte sie vor Pauls Gesicht hin und her. »Weißt du was? Lieber würde ich dich tot sehen als diesen Weg einschlagen. Und jetzt hinaus mit dir!« Er drehte seinem Sohn den Rücken und sah ins Feuer, und Paul erhob sich langsam vom Tisch, ging zur Tür, öffnete sie und – stockte. Was John dazu veranlaßte, rasch den Kopf zu wenden. May stand in der Tür. Die Frage, ob sie etwas gehört hatte, erübrigte sich; ihre Miene verriet ihm, daß es nichts gab, was sie nicht mitangehört hatte; sie mußte die ganze Zeit über draußen gestanden sein.
Als Paul zögerte und sie ansah, sagte sie ruhig und in dem ihr eigenen eisigen Tonfall: »Geh nur, wir sehen uns später.« Dann trat sie ein und schloß die Tür hinter sich. May stand aufrecht da, sie sah nicht so aus, als hätte sie eine Stütze nötig; ihr kleiner, fester Körper war starr vor Haß. »So!« sagte sie.
»Tja, so. Nun, du hast gehört, was er gesagt hat.«
»Ja, ich habe es gehört, aber ich gebe nichts drauf. Ich verstehe meinen Sohn nämlich bis zu einem gewissen Grad, was du nie getan hast. Priester, wahrhaftig! Er meint das ebenso, wie ein Mädchen es meinen würde, das behauptet, Nonne werden zu wollen, nachdem es verlassen wurde. Ich werde mich schon um ihn kümmern. Aber im Moment handelt es sich nicht darum, über ihn zu sprechen, sondern über dich . . . und sie!«
John preßte die Lippen zu einem einzigen schmalen Strich zusammen und schwieg.
»So ist's recht«, fuhr sie fort. »Auf zur Schlacht. Meinet-

wegen kannst du dich herauslügen, soviel du willst.«
»Ich hab's nicht nötig, mich herauszulügen, und hab's auch nicht vor, also zerbrich dir deshalb nicht den Kopf.«
»›Ich liebte deine Tante, das ist wahr‹«, äffte sie ihn nun nach und grinste ihn dabei hämisch an. Dann wurde ihr Gesicht jedoch wieder völlig ernst. Jeder Muskel war angespannt, und ihre Augen waren hart wie nie zuvor, als sie ihn anfauchte: »Ihr beide waret schon ein prächtiges, einmaliges Paar, alles was recht ist. Der Große und die fette Hure mit dem schwabbeligen Busen.«
Sie beobachtete ihn, wie er sich schweigend zusammenkrümmte, und spottete: »Nun, weshalb sagst du nichts? Verteidige sie zumindest und mach mir klar, daß sie keine fette Hure mit einem schwabbeligen Busen, sondern daß sie eine Schönheit war. Tjaja, ebenso schön wie eine preisgekrönte fette Sau.« Sie hielt inne. Dann murmelte sie: »Um ein Haar könnte es wieder mal Mord und Totschlag geben, hab ich das Gefühl.«
»Tja, das könnte es. Also sieh dich vor, ich warne dich.« Seine Worte klangen heiser, als wäre er betrunken.
»Ich fürchte mich nicht vor dir und deinem Umfang, das weißt du genau. Wenn ich mir vorstelle, daß ihr beiden all die Jahre . . . Ich könnte dich anspucken.«
»Du wendest dich, wie gewöhnlich, an die falsche Adresse.« John schüttelte langsam den Kopf. »Was ich gesagt habe, ist wahr, und ich werde es nicht leugnen. Ich habe sie geliebt und tu es immer noch, wenn du es unbedingt wissen willst. Du verschwendest deine Bosheiten also ganz umsonst. Aber es hat nichts zwischen uns gegeben, überhaupt nichts. Als sie an jenem Neujahrsmorgen von ihrer Mutter zurückkam, habe ich versucht, sie zu küssen. Aber das ist auch schon alles, was geschehen ist. Sie hat mich deutlich genug an meinen Platz verwiesen. Aber ich sag dir etwas anderes, und zwar auf der Stelle: Wenn es nicht um Davie gegangen wäre, dann wäre die Geschichte ganz anders verlaufen. Dann hätte ich sie nämlich einfach nicht mehr ausgelassen – und Erfolg damit gehabt! – und dich, meine Liebe, auf dem trocke-

nen sitzenlassen. Zwanzig Jahre lang habe ich zu all deinen Sticheleien und Bosheiten geschwiegen, aber jetzt ist es aus. So, jetzt weißt du es.«
May stand auf Armeslänge von ihm entfernt. Sie sah zu ihm auf, mit einem verzerrten Lächeln, und ihre Stimme klang beinahe normal, als sie sagte: »In dem Punkt irrst du, John. Jetzt fängt die Sache erst an. Du hast Kathleen vergessen.«
»Damit kannst du mich nicht kleinkriegen. Kathleen ist nicht mein Kind.«
»Kannst du es beweisen?« Das Lächeln verschwand aus ihrem Gesicht. »Und wenn du auf der Stelle niederknien und mir weiß Gott was schwören würdest, so würde weder ich noch sonst jemand dir glauben, mein Lieber. Du warst immer völlig vernarrt in Kathleen, wobei vernarrt noch ein milder Ausdruck dafür ist. Du hast sie immer lieber gehabt als deinen eigenen Sohn. Du konntest mit Paul nie viel anfangen, nicht? Nein, nein. Aber Kathleen, ja, die sieht ja ihrer Mutter so ähnlich, nicht wahr, und gerät ganz nach dir, stimmt's? Nichts, aber schon gar nichts an ihr erinnert an Davie. Aber du natürlich, du hast dich ja meilenweit von der Schlampe ferngehalten! Wer's glaubt!«
»Ich sage dir, daß du auf dem Holzweg bist«, erwiderte John laut, wenn auch müde und erschöpft.
»Siehst du, da bin ich nun nicht deiner Meinung, überhaupt nicht.« May sprach nun in reinstem Plauderton. »Wenn deine teure Sarah wirklich nichts zu verbergen hatte, weshalb hat sie's dann nicht vor Gericht vorgebracht? Es hätte ihr, bei Gott, geholfen. Mit einer Frau, die seit Jahren erpreßt worden ist, hat jeder Mitleid, die versteht jeder. Aber nein, sie hat kein Wort gesagt. Aus gutem Grund: Hätte sie nämlich den Mund aufgemacht, dann wäre die Katze aus dem Sack gewesen. Wie Paul sehr richtig gesagt hat, Kathleens Geburtstag ist am 4. Oktober. Es erfordert keine besonderen Rechenkünste, um sich die neun Monate von Januar bis Oktober auszurechnen, oder?«

»Jetzt hör einmal!« brüllte er sie an. »Du kannst reden, bis du alt und schrumplig wirst, und wirst doch nicht recht behalten. Ich sage dir –«
»Du sagst mir gar nichts. Sondern du hörst jetzt gefälligst mir einmal gut zu.« Wiederum änderte May den Tonfall, und ihr Gesicht sah angespannt und verbittert aus. »In meinen Augen hat deine teure Sarah eine größere Anstrengung auf sich genommen, als nötig gewesen wäre, nur um Kathleen davor zu bewahren, die Wahrheit zu erfahren. Jetzt paß gut auf, du Großer, denn wenn du jetzt etwas falsch machst, kann ich dich nur bedauern. Falls du dir nämlich einbildest, nur auf ihre Freilassung warten zu müssen, begehst du einen gewaltigen Irrtum. Denn es genügt schon, daß du sie dort drinnen besuchst, und zwar nur ein einziges Mal, das sag ich dir, und ich geh glatt da hinüber und sag unserer lieben Kathleen, wer ihr Daddy ist. Es gibt nämlich mehrere Arten, eine Katze umzubringen, mein Lieber, als sie einfach zu ertränken. Stell dir nur vor, wie Dan diese Nachricht aufnehmen würde ... und dein Vater. Was deine Mutter denken würde, ist dir egal, soweit kenne ich dich. Im Gegenteil, ihr würdest du einen solchen Schlag direkt mit Wonne versetzen, aber nicht den beiden anderen. Nein, nein, vor denen möchtest du schon sehr, sehr gerne weiter gut dastehen, nicht? Wie sie der Reihe nach sind!« Als John einen Schritt auf sie zu machte, trat sie rasch zurück. »Versuch's ja nicht«, sagte sie. »Ich warne dich.«
Sie standen da und starrten einander an, und der Haß zwischen ihnen glühte wie geschmolzenes Erz. May rührte sich als erste wieder. Sie wandte ihm verächtlich den Rücken zu, ging zur Tür, blickte über die Schulter zurück und sagte: »Da die Geschäfte jetzt so blendend gehen, sollten wir uns nach einer besseren Wohnung umsehen, findest du nicht? Ich habe bereits was Passendes in Westhoe, drüben in Shields, im Auge, dort ist es wirklich hübsch. Übrigens: Solltest du auf die Idee kommen, deine Geschäfte zu vernachlässigen, nur um mich zu ärgern, dann denk daran, daß es doch ein wahrer

Jammer wäre, wenn deine teure Sarah sich ganz umsonst aufgeopfert hätte, nicht?«

Als die Tür hinter ihr ins Schloß fiel, drehte sich John langsam um, trat ans Fenster, starrte zu Sarahs Hof, zu Sarahs Küchenfenster hinüber und sagte laut: »Und das alles wegen dieser paar Minuten in damals der Neujahrsnacht. Allmächtiger! Erst hat sie so viel durchmachen müssen, und jetzt komm' ich dran. Aber ich bin nicht Sarah. Wie lange werde ich es aushalten? Allmächtiger Gott!«

SECHSTER TEIL

I

Man schrieb das Jahr neunzehnhundertsiebenundfünfzig, und Dan feierte gerade seinen siebenundfünfzigsten Geburtstag. Er stand vor dem Garderobenspiegel und taxierte seine Erscheinung. Er hielt sich noch immer gerade und hatte keinen Zoll Fett angesetzt, dazu war er zuviel auf den Beinen. Sein Haar war zwar noch immer recht dicht, aber schon sehr grau geworden, und seine Augen zwinkerten jetzt nicht mehr lustig, sondern sahen ernst drein, so ernst, wie das ganze Gesicht wirkte. Das fiel selbst ihm auf, und er redete sich lautlos zu: Du mußt dich innerlich frei machen. So wie du dich fühlst, so siehst du auch aus. Sonst jedoch erblickte er im Spiegel einen tüchtigen, gutgebauten, erfolgreichen Mann. Aber was, so fragte er sich, bedeuten schon geschäftliche Erfolge, wenn es niemanden gibt, mit dem man sie teilen kann? Nun, nächste Woche würde vermutlich alles anders aussehen. Ja, diese bevorstehende Woche war wichtig, quasi ein Meilenstein . . . Nun mußte er aber gehen. Er liebte es nicht, Kathleen mit dem Sonntagsbraten warten zu lassen.

Er schloß die Schlafzimmertür und trat auf den geräumigen, teppichbelegten Flur, überquerte ihn und ging ins Wohnzimmer. Es war ein ausnehmend bequem und gut eingerichteter Raum. Er trat ans Fenster und sah einen Augenblick lang auf die Hauptstraße hinunter. Sie lag völlig menschenleer da, wie Geschäftsstraßen an Sonntagen eben dazuliegen pflegen. Ohne sich dessen bewußt zu werden, ordnete er die Samtvorhänge behutsam, warf einen langen letzten Blick auf sein schönstes Zimmer, trat wieder auf den Flur, entnahm dem in der Nähe der Tür befindlichen Eichenschrank seinen Mantel, setzte einen weichen Filzhut auf und griff nach den teuren pelzbesetzten Lederhandschuhen. Dann trat er auf die Straße, schloß die Haustür ab, stieg in sein Auto und fuhr zu den Fünfzehn Straßen.

Vor dem Haus war bereits ein zweiter Wagen geparkt, Kathleens Wagen. Er parkte dahinter, aber nachdem er ausgestiegen war, ging er nicht direkt zu Kathleen, sondern bog um die Ecke und machte vor dem Hintereingang von Nummer eins halt.

Mary Hetherington deckte gerade den Tisch. Sie hielt ein Besteck in der Hand, als sie sich vom Büfett umdrehte, Dan gleichgültig ansah und sagte: »Du bist früh dran.«

»Ja, etwas. Ist Stan ausgegangen?«

»Er ist nebenan.«

Dan stellte sich mit dem Rücken vor den Kamin, hielt Hut und Handschuhe in der Hand und sah seiner Schwester beim Tischdecken zu. May kam Sonntag stets zum Essen.

Sie ging in die nebenanliegende Spülküche, füllte einen Krug mit Wasser, stellte ihn auf den Tisch, richtete die Messer gerade und sagte: »Nun?«

»Nun was?«

»Welche Maßnahmen hast du getroffen? Du weißt, was ich meine.«

Dan schwieg und sah die Frau an, wie er sie all die Jahre über angesehen und sich dabei darüber gewundert hatte, daß sie beide gleichen Ursprungs waren. Sie war jetzt siebzig und hielt sich immer noch schnurgerade. Aber ihr Gesicht sah wie alte, oft und oft zusammengelegte, rissig gewordene chinesische Seide aus. Ihr Blick war nach wie vor wachsam, daran hatte sich nichts geändert. Im Gegenteil: Bitterkeit hatte ihn geschärft.

»Du wirst sie doch nicht hierher zurückbringen?«

»Wo sollte sie denn sonst hingehen?«

»Es ist mir egal, wohin sie geht, das weißt du, aber ich warne dich davor, sie hierher zurückzubringen.«

»Ihr Heim befindet sich nebenan, ihre Tochter wohnt nebenan. Das scheinst du zu vergessen.«
»Ich vergesse nichts, gar nichts.«
»Das stimmt, Mary. Du vergißt nichts. Vergebung ist nicht deine Sache, und dabei ist das Merkwürdige daran, daß sie dir niemals auch nur das Geringste getan hat.«
»Was? Wie kannst du so etwas sagen? Du weißt genau, daß sie unsere Familie ruiniert hat. Sie hat sie zerstört.«
»Das hat sie nicht.«
Mary Hetherington richtete sich auf. »Ich habe nicht die Absicht, mit dir darüber zu diskutieren, du warst schon immer viel zu weich. Aber ich warne dich: Wenn du diese Frau nach nebenan bringst, wird es Schwierigkeiten geben. Du möchtest doch nicht, daß auch Kathleens Leben zerstört wird, oder?«
»Keine Angst, das wird es nicht.«
»Wart's ab.« Sie nickte ihm warnend zu. »Man hätte sie niemals so plötzlich freilassen dürfen. Sie hätte ihre fünfzehn Jahre absitzen sollen.«
Dan zog den Rand seines Hutes durch seine Hände, verließ den Kaminplatz und ging an ihr vorbei. Wortlos ging er aus dem Zimmer und schloß die Tür nicht allzu sanft.
Kaum hatte Dan das Zimmer verlassen, tat Mary Hetherington dasselbe, lief die Treppe hoch zu den nach hinten hinausgehenden Schlafzimmern und beobachtete ihn von einem der Fenster, hinter dem Vorhang versteckt, wie er über den Hof zu Mays Hintereingang eilte. Als er Mays Haus betrat, sah sie auf die kleine Uhr auf dem Kamin. Und als er Mays Haus verließ, blickte sie nochmals auf die Uhr. Er war beinahe fünfzehn Minuten in Mays Haus gewesen. Sie lächelte. Es war ein zufriedenes Lächeln. Dann verließ sie das Schlafzimmer und ging nach unten.

Die Mahlzeiten bei Kathleen waren niemals gesellige Angelegenheiten. Kathleen hatte die Kunst des Lachens vor zehn Jahren verlernt, aber die heutige Mahlzeit verlief noch ruhiger als üblich. Dan saß Kathleen gegenüber, an ihrer Rechten saß Michael, ihr Mann, und linkerhand, in einem dicht neben ihr stehenden hohen Stühlchen, ein zweijähriges Mädchen.

Kathleen war beinahe siebenundzwanzig, sah jedoch wie eine Frau gut um die dreißig aus. Ihr Gesicht glich dem Sarahs nun mehr denn je, doch besaß es nicht dessen Ausdrucksfähigkeit. Ein feierlicher Ernst lag über Kathleens Zügen, als wäre Traurigkeit etwas ihr Angeborenes. Seit Jahren wies ihr Gesicht nun diesen Ausdruck auf. Anfänglich war er nicht von Dauer gewesen, das wurde erst so mit dem Tag, an dem Paul zum Priester geweiht wurde. Das war jetzt mehr als drei Jahre her. Drei Monate danach hatte sie Michael MacKay geheiratet.

Michael, überlegte Dan, war ein guter Kerl, und in gewisser Hinsicht hatte Kathleen Glück gehabt. Wenn man ihre Gefühlskälte bedachte und den Umstand, daß sie oft so tat, als ob sie von niemandem Notiz nähme, sprach es sehr zu seinen Gunsten, daß er niemals die Geduld mit ihr verlor. Ein Glück, daß er sie von frühester Jugend an geliebt hatte. Gleichzeitig fand Dan, daß es doch hart für ihn sein müsse.

Von dem Tag angefangen, an dem sie Sarah abgeholt und zum Bezirksgericht von Clervaux Terrace in Jarrow gebracht hatten, hatte Dan dieses Haus zu seinem Heim gemacht. Er hatte sich mehr als sechs Jahre um Kathleen gekümmert, bis Michael ihm diese Pflicht abgenommen hatte. An jenem Tag war Dan in das Haus übersiedelt, in dem sein Laden war. Laut Mary Hetherington hatte er einfach seine Siebensachen gepackt und war abgedampft. Und er hatte zwei friedvolle Jahre mit Mrs. Campbell verbracht. Seit die alte Dame tot war, lebte er allein. Das tat er nicht gern. Aber seit einiger Zeit hoffte er ernstlich, diesen Zustand bald ändern zu können. Man mußte eben warten können.

Nach dem Essen nahm Dan Jessica auf die Knie und scherzte mit ihr, bis sie hellauf lachte, während Kathleen und Michael das Geschirr spülten. Dann brachte Michael das Kind zu Bett, und Kathleen und Dan blieben allein. Da sie einander unendlich viel zu sagen gehabt hätten, sagten sie gar nichts. Jeder wartete, daß der andere anfangen werde. Kathleen brachte das Zimmer in Ordnung und schob die modernen Wohnzimmerstühle mit ihren verschiedenfarbenen Ledersitzen unter den Tisch. Dann drehte sie den Lehnstuhl anders herum. Im ganzen Haus war kein einziges Stück von den alten Möbeln mehr zu sehen. Alles war frisch ausgemalt und eingerichtet worden.

Schließlich nahm Kathleen Dan gegenüber Platz, umklammerte ihre Hände mit den Knien, sah ihn an und sagte: »Was glaubst du, wie es nun weitergehen wird, Onkel Dan?«

»Wir müssen einfach abwarten, Kathleen, das ist alles.«

»Ich fürchte mich.«

»Wovor fürchtest du dich? Sie ist deine Mutter, denk daran. Und eine gute Frau. Eine gute Frau, Kathleen! Ich hab's dir immer und immer wieder gesagt: Sarah ist eine gute Frau.«

»Wenn ich es bloß glauben könnte . . .« Kathleens Kopf sank tief auf die Brust.

»Du mußt es glauben, Kathleen, weil es die Wahrheit ist. Ich glaube es. Ich kenne deinen Onkel John in- und auswendig. Ich sage dir, am liebsten wäre er vor mir niedergekniet, um es mir zu beweisen. Du weißt, wie gern er deinen Vater gehabt hat, mehr als gern. Zwischen den beiden bestand eine enge Bindung. Dein Onkel hat zugegeben, daß er, wenn nicht ausgerechnet David Sarahs Mann gewesen wäre, mit deiner Mutter auf und davon gegangen wäre. Aber, nun ja, auf seine Art hat er eben deinen Vater geliebt. Er brachte es nicht fertig, ihm weh zu tun . . . David ist dein Vater, Kathleen.«

Sie sah ihn an und sagte ruhig: »Weißt du, Onkel Dan, ich glaube, heute wäre ich schon glücklich, wenn ich das bloß glauben könnte. Ich hab es versucht, aber es gibt Erinnerungen . . . Ich muß immer an Onkel John denken, wie er ständig bei uns war und wie er meine Mutter ange-

sehen hat ... und an Tante Mays Eifersucht und wie sie mich nicht leiden konnte.«
»Aber Kathleen, wir haben doch so oft darüber gesprochen. Und ich sag dir's immer wieder: Das, was dein Onkel John für deine Mutter empfunden hat, das haben wir alle in irgendeiner Form für sie empfunden. Sie war eine überaus anziehende Frau. Dabei war diese Anziehungskraft völlig unbeabsichtigt. Sie war nie geistreich oder witzig wie deine Tante May; sie war einfach nett und freundlich – liebevoll, würde ich sagen. Und dann, wie sie einen ansah ... du siehst ihr ähnlich, Kathleen, weißt du.«
Kathleen war aufgestanden. »Sag das nicht, Onkel Dan.«
»Und ich bleibe dabei. Du solltest es nicht in einem solchen Ton in Abrede stellen, Kathleen, es ist ein Kompliment.«
Kathleen wandte sich ab, trat ans Küchenfenster und sagte: »Was Mittwoch anlangt – holst du mich ab? Ich lasse Jessica bei Michaels Mutter. Ich sage Oma nichts davon, daß ich hinfahre, sie würde glatt verrückt werden.«
»Ich habe schon alles veranlaßt. Ich hole deine Tante Phyllis um halb zehn ab, dann sind wir gerade rechtzeitig dort.«
Dan stand nun hinter Kathleen und legte ihr beide Hände auf die Schultern. »Sorg dich nicht, Liebling. Es wird alles in Ordnung kommen. Glaub mir.« Sein Tonfall ließ keinen Zweifel aufkommen. »Und führ dir vor Augen, in welcher Verfassung sie sich befinden muß. Sie ist jetzt zehn Jahre fort. Sie wird sich geändert haben. Sie wird sich wahrscheinlich genauso davor fürchten zurückzukommen, wie du dich vor ihrem Kommen fürchtest.«
Kathleen gab hierauf keine Antwort, sondern sagte stattdessen: »Dieser Begrüßungstee ... Es ist ja nett von ihnen, sie auf diese Weise willkommen heißen zu wollen, sie wollen ihre Häuser beflaggen und Tische aufstellen und weiß Gott was alles. Nach dem, wie sie sich aufführen, könnte man meinen, daß wir noch immer in den windschiefen Hütten am Unteren Ende wohnen. Wie ich

sie kenne, wird sie das wild machen. Richtig wild.«
»Nun, wir können nichts dagegen unternehmen. Das ist eben ihre Art, ihren Gefühlen Ausdruck zu verleihen.«
»Aber sie kannte kaum noch jemanden vom Unteren Ende, seit Jahren nicht mehr.«
Er klopfte ihr beruhigend auf die Schulter und sagte: »Heute in einer Woche ist alles vorbei. Dann hat sich längst alles gesetzt. Du wirst schon sehen.«
»Heute in einer Woche«, murmelte Kathleen vor sich hin, als sie über die Schornsteine zum Himmel aufblickte. Sie hatte versucht, ihr Leben wieder in Ordnung zu bringen, sie hatte versucht, die Wunde zu schließen, aber am Mittwoch würde diese Wunde zwischen ihrer Großmutter, ihrer Tante und ihrer Mutter nicht nur wieder aufgerissen werden, sondern mitten entzwei reißen . . .

2

Noch ehe sie einen Monat ihrer Strafe abgesessen hatte, kehrte Sarahs Geist aus dem leeren Raum zurück, in den sie sich geflüchtet hatte. Die Zeit hatte nun eine andere Bedeutung. Frühmorgens erhob sie sich mit ihr, an Morgen, die noch wie Nacht waren, und der ganze Tag war in Zeiteinheiten zerstückelt. Ein Teilstück bestand darin, daß sie farb- und geschmacklose Nahrung zu sich nahm, ein anderes darin, im Hof im Kreis zu gehen, ein nächstes, in der Wäscherei zu arbeiten, dann wieder zu essen, wieder zu arbeiten, wieder zu essen und schließlich schlafen zu gehen, solange es noch taghell war. Dennoch sehnte sie stets den Zeitpunkt, an dem sie zu Bett gehen konnte, herbei, nicht um zu schlafen oder auszuruhen, sondern um allein zu sein.
Das war das Schwierigste: sich an diese Zeit zu gewöhnen, die so völlig anders ausgefüllt wurde, als sie sie jemals ausgefüllt hatte. Alles stand mit Zeit im Zusammenhang; jeder hatte etwas mit Zeit zu tun. Aber sie fand, daß man sich an alles gewöhnen könne, also ge-

wöhnte sie sich daran, Zeit zu verbrauchen. Das war ebenso nötig, wie sich daran zu gewöhnen, nicht zu erbrechen, wenn dieser bestimmte Geruch nach Urin unerträglich zu werden drohte. Die Luft in Sarahs Block war voll davon; selbst in der Wäscherei, wo es Seife und Wasser gab, haftete er einigen Frauen ständig an. Ein paar Frauen mochte sie, besonders eine, aber die wurde nach sechs Jahren entlassen. Ihr Name war Gladys gewesen, und sie hatte was fürs Lesen übriggehabt. Sie hatte sich um die Bücherei gekümmert. Nach ihr bekam Sarah diese Arbeit zugeteilt; täglich nach dem Tee hatte sie eine Stunde in der Bücherei auszuhelfen. Seither akzeptierte sie die Zeit. Man könnte natürlich sagen, ihr wäre gar keine andere Wahl geblieben. Aber einige akzeptierten sie nicht, und für die war das Leben die reinste Hölle.
Dieser Gleichmut endete jedoch mit jenem Besuchstag, an dem Dan ihr über den Tisch hinweg sagte: »Kathleen wird heiraten.« In diesem Moment wurde ihr Herz wieder lebendig. Nur ahnte sie nicht, für welch kurze Zeit. Kathleen hatte sie seit vier Monaten nicht mehr besucht und ihr nur ganz kurze, einfache Briefe geschrieben, daß sie arbeite und nicht weggehen könne, daß sie eine Erkältung habe, so in der Art eben. Dan hatte den Kopf gesenkt und gesagt: »Ich muß es dir sagen, Sarah. Sie heiratet Michael MacKay.«
Lautlos hatte sie den Namen wiederholt, und dann hatte sie verwirrt gefragt: »Warum, Dan, warum denn nur?«
Und er hatte ihr gesagt: »Paul ist Priester geworden.«
»Priester!« Es war das erstemal, daß sie überhaupt etwas von Pauls Priesterschaft gehört hatte. Es hatte sie bitter gekränkt, daß er niemals zu ihr gekommen war, ja ihr nicht eine einzige Zeile geschrieben hatte. Sie konnte es nicht verstehen. Aber es gab eine Menge Dinge, die sie nicht verstehen konnte, so zum Beispiel Kathleens unnahbares Verhalten. Ihre eigene Tochter schien sich gegen sie gewendet zu haben. Das quälte sie zutiefst.
Alles ging ihr im Kopf durcheinander, als sie nochmals fragte: »Aber warum, Dan, warum nur?«

Er war gezwungen gewesen, ihr die Wahrheit zu sagen, zumindest daß Paul gedacht habe, das, was er mitangehört hatte, sei die Wahrheit. Und da er es für das Klügste hielt, sie über alles Bescheid wissen zu lassen, erzählte er ihr auch, daß John May verlassen hatte und nun in Newcastle lebte. Aber er erzählte ihr nicht, daß er mit einem Mädchen lebte, das seine Tochter hätte sein können; das konnte er ihr nicht sagen. Noch daß May an dem Tag, an dem John fortgegangen war, zu Kathleen hinübergegangen war und ihr gesagt hatte, weshalb Paul Priester geworden sei. Es gibt Dinge, die kann man einfach nicht offen heraus sagen.

Aber Sarah kümmerte es wenig, was aus John und May geworden war. Sie war nur imstande, an Kathleen und Paul zu denken. Paul ein Priester! Es war unglaublich. Bloß weil er an jenem Tag gehört hatte, was in ihrer Küche gesprochen worden war, an jenem schrecklichen, jedoch langsam verblassenden Tag ... Weshalb tat Gott ihr das an? Vielleicht hatte er damit das Gebet Pater O'Malleys erhört und sich noch mehr an ihr gerächt. Vielleicht, so dachte sie, mußte sie all dies nur deshalb durchmachen, damit Paul Priester wurde. Aber nein, nein, sie wollte nicht so denken. Sie hatte aufgehört, wie eine Katholikin zu denken. Sie fühlte sich überhaupt nicht mehr mit Gott verbunden. Sie wollte nicht mehr so weitermachen. Sie war erledigt, fertig. Paul und ein Priester! Ein Protestant! Und dann erkannte sie blitzartig den wahren Grund: Halbbruder und Schwester. Ach, Kathleen! Arme, arme Kathleen! Es war verrückt... verrückt, verrückt! Wer ließ so etwas überhaupt geschehen? Gott? ... Dann war Gott verrückt.

Nach dieser Eröffnung hatte sie drei Monate lang im Spital des Gefängnisses gelegen. Aber sie konnte nicht sterben. Ihr Körper, so abgemagert und elend er auch war, wollte und wollte nicht aufgeben. Ihre Seele wäre jederzeit dazu bereit gewesen und tat ihr möglichstes in dieser Hinsicht, sie wollte sich von ihr lösen, das spürte sie genau – doch es gelang nicht. Nachdem sie aus dem Spital entlassen wurde, steckten sie sie nicht wieder in die Wäscherei; sie hatte ihre Zeit nun zwischen Nähzimmer und Bücherei zu teilen. Durch diesen Wechsel freundete sie sich sozusagen mit einer Aufseherin namens Peters an. Ihr Leben bewegte sich nun auf einer ruhigeren Ebene, es war zwar eintönig, aber geregelt. Bis man ihr eines Tages ohne irgendeine Vorwarnung sagte, daß sie entlassen werde.

Es war elf Uhr vormittags an einem Montag, als Sarah an der Gefängnispforte stand. Die Aufseherin meinte freundlich: »Werden Sie auch zurecht kommen? Ich finde ja, Sie hätten Ihren Leuten sagen sollen, daß es heute ist.«

Sarah schüttelte den Kopf. »Mir ist es so lieber.« Sie sprach leise, als fürchte sie, jemanden zu stören.

»Leben Sie wohl, Mrs. Hetherington, und viel Glück«, sagte die Aufscherin und streckte ihr lächelnd die Hand entgegen, die Sarah ergriff.

»Danke«, sagte sie. »Sie waren sehr freundlich.« Dann drehte sie sich um und ging.

Im ersten Moment befremdete es sie gar nicht so sehr, auf einmal im Freien zu stehen, weil sie denken mußte: Mrs. Hetherington – das bin ja ich. »Missis« – zum erstenmal seit Jahren. Dann blickte sie auf die gegenüberliegende Straßenseite. Die Entfernung kam ihr sehr groß vor. Als ihre Beine zu zittern begannen, sagte sie sich: Es ist nicht anders, als wenn man drinnen umhergeht. Und so ging sie weiter. Die Kleider, die sie trug, kamen ihr fremd vor, sie hingen so lose an ihr herab, als gehörten sie gar nicht ihr. Sie blickte an sich hinunter. Sie war jetzt so mager. Abgesehen von ihrer Brust, die hatte sich nicht besonders geändert. Die Aufseherin hatte noch mit ihr gescherzt und gemeint, sie hätte eine Figur wie Marilyn Monroe. Ob die Leute sie wohl ansahen? Nein, nein – das taten sie nicht. Als sie an einer Frau vorbeiging und ihr einen Blick zuwarf, sah die ganz einfach weiter vor sich hin. Das überraschte sie. War ihr denn nicht so eine Art Stempel aufgedrückt, der den Leuten Bescheid darüber gab, woher sie kam? Als sie die Straßenecke erreichte, war sie von dem Wunsch erfüllt, zurückzulaufen und ans Tor des Gefängnisses zu pochen. Sie fühlte sich verängstigt; sie war allein, und sie war lange nicht mehr allein gewesen. Sie hätte gern jemanden in ihrer Nähe gehabt, nicht um ihn zu berühren, o nein, bloß um zu wissen, daß jemand in der Nähe war. Doch das stimmte nicht: Sie wollte jemanden berühren, eine Hand halten. Es war dumm von ihr gewesen, ihnen zu sagen, daß sie Mittwoch herauskäme. Sie hätte ihnen sagen sollen, daß es heute sei. Aber sie konnte sich diese Teeveranstaltung mitten auf der Straße nicht vorstellen oder besser gesagt: bei der Vorstellung all dieser neugiergeladenen Gesichter wurde ihr übel. Sie hatte es der Aufseherin erzählt, und die Aufseherin hatte sie verstanden. Dan hatte gesagt, die Menschen seien eben freundlich, und dies sei ihre Art, ihre Freundlichkeit zu zeigen. Möglich; aber sie wollte diese Art von Freundlichkeit nicht. Zweifellos gaben sich diese Menschen der Illusion hin, ihr mit einem öffentlichen, lärmenden Umtrunk etwas zuliebe zu tun, aber in Wahrheit taten sie nichts anderes, als sich selbst zu einer billigen Sensation zu verhelfen. Es überraschte sie nicht, daß sie die menschliche Natur nun so gut verstand, denn ebenso wie die vergangenen tristen Jahre der Arbeitslosigkeit viele Menschen erst dazu veranlaßt hatten, sich weiterzubilden, so hatten die Jahre der Gefangenschaft sowie der Umgang mit Büchern ihren Verstand und bis zu einem gewissen Grad ihre Urteilskraft geschult. Es war auf völlig unaufdringliche Weise geschehen, derart unaufdringlich, daß sie sich dieser Veränderung gar nicht bewußt war. Und doch fühlte sie, daß sie anders geworden war, ihre ganze Art zu denken war anders. Sie wußte, daß sie niemals mehr ein derartiges Gefühl der Angst empfinden würde, wie sie es vorher gekannt hatte. In gewisser Weise hatte diese Angst offensichtlich das Maß des Erträglichen ein für allemal überschritten. Aber sich vor einer mitten auf der Straße stattfindenden Empfangsfeier, vor einem Tisch voller lachender Gesichter und fragender Blicke zu fürchten, das war etwas anderes. Hätte es geregnet, dann wäre diese Feier einfach in die nächstbeste Fabrikshalle verlegt worden; die Menschen waren auf alle Möglichkeiten vorbereitet. Aber wo immer diese Empfangsfeier auch stattgefunden hätte, sie waren garantiert darauf vorbereitet, sie anzuglotzen und auszufragen ... »Wie ist's denn da drinnen, Sarah? Was haben Sie eigentlich mit dir gemacht? Hast du jemals Einzelhaft bekommen? Los, Mädchen, sprich dich aus, du bist doch unter Freunden.« Diese Vorstellung war keineswegs übertrieben, das wußte sie genau. Dazu kannte sie die Leute vom Unteren Ende lange und gut genug. Und eben deshalb war sie dieser »Feier« ausgewichen. Das hätte sie nicht ausgehalten ...

Die Aufseherin hatte ihr den Weg zur Haltestelle beschrieben. Sie hatte zuerst nach rechts, dann zweimal nach links und schließlich über einen großen Platz zu gehen, dann war sie auch schon bei der Haltestelle. Und tatsächlich, es stimmte, da war sie.

Der Mann am Fahrkartenschalter sagte: »Was sagten Sie, Missis? Sie müssen ein bißchen lauter sprechen.«

»Newcastle, einfach.«

»Newcastle, einfach, hier bitte.«

Sie schob das Wechselgeld in ihre Handtasche. Es war komisch, eine Handtasche überm Arm hängen zu haben, man kam sich so unbeholfen damit vor. Sie dachte, die Leute mußten einfach merken, daß sie den Arm mit der Tasche schrecklich steif halte. Aber es kümmerte sich keiner darum.

Die ganze Strecke nach Newcastle hatte sie den Wagen für sich, aber sie stand nicht auf, um einmal auf diese, einmal auf jene Seite zu treten und zum Fenster hinauszusehen, sondern sie blieb ruhig in der Ecke sitzen, kerzengerade, und nur ihr Kopf ruckte bei der wechselnden Szenerie hin und her. Die Bäume sahen wunderbar aus, oh, ganz wunderbar. Die Sonne verwandelte ihre bräunlichen Blätter in glitzerndes Gold und Bronze. Sie wurde sich dessen bewußt, daß sie es ja mit Farben zu tun hatte. Sie hatte die Farben sehr vermißt. Wenn sie daran dachte, wie farbenfroh sie ihr Heim stets gestaltet hatte; Polsterüberzüge aus billigen Resten, gemusterte Vorhänge, niemals diese eintönigen Spitzenvorhänge aus Nottingham ... Wie die Küche wohl aussehen würde? Aber sie schob diesen Gedanken rasch wieder beiseite und sagte sich: Immer mit der Ruhe. Eins nach dem andern. Erst mußt du einmal den Bus in Newcastle nehmen, die Haltestelle werden sie schon nicht verlegt haben – und dann steigst du an der Ecke aus und dann ... Eins nach dem andern eben.

Die Bushaltestelle war verlegt worden. »In welchen Teil von Jarrow wollen Sie denn?« fragte ein Mann mit einer Schirmmütze.

»Zu den Fünfzehn Straßen«, sagte sie.

»Oh, so weit unten? Nun, dann nehmen Sie entweder den Bus zum Robin-Hood-Weg oder den, der durch die Stadt fährt. Am besten nehmen Sie den, der durch die Stadt fährt. Da kommt er eben, sehen Sie? Da drüben.«

Sarah bedankte sich bei dem Mann, dann stieg sie in den Bus ein und nahm in einer der vorderen Reihen Platz.

»In welchen Teil der Fünfzehn Straßen wollen Sie?« fragte sie der Schaffner. »Man muß ein ganz schönes Stück zu Fuß gehen, wenn man am falschen Ende aussteigt, wissen Sie.«

»Zum Oberen Ende«, sagte sie etwas unsicher.

»Gut, gut, ich sage Ihnen schon, wann Sie aussteigen müssen.« Offensichtlich hielt er sie nicht für eine Einheimische.

Und ab Hebburn kam sie sich auch wie eine Fremde vor. Die Gegend war völlig verändert. Die weiten, freiliegenden Flächen, die sie gekannt hatte, waren ein einziges Häusermeer. Hie und da mußte sie zwar denken: Ach ja, daran erinnere ich mich, das ist der Weg zur Fähre und das der zur Kirche in der Dee Street. Die müßte jetzt eigentlich gleich kommen. Und dann der Park und der Hafen.

Und dann erblickte sie die Kirche. Und sie kam ihr um vieles kleiner vor, als sie sie im Gedächtnis gehabt hatte. Sie sah so verloren aus, beinahe vergessen. Ihr war ähnlich zumute ... Dann kam der Busschaffner zu ihr und sagte: »Das ist jetzt Ihre Haltestelle, Missis.« Ohne sich lang umzusehen, ging sie zum Ausstieg. Als sie auf dem Gehsteig stand und verwirrt um sich blickte, sagte er: »Das ist das Obere Ende, das Obere Ende der Fünfzehn Straßen. Stimmt was nicht?«

Sie nickte ihm langsam zu, er läutete ab, und der Bus brauste davon.

Sie blieb wie angewurzelt stehen. Er hatte sie am falschen Ende abgesetzt, am Unteren Ende. Aber es war ein anderes Unteres Ende als das, das sie gekannt hatte. Bis zu dem großen Luftangriff waren hier vier Straßen zusammengetroffen. Aber nun trafen hier viel, viel mehr Straßen zusammen, ein Haus stand dicht neben dem andern, jedes hatte einen winzigen Vorgarten, und erst dahinter gab es statt der alten Höfe richtige Gärten. Die erste Straße hieß jetzt Churchill Street. Sie ging die Strekke, die sie mit dem Bus gekommen war, zurück. Die zweite Straße trug die Aufschrift Eisenhower Avenue. Hier mußte es ungefähr gewesen sein, wo sie früher gewohnt hatten. Die nächste Straße hieß Montgomery Terrace und so weiter: Wavell Avenue, Laurence Street, lauter neue Straßen, dachte sie. Und alle waren nach Kriegshelden benannt. Da und dort spielten Kinder hinterm Haus, aber sie begegnete keinem einzigen Erwachsenen. Da es gegen vierzehn Uhr war, waren die Männer wieder zur Arbeit zurückgekehrt, und die Frauen ließen es sich für eine Stunde ungefähr gutgehen, in dieser Beziehung hatte sich offensichtlich nicht allzuviel geändert. Sie ging weiter und weiter, bis zum Oberen Ende. Und dann hörten die neuen Häuser ganz unvermittelt auf, und sie erblickte die vier ursprünglichen Straßen vor sich. Der Gegensatz versetzte ihr einen gehörigen Schock. Wie Bettler am Tor der Reichen liegen mochten, so lagen die alten vier Straßen am Fuß neuer Baugründe. Und sie sahen schmutzig, alt und eingeschrumpft aus. Sarahs Schritt verlangsamte sich. Sie wußte nun, weshalb sie der Schaffner am anderen Ende der Straßen abgesetzt hatte. Alles war jetzt auf den Kopf gestellt: das Obere Ende war zum Unteren Ende geworden. Und dennoch gab es in diesen neuen Häusern noch Leute, die an Straßenempfänge, Beflaggung und einen Umtrunk dachten, wie eh und je. Orte konnten sich ändern, das erkannte sie nun, sie konnten sich innerhalb von Wochen, Monaten oder Jahren ändern oder erneuert werden, nicht aber die Menschen. Dazu brauchte es eine oder gar mehrere Generationen. Die Fünfzehn Straßen würden die Fünfzehn Straßen bleiben, bis ihre Generation ausgestorben war, das stand fest. Nur ihr Äußeres war auf den Kopf gestellt worden.

Der Anblick der Camelia Street erschütterte sie. Das war die Gegend, an die sie einst mit größter Bewunderung gedacht hatte. Jeder, der hier lebte, war ihr als etwas ganz Besonderes vorgekommen, und Jahre ihres Lebens hatte sie Abend für Abend Gott dafür gedankt, daß er sie ans Obere Ende geführt hatte.

In der Mitte der Straße lehnten zwei Beiwagenmaschinen am Straßenrand. Sie waren funkelnagelneu und glänzten selbst in dem Schatten, den die düsteren Häuser warfen. Auch drei Autos standen auf dem Fahrweg, eines davon vor ihrer eigenen Haustür. Sie dachte noch immer »meine eigene Haustür«. Sicher gehörte es Michael. Komisch, daß er einen Wagen hatte, ja daß allem Anschein nach jeder, der hier wohnte, einen Wagen hatte. Sie stand also vor ihrer Haustür und hatte die Hand schon zum Türklopfer erhoben. Doch ehe sie ihn berührte, umklammerte sie die Vorderseite ihres Mantels und zupfte ihn zurecht. Ruhig jetzt, nur ruhig. Nimm's leicht, sagte sie sich. Eins nach dem andern.

Als die Tür aufging, stand Kathleen vor ihr. Sarah sah, wie ihr Mund schlaff wurde und sie sie angaffte, dann keuchte sie: »Wa-warum?« Sie stammelte es. »Ich dachte . . . Wie bist du hergekommen? Wer hat dich herge-

bracht?« Sie schüttelte wie wild den Kopf, dann riß sie die Tür weit auf und fügte hinzu: »Komm doch herein.« Es war, als würde sie eine Fremde auffordern, einzutreten, und wie eine Fremde betrat Sarah das Haus, das einst ihr Heim gewesen war, denn von dem Moment an, da sie die Schwelle überschritten hatte, sprang ihr die krasse Veränderung in die Augen. Sie hätte blind sein müssen, um es nicht auf einen einzigen Blick zu bemerken.
Kathleen ging neben ihr durch den kleinen Flur, durchquerte das Wohnzimmer und geleitete ihre Mutter zur Küche. Sie hatte die Hand zwar ausgestreckt, als wollte sie sie führen, berührte Sarah jedoch nicht.
In der Küche blieben sie stehen und sahen einander an. Kathleen hatte die Hände um ihren Hals gepreßt, was Sarah schmerzlich berührte, weil es ihre Qual offen zur Schau stellte.
»Du hast gesagt Mittwoch.«
»Ja, ja, ich weiß, Kathleen, aber ich . . . ich konnte die Vorstellung, mit so viel Trara empfangen zu werden, nicht ertragen.«
»Oh.« Kathleen schob das Kinn vor, als wolle sie damit andeuten, daß sie dies verstehe. Dann sagte sie: »Setz dich. Mein Gott, setz dich doch.« Hastig schob sie einen Stuhl herbei. Es war einer von den Eßzimmerstühlen mit den bemalten Sitzflächen, und Sarah warf einen Blick darauf, ehe sie sich setzte.
»Ich werde es gleich Michael sagen. Er hat Nachtschicht, aber er muß ohnehin gleich aufstehen.«
»Weck ihn nicht auf, wir haben genügend Zeit«, sagte Sarah mit dieser eigenartig gedämpften Stimme, die sie sich im Lauf der Jahre angewöhnt hatte.
»Ach, ich sag's ihm, ich sag's ihm.«
Kathleen stürzte beinahe aus dem Zimmer und lief laut rufend die Treppe hoch. »Michael! Michael!«
Sarah lauschte den raschen Schritten Kathleens über ihrem Kopf. Sie hörte hastiges Stimmengemurmel, es klang warnend, und sie senkte den Kopf. Wie sollte sie es ertragen? . . . Eins nach dem andern, eins nach dem an-

dern. Wenn der heutige Tag erst einmal vorbei war, würde es schon nicht so schlimm sein. Sie rief sich ins Gedächtnis, daß sie ja in ihrer eigenen Küche saß, daß sie daheim war. Aber war sie das? Sie hob den Kopf und blickte sich um. Es gab kein einziges Möbelstück, das sie als ihr eigenes wiedererkannt hätte. Sie lernte eine neue Art von Schmerz kennen.

Als Kathleen die Treppe herabkam, erklangen Schritte hinter ihr, und Sarah wandte den Kopf, um den Mann, der die Küche betrat, anzusehen. Er war in Hemd und Hose, sein semmelblondes Haar war zerzaust, seine Augen wirkten noch ganz verschlafen, aber sie erkannte Michael MacKay wieder. Er hatte sich nicht besonders verändert. Natürlich war er älter geworden.

»Hallo, hallo«, sagte er.

»Hallo, Michael«, antwortete sie.

»Wir haben dich heute noch nicht erwartet. Du hättest es uns sagen sollen. Den ganzen langen Weg allein herzukommen!«

Er versuchte, freundlich zu sein, seine Überraschung nicht zu zeigen, sich nicht anmerken zu lassen, daß er völlig durcheinander war. »Hast du schon eine Tasse Tee getrunken?« sagte er.

»Noch nicht.« Sie lächelte Kathleen an.

»Wird sofort besorgt«, sagte er und ging in die Spülküche.

Ja, Michael war nett. Wie Dan gesagt hatte: Kathleen hätte es bedeutend schlechter treffen können. Aber Michael war nicht Paul ... Ach, Paul ... Paul. Aber sie durfte jetzt nicht an Paul denken ... Eins nach dem andern.

»Wie geht's der Kleinen?« fragte sie und sah zu Kathleen auf.

«Oh, gut, sie schläft gerade.« Wieder eilte sie zur Tür. »Ich hole sie.«

»Kathleen.« Sarahs Stimme veranlaßte sie dazu, stehen zu bleiben. »Nicht. Weck sie nicht, wir haben genügend Zeit.«

»Ja, ja, natürlich.« Kathleen blieb einen Moment stehen,

dann kehrte sie zum Tisch zurück und sagte, vor ihrer Mutter halt machend: »Leg doch deinen Hut und alles ab.«
Langsam hob Sarah die Hände hoch und nahm den Hut ab. Dann stand sie auf und zog den Mantel aus. Als sie gerade das Haar zurückstrich, in dem es immer noch keinen einzigen grauen Streifen gab, trat Michael in die Küche. Er trug ein Tablett in der Hand, blieb einen Augenblick wie angewurzelt stehen und sah Sarah an. Ihm war, als stünde er seiner eigenen Frau gegenüber, die Ähnlichkeit zwischen den beiden war so stark, daß sie ihn überraschte. Solange Sarah in Hut und Mantel gewesen war, hatte er es nicht so deutlich bemerkt, aber nun sah er die beiden nebeneinander, und das war ein merkwürdiges Erlebnis. Der einzige Unterschied bestand darin, daß die ältere der beiden die bessere Figur und die weicheren Gesichtszüge hatte . . . Ja, ja, das mußte er sich eingestehen. Trotz allem, was sie mitgemacht hatte – und das mußte eine ganze Menge gewesen sein! –, sah sie weder hart noch verbittert aus. Nicht daß Kathleen hart oder verbittert ausgesehen hätte, aber es lag etwas in ihren Zügen, das bei ihrer Mutter nicht zu finden war. Er seufzte und lächelte. Es würde schon nicht so schlimm werden. Besser jedenfalls, als er gedacht hatte. Jetzt, wo ihre Mutter entlassen war, würde Kathleen vielleicht endlich die Vergangenheit vergessen. Er hoffte es jedenfalls von Herzen. »So.« Er stellte das Tablett auf den Tisch. »Es geht nichts über eine Tasse Tee.« Als er ihr einschenkte, sah er Sarah an und sagte: »Wir müssen dein Zimmer noch herrichten. Aber es braucht nicht lange. Wir brauchen nur mehr das Bett aufzustellen. Das Kinderbett können wir jederzeit herausnehmen.«
»Aber« – Sarah schüttelte den Kopf – »der kleine Abstellraum genügt mir vollkommen. Stellt nichts um meinetwegen.«
»Es gibt keinen Abstellraum mehr«, sagte Kathleen. »Michael hat ein Badezimmer daraus gemacht.
»Oh!« sagte Sarah und sah Michael an. »Das ist aber

großartig. Es ist so angenehm, ein Badezimmer zu haben.«

Sie saßen alle drei beisammen und tranken ihren Tee, und ein verlegenes Schweigen, das peinlich und schrecklich und wie ein Aufschrei war, breitete sich aus. Sarah wollte es gerade brechen. Sie wollte gerade sagen: Macht euch keine Sorgen, ich werde euch schon nicht im Weg sein. Ich werde mir Arbeit suchen und danach vielleicht eine separate Unterkunft, ganz für mich allein ... Das wollte sie gerade sagen, als die Hintertür aufging und Kathleen von ihrem Stuhl aufsprang, als wäre sie angeschossen worden.

Schritte erklangen aus der Spülküche. Dann wurde die Küchentür geöffnet, und Mary Hetherington trat ein. Vielleicht war es seit Jahren zum erstenmal, daß sie unachtsam gewesen war, und das spiegelte sich jetzt deutlich in ihrem Gesichtsausdruck wider, der äußerste Überraschung zum Ausdruck brachte.

Sarahs Herz schlug heftig. Dies war der Augenblick, vor dem sie sich mehr gefürchtet hatte als davor, ihr altes Heim wieder zu betreten und mit Kathleen zusammenzutreffen. Dennoch hatte sie sich niemals vorgestellt, tatsächlich ihrer Schwiegermutter gegenüberzustehen. Daß sie ihr auf der Straße begegnen würde, ja. Daß sie sie ignorieren würde, ja. Daß sie ihren Haß und ihren Widerwillen zu spüren bekommen würde, ja. Aber nie, nie hatte sie sich vorgestellt, daß sie einfach zur Küche hereingeschneit kommen werde, so als wenn sie daran gewöhnt gewesen wäre, hier jederzeit ein und aus zu gehen ... Ja, zweifellos war sie daran gewöhnt.

Michael, der diesem gefährlichen Moment die Spannung nehmen wollte, sagte sofort: »Komm und setz dich, Omi. Ich habe gerade Tee gemacht. Trink eine –«

Mary Hetherington gebot ihm mit einer raschen Armbewegung zu schweigen. Seine Stimme brach ab, er warf seiner Frau einen raschen Blick zu, aber Kathleen sah niemanden an. Sie hatte den Kopf gesenkt. Als wolle sie etwas Schändliches, Schmachvolles verbergen.

»Du bist also gekommen!« Mary Hetheringtons Stimme klang heiser wie die Stimme eines Menschen, der betrunken war. »Wann gehst du wieder?«
Sarah stand weder auf noch erwiderte sie etwas; sie saß da, kämpfte mit einem heftigen Brechreiz und sah schließlich zu der alten Frau auf. Man sah ihr an, daß sie alt war, daß ihr Haß alt war, aber dieser Haß war stark, stärker als alles andere. Sarah erkannte es genau. Diese haßerfüllte Frau hatte Kathleen unter ihre Fittiche genommen, nicht von dem Wunsch erfüllt, sie zu beschützen, sondern sie ihr abspenstig zu machen, sich nicht an ihr zu besudeln, wie sie es insgeheim ganz bestimmt bezeichnete.
»Hör mal, Omi«, versuchte Michael, sich nochmals ins Mittel zu legen.
Und wieder wurde er durch eine heftige Handbewegung dazu veranlaßt, den Mund zu halten, und Mary Hetherington wiederholte: »Wann gehst du wieder? Ich habe dich etwas gefragt.«
Sarah hatte sich das Sprechen abgewöhnt. Im Gefängnis hatte man nicht gesprochen. Man hatte höchstens zugehört und nur gesprochen, wenn einem eine Frage gestellt wurde. Man hatte ihr eine Frage gestellt, also zwang sie sich dazu, sie zu beantworten. Sie sagte leise: »Ich bin heimgekommen . . .«
Ehe Sarah das letzte Wort noch zu Ende gesprochen hatte, unterbrach sie Mary Hetherington schreiend: »Heim! Das ist nicht mehr dein Heim. Du hast es vor zehn Jahren aufgegeben.«
Sarah sagte mit immer noch ruhiger Stimme und in diesem merkwürdig gedämpften, neuen Ton: »Der Mietvertrag lautet immer noch auf meinen Namen. Dan hat gesagt –«
»Dan hat gesagt! Dan hat gesagt!« Verachtung lag in Mary Hetheringtons Stimme. »Ich weiß, was Dan gesagt hat. Was er nicht weiß, ist, daß Michael den Vertrag vor zwei Jahren auf seinen Namen umschreiben ließ. Außerdem: Sieh dich hier nur einmal um. Findest du noch ein

einziges Stück, das dir gehört? Nein, nicht einmal so viel, als in einer Zündholzschachtel Platz findet. Dein Heim! Ich frage dich abermals: Wann gehst du?«

»Omi . . . Omi, hör auf, ich sag dir, hör auf! Laß sie in Ruhe. Es ist meine Angelegenheit, unsere Angelegenheit.« Kathleen trat ihrer Großmutter entgegen, sie schluckte bei jedem Wort heftig, aber sie wagte es, dieser Frau zu widersprechen.

»Überlaß das gefälligst mir, Kathleen. Außer du willst, daß dein Leben ruiniert wird und Michael Schwierigkeiten bekommt . . ., denn laß dir sagen . . .« Die alte Frau beugte sich vor und schwenkte den Finger vor Kathleens Gesicht hin und her. »So sicher, wie es einen Gott im Himmel gibt, wird sie Michael auf ihre Seite ziehen. Sie wird deinen Mann auf ihre Seite ziehen. Kein Mann innerhalb einer Meile ist vor ihr sicher. Sie sind niemals zu alt oder zu jung dafür. Ich spreche schließlich aus Erfahrung.«

Sarah stand auf. Nicht hastig. Sie erhob sich einfach, als würde sie durch mechanische Einflüsse hochgezogen. Sie zitterte am ganzen Körper und verspürte den Wunsch, zu weinen. Aber sie konnte weder weinen noch etwas sagen. Sie konnte bloß dastehen, sich am Tisch anklammern und dieses haßzerfressene Wesen ansehen.

»Du glaubst mir nicht?« Mary Hetherington wandte den Kopf von Kathleen ab und heftete ihre Blicke auf Michael. »Ich wette um alles, was ich in diesem Moment besitze, daß sie ihn dir innerhalb von wenigen Wochen, was sag ich, in einer Woche, weggeangelt haben wird und du nicht wissen wirst, wie dir geschieht. Ja, du wirst deinen eigenen Augen nicht trauen.«

»Also, jetzt hör mal, Omi: So darfst du nicht daherreden. Laß das. Es gibt Grenzen.» Michael war offensichtlich wie aus allen Wolken gefallen, er schwenkte hilflos den Kopf und sah zu Boden.

»Du willst Beweise . . . Die kann ich dir verschaffen.« Die alte Frau fuhr herum, packte den Vorhang und schwenkte ihn wild hin und her, bis Kathleen schrie:

»Nein, nein, Omi ... hol Tante May nicht herüber ... bitte!« Sie wollte ihrer Großmutter den Vorhang entreißen, aber die alte Frau stieß sie beiseite.
»Es ist bedeutend besser, May herüberzuholen als dein Heim zerstören zu lassen. Laß mich, ich will, daß May herüberkommt. Diese Frau hat deiner Tante den Mann gestohlen, meinen Sohn, als sie noch kaum ein paar Wochen mit meinem zweiten Sohn verheiratet war. Sie nimmt alles ... alles, was Hosen anhat.«
Vor Jahren hätte Sarah noch gedacht: Sie spricht genau wie die Weiber vom Unteren Ende. Jetzt konnte sie bloß denken: Ich muß gehen ... Ich muß gehen ... Ich ertrage es nicht. Wenn ich nicht gehe, dann passiert etwas. O mein Gott!
Sie wandte sich mit einer wilden Bewegung zur Couch, auf der ihr Hut, ihr Mantel und ihre Handtasche lagen, aber dann wurde ihr Kopf mit bestürzender Plötzlichkeit herumgerissen, weil Mary Hetherington, Kathleen anstarrend, sagte: »Sie beraubte meinen Sohn, meinen David, der Vaterschaft. Ich habe dir gesagt, was sie getan hat, aber du hast mir nur halb geglaubt. Laß sie May gegenüberstehen, dann wirst du schon sehen, was ...«
»Sei still. Du abgrundböses Geschöpf, du! Sei still, sag ich dir!«
Alle blickten jetzt auf Sarah. Es war eine andere Sarah. Nicht jene Sarah, an die Mary Hetherington sich erinnert hatte. Nicht jene, an die Kathleen gedacht hatte, wenn sie sich ihre Mutter vorgestellt hatte. Es gab auch nicht die leiseste Verbindung mit jener Sarah, die noch vor wenigen Minuten zitternd und ängstlich vor ihnen gesessen war. Die große, blasse Frau mit den riesigen Augen, die aufrecht vor ihnen stand, nahm eine geradezu majestätisch zu nennende Haltung ein. Es lag keinerlei Aggressivität in dieser Haltung, doch sie brachte sie allesamt zum Schweigen. Sarah starrte ihre Schwiegermutter eine volle Minute lang schweigend an, ehe sie zu sprechen begann.
Auch ihre Stimme war nun verändert. Der Tonfall klar

und fest, die Worte entschieden, jedoch ruhig. »Das werde ich dir nicht durchgehen lassen. O nein, das nicht. Angefangen von dem Tag, an dem wir uns kennenlernten, hast du mich gehaßt. Du hast dein Gift und deine üble Laune durch diese Mauern auf mich träufeln lassen« – sie deutete hin –, »bis selbst der letzte Ziegelstein sich mit Gehässigkeit vollgesogen hatte. Du hast mich gehaßt, weil David mich geliebt hat. Du hast die bloße Vorstellung, daß ich ihn glücklich machen könne, gehaßt. Ausgerechnet ich!« Sie wies mit dem Finger auf sich. »Der Abschaum vom Unteren Ende! So hast du über mich gedacht, stimmt's? Und du konntest die Vorstellung nicht ertragen, daß ich deinen Lieblingssohn erst zum Leben erweckt habe; du konntest den Gedanken nicht ertragen, daß alle Männer deines Hauses in meiner Küche Zuflucht vor deinen ewigen Nörgeleien gefunden haben. Das war der alleinige Grund, weshalb sie herübergekommen sind, einfach um deinen Nörgeleien zu entgehen. Es hat sie krank gemacht, deinem Gefasel von Gott noch länger zuzuhören.« Hier schoß sie den Pfeil, daß David es so genannt hatte, nicht ab, sondern fuhr fort: »Von dem Moment angefangen, wo ich in dein Leben getreten bin, hast du alles getan und versucht, mich zu ruinieren; ebenso wie es mein Vater getan und versucht hat, Stück um Stück . . .«

»Wie . . . kannst du es wagen, den Namen deines –«

Sarah schnitt Mary Hetherington dadurch das Wort ab, daß sie den Kopf hochhob. »Ich kann seinen Namen nennen. Ich habe bezahlt für das, was ich getan habe . . . Ich bin frei . . ., ich darf seinen Namen aussprechen. Er beunruhigt mein Gewissen nicht. Das hat er nie getan. Und wenn du noch so entsetzt darüber bist!« Sie machte eine winzige Pause, ehe sie fortfuhr: »Aber das gehört nicht zur Sache. Wie ich bereits gesagt habe, werde ich es dir nicht durchgehen lassen. Ich werde nicht zulassen, daß du deine letzte Lüge in die Seele meiner Tochter einbrennst.« Sarah warf Kathleen einen raschen Blick zu, und ihre Stimme klang nun befehlend. »Kathleen«, sagte

sie, »hör mir zu . . ., hör mir genau zu. Ich habe niemals etwas mit deinem Onkel John gehabt, verstehst du? Kein einziges Mal, Kein einziges Mal . . . Dein Onkel John hat mich geliebt. Einmal hat er mich geküßt, an einem Neujahrsmorgen des Jahres neunzehnhundertdreißig, nicht weit vom Unteren Ende. Ich wollte meiner Mutter Neujahr wünschen, und er hat mich hinüberbegleitet, weil die Menschen alle so ausgelassen waren. Da hat er mich geküßt, und wir haben miteinander gesprochen. Das war alles. Und mein Vater hat gehört, worüber wir gesprochen haben. Nun, über diesen Teil weißt du ja Bescheid. Das zweitemal geschah es an dem Morgen, wo einige unserer Männer den Hungermarsch nach London angetreten haben. Weder seine Frau noch seine Mutter wollten hingehen, um sich von ihm zu verabschieden. Er hat mich gebeten, ob ich es tun würde. Und ich hab's getan. Und ihn geküßt. Auf die Wange. Das, Kathleen, ist die Geschichte der niederträchtigen Beziehung zwischen deinem Onkel John und mir. Und das ist es, wenn du alles zusammennimmst, was ich abgesessen habe.«
Kathleen starrte Sarah ins Gesicht. So wie sie einander einst angesehen und angelacht hatten, so sahen sie einander jetzt an, nur daß es zwischen ihnen kein Lachen mehr gab. Als Sarah in das traurig-flehende Gesicht ihrer Tochter sah, wurde ihr bewußt, daß sie etwas tun müsse, um ihren Worten das Siegel der Wahrheit aufzudrücken. Ihre Blicke glitten von Kathleens Gesicht ab und blieben an der Wand haften. An dieser Wand hing eine moderne Ausgabe des Bildes vom Herzen Jesu. Es war ebenso neu wie alles übrige in diesem Haus.
Es war das einzige Heiligenbild im ganzen Raum. Wahrscheinlich entsprach es Michaels Geschmack, denn er war ein strenggläubiger Katholik. Während ihrer Ehe hatte sie niemals Heiligenbilder im Haus aufgehängt, aber sie erinnerte sich an ein ähnliches Bild, das in der kleinen Küche gehangen hatte, als sie noch ein Kind war. Das Bild zeigte – auch wenn es in einem modernen Rahmen steckte – dasselbe Christusantlitz, denselben Kopf,

dieselben Schultern, mit derselben auf die Brust deutenden Hand, dieser Brust, die sein Herz umschlossen hielt. Sie glaubte nicht mehr an Gott oder Jesus oder sonst ein Symbol der katholischen Kirche, aber Kathleen tat es und würde es stets tun. Mit einer raschen Bewegung trat Sarah zur Wand, nahm das Bild herab, legte es sich flach auf die eine Hand, während sie die Finger der anderen Hand auf den Mittelpunkt des Herzens legte. Doch ehe sie sprach, wandte sie den Blick von Kathleen ab und heftete ihn auf Mary Hetherington. Und zu ihr sagte sie: »Ich schwöre beim Heiligsten Herzen Jesu, daß das, was ich gesagt habe, wahr ist.« Dann sah sie wieder Kathleen an und sagte zu ihr: »David ist dein Vater, Kathleen.« Sarah war, als zöge eine Wolke über Kathleens Gesicht hinweg und als helle es sich endlich auf. Sie drehte sich wieder um und hängte das Bild an seinen Platz. Dann sah sie ihre Schwiegermutter an. Es war klar, daß Mary Hetherington eine Schlappe erlitten hatte, aber auch, daß sie sich keineswegs geschlagen gab. Das machte sie sofort durch einen neuerlichen Angriff deutlich. Höhnisch auflachend rief sie, ohne sich an jemand Bestimmten zu wenden, aus: »Ihr nehmt es hoffentlich als das, was es ist: eine prächtige Theatervorstellung. Das Herz Jesu . . . Phh . . . Aber der Herr läßt seiner nicht spotten, das sage ich euch. Gottes Mühlen mahlen langsam, aber sicher!« »Gottes Mühlen!« wiederholte Sarah, schüttelte langsam den Kopf und sah die alte Frau nun beinahe mitleidig an. »Gottes Mühlen mahlen langsam, mahlen aber trefflich klein, ob aus Langmut er sich säumet, bringt mit Schärf' er alles ein.« Sarah spürte sofort, daß ihre Schwiegermutter nur den Anfang des Zitats gekannt hatte, und in diesem Moment erfüllte sie ein merkwürdiges Gefühl der Überlegenheit . . . Das Gefängnisleben hatte ihr schließlich doch etwas Gutes eingebracht. Es hatte sie mit der Bücherei zusammengeführt, in der sie sich bescheidene Kenntnisse angeeignet hatte. Bescheiden deshalb, weil ihr diesbezüglicher Bedarf bescheiden war. Denn sie hatte niemals nach Bildung gestrebt – nicht,

was sie selbst anlangte; alles, was sie angestrebt hatte, war, sich ordentlich ausdrücken zu können. Diesen Wunsch hatte sie stets gehegt. Hatte sie sich nicht bereits als ganz junges Ding nur deshalb ein Wörterbuch gewünscht, um sich ordentlich ausdrücken zu können? Ihre Stimme hatte einen gebieterischen Klang angenommen, als sie jetzt wiederholte: »Ob aus Langmut er sich säumet, bringt mit Schärf' er alles ein ... Nur stimmt es nicht. Und weißt du, warum? Weil er blind ist, dein Müller. Blind und rachsüchtig. Wahllos teilt er Schmerz und Qual aus, dein Gott. Nun, alles, was ich erhoffe ist, daß seine fest zupackende Hand dich nicht finden möge. Denn nicht einmal jetzt wünsche ich dir deine gerechte Strafe. Ich bemitleide dich einfach. Das habe ich stets getan, weißt du ... So, jetzt weißt du alles.«
Würdevoll und in aufrechter Haltung wandte sie sich von dem verbitterten Gesicht ab, nahm ihren Mantel von der Couch und zog ihn an. Und als sie dies tat, rief Kathleen: »Wohin gehst du? Ach, Mami, wohin willst du nur?«
»Sorg dich nicht«, sagte sie mit einem traurigen Lächeln. »Sorg dich nicht.« Sie setzte ihren Hut auf und griff nach ihrer Tasche. Dann drehte sie sich noch einmal um, sah ihrer Schwiegermutter einen Moment lang fest in die Augen und verließ den Raum. Aber sie hatte die Tür noch nicht hinter sich zugemacht, als Mary Hetherington ihr mit schriller Stimme nachrief: »Und laß unsern Dan in Frieden. Er und May werden nämlich heiraten. Er hat Jahre damit verbracht, sich um dich und die Deinen zu kümmern, also tu wenigstens einmal was Anständiges und laß ihn endlich sein eigenes Leben leben.«
Sarah war einen Moment lang wie angewurzelt stehengeblieben, aber dann durchquerte sie eilends das Wohnzimmer und betrat den Flur. Als sie an der Haustür angelangt war, kam ihr Kathleen nachgelaufen, legte ihr die Hände auf die Schultern, drehte sie zu sich herum, sah ihr einen Augenblick ins Gesicht, um sie schließlich in die Arme zu schließen und unter Tränen auszurufen: »O Mami ... Mami.«

»Aber, aber, Kind. Reg dich nicht auf.«
»Ich glaube dir. Ich möchte nur, daß du weißt, daß ich dir glaube.«
Sarah verharrte regungslos, und so klammerten sie sich noch einige Sekunden aneinander.
»Wohin gehst du?«
»Zu Phyllis hinüber.«
»Paß auf.« Kathleen flüsterte jetzt, und ihr Gesicht war Sarahs Gesicht nun ganz nahe. »Wir möchten uns ein Haus kaufen, in einer ganz anderen Gegend, weißt du. Wir haben schon etwas im Auge; man braucht es bloß ein bißchen herzurichten und auszumalen. Dann kannst du sofort zu uns ziehen. Ich hätte es gern, wirklich, Mami!«
»Wir werden sehen, wir werden schon sehen. Sorg dich nicht.« Sarah öffnete die Haustür, und Kathleen stand auf der obersten Stufe und umklammerte ihre Hand und sagte nur immer und immer wieder: »O Mami, o Mami.«
Als sich in der Küche hörbar lautes Stimmengewirr erhob, wußte Sarah, daß May gekommen war. Sie konnte Mays Anblick jetzt nicht ertragen, nach allem, was sie ihretwegen ausgestanden hatte. Sie wußte, daß nicht viel fehlte, um sie zusammenbrechen zu lassen, und sie wollte Kathleen nicht noch mehr aufregen. Deshalb sagte sie hastig: »Komm zu Tante Phyllis hinüber, wenn du kannst. Lebwohl, mein Liebling, lebwohl.«
Noch einmal schlang Kathleen die Arme um sie, noch einmal drückte Sarah ihre Tochter ans Herz, dann eilte sie davon.
Sie war nicht mehr imstande, die Tränen noch länger zurückzuhalten. Als sie die Hauptstraße erreicht hatte, liefen sie ihr einfach übers Gesicht. Sie senkte den Kopf und war froh, daß die Straße zwischen den Fünfzehn Straßen und den New Buildings von East Jarrow nahezu leer dalag. Eine einzige Frau ging knapp an ihr vorbei, kehrte jedoch um und sagte mitfühlend: »Was ist los, Kindchen? Haben Sie Kummer?« Sarah schüttelte den Kopf, ohne aufzusehen. Die Frau ging ein paar Schritte neben ihr her und sagte: »Kann ich Ihnen helfen, Herzchen?«

Sarah sah auf und brachte ein »Nein, danke« zustande. Nun schien die Frau sie zu erkennen und wollte Sarah offensichtlich zum Stehenbleiben veranlassen. Aber Sarah verhinderte das, indem sie hastig abwinkte und stammelte: »Seien Sie mir nicht böse, aber lassen Sie mich bitte gehen!« Die Frau blieb verdutzt stehen und sah ihr nach, das bemerkte Sarah noch, ehe sie um die Ecke bog.
Als sie sich den New Buildings näherte, fuhr ein Wagen neben ihr vor. Michael hatte bloß einen Mantel über sein Hemd angezogen, und sein Haar war noch immer zerzaust. Er sagte leise: »Komm, steig ein.« Und sie stieg ein. Immer noch mit gesenktem Kopf und immer noch tränenüberströmt.
Michael machte einen völlig verwirrten Eindruck, saß eine Weile schweigend da und sah sie bloß an. Dann startete er den Wagen und murmelte: »Es tut mir leid, es tut mir so leid . . .« Nach kurzer Zeit fragte er: »Weißt du, wo das Haus ist?«
»In Laygate.«
Er fuhr an den Tyne Docks vorbei und schnitt ab, indem er die Deans durchquerte, und so waren sie in Laygate, noch ehe Sarah ein Wort gesagt hatte. »Sie ist eine richtige Teufelin«, sagte er und blickte auf die Straße. »Es ist mir verdammt schwergefallen, den Mund zu halten, nicht einmal, hundertmal. Sie versucht ständig, Kathleen zu beherrschen. Ich habe letztes Jahr versucht, Arbeit in einer der Zechen von Durham zu bekommen, dann hätten wir einfach übersiedeln müssen. Aber dann wurden die Verhältnisse so unsicher. Sie schließen dort einige Zechen, also muß man schön bleiben, wo man ist, nicht? Aber jetzt werde ich trotzdem etwas anderes für uns suchen, ein kleines Haus eben. Bevor ich weggegangen bin, habe ich ihr klipp und klar gesagt, was ich von ihr halte.«
Ein leises Stöhnen entrang sich Sarahs Lippen. Da hatte Mary Hetherington ja wieder einen neuen Beweis dafür, daß das, was sie in bezug auf sie gesagt hatte, stimmte. Michael stellte sich bereits auf ihre Seite . . . Sie

sagte leise: »Es ist der Eissalon auf der rechten Seite.« Er half ihr aus dem Wagen und folgte ihr in den Laden. Hinter der Theke stand ein großer Junge mit den Gesichtszügen eines Arabers, nur hellhäutiger. Und eine Frau, eine ziemlich kleine, dicke Frau unterhielt sich angelegentlich mit ihm. Sie wandte sich um, als sich die vermeintlichen Gäste näherten, dann sperrte sie Mund und Augen auf und rief: »Sarah! Ja, Sarah! Heute? Heute bist du herausgekommen?« Schon war sie hinter der Theke hervorgeeilt, und die beiden Schwestern hielten einander in den Armen. Tränen liefen Phyllis übers Gesicht, als sie wieder und wieder ausrief: »O Kind, Sarah, bin ich froh, dich wiederzusehen!« Sie hielt sie auf Armeslänge von sich ab, als sie aber bemerkte, daß sich die einzigen beiden Kunden sogleich neugierig umdrehten, rief sie: »Komm, verschwinden wir von hier.« Schon wollte sie Sarah mit sich ziehen, als sie sich an ihren Sohn erinnerte, stehenblieb und ihm zuschrie, als wären sie durch viele Straßen voneinander getrennt: »Du erinnerst dich doch an deine Tante Sarah, nicht?«
Der junge Mann lächelte verlegen: »Ja . . . ja. Hallo, Tante Sarah.«
»Hallo . . .« Sarah erinnerte sich nicht mehr an den Namen dieses Jungen, und Phyllis schrie sofort: »Das ist Joss, mein Jüngster. Sieh ihn dir an, er ist glatt doppelt so groß wie ich. Aber komm jetzt, Sarah. Komm, Michael.« Sie eilte ihnen durch einen langgestreckten Gang und dann die Treppe nach oben voraus in ein riesiges Wohnzimmer, das teuer, wenn auch nicht ausgesprochen geschmackvoll eingerichtet war. Dort blieb sie stehen, drehte sich wieder zu Sarah herum und legte den Kopf auf ihre Brust. »Ach, Sarah . . .«, sagte sie leise.
Sarah war ganz überwältigt. Hier war sie wirklich willkommen. Im Heim ihrer Schwester, die einen Araber geheiratet hatte, einen Mann, von dem sie sich stets ein wenig abgestoßen gefühlt hatte. Obwohl Ali ihr immer freundlich entgegengekommen war, war sie nie besonders herzlich zu ihm gewesen oder hatte ihn gar eingela-

den, sondern immer nur gedacht: Wie hat unsere Phyllis bloß so was tun können? Aber sie wußte, daß Ali nicht nachtragend war, ja, daß er sie im Gegenteil sogar herzlich und aufrichtig willkommen heißen würde. Das Leben war schon sonderbar.

»Komm, gib mir deine Sachen.« Phyllis half Sarah aus dem Mantel. »Ich koche heute nur eine Kleinigkeit für uns. Das große Essen habe ich für Mittwoch vorbereiten wollen. Was ist geschehen?«

Sarah berichtete es ihr kurz.

»Tjaja, ich verstehe deinen Standpunkt«, sagte Phyllis und nickte eifrig. Aber Sarah war sofort klar, daß ihre Schwester, was den großen Empfang anlangte, nicht einer Meinung mit ihr war. Wahrheitsgemäß hätte Phyllis jetzt sogar sagen müssen: Also ich finde es hochanständig von denen, an so was zu denken.

»Setz dich, Michael, setz dich. Jetzt wollen wir erst einmal Tee trinken . . . Oder nein, warte. Wir fangen mit was Stärkerem an, jawohl.«

»Nicht für mich, danke vielmals«, sagte Michael lächelnd. »Ich muß ja fahren, und zwar gleich. Am besten, ich gehe jetzt. Aber ich komme wieder vorbei, ganz bestimmt.« Er nickte eifrig.

»Also gut«, sagte Phyllis und machte nicht den leisesten Versuch, ihn zurückzuhalten, weil sie Sarah für sich allein haben wollte.

»Ich komm' dich bald hier besuchen«, sagte er leise zu Sarah. »Und dann bringe ich Kathleen mit.«

»Wirklich, Michael? Ach, das ist lieb von dir.«

»Abends, wenn du magst.«

»Natürlich, bitte. Oh, ich danke dir, Michael. Danke.«

»Und sorg dich nicht.« Er nickte ihr zu. »Alles wird sich einrenken, du wirst sehen. Also zerbrich dir nicht den Kopf.« Er blieb einen Moment vor ihr stehen und sah teilnehmend auf sie herab, ehe er zur Tür ging, an der Phyllis bereits auf ihn wartete.

Als er an ihr vorbeiging, machte er ihr unauffällig ein Zeichen, das Phyllis sofort verstand, denn sie drehte sich

um und sagte zu Sarah: »Ich bring ihn bloß nach unten, sonst bricht er sich auf der dunklen Treppe noch den Hals. Geh schon in die Küche und bereite inzwischen den Tee vor. Mach dich nur nützlich. Wie ich dich kenne, wird dir eine Tasse Tee lieber sein als sonst was.«
Die Schwestern lächelten einander zu, als hätte es die dazwischenliegenden Jahre nie gegeben. Phyllis verließ das Wohnzimmer, schloß die Tür, und Sarah ging in die Küche.
Auch hier sah alles kostspielig und überladen aus. Nichts fehlte. Vom überdimensionalen Kühlschrank bis zum Mixer, von der Waschmaschine bis zum Toaster. Und alles gab es doppelt und dreifach. Sarah freute sich, daß Phyllis all die schönen Dinge besaß, die ein Ausdruck des Wohlstands waren.
Sie hatte den Tee zubereitet und ins Wohnzimmer gebracht, ehe Phyllis zurückkam. Phyllis machte ein ernstes Gesicht, als sie wieder ins Zimmer kam. Indem sie Sarah ansah, sagte sie ruhig: »Michael hat es mir erzählt . . . Du bist gerade erst gekommen, so gegen zwei, nicht? Mein Gott, was für ein Empfang!« Sie kam näher und sah die Schwester an. »Egal. Wenn es nicht heute passiert wäre, dann wäre es eben Mittwoch passiert. Sei froh, daß du's überstanden hast. Sie ist ein Luder, wenn die keins ist, dann weiß ich wirklich nicht, wer eins sein sollte. So, und jetzt trinken wir erst einmal Tee. Möchtest du etwas Alkoholisches hinein?«
»Nein, Phyllis, nein. Bloß einen anständigen Tee, das ist alles, was ich mir wünsche«, sagte Sarah und lächelte. »Danach habe ich mich ehrlich gesehnt, weißt du.«
Phyllis holte eine Flasche aus der kleinen Hausbar und sagte: »Am liebsten ginge ich hin und würde die alte Hündin pulverisieren, und zwar gleich, auf der Stelle.« Sie goß sich eine gehörige Portion Whisky in ihren Tee, dann setzte sie sich neben Sarah, erhob ihre Tasse und sagte: »Auf uns beide, Sarah. Auf uns beide. Wir werden uns nie mehr trennen. Zumindest nicht, soweit es von mir abhängt. Du kannst bei uns bleiben bis zu deinem

Tod. Wenn du willst, kannst du bei uns Arbeit finden, aber wenn dir nach Ruhe zumute ist, dann werden wir dich garantiert in Ruhe lassen, das hängt ganz von dir ab. Du brauchst dir jedenfalls über nichts den Kopf zu zerbrechen. Jetzt nicht mehr.«
»Ach, Phyllis . . .« Die Güte ihrer Schwester schmerzte beinahe ebenso wie der Angriff ihrer Schwiegermutter. Nochmals sagte sie bloß: »Ach, Phyllis . . .«
Phyllis nahm einen kräftigen Schluck aus ihrer Tasse, wischte sich mit dem Handrücken den Mund ab und sagte dann, wobei sie zum Fenster hinaussah: »Was ich nicht verstehen kann, ist diese Sache mit Dan und May. Michael hat es mir eben erzählt. Also ich hätte Dan für vernünftiger gehalten.« Sie sah Sarah an. Aber Sarah hielt den Kopf gesenkt und starrte in ihre Teetasse. Dann hob sie sie an die Lippen und nahm ebenfalls einen kräftigen Schluck, als könnte das warme Getränk den neuen Schmerz, der sich in ihrem Innern auszubreiten begann, beruhigen . . . Dan und May. Nun, warum nicht? Dan verdiente es, glücklich zu sein. Dan war so gut zu ihr gewesen, so aufmerksam, so verständnisvoll, daß sie in ihm stets ihre Hauptstütze gesehen hatte; sie hatte sich immer vorgestellt, daß er ihr über die ersten, schweren Monate nach der Entlassung zumindest in moralischer Hinsicht hinweghelfen würde. Sie erinnerte sich, wie er ihr seinerzeit erzählt hatte, daß Paul Priester geworden sei und Kathleen Michael heiraten werde. Damals hatte sie aufgegeben. Aber die ganze Zeit über hatte er ihre Hand gehalten. Und diese Hand, Dans Hand, hatte sie wieder ins Leben zurückgezogen. Was auch immer geschehen mochte, Dan würde da sein, hatte sie gedacht. Er hatte ihr gegenüber sogar diese Worte gebraucht, immer und immer wieder. Jedesmal, wenn er sie besucht hatte, hatte er zu ihr gesagt: »Du hast ja mich, Sarah. Ich werde immer für dich da sein.«
Phyllis sagte: »Ich glaube, mir geht langsam ein Licht auf. May hätte ja niemals in eine Scheidung eingewilligt, nicht in hundert Jahren. Dieses Mädchen hat drei kleine

Kinder mit ihm. Wahrscheinlich war sie in einer schrecklichen Lage und lebte in der ständigen Angst, er werde sie verlassen. Bei einem Mann weiß man das ja wirklich nie. Aber er hat versucht, die Geschichte zu legalisieren, also das muß ich zugeben. Er hat es immer wieder versucht, May dazu zu kriegen, sich von ihm scheiden zu lassen. Aber sie hat einfach nicht angebissen. Und dann, genau vor achtzehn Monaten, sagt sie ihm aus heiterem Himmel, er soll sehen, daß er verschwindet. Und anfangs des Jahres ist die Scheidung tatsächlich ausgesprochen worden. Und jetzt ist er endlich mit der Kleinen verheiratet. Ach, Sarah!« Phyllis schlug sich mit der Hand auf den Mund und schüttelte langsam den Kopf. »Es tut dir doch hoffentlich nicht weh, das zu erfahren?«

»Nein, Phyllis, nein, sorg dich nicht. Zehn Jahre sind eine lange Zeit, da hat man genügend Gelegenheit zum Nachdenken. Wenn man sich den Kopf nicht über Miete, Heizung und Licht zu zerbrechen braucht, muß man sich mit was anderem beschäftigen. Ich habe mir die Aufgabe gestellt, meine Gedanken in Ordnung zu bringen und zu lernen, keine Angst mehr davor zu haben, mich zu fürchten.«

Phyllis lehnte sich in die Couchecke zurück, kniff die Augen zusammen, sah Sarah an und sagte ruhig: »Du hast dich verändert, weißt du; du hast dich wirklich verändert, Sarah.«

»Das hoffe ich«, sagte Sarah.

»Oh, ich weiß nicht.« Phyllis neigte sich vor, und ihre Hand berührte Sarahs Knie.

Sarah legte ihre Hand darauf und sagte: »Und jetzt bist du an der Reihe. Erzähl mir alles über dich und deine Familie.«

»Ach, du weißt ja Bescheid; ich habe dich doch ständig auf dem laufenden gehalten. Es hat sich nichts geändert. Sie haben alle ihren festen Platz in unserem Geschäft, so daß wir schon daran gedacht haben, noch eins dazuzukaufen. Aber Ali ist vorsichtiger geworden. Die Dinge

stehen nicht mehr so gut, wie sie vor Jahren gestanden haben, weißt du. Oh, Ronnie ist übrigens dieses Wochenende mit seiner Band in Newcastle.«
»Wirklich? Den möcht' ich riesig gern spielen hören.«
»Komisch ist es schon, nicht?« sagte Phyllis. »Ich meine, daß aus ihm ein Pianist geworden ist . . . Alles durch das alte Pianino um vier Pfund. Erinnerst du dich?«
O ja, und ob sich Sarah erinnerte . . . An den Tag, an dem sie John geküßt hatte, ehe er nach London marschiert war. Und an das Essen danach, als sie David, um ihre Gedanken abzulenken, erzählt hatte, daß sie hinübergehen wolle, um sich ein altes Klavier anzusehen, und wie er zu ihrem größten Erstaunen aufgesprungen war und gesagt hatte, daß er kein Klavier im Haus wolle. »Siehst du nicht ein, daß es alles nur noch verschlimmern würde!« hatte er mit einer Kopfbewegung zur Wand gesagt. Also hatte sie Phyllis geschrieben. Und Phyllis hatte geantwortet, es sei schon in Ordnung, Ali habe das Klavier auf alle Fälle gekauft, weil er finde, es sei was Nützliches für die Kleinen. Und so war ihr zweitältester Sohn Pianist geworden.
»Ich hätte niemals an ein Klavier für mich oder einen von uns gedacht«, fuhr Phyllis fort. »Aber was willst du, das ist eben Schicksal. Wir mußten ein Klavier bekommen, denn Klavierspielen ist das einzige, wofür Ronnie lebt . . .«
In der darauffolgenden Stunde unterhielten sie sich so, wie sie sich immer miteinander unterhalten hatten, wenn sie beisammen waren. Sie redeten, bis es dunkel wurde. Dann stand Phyllis auf und meinte: »Wie wär's, wenn wir ein bißchen Licht machen würden?«
Und im selben Moment rief von unten jemand laut und deutlich: »Mam, Mam!«
»Was ist denn?« sagte Phyllis bereits an der Tür, öffnete sie und schrie: »Was ist denn nur? Könnt ihr es denn keine fünf Minuten ohne mich schaffen, wie?«
»Es ist jemand da, der dich sprechen möchte. Ein gewisser Mr. Blythe.«

»Dan?« Sarah erhob sich. Plötzlich war sie nervös, fühlte sich unbehaglich. Zum erstenmal im Leben wollte sie Dan nicht sehen.
Aber Dan stand schon in der Tür, blieb einen Moment stehen, trat dann ins Zimmer, eilte auf sie zu, ergiff ihre Hände und sagte: »Also Sarah! Du dummes Ding, du dummes. Du hättest es mir sagen sollen!«
»Es ist schon gut, Dan. Besser so.«
»Besser?« Er entzog ihr seine Hände, und seine Miene wurde ernst, beinahe streng. »Nicht nach allem, was mir Michael am Telefon gesagt hat. Dieses Frauenzimmer wird eines Tages noch überschnappen . . . Aber vielleicht ist es richtig so, ich meine, daß du heute gekommen bist, Sarah.«
»Ja, vielleicht, Dan.«
Er stand in einiger Entfernung von Sarah da und sah sie an, sein Benehmen wirkte verlegen, und Phyllis, die rasch kapierte, überbrückte die Verlegenheitspause, indem sie laut ausrief: »Du bleibst doch zum Tee, Dan. Also ein Nein laß ich einfach nicht gelten.« Sie schlug mit der Hand nach ihm, obwohl er gar keinen Versuch gemacht hatte, ihre Einladung auszuschlagen. Dann ging sie zur Anrichte, nahm ein Tischtuch heraus, breitete es über den Eßtisch aus und sprach dabei pausenlos weiter. »Wenn das kein gemütliches Beisammensein ist, Kinder. Ich hoffe, bloß das erste von vielen. Und wie geht das Geschäft, Dan?«
»Recht gut, Phyllis, danke, recht ordentlich.« Er hatte neben Sarah Platz genommen, sah sie jedoch nicht an. Er heftete den Blick auf Phyllis, während er sprach, und tat so, als wären die Geschäfte alles, was ihn im Moment interessiere. »In den letzten paar Jahren haben wir ja alle Geld wie Heu gemacht, aber es sieht ganz so aus, als ob es mit den fetten Jahren doch schön langsam vorbei wäre. Die Arbeitslosenwelle macht sich wieder um den Tyne herum breit, das spürt man. Ich bin sicher, ihr merkt bei euren Wochenabrechnungen auch was davon.«
«O ja, da hast du recht, Dan. Ich könnte auch nicht be-

haupten, daß es noch ebenso glänzend geht, wie es noch vor ein paar Jahren war.«

»Eben. So wird es auch lange nicht mehr werden. Weißt du, ein Kaufmannsladen ist so eine Art Geldbarometer, das habe ich immer wieder erfahren. Und was haben wir jetzt? Arbeitslosigkeit, die mit jeder Woche schlimmer wird. Am ärgsten ist es, wenn es die Jungen erwischt, kaum daß sie die Lehrzeit hinter sich haben. Dann stehen sie herum und kommen auf dumme Gedanken.«

»Trotzdem, Dan: Wir wollen nicht klagen. Und dich sehe ich auch noch nicht gerade im Armenhaus.« Phyllis lächelte ihn an.

Er lachte laut heraus. »Nein, nein, Phyllis. Vielleicht im Vorhof dazu, aber drinnen noch lange nicht.«

Beide lachten nun, und Phyllis fragte: »Wie wär's mit was Gegrilltem, ihr beiden, hm? Ich habe ein paar schöne Koteletts und ganz köstliche Würstchen. Was meint ihr dazu?«

»Nicht für mich«, sagte Dan. »Eine Tasse Tee und ein hübsches Stück Kuchen dazu, da würd' ich nicht nein sagen, Phyllis.«

»Und wie steht's mit dir, Sarah?«

»Ich möchte genau dasselbe. Nichts Gegrilltes, Phyllis. Jedenfalls jetzt noch nicht.«

»Also ihr seid Kunden, die leicht zu bedienen sind. Das hab ich schon gern. Die geben einem für gewöhnlich nicht mal ein Trinkgeld. Knausriges Pack!« Mit gespielter Entrüstung stolzierte sie in die Küche. Und die beiden blieben allein zurück.

Dan, der sich nun ganz herumgedreht hatte, blickte die Frau an, die sich nach seiner Meinung seit ihrem ersten Besuch im Haus seiner Schwester nicht verändert hatte. Und Sarah sah ihn an, sein freundliches, gütiges Gesicht. Er sah noch immer gut aus, nur war er nicht mehr so fröhlich wie in jüngeren Jahren. Je länger sie ihn ansah, um so heftiger wurde der Schmerz in ihrem Innern. Sie kam sich verlassener vor als in dem Moment, als sich die Gefängnistore hinter ihr geschlossen hatten.

»Wie fühlst du dich?«
»Ach, ganz gut, Dan.«
»Stimmt gar nicht. Mich kannst du nicht hinters Licht führen. Jetzt paß einmal gut auf.« Er beugte sich vor und ergriff ihre Hände. »Ich möchte dir etwas sagen.«
Sie schloß sekundenlang die Augen, dann zwang sie sich jedoch, sie wieder aufzumachen und ihn anzusehen und abzuwarten. Dan verdiente es, glücklich zu sein.
Sie beobachtete, wie er zwei-, dreimal die Lippen bewegte, ehe er zögernd zu sprechen begann.
»Ich hatte vor, es dir nach und nach beizubringen und nicht einfach mit der Tür ins Haus zu fallen. Mehr auf die sanfte Tour, weißt du. Wenn vielleicht die erste Woche vorbei war. Nicht, weil ich gern noch eine Woche zugewartet hätte, o nein. Sondern weil ich dir Zeit lassen wollte, dich wieder einzugewöhnen. Zeit zum Nachdenken. Damit du nicht das Gefühl hast, zu etwas gezwungen zu werden, was du gar nicht willst. Aber das, was Michael mir am Telefon erzählte, hat mit einem Schlag alles geändert. Am liebsten würde ich hingehen und ihr dafür eine aufs Maul geben, wirklich . . . Wie kann sie nur sagen, daß ich und May . . .«
»Es ist schon gut, Dan.« Sie hielt seine Hände fest und sah auf sie nieder. »Es ist schon gut, ich verstehe es ja.«
»O nein, das tust du nicht. Darauf will ich ja gerade zu sprechen kommen, das versuche ich ja dir die ganze Zeit über zu sagen. Hör zu, Sarah, ich müßte eine Frau aber schon verdammt nötig und noch dazu den Verstand verloren haben, ehe ich mich May auch nur auf eine Meile nähern würde. Den ganzen Weg hierher war ich noch nachträglich entsetzt. Jetzt verstehe ich erst alles: Mays Plan, meine ich. Die Scheidung und alles. Wo sie doch jahrelang nichts davon wissen wollte. Und warum sie plötzlich zu mir ins Geschäft gekommen und mit nach oben gegangen ist und durchblicken hat lassen, daß sie keineswegs . . . nun ja, du verstehst schon. Ich hab sie natürlich abgekühlt, aber noch immer habe ich mir nichts dabei gedacht, so stur war ich. Und ich bin weiterhin je-

den Sonntag zum Essen hinübergegangen und hab mich mit ihr unterhalten, das hab ich getan, seit John sie verlassen hat. Aber, du lieber Himmel: Wir Männer sind eben doch nur große Kinder, genau das sind wir, Sarah ... Ach, weine nicht, bitte.« Er streckte die Hand aus und wischte ihr die Tränen vom Gesicht.

»Es ist schon gut, Dan, es ist schon gut.«

»Kann ich weitermachen?«

»Ja, Dan, ja.«

Er sah auf ihre Hände nieder, die er immer noch ergriffen hielt, und sagte mit einer Stimme, die kaum mehr als ein Flüstern war: »Ich habe lange damit gewartet. Jeden einzelnen Tag der vergangenen zehn Jahre habe ich gewartet, bewußt darauf gewartet. Ich hab genau gewußt, was ich dir in dem Augenblick, wo du herauskommst, sagen würde. Ich habe hoffnungsvoll auf diesen Tag gewartet. Und jetzt kann ich es dir ja sagen: daß ich von der ersten Minute an darauf gewartet habe, vom ersten Moment an habe ich darauf gewartet, jedoch ohne Hoffnung ... In einer Beziehung hat Mary schon recht: Du hast uns alle miteinander mit Beschlag belegt, Sarah. Nur weggenommen hast du uns ihr nicht, weil sie uns nie besessen hat, deshalb. Jetzt reg dich nicht auf, bitte, tu das nicht. Du hast ebensoviel dafür können, daß wir alle zu dir gekommen sind, wie eine Blume dafür kann, daß sie sich der Sonne öffnet. Jedenfalls habe ich überlegt und geplant, was ich dir sagen werde. Manchmal, vor allem nachts, machte ich mir Sorgen: Ich bin nicht mehr jung; ich bin zehn Jahre älter als du; dabei siehst du um keinen Tag älter als damals aus, wo ich dich zum ernstenmal sah. Ich meine, Sarah, trotz allem, was du durchgemacht hast – ja, wenn es möglich wäre, würde ich sogar behaupten, daß du jetzt noch besser aussiehst ... Nun, was ich dir sagen wollte, nachdem ich dich ein bißchen zu Atem kommen lassen wollte, war: Willst du mich haben, Sarah?« Er wartete. Dann sagte er nochmals mit leiser Stimme: »Willst du?«

»Dan. Ach, Dan.«

Er glitt vor ihr nieder, schlang die Arme um sie, wartete ein bißchen und wiederholte seine Frage: »Willst du?«
Sie nickte langsam.
Sein Kopf lag nun genau an der Stelle, wo Phyllis' Kopf vor kurzem gelegen hatte, und sie lehnte ihre Wange auf sein Haar. Sie fragte sich nicht, ob sie Dan liebe. Das tat sie nicht. Nicht, wie sie einst David geliebt hatte, und auch nicht, wie sie John geliebt hatte. Es war eine neue Art von Gefühl: ein Gefühl der Wärme, der Zärtlichkeit, ein Gefühl ohne Angst, ohne Aufregung, ein Gefühl, das Lachen bedeutete, denn sie konnte sich ein Leben mit Dan ohne Lachen gar nicht vorstellen.
Es war, als hätte Dan ihre Gedanken lesen können, denn er sagte: »Ich will dir alles geben, was ich besitze, Sarah. Zwischen uns wird es kein fifty-fifty geben, alles, was mir gehört, soll auch dir gehören. Ich habe genügend beiseite gelegt, daß wir beide bequem leben können und was zu lachen haben.« Er hob den Kopf und sah sie an. »Du bist wie geschaffen zum Lachen, Sarah, zum Lachen und zum Fröhlichsein. Nur ist es bisher nie zum Durchbruch gekommen, immer hat man dich auf die eine oder andere Weise daran gehindert.«
»Ach, Dan ... Dan.« Sie sah ihn wohl an, konnte ihn aber nur wie durch einen dichten Schleier erkennen.
»Ich liebe dich, Sarah.«
Während ihr immer noch die Tränen über die Wangen liefen, lächelte sie ihn an.
»Und jetzt werde ich etwas tun, was ich schon lange tun wollte.« Und damit zog er sie an sich und küßte sie. Seine Lippen waren hart und rauh, und er küßte sie voll auf den Mund. Dann erhob er sich, streckte ihr die Hände entgegen, zog sie in die Höhe und schloß sie fest in die Arme. Eng umschlungen sahen sie einander an. Und dann lachte Sarah mitten unter Tränen. Erst zögernd, aber zum erstenmal seit Jahren frei heraus. Und sie sagte mit sich überschlagender Stimme: »Wie geht's eigentlich Mrs. Flaherty? Lebt sie noch?«
Damit hatte sie ihm ein Stichwort gegeben. Dan hatte

den Kopf in den Nacken geworfen und lachte schallend. Und es dauerte eine Weile, bis er sich so weit beruhigt hatte, um sie wieder ansehen und sagen zu können: »Sie lebt noch und meckert wie eh und je. Oh, was ich dir alles über Mrs. Flaherty und all meine Kunden zu erzählen habe! Dir werden die Seiten vor Lachen weh tun, das schwör' ich dir.«

Aber dann erzählte er ihr etwas über Mrs. Flaherty, was gar nicht komisch war. »Weißt du, Sarah«, sagte er, »all die Jahre über hat sie, wenn sie schließlich doch bei ihrem durchwachsenen Speck bleiben mußte, immer nur eines gesagt: ›Gott ist gut, ja, Gott ist gut.‹ Sie besaß nichts auf der Welt, wofür sie dankbar zu sein hatte, und dennoch war ihr letztes Wort immer: ›Gott ist gut.‹ Und siehst du, so wie ich hier stehe und im Moment alles besitze, wofür es sich wahrlich lohnt, dankbar zu sein, sag ich genau wie Mrs. Flaherty: ›Gott ist gut, Sarah. Gott ist gut.‹«

Mit keinem Gedanken stellte Sarah Dans Gott in Frage noch Mrs. Flahertys Gott, zu dem diese einfache Frau in all den Jahren des Hungers ein solch unerschütterliches Vertrauen besessen hatte. Vielleicht besaß jeder einzelne Mensch seinen eigenen Gott. Und wie er ihn im Leben fand, so fand er ihn im Tod . . . Anscheinend besaß Gott viele Gesichter, eines für die Davids dieser Welt und eines für die Mrs. Flahertys und eines für die Dans. Eines für die Pater Baileys und selbst eines für die Pater O'Malleys und für die Mary Hetheringtons – wenn das auch schreckliche Götter waren, blinde Müllersleute. Und wenn demzufolge auch ihre Anhänger oft nur schreckliche, blinde Menschen sein konnten . . .

Während Sarah dies alles überlegte, ging die Küchentür auf, und Phyllis schrie lauthals, wie immer: »Ich konnte den Toast einfach nicht sich selbst überlassen, Kinder. Deshalb . . .« Sie stockte. »Was ist denn los mit euch bei . . .?« Dann sah sie sie eine volle Minute an, ehe sie mit weit ausgebreiteten Armen auf sie zulief. Und als die beiden sie in ihre Umarmung mit einschlossen, lehnte

Phyllis ihren Kopf wieder an Sarahs Brust, und auch sie sagte nun zwischen Lachen und Weinen: »Ach, Kinder, ist Gott nicht gut? Sagt selbst: Wenn alles vorbei und überstanden ist, muß man es doch zugeben. Gott ist gut!«

M. M. Kaye

M. M. Kaye
Die Spur führt nach Berlin
8352

M. M. Kaye
Es geschah auf Zypern
6749

M. M. Kaye
Tod in Kenia
6682

M. M. Kaye
Tod in Sansibar
6648

M. M. Kaye
Vollmond über Kaschmir
6842

GOLDMANN

Shirlee Busbee

Dem Feuer verfallen
8974

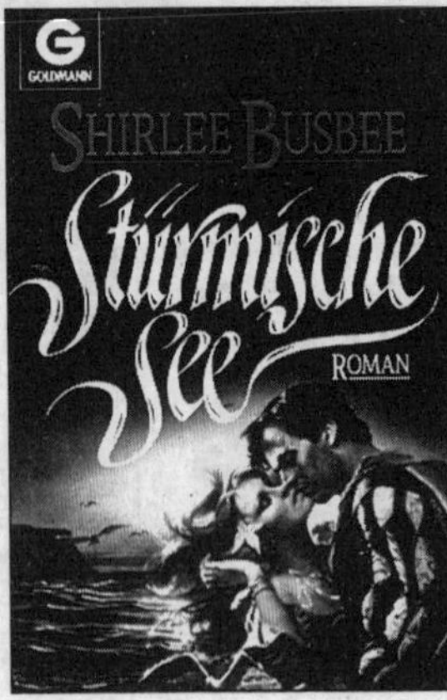

Stürmische See
9132

Wie eine Lilie in der Nacht
9720

Lodernde Herzen
9462

GOLDMANN